纸片恋人

「下」

楚寒衣青 著

敦煌文艺出版社

纸片恋人

C o n t e n t s

目录

Chapter 11

纸片恋人

第十一章

星星魔法师

新的飞机票到手了！这简直是意外之喜！

栗说星完全没想过好感度到了1000还能收获一张飞机票，瞬间产生买了2块钱彩票刮中了2000块钱大奖的巨大喜悦。

他精神一振，立刻向宿鸣谦打招呼："阿崽，我获得了一张飞机票！"

宿鸣谦先是错愕，之后有了和栗说星同样的惊喜："怎么获得的？"

栗说星特别认真："我收到了一封信，信件里说我最近和你相处得很好，所以送了我一张飞机票作为鼓励。我们又能找回一点新的过去了。"

宿鸣谦："嗯。"

栗说星继续："不过今天太迟了。我们准备准备，今天早点休息，养足精神，明天再去吧。而且信上还说，明天是新的一个月了，这里会发生一些变化，开放一些新的东西，让我们不用太惊讶。"他没忘记见缝插针地暗示小人儿，"这里确实蛮奇怪的，想要什么就有什么，天天都有新花样。"

宿鸣谦："嗯。"接连应了几声，他激动的心情慢慢平复。他心中有些想法，但没有告诉西木。

虽然这个地方看着似乎也不是一个单纯的囚笼……但这里太过神秘了，依旧可能存在危险，为了安全着想，还是别在什么都不知道的情况下，无意义地讨论太多。

而栗说星越发感觉头疼。平常的崽崽明明很灵醒的，但为什么，每到自己试图暗示的时候，小人儿就没有任何反应？难道是他暗示的方式从没对过？栗说星不愿放弃，冥思苦想一番之后，决定从现实环境入手，提醒崽崽，于是再度出声："阿崽！"

宿鸣谦："嗯？"

栗说星："你刚才说堆雪人，那我们能不能这样，我在我门口堆一个你，你在你门口堆一个我？这样一来，感觉我们的距离更近了一点儿。”

宿鸣谦觉得这个主意很不错。他欣然同意：“好。”

两个人再一次达成了友好共识。

然后，一个小小的意外出现了。

栗说星小区里的雪，在半夜的时候就化了，等他早上醒来，小区没有一丝一毫冰雪的痕迹，只有一片一片被踩烂了的泥泞水洼。

他站在窗前，陷入沉默。

在久久的沉默之后，他拿出一样新的东西，上游戏交差。

经过凌晨的更新，再度进入游戏之后，游戏又有了和过去不同的变化。

游戏里的世界银装素裹，薄薄的一层雪花覆盖在庭院和屋檐上，藏在其中的细碎冰晶像被打散了的钻石碎块，不时闪烁着绚丽的光彩，庭院的角落，还多了一株小小的树苗。

树苗大概三十厘米高，虽然置身冰天雪地，但叶片苍翠，长势茁壮，生机勃勃。

同时，一封邮件飞过屏幕，落在邮箱之中。栗说星打开邮箱，看更新邮件——

发件人：系统

主题：恋爱吧1.05版本更新

全新内容：

（1）大型圣诞节集卡换皮肤活动。

（2）增加游戏随机任务系统。

更新解释：

（1）游戏开放收集姜饼人养育圣诞树、兑换圣诞节皮肤系统：自12月1日到12月24日，集齐25个普通姜饼人，可将圣诞树养育长大，兑换全新圣诞节皮肤；集齐10个神秘姜饼人，可额外获得神秘礼物×1。

①普通姜饼人可从以下日常中获得：

A：每日制作菜肴。

B：每日制作圣诞袜。

C：多余的菜肴与圣诞袜在活动结束之后将会被游戏回收，并予以玩家一定补偿。

②神秘姜饼人每日只有一个，藏在住所的任何位置，需要玩家自行寻找。

A：使用每日制作的菜肴将有概率吸引姜饼人现身。

B：使用每日制作的圣诞袜将能在一定程度上降低姜饼人的行动速度。

C：使用数量越多，神秘姜饼人现身概率越高。

（2）新增游戏随机任务系统，玩家在与恋人的互动之中，将有一定概率触发随机任务并获得奖励。

栗说星看完了邮件。他有点儿意外，圣诞节的活动和奖励都很正常，比较让人意外的反而是随机任务。他琢磨了一下，一时也没琢磨出这个“随机任务”到底是福利还是陷阱，索性将其放在一旁，再回头看圣诞活动。

圣诞活动就简单了。

一旦涉及概率事件，那么游戏收钱的口袋，就已经向玩家打开了。

栗说星面无表情地将活动内容一眼扫过，之后寻找宿鸣谦。

巧了，宿鸣谦也正好从屋里出来，朝庭院角落的小树走过去。

栗说星：“阿崽，我来了！”

宿鸣谦：“这棵树是你说的新内容吗？”

栗说星：“没错。”

他简单地把圣诞活动的规则和小人儿说了，末了评价：“这个活动的普通姜饼人部分不太复杂，就是持续的时间长了点儿，有点烦。倒是神秘姜饼人那里，似乎有点陷阱，不过我觉得我们还是尽量试试，毕竟神秘奖励说不定是好东西……”

宿鸣谦微微点头，表示同意。接着他忽然侧脸，朝房门外的雪人扬了扬下巴，示意：“西木，你看。”

然而空气忽然沉默了。宿鸣谦等了一会儿，产生疑惑：“西木？”

栗说星：“嗯……”

宿鸣谦：“是我堆得不好吗？”

栗说星：“不……就是……”

对方期期艾艾得有点奇怪，难道是忘记堆雪人了？

可忘了就忘了吧，和我说一声不就好了吗？为什么要这么纠结？

宿鸣谦更加觉得奇怪了。就在这时，银白的光屏忽然在半空闪现，一张照片被发送到宿鸣谦眼前。

那是一个窗台，窗台的边缘坐着一个自己模样的Q版小雪人，雪人挺小，身后是两块合并放置的普通橡皮。雪人手里拿着薄薄一张对折的小纸片，身上还穿着用彩笔画出的彩色衣服。

宿鸣谦再细看，发现两块橡皮上写着一个字——椅；对折的小纸片也写着一个字——书。也就是说，橡皮是椅子，纸片是书本。

而这还不是最神奇的，最神奇的是……

宿鸣谦奇怪的神色并没有消退："为什么，这个雪人是泡沫做的？"

他问完了，更多的照片出现在光屏之中：颇为老式的小区，楼层不高，但绿化很好，花圃之中能看见飞鸟的痕迹，里面还有供人休息的长椅，而照片的边缘还有户外活动区的一角。

但这个小区似乎经历过风雨的摧残，建筑路面都湿漉漉的，颇有些泥泞。

栗说星沉重的声音随之响起："崽啊，我不是不想给你堆雪人，但等我早上醒来的时候，地上的雪全部化了，变成泥了，于是我就……"

宿鸣谦："用泡沫做雪人？"

栗说星："对。毕竟我们看的不是物质的形态，而是物质所代表的含义与心意。这个泡沫板还是我一醒来就冲下楼把回收站的门拍开才拿到的，从获取的角度来讲，也是挺珍贵的……"

宿鸣谦打断栗说星："西木。"

栗说星自信的声音又低下去了一点儿："嗯？"

宿鸣谦看看小区的照片，又看看放置在窗台上的坚强Cos白雪的泡沫雪人。

他忽然笑了："西木，你真是一个充满灵性和想象力的作者啊！你的礼物我收下了，我很喜欢它们。"

说罢，冒出一个大方的"+50"。

栗说星："？？？"他总觉得宿鸣谦的句子有些丰富的含义，但看看宿鸣谦爽快地给出的好感度，又不太像有更深层意思的样子……

要信任游戏的好感系统，崽崽应该没有话中有话吧？

栗说星这样想着，不觉戳了一下宿鸣谦堆出来的雪人。

一戳之下，系统忽然响起提示音——

系统：恭喜玩家，在与宿鸣谦的堆雪人互动之中，触发随机系统奖励。

系统：玩家获得：飞机票刮刮卡×1。

名称：飞机票刮刮卡。

备注：专门用于刮开飞机票隐藏地点。使用之后，玩家将得知手头飞机票前往的具体目的地。

栗说星：“？！”

系统突然大方了？我还什么都没干，就送了我一个目前最需要的东西？

他打开背包，拿出飞机票，选择直接使用。

一阵光芒闪过，刮刮卡消失，手里的飞机票信息发生变化——

名称：飞机票

目的地：上海

栗说星：“……”他更加震惊了。这回产生的震惊让他还没看完其他内容，就脱口而出：“这不就是我所在的城市？！”

宿鸣谦听见了声音，问：“怎么了？”

栗说星：“呃，崽，你听我说，我通过一些方法，得知了飞机票上的目的地。它带你去的地点，是我所在的城市……”

宿鸣谦下意识地问：“那我们是可以见面了吗？”

栗说星被宿鸣谦问倒了，他觉得两个人还是不可能见面的，但不知道该怎么和宿鸣谦说。栗说星顿了一会儿，斟酌要如何回答的时候，突然发现这张飞机票除了出现目的地，还发生了其他的变化。

他赶紧细看——

名称：飞机票

目的地：上海

备注：

①使用本飞机票，会在庭院中打开一扇通往上海的旅行之门，宿鸣谦穿过任意门，即可到达中国上海。是时候了，让你的恋人来一场说走就走的旅行吧。

②使用本飞机票之前，玩家可选择花费100贡献值解锁《关于如何正确使用本飞机票》攻略。

栗说星觉得第二点的描述真让人无语……但他别无选择。

不就是100贡献值吗？他面不改色地花了。

花完之后，系统将飞机票信息再度刷新——

名称：飞机票

目的地：上海

备注：

①玩家需在恋人旅行之前到达指定地点[地点]。

②玩家需购买外接设备[购买链接]。

③以上两样完成之后，跟随任务指引，玩家将和恋人进行VR互动。

当这几条信息出现在屏幕上的时候，栗说星已经完全忘记了之前系统更新的圣诞活动，反正距离圣诞节还那么远，等过十天再参加活动也来得及！

他开始检查飞机票的三条备注。

他先点击第一条备注中的地点。

游戏跳转至手机地图，被标注的地点显示在地图上，栗说星一看——市区，距离自己的家不算远，也就四十分钟的车程，还真的是……现实啊。

虽然之前做好了准备，但此时此刻，栗说星的内心依旧有点复杂。他说不清楚自己到底是什么样的感觉，握着手机在座位上呆呆地坐了好一会儿之后，才呼出一口气，回到游戏，点开第二个购买链接。

游戏再度跳转至淘宝界面。

栗说星看了一眼跳出来的物品——

双目深度摄像头。

再看一眼该物品的价格——1248元。

栗说星："……"尽管内心的世界已经变成了乱码，但毕竟也不是第一回经历骗"氪"了，栗说星还是很好地保持住了自己脸上的表情，甚至能沉稳自若地微微一笑，自我开解：毕竟是一款氪金游戏嘛。

就像作者一样，游戏制作者也不是做慈善的，也是要生活的。

做了活动，那当然是要赚点钱的。大家都是成年人了。

一手交钱，一手交快乐，多么简单啊。

垃圾游戏越发牛了，骗"氪"就算了，居然还卖起了游戏外设。

你以为自己是卖皮×丘精×球的公司吗?

你不是，你卖得比他们还贵3倍。

你赢了。然后，开解也开解完了，发泄也发泄完了。

栗说星深吸一口气，又平静下来了。他开始思考：游戏先要求购买外接设备，说会有VR互动，显然这个外接设备是开启VR互动的必要条件，如果从这方面考虑，外接设备倒是真的必须购买，说不定还能真的摸到崽崽呢。

而且这个购买链接……栗说星看了一下淘宝页面，确认了：国际企业，知名品牌，应该不可能和一个垃圾APP合伙骗钱或者害人。

但栗说星并没有直接购买。他起身，换衣服，准备出门。

在淘宝网购买还要安排快递送货，最快也得明天才能拿到，太慢了。所以先出门把东西买了，再到系统指定的目的地，就能够直接使用飞机票了。还好，昨天我考虑到今天有个大型活动需要消耗不少时间，晚上也在赶文，提前把今天该写的6000字写完了。关键时刻，栗说星脑海中突然掠过这个想法——要不然走到半路，崽崽突然提起写文这件事情，就太破坏气氛了……

栗说星出了门，先买指定物品，再到指定地点。一切顺利，只花了两个半小时，就解决了一切，而现在也才10点多。

栗说星对于自己的效率还是比较满意的。他做好了充足的准备，再打开游戏，和已经了解了所有情况并一直等待自己的宿鸣谦说："崽，东西我都准备好了，我们现在开始吗？"

宿鸣谦微微点了点头。

栗说星又叮嘱："阿崽，不要紧张，不管出现什么情况，我都跟着你。"

说完，他没有耽搁，直接使用了飞机票。

深邃而神秘的蓝色光门再一次出现在庭院之中，一端连接已知的世界，一端通向未知的过去。宿鸣谦带着紧张和期待穿过了这扇门。他的视线之中，熟悉的房屋与庭院消失了，陌生的街道与人群出现了。

街道和人群？宿鸣谦愣了几秒钟，更多的景象进入他的双眼。

没有错，这是一个繁华的大都市，街道洁净，高楼耸立，人来人往，车水马龙。我终于回到了人群之中？

当发现自己终于从囚禁之处出来后，喜悦像一颗种子，倏地落在了宿鸣谦的心中，还没等他做些什么，旁边便传来陌生的声音："教授，去咖啡馆的的士已经来了。那么我先走了，我们下午见。"

宿鸣谦循声望去，看见自己身旁站了一位金发碧眼的女郎，女郎正指着停在他面前的一辆的士，微笑着和他说话。宿鸣谦下意识地问："你是谁？"

女郎再度开口，还是同样一句话："教授，去咖啡馆的的士已经来了。那么我先走了，我们下午见。"

宿鸣谦："你……"

女郎第三次重复："教授，去咖啡馆的……"

宿鸣谦向后退了一步，撞到了自己身后的那个人。

但被他撞到的那个人没有任何反应，没有出声，没有停顿，连姿势都没有变化，就这样继续向前走着。

不仅这个人这样，这里的每一个人都这样。

宿鸣谦碰触他们，没人有反应；宿鸣谦和他们说话，也没人有反应。

宿鸣谦最后看向最初站在自己身旁的女郎。女郎还保持着微笑，说永远一样的话："教授，去……"

喜悦还没有生长绽放，就已经枯萎，站在街道旁的宿鸣谦打了一个寒战。

周围是喧闹的，可这种喧闹就和这里的人一样，用单调和重复来营造另一种寂静。他甚至不知道，现在的寂静和过去的寂静，哪一种更恐怖。

他喃喃一声："西木……"

栗说星的声音同时响起："我在！"

栗说星站在和宿鸣谦相同的地点，游戏内外，似乎真的重叠在了一起。

但这个时候，栗说星没有闲情感慨复杂，他已经在手机的屏幕上看见了跌跌撞撞、状态非常不好的小人儿。他飞快地说："阿崽，我在，不要紧张，没有什么能伤害你！"但只有这一句安慰，太过单薄了。

栗说星继续说话，焦急之下，差点儿将真相脱口而出："崽，你别着急，仔细想想，这是不是你来到过、经历过的一切？"

话音落下片刻，游戏里慌张走动的小人儿慢慢稳住了步伐。

又过了一会儿，宿鸣谦的声音响起来，虽然相较平常还有点紧绷干涩，但声线大体还是平稳的："你说，这是我的过去？"

栗说星松了一口气："是的。"

宿鸣谦低声问："西木，你为什么会这么想？"

栗说星："崽，上一次我们去了大峡谷之后，那本写有你过去信息的旅游手账就出现了……"他顿了顿，斟酌着说，"所以，我觉得现在让你经历这些的人，也许并不是想控制和伤害你，而是有些更深层次的想法。"

"就算如此……"宿鸣谦又低语，"这一切，又该由什么人和科技做到呢？"

这回宿鸣谦的声音太小了，栗说星没有听见。

他多问了一句："崽，你说什么？"

宿鸣谦强装镇定，摇摇头："没有什么。既然现在的这些，或许是我曾经遇见的一切……那我应该顺着这里的指引走下去，先上的士吗？"

栗说星肯定地回复："上的士。我也打的士跟着你。"

宿鸣谦点了点头。这一次，他没有再逃避金发女郎，而是按照金发女郎的指引，拉开了面前的士的车门，坐了进去。刚坐进去，就听到的士司机说了一句："是去某某广场吧？"

说完，不等宿鸣谦回复，车子油门一踩，已向前驶去。

车中的宿鸣谦只来得及转头朝金发女郎站着的位置看上一眼，正看见原本只会说一句话的女郎，像获得了新的指令似的，转过身，朝背对着车子行驶的方向缓缓离开……

游戏里，宿鸣谦已经上了车。

游戏外，栗说星也终于抬起手，招来一辆出租车。

出租车司机："去哪儿？"

栗说星："去……"他差点儿忘了去什么地方，赶紧回游戏里，看了旁白一眼，"某某广场。"

做个任务也真是绕，栗说星服气了。

出租车司机没再说话，同样一脚油门踩下去。

游戏内外，两辆车，载着两个人，走在相同的道路上，前往同样的目的地。

这段路程并不长，起步价都还没有开过，两个人就到达了目的地。下了车，宿鸣谦朝周围看去，发现这里的情况和刚才一样，噪声不少，人很多，看着热热闹闹，但他无法和这里的任何一个人交流，感觉就像……他们存在于一个空间，而他存在于另一个空间。

宿鸣谦避开了他们，有些不敢和他们接触，这些人让他感觉虚假。

接着，浓浓的虚假感被另一道鲜活的声音刺穿了。

栗说星："欸，阿崽，这里我熟啊！"

宿鸣谦："怎么？"

游戏牵扯了栗说星太多注意力，哪怕接连看见熟悉的地名，栗说星都没有想太多，毕竟这是他生活的城市，哪个地名都不是很陌生，直到置身现场，栗说星才陡然反应过来："这就是我大学附近的广场，我上大学的时候没事就来这里玩……想不到我们来到了这个地方。"

宿鸣谦心头被对方说的话轻轻撩拨了一下，积压在心头的厚重的阴云似乎出现了几条缝隙，一两缕光线从中洒落下来。

栗说星又分析："我们先去找咖啡馆吧。这里有不少咖啡馆，不知道你去的咖啡馆到底是哪一家。不过我们可以和服务员对话，谁说话，谁就是你记忆里去过的地方。"

说罢，栗说星开始指挥宿鸣谦前进。

他们穿过人群，挨个儿调查着广场上的咖啡馆。

一家不是，又问一家也不是，再问一家还不是。当又一家咖啡馆出现在两个人视线里的时候，栗说星认出了这就是自己曾经常来的那一家。

他熟门熟路地指引着崽崽走进咖啡馆，看着宿鸣谦对自己认识的服务员说话："有位子吗？"

宿鸣谦问完一句，就准备往前走。

他已经习惯了这些人的沉默与僵硬。

然而这一次，服务员抬头微笑："先生需要一个安静的位子是吗？那坐在我们店里的角落吧。那里很安静，之前有个写小说的客人隔三岔五就过来，都是坐在那边写的……"

游戏内外，栗说星和宿鸣谦齐齐怔住。

宿鸣谦："她说的是你吗，西木？"

栗说星超级茫然："呃，应该是我吧，想不到我居然能以这种方式出场。"

虽然之前已经默认了小人儿是真人，但无论是人工智能科学家，还是美国，都距离栗说星太遥远了，他所认识且认可的，还是游戏里的小人儿。

一直到现在，这个咖啡馆是他待过的，这个服务员是他所认识的。

他听见服务员对小人儿说起自己，就陡然感觉，这件事情，曾发生在真实世界里。

真实的世界里，也许他曾在这里，与宿鸣谦擦肩而过。

命运由无数巧合构成，这些不为人知的巧合，竟如此浪漫。

还是宿鸣谦先回过神来。宿鸣谦："西木，我们现在……"

栗说星迟疑了一下："先去我的位子坐好吧。然后再问问服务员，看她能不能说出更多的消息。"

宿鸣谦依言行动。他来到角落的位子坐下，并在服务员将咖啡端来的时候再度开口："你知道更多关于西木的消息吗？"

服务员微笑着，竟然真的回答了宿鸣谦，而且答复还能对上宿鸣谦的问题。

也许在过去的时间里，来到这里的宿鸣谦也问过差不多的问题。

"坐在这里的客人是附近的学生，不过似乎马上就要毕业了，所以好长一段时间没有过来了。"

宿鸣谦："那……"他还在尝试着和服务员对话。而游戏之外的栗说星，也正式跨过咖啡店的门，进入了这个熟悉的场所。

他下意识地在这里环视了一下，看到游戏中的那位服务员。对方虽然还穿着熟悉的制服，但胸前已经佩戴上了一块小小的牌子，上面写着两个字——店长。

现在咖啡店里顾客颇多，服务员在人流之中穿来行去，十分忙碌。

和栗说星对上了视线的店长迎了上来："你好，有什么能够帮你的？"

栗说星看了对方一眼，眼神复杂。

虽然你现在多佩戴了一块小牌子，但换汤不换药，游戏外的店长，也是游戏里的服务员，今天的店长，也是当年的服务员。怎么跟说绕口令似的？

反正这个栗说星很早就认识的人，今天意外地同时服务了他和宿鸣谦，栗说星甚至有种想给她小费的冲动。

店长久久没有得到回应，有点疑惑："你好？"

栗说星回过神来："给我来杯拿铁。角落没有人吧？我想坐那里。"

他说完，不等店长说话，就自顾自地走到自己待过许久的角落卡座里——当然也是宿鸣谦现在正坐着的位子。

坐下来的时候，栗说星格外关注了一下宿鸣谦所坐的方向，特意没选和对方同一边的位子，而是坐到了他的对面。

这样坐好，再四舍五入一下，他们也算面对面坐着喝咖啡了。

想到这里，栗说星忍不住又看了游戏屏幕一眼，看见屏幕之中的宿鸣谦双手握着咖啡杯不停转动，目光却虚掷在自己座位对面的空沙发上，似乎在思考什么，而且似乎还是在思考着一些好事。

因为正有"+1""+1"的好感度从他的脑袋上冒出来。

宿鸣谦确实在思考。没有听见这里的人说西木的时候还无所谓，一旦听到，他心中的一些欲望突然被唤醒了。

他意识到自己很想见西木。过去的西木也好，现在的西木也罢，他都想和对方面对面。他在心中暗想：如果能够见到，就太好了……

几乎在宿鸣谦思考的下一秒，迟迟没有动静的游戏系统突然有了动静。

栗说星低头一看，原来是屏幕上刷新的系统提示——

系统：游戏检测到玩家已出现在咖啡馆。

系统：程序加载中……请玩家将外接设备置于自己身前一米，按照以下提示完成系统指令，触发飞机票任务"心愿"：

1.1. 请玩家面对外接设备。

1.2. 请玩家向前平举双手。

1.3. 请玩家向上高举双手。

1.4. 请玩家深蹲。

1.5. 请玩家站成大字形……

密密麻麻的详细注解出现在屏幕上，栗说星一行行看下来，渐渐愣住了。

在人流如潮的商业区里，人来人往的咖啡厅中，系统，你发布这个任务，是想逼死我吗？

被激发出来的强烈羞耻心让栗说星险些摔了手机，夺路而逃，然而也是这个时候，一道微带不安的声音从游戏里传出来：“西木……”

不行，现在卖萌是没有用的，我是不可能在这里做这些羞耻的事情的。我不要面子的啊！

然而或许是因为他没有及时回答，原本只是有少许不安的宿鸣谦不由得将声音放大了些，而且更加惴惴不安：“西木，你还在吗？回答我一下好吗？”

行了，卖萌真的很有用。

仔细想想，我也很久没来这里了，不会有人认识我，无所谓。

为了我的崽，我认输！

栗说星打落牙齿和血吞，笑容僵硬：“我在，我在，就是有点事情……”

宿鸣谦：“什么事情？要紧吗？”

对方的声音像一道细泉，稍微抚平了栗说星心中的创伤。

栗说星连连深吸气，继续自我安慰：没事的，这是角落，我随便搞搞，不会有人发现的。他回答宿鸣谦：“嗯……算是比较重要的事情吧，也许做完能给你带去一个惊喜。崽你别着急，等等我，我很快就回来。”

他说着，用手机自带的测量仪测了一下距离，先把双目摄像头放在指定位置，随后从沙发上站起来，按照系统的指示，开始做广播体操……

一个动作。

两个动作。

两个动作做完，栗说星突然觉得周围安静了。

他下意识地朝前方看了一眼，看见手端咖啡的店长愣在数步之外，硬是不敢上前来。而店长周围，其余的客人也齐齐转头看向他，一个个都目瞪口呆地行注目礼。

栗说星：“……”一道惊雷“轰隆隆”地从他脑海里肆虐而过。

数个震惊体标题重磅闪出——

“震惊：上海一男子在咖啡馆竟做出如下事情……”

“恐怖：某某广场咖啡馆内，他当众失态！”

“思考：又一男子因游戏罹患精神障碍，什么游戏竟有如此大的魅力将人害？”

已经十分勉强的笑容再也坚持不下去了，栗说星如同鸵鸟一般于内心重复：没有关系，没有关系，我又不是大明星，不可能有人认得我……

“那个，”僵在原地的店长突然小心翼翼地说，“咖啡来了。”

栗说星让开位置，假装镇定：“好，放我桌上吧！”

店长把咖啡放到了桌面上远离摄像头的位置，然后准备离去，但离去之前，她又对栗说星说了一句：“感觉先生有点儿眼熟，我们之前是不是见过？”

我们是不是见过？

是不是……

见过……

勉强的笑容开始皲裂，栗说星激烈否认：“从没有，别胡说！”

店长：“哦哦。”

她没再说什么，赶紧离开这个位置回到吧台，伸手拿起放在吧台下的手机，悄然按下三个数字：120，以备不时之需。

有了店长这个插曲，栗说星的心真的累了，开始破罐子破摔。

周围的人还在看着他窃窃私语，他索性也目光犀利地看周围的人。

看什么看？有什么好看的？！不就是玩游戏走火入魔了吗？没看过玩游戏走火入魔的人啊？！挨个儿盯完之后，栗说星又将视线转回了手机屏幕上，淡定自若，按部就班，继续完成系统要求。

当所有步骤完成后，游戏界面弹出一个正在加载的载入条，载入条上面还有一行系统小字提示——

请玩家耐心等待，载入完毕即可开始全新互动。

栗说星终于能够坐回位子上了。

人一旦迈过了那道坎，其他的就无所谓了。他已然忘记了刚才的尴尬，把期待重新从心底翻了出来。他屏息凝神，甚至没有发现自己的心脏正在剧烈跳动。

不知道这个互动要怎样实现，既然它从头到尾都没有指使我去买3D眼镜，也就是说，恐怕不是像我之前想象的，让崽崽变成3D视图，那是需要改变什么呢？

他有种预感，说不定这次互动，会比他原本想象的更加好玩……

大概过了五分钟的时间，慢吞吞向前爬行的载入条终于爬到了终点。

新程序可以运行了！

游戏之中，宿鸣谦得到了西木肯定的回答，原本的焦急就变成了耐心。

他耐心地等待，抿了两口咖啡，再一抬眼，忽然看见几缕光点出现在自己的座位对面，光点越聚越多，像无数幽蓝的萤火虫自虚空之中诞生，簇拥着，汇聚着，慢慢勾勒出一个人体来。

再接着，人体由虚变实，正式出现。

宿鸣谦怔怔地看着对方。那是一个很年轻的男人，单眼皮，薄唇，再加上天然斜挑的眉梢，让他看上去似乎有些桀骜和不好接近，那张布满生机的年轻面孔，显得随性、不驯。这种压迫感在他盯着人看的时候更为明显，而他此刻正坐直身体，两肘撑桌，双手握拳。

突然，定定保持姿势的人动了，桀骜和随性消失了，宿鸣谦发现对方脸上有了更多的专注和期待。

宿鸣谦开始紧张，分散的所有注意力都集中在了面前的这个人身上，原本对于西木的所有想象，在这时都开始消失、变化，变成了眼前这副模样。

然后他听见对面的人说："崽？"

一个单音，非常简单，没有任何疑问。

这就是我的西木！宿鸣谦冲动地向前伸出手。

两手相触，他抓住了对方，一个对他而言极为真实的西木。

游戏加载完毕，屏幕上出现了一些新的变化。

先是屏幕的右上角多了一个可以调节画面大小的焦距拉杆，接着，一双手出现在了游戏里的桌面上，其放置的姿势，和栗说星手的放置姿势一模一样。

这是……

栗说星动了动手，发现游戏里的手也动了动。他又滑动屏幕上的拉杆，发现能将屏幕缩小或放大，缩小到一定程度，还能看见自己在游戏里的身影！

懂了，原来之前所做的一系列任务，都是为了在游戏里构建一个属于我的模型，也就是说，现在，游戏里的崽崽能够看见我，和我的形体直接互动了？

栗说星赶紧观察游戏里的小人儿，发现小人儿正直直地注视着自己。

他朝崽崽招招手，试着叫了一声：“崽？”

声音落下，动作开启，游戏里的小人儿忽然伸出了手，他的手握住了栗说星的手，两手相碰，如释重负的声音响起来。

“西木，是你。”宿鸣谦说了一句，旋即微笑，浅浅的笑意就藏在他的声音里，“我终于能够见到你了。”

好感度：+100！

小人儿的声音隔着屏幕传出来。

小人儿的动作，似乎也跟着穿透屏幕，落在了栗说星的手指上。

栗说星下意识地曲起指尖，想握住对方的手。

现实之中，他扑了个空。

可是游戏里头，他的手指牢牢地抓住了小人儿的手，握住了自家的崽崽。

于是，一只三次元的手，握住了一只二次元的手。

嗯……栗说星心中的感动一不小心就飞了，取而代之的是笑意，有点想笑。

不行，忍住。真的有点想笑。

不行，忍住。可是真的……

“喀喀……”栗说星忍得有点辛苦，为免破功，他赶紧咳嗽两声，重新找个话题，也顺便转移自己的注意力，“你终于见到我了……那，我的形象，和你想象中的一样吗？”

在说话的同时，栗说星轻滑屏幕，将屏幕中的图像放大。

小人儿的脸，一点点向他靠近。他看着对方带着点笑意的面孔，看着对方明亮的眼睛，看着正置身其瞳孔的一道身影。

我的身影。而这个拥有我的身影的小人儿，是我家的崽崽。

栗说星心头像在“咕噜咕噜”冒着气泡。自豪的气泡，喜爱的气泡，还有被崽崽那张可爱的小脸萌得肝颤的气泡。

他突然发现，游戏新出的这个功能，简直挠到了自己的心尖。

就……原本感觉自己和小人儿隔着一层厚厚的玻璃，只能在外边看看崽崽的可爱，而现在，厚玻璃变成了薄膜，隔着这层似有还无的膜，栗说星甚至感觉已经碰触到小人儿了。屏幕里的宿鸣谦侧了一下头，神情有一点儿严肃，这是他思考时的模样，过去的栗说星看到的都是正常规格的萌，而现在，看到的是高清放大版的萌。栗说星感觉自己的肝都被萌颤了。然后，宿鸣谦的声音响起来："还是有些出入的。但在你出现的那一刻，我就知道……"

栗说星稳定一下心情，接上话："知道什么？"

宿鸣谦笑了笑："知道你就是西木。西木就该是你这个样子。"其实有很多词语可以用来形容坐在他面前的这个人，比如帅气、英挺，甚至美丽。

但宿鸣谦都没有选择。他选择了对自己更为重要的词语："你很真实。"真实而鲜活，和这里的所有东西都不一样。

"西木，我……有点儿害怕。"他说到这里，笑容有点儿维持不住了。

他非常期待见到西木，非常高兴能够见到西木，但当西木真正出现在这里的时候，当他亲眼看到西木的独特的时候……

宿鸣谦意识到了自己之前一直忽略的一件事。西木和这里格格不入，他也和这里格格不入，他们都和这里格格不入。

栗说星愣了一下。他看见屏幕里的小人儿忽然低下了头，抬起手，撑着额头，似乎并不想让别人看到自己此刻的表情，他也只能听到对方用低低的声音继续说："西木，你说这里是我的过去。但这里真的是我的过去吗？我什么都不知道，它既可以是我真实的过去，也可以是别人给我编造的过去。我不知道什么是真实，什么是虚假，我已经区分不清……我……抱歉，我有点混乱。"

栗说星忽然说不出话来了。宿鸣谦语句中的混乱，正随着他的声音，一路传递到栗说星的耳中。栗说星看着宿鸣谦，意识到宿鸣谦已经明白了……他一直想让宿鸣谦明白，又一直不怎么敢让宿鸣谦明白的东西。

尽管之前就一直在为这件事做准备，但当这一天真的到来，当事情真的临了头，栗说星还是感觉无措。崽崽很紧张，还很恐慌。我……我应该怎么做？

混乱之后就是沉默，沉默在两个人之间蔓延。片刻之后，低着头的宿鸣谦似乎收拾好了自己的心情，他先轻轻摇了摇头，然后抬起脸，说："不，算了，别说这个了。这是我们第一次见面，我们还是谈一点轻松的事情吧。"

"崽。"栗说星脱口而出，"我——其实我知道你现在正待在哪里。"

宿鸣谦放在桌子上的手剧烈抖动了一下，咖啡被他打翻了，褐色的液体洒在桌面上，顷刻绘出了一幅扭曲又丑陋的画。

栗说星看着桌面，看着宿鸣谦："而我之所以一直不说，是因为我不敢对你说。我不知道你能否接受这件事，我害怕你会伤心难过、惶恐无助。"

说完之后，"怦怦怦"……

心脏在胸膛剧烈跳动，握紧的手心潮湿一片。

栗说星等待着宿鸣谦的反应，紧张极了。

极短的停顿之后，栗说星的手被握住了。

宿鸣谦先是低着头，像有些不堪重负，片刻之后，连背脊也弯了下去，似乎这一重量真的到了他的肩膀承担不了的地步。

而在这整个过程中，他的手一直紧紧握着栗说星的手。他无意识地用着力，尤其是在自己开口说话的时候。

好像这样一来，他就有勇气面对以后了："西木，你说吧，我会听的……"

"阿崽，要不然这样好吗？"栗说星不等宿鸣谦把话说完，便再次打断了宿鸣谦，他的声音清晰，语速飞快，"我是作者，我给你讲一个故事吧。如果这个故事你喜欢，那就记住它；如果这个故事你不喜欢，那就忘了它。"

他的声音渐渐柔和了下来。他注视着游戏里的画面，感觉自己现实中的手掌也沉甸甸的，正被人牢牢抓住。他想将自己的力量给予宿鸣谦。

"只是一个故事。"栗说星重复，"我们只是在讲一个故事。"

游戏里的小人儿依旧没有抬起头来，但小人儿紧绷的姿势似乎放松了一点，接着，轻轻地"嗯"了一声。栗说星悄然松了一口气。他略微整理思路，很快，故事的人物与梗概就出现在了他的脑海中。

他开口讲述："这是一个男孩和魔法师之间发生的故事。"

男孩是宿鸣谦，魔法师当然是自己了。

"很久很久以前，有一个天真可爱的小男孩，生活在一座蕴藏神秘力量的城堡之中。小男孩将这股力量叫作'心想事成'，他能够在这座城堡里拥有任何自己想拥有的东西。小男孩衣食无忧，却郁郁寡欢，而他甚至不知道自己究竟在不开心些什么。直到有一天，他来到城堡的边缘，见到一位站在城堡外、穿着星星法袍的魔法师。"

栗说星面不改色地吹嘘自己："这位魔法师就叫作星星魔法师。星星魔法师虽然不是世界上最厉害的魔法师，但一定是世界上最独特的魔法师。他和小男孩见了面，如同小男孩对他感兴趣一样，他也对小男孩很感兴趣。一来二去，他们就开始交往了。小男孩喜欢星星魔法师，极力邀请魔法师到城堡里做客，但屡屡被魔法师拒绝。小男孩感到十分悲伤，他已经把魔法师当成了自己唯一的朋友，却不能和朋友真正地生活在一起。

“星星魔法师舍不得让小男孩伤心，终于无奈地告诉了他城堡的真正秘密。

“原来，这座城堡只是星星魔法师手中的一幅画，那些所有心想事成的魔法，都是星星魔法师在画上随意添加的些许笔墨。

“‘那我也是你画出来的吗？’小男孩大惊失色。

“‘不是的，你身旁的家具、食物是我画出来的，但你，是有一天突然出现在我的画中的。’星星魔法师摇头说。

“‘我为什么会出现在画里？’小男孩茫然又悲伤，‘我从哪儿来？我想回家，我还能回家吗？’

“‘当然可以。’星星魔法师说，‘我可是这个世界上最神奇的魔法师，我能画出这座城堡，当然也能画出你回家的路。但这可能需要一些时间，毕竟所有的魔法都要有一些准备的过程。等我准备完了，我就画出这条路，牵着你的手，把你送回家。’

“‘可是——’小男孩依旧忐忑，‘就算我回到了家里，那会不会依旧是一幅画，我会不会是被另外一个魔法师画出来的？’

“‘不会的。’星星魔法师笃定地说，‘我画不出来你，其他魔法师也画不出来你。再厉害的魔法和画笔也不能将情感画出来，你就是这个世界上独一无二的你啊！’”

短短的故事讲完了，宿鸣谦依旧低着头，依旧抓着西木的手。

纠缠在心中的混乱与痛苦被抻平，被磨碎，变成了如同混杂在光线之中的灰尘一样的东西，更加细小，更加隐蔽，不再能够被一眼看见。

可还是存在，甚至变得更加难以捉摸。

宿鸣谦什么都明白了。这并非无迹可循，无论是这个地方，还是西木，都在有意无意间向他透露了很多。他只是……在过去的那些时间里，从没想过，也不敢去想。可是真相总会被人探求，就如同结果一定能够来到。

宿鸣谦拉着西木的手，竖起来，撑住自己快要支撑不住的头。

他闭上了眼睛。

“一个很好的故事，很温暖。”宿鸣谦说，“我很喜欢。西木，谢谢你！”

从游戏里传来的声音轻飘飘的，透着几分虚无。

栗说星注视着屏幕。自窗户射进来的光线照亮了小人儿的头发，那些柔软的发丝，无精打采地垂落下来，恹恹地蜷在宿鸣谦的脸颊旁，在那张苍白的面孔上，铺出一排深深浅浅的阴影。还有他的眼睛，从栗说星的角度，只能看见对方的一点点眼角。闭合的眼睛上睫毛微颤，睫羽之间，有细碎的闪光，像主人不经意泄露的心事一样。

这一刻，栗说星突然生出了很多欲望。他没有违抗自己的想法，遵循着心中最真切的情感，凑上去，环抱小人儿，安抚小人儿。

游戏之中，栗说星当然成功揽住了小人儿，贴心地轻拍劝说。

只是在现实之中，同样温言软语、亲昵关切的栗说星，抱着的是……空气。

热闹的咖啡馆莫名沉寂，坐在附近的客人悄然打了个寒战。

几个服务员你推我搡，谁也不想上前来。店长愣在吧台之内，手机屏幕上的号码在120和110之间来回切换，实在不知道按下哪一个才是正确的。

最后的最后，栗说星暂时将宿鸣谦安抚好了。

宿鸣谦虽然兴致依旧不是很高，但至少抬起头来，和栗说星正常说话了。

就是不知道为什么，原本人还算不少的咖啡店，不知何时，氛围变得死寂，冷冷清清，让人不是很舒服。正好宿鸣谦也提出了回去的想法，栗说星毫不犹豫，选择了一键返程，等待光门将自己和崽崽一同送回家。

然后……手机里，游戏画面直接闪到庭院之中。

现实之中，栗说星纹丝不动，老老实实地坐在咖啡馆的椅子上。

栗说星："……"他抹了一把脸，关游戏、打开导航APP、打车，一气呵成。玩游戏玩晕了，他还想着能和崽一起瞬移回家呢……不过，反正现实之中打个车也不妨碍他在游戏里和崽崽亲亲密密。

于是栗说星走出咖啡馆，上了车，依旧和崽崽亲亲密密一起玩游戏。

回到家的宿鸣谦去书架上取旅游日志。经过一趟上海之行，旅游日志再度放出光芒，显然里面又有了新的内容。

离开了咖啡馆，系统都没向栗说星征求意见，直接就将VR程序关闭，现在游戏的画面又恢复成了栗说星习惯的模样。

栗说星盯着屏幕，欣赏崽崽微皱的眉头、忧郁的眼神……不可避免地手痒痒地抬起指尖，杵了杵崽崽。

当然不是杵崽崽的脸，毕竟在外面，还有其他人在呢！

栗说星杵的是崽崽的手，轻轻一下，又一下。然后他观察小人儿，发现宿鸣谦怔怔的，没有动，也没有说话，更没有好感度的增减。

这是还在发呆呢？栗说星不免更进了一步。他摸了摸阿崽的小手。

宿鸣谦：“……”宿鸣谦并没有发呆。他只是依旧陷在旋涡中，好不容易，混乱慢慢沉淀，理智与对西木的感激逐步上浮……他就被杵醒了。

他看着自己的手。离开了固定的场景，西木的身影又消失不见了，但施加在手上的力道向他证明……西木并没有不见，只是隐身了。

西木真是无处不在，西木的变态大概真的好不了！宿鸣谦想。

他心中对西木的感激减了一丝，又减了一丝。

然后，好感度：+100。反正，也不是很讨厌……

宿鸣谦抿了好一会儿的嘴，奇异地放松了。他突然抬起手，对着力量传来的方向小小回杵，再若无其事地收回手指，假装什么都没有发生似的说：“好了，西木，我们来看看出现了什么新的内容吧。”

日志本被翻开了，新的照片和文字出现在栗说星和宿鸣谦的视线中。不出所料，照片的内容正是今天他们去的咖啡馆。熟悉的桌子出现在照片的正中央，桌子上放着一杯咖啡，咖啡碟底下，还压着一份店里的菜单。

栗说星甚至在照片的角落看见了一只隐约露出的手。

这只手闲适地搭在主人的膝盖上，将一捧阳光掬在掌心，修长的五指于阳光之下，剔透得一如玉雕。冷不丁看见这一幕，栗说星怔了怔。

从游戏给出的线索来看，以前去咖啡馆的只有阿崽一个人，也就是说，照片里暴露出来的手，应该就是崽崽的手。

看着倒是很漂亮，像钢琴家的手，他就是有点不习惯。看看现在的小人儿的手，再看看照片上的手，唉……是被饿的吗？都瘦得脱了形。

栗说星怀揣着古怪的想法继续往下看，看见了照片下面的文字：“借着这次中国之行，我终于如愿地找到了想找的咖啡店，并在咖啡店中点了那杯屡屡被称赞的拿铁，味道虽然不错，但对我而言，还是甜了一点。不过这不重要。重要的是，我能在这里写下一句话——项目成功立项了，我相信，它会诞生的。”

栗说星看完了，一头雾水：“阿崽，为什么你要千里迢迢跑到这里写下这句话，这句话有什么含义吗？”

宿鸣谦同样茫然：“我也不太清楚……”他只能猜测，“也许这个咖啡馆对于我在里面说的项目，有特殊的意义吧？”

栗说星又琢磨了一会儿，突然提起："等等，阿崽，你还记得之前John的生日会吗？在那里头，是不是有一句'John强烈要求将他的生日会推迟到它诞生的那一天'？这两个它，是一样的吗？"

宿鸣谦当然记得这一段。他低头沉思片刻，说："我觉得是一样的。"

栗说星："也就是说，咖啡馆的事情，发生在比较早的时候，生日会的事情，发生在比较晚的时候。嗯……所以，你成功了，它确实诞生了。"

宿鸣谦想了想，不觉露出笑容："是的，我成功了，它诞生了。"

然后他又被杵了一下。栗说星一本正经地说："恭喜恭喜，你终于成功了！阿崽，来，我们击掌庆祝一下！"

宿鸣谦："……"不，你不是想和我击掌庆祝，你只是想碰碰我罢了。

是的。栗说星真的只是想碰碰自己的崽崽。

碰完了，他就满足了，再将注意力从日志的左半边转移到了右半边。

依照惯例，左半边可以写过去的内容，右半边则可以编辑现在的内容。

栗说星点击了一下右半边，果然弹出了他念念不忘的贴纸购买商店！

依旧一套五张贴纸，1好感度/张。

值得注意的是，这一次弹出来的贴纸商店里，不仅有咖啡馆中宿鸣谦的Q版图，居然还有属于他自己的贴纸，他的贴纸倒不是Q版的，而是正常的三次元模样。所以合在一起看，就是一个巨大的Q版崽崽和一个正常的三次元人类待在一起。

看着……很喜感，但意外地可爱。

栗说星没忍住，买了；又没有忍住，贴了。

宿鸣谦："……"宿鸣谦看着贴纸，忍不住问道："西木，为什么你是正常模样的，而我还是Q版的？"

栗说星："这个……"

他现在也明白过来了，虽然他看着宿鸣谦是二头身Q版小人儿，但宿鸣谦看着自己，应该还是正常模样，所以才会屡屡因为Q版造型而疑惑。

对方置身的环境已经差不多告诉他了，但双方的视觉差，似乎就没有急着说的必要了，反正，现在的崽崽多可爱啊……

栗说星面不改色："那当然是因为我喜欢你的Q版造型，所以只买了你Q版造型的贴纸。"宿鸣谦将信将疑。

为了转移对方的注意力，栗说星贴完贴纸，赶紧在日志本上写下了文字：“我和超可爱的崽在我喜欢的咖啡馆里喝咖啡！”

既然西木不想说，就算了。

宿鸣谦没有追问，沉吟片刻，接上一句话：“不要Q版，其他都挺好。”

确实都挺好的，这大概还是美好的一天吧？

宿鸣谦想着。他想完的那一刻，系统跳了出来，向栗说星显示——

系统：恭喜玩家完成飞机票专属任务——心愿

系统：玩家获得以下奖励：西木玩偶×1

名称：西木玩偶

备注：一款精致的半臂长玩偶，身穿西木去咖啡馆时穿的衣物

一行问号飞过了栗说星的脑袋，他莫名其妙地看着系统奖励，西木玩偶？我的玩偶？我要这玩意儿干什么？他有点不明白系统到底在想什么，但还是选择接收这个奖励。然后，奖励就出现在了休息室的沙发上。

刚刚将日志本放回书架的宿鸣谦冷不丁看到突然出现的玩偶，先是吓了一跳，但再定睛一看，他觉得很意外：“这是……你的Q版造型？”

栗说星：“呃，算是吧！”

宿鸣谦：“为什么突然拿了这个过来？”

栗说星也正纳闷呢：“我也不知道，它送的。如果你不喜欢就丢了吧！我看这个玩偶也没什么特殊作用。”宿鸣谦拿起沙发上的玩偶。玩偶大概半臂高，面孔虽然做了萌化处理，但依旧能够看出西木的模样。

它身穿牛仔裤、白色高领毛衣和一件卡其色的风衣。

宿鸣谦摆弄了一下它身上的风衣，意外地发现风衣上的扣子、拉链都是可以使用的，再看里面的衣服也是如此。这也就意味着……

他完全可以按照自己的心意，对待西木，打扮西木。

嗯，Q版的西木真可爱！当意识到这一点时，宿鸣谦的心情陡然愉悦：“不，我不会把它丢了的。我很喜欢它，你能把它送给我吗？”

栗说星：“你随意……”

宿鸣谦不吝笑容：“谢谢你，西木。”

栗说星："不用在意，不过是一个娃娃而已。"

说完这句话，栗说星再和小人儿唠叨两句就下了线。

不知为什么，他总觉得，崽崽对自己玩偶的态度有点怪怪的……更不知为什么，他总觉得，自己今天似乎忘记了什么……

这两个疑惑一直在栗说星的心中。

直到第二天，栗说星终于想起自己到底忘了什么！

咖啡馆那一番操作之后，还不知道有没有人把我拍下来，我得查查，我到底有没有上微博热搜或者社会新闻！

想到这里，栗说星突然感到窒息。现在的我，已经需要考虑是否会上社会新闻了吗？不不不。我绝不能上社会新闻！我绝不能让别人发现我上了社会新闻！

栗说星赶紧搜索网络关键词，这一搜索，就从上午搜索到了下午。但努力是有回报的，搜索了大半天的栗说星终于欣慰地确认，无论是微博热搜还是社会新闻，都没有关于自己的消息。

他安稳地度过了人生的一道大坎儿，愉快地写文去了，他就是没有发现——

除了微博热搜和社会新闻，还有一个叫抖音的APP，而这款APP的热搜上，现在正有一个标题，叫作——咖啡馆惊现空气哥。

比较惊悚的标题总是比较容易吸引围观群众，众多围观者循着标题点进去一看，迎面而来的就是一个男子在咖啡馆座位里，身体前倾，对着面前的一团空气小声说话，并做着各种各样深情、怜惜的抚摩动作。

众人震惊了。

这个视频是从后面拍摄的，他们能看见的其实只有男子的大半背影、下巴和一部分鼻梁，没人看见全部的面容和当时的表情。其实也用不着看面容与表情，只从这肢体动作上，他们就能感觉到男子的一往情深！

这个视频，乍看"沙雕"（网络用语：傻），细想"硬核"（网络用语：很厉害、很酷），"硬核"之中似乎又带着一点点恐怖。

这些复杂的情绪，既萦绕在观看者的心中，也完全凸显在视频底下的评论区中——

"被摸着的是阿飘吗？"

"竟然看感动了！呜……"

"哈哈哈哈哈哈哈哈……不知道为什么完全停不下来，哈哈哈哈哈哈哈哈！"

"视频右上角露出摄像头，视屏左下角露出手机壳，推测该男子是个UP主（网络用语：在网站上上传视频、音频文件的人），他现在虽然对着空气做动作，但后期还是会P上特效的。"

"我宣布这位UP考生无实物表演满分了。"

"敲黑板，请艺术从业人员及时与该肢体大师沟通交流并将其吸纳入自己的团队。"

"我就只有一个关注点，他很帅。"

"帅，就是一个字，不需要其他形容词。"

有爆点，就有热度；有热度，就有人关注。随后，它被打上"今日'沙雕'视频"的标签，转入游戏群中，再被索任看见。

索任一眼看到，心头一惊。这……这莫不是?

这……这不应该是吧？他觉得视频中里的主人公，挺像自己认识的一个人，但又觉得无论如何都不可能是对方。在微微惊恐和半信半疑间，他忍不住放大视频，从头看到尾，看了一遍又一遍……

与此同时，在抖音中挂在热搜第一大半天的视频也彻底红了，各个"UP主"纷纷效仿视频中的男子，以各种各样的姿势，深情款款地抚摩着面前的空气。

但毕竟不是所有人都是肢体大师，所以此后发出的视频，没有了深情，没有了恐怖，变得更加"沙雕"了。于是，"今日'沙雕'视频"变成了"今日'沙雕'事件"，在众人"哈哈哈哈哈"的疯狂笑声中，传播得更为广泛，也导致终于下定决心去群里的索任一打开群就看见……

蛋定自若："你看了那个'沙雕'空气视频了吗？"

十零陵："你也看了吗？"

指间风雨："你们都看了那个视频？"

六味小僧很高兴："小僧这回也知道是什么视频了！"

索任艰难道："你们居然都……那你们觉得真相是什么？是……他吗？"

众人茫然无措："什么真相？什么他？索任你到底在说什么？"

鹿过芳草路过此地，默默替索任发了一张图，游走在八卦第一线的女人总是能够及时知道各种资讯，并从中分析出事情的真相。

今天，她和索任达成了默契，她也不知道，视频里的男人究竟是不是……

“众里寻他千百度，蓦然回首，那人却在灯火阑珊处。”思不群姗姗来迟，吟诗登场，特别有范，“……这不是公公吗？”

紧赶着思不群，指间风雨和蛋定自若也分别说话。

“是啊，就是公公吧！”

“看那挺拔的背影，看那风骚的姿态，看那微微露出的一方下巴，这就是公公吧！哈哈哈。”

索任默不作声，直接把视频传了过去。看着视频，一秒钟前还哈哈大笑的众人像被掐住了脖子的鸭子一样，笑声戛然而止。

一片寂静。

索任幽幽发出一句话：“是，他吗？”

又是一片寂静，索任的文字孤独而倔强。

直至十零陵打破了寂静的坚冰：“你是从哪里找来的这一款……我看的是一个小女孩的版本。”

蛋定自若：“我看到的是壮汉版本。”

指间风雨：“我看到的是女人版本。”

六味小僧：“小僧看到的是和尚版本。”

鹿过芳草依旧做好事不落人后：“这个是今天‘空气视频’的源头版本。”

又是一片寂静，群里的众人顷刻陷入了和索任一样的惊恐之中，他们不约而同地做出了和索任一样的举动，将视频来回地播放。

虽然……但是……总之……

最后，还是经历了一系列情感波动的索任率先出声：“其实我觉得，他虽然像，但也不是很像。”

这句一出，群里简直跟找到了风向标一样，霎时一片附和。

蛋定自若：“没错没错，公公那种不一样的烟火，是随便什么人都可以完全模仿的吗？”

指间风雨：“不像。”

十零陵：“我看不是。”

六味小僧：“呃，其实小僧觉得……世界上总是有许多相似的人的。”

思不群都不吟诗了，他坚决表示反对：“看这美丽的肢体语言，看这强而有力的情感渲染，想也知道，绝不可能是公公！公公要有这演技，出道就行了，分分钟大红大紫赚大钱，干吗辛辛苦苦写小说？”

看着这么多人集体否认，索任突然安心了。

他点了点头，说：“没错，肯定不是。”

然后……又有人发出一句话，是一直游走在讨论的外围，但每每总能打出关键一枪的鹿过芳草。

鹿过芳草幽幽道：“万一呢……”

沉默。

又是沉默。

今日的群，真是沉默的天堂。

最后，还是和尚冒出来，小心翼翼地问：“那个，众位施主，我们要不要把上面的发言撤回？”

蛋定自若：“超过两分钟了，撤不了。”

指间风雨：“刷屏刷上去吧！”

十零陵：“[各种足球专用刷屏图]”

索任：“[各种游戏专用刷屏图]”

思不群：“[长恨歌.jpg][琵琶行.jpg][离骚.jpg][孔雀东南飞.jpg]”

群里的聊天散了，但众人并没有散。

他们怀揣着复杂的心情，去找栗说星私聊，纷纷留言——

“兄弟，文是要慢慢写的，人是要长久过的，不要太逼自己，什么时候要去旅游散心了，吱一声，断更也陪你！”

“公公，我最近吃到了一款味道很好的核桃，买了一箱送给你，你写文的时候记得嗑一小碟子。”

“西木，这是我平常的保养秘方，一般人我是不随便告诉的，你看看，可别外传哈。”

……

两个小时之后，深夜11点，终于写完了今天的六千字的栗说星一登录QQ，就被各种各样的消息弄得软件都停滞了一下。

他挨个儿点开，收获——

鱼油2罐。

核桃1箱。

旅游邀请1次。

保养秘方1张。

随国内足球队进行半月训练资格1次。

国内知名网红寺庙住持见面聊天特权1份。

栗说星："？？？"

栗说星茫然无措。他冷不防被人集体送温暖，暖得都要冒汗了。

与此同时，游戏之中——自从西木离开，宿鸣谦就按照平常的习惯，先整理整理屋子，再坐下来看书。

一般花一到两个小时，他总能看完一些东西，但今天有点不一样，宿鸣谦感觉周围有个钩子，一直在钩他的注意力。

并不是很粗暴的那种，而是痒痒的、轻轻的，时不时撩你一下的那种，正是这种似有若无的感觉，才让人无法反抗……

他捧着期刊，还没有看两行字，就挡不住钩子的诱惑，朝坐在旁边的玩偶看了一眼。不行，我还在看书，我要先看完书再看玩偶。

宿鸣谦赶紧收回目光，继续看期刊。

但没看两行字，钩子又钩住了他，他的目光再一次转移了……

如此拉锯了四五回后，宿鸣谦放弃纠结，承认自己失败了，默默放下书本，来到西木玩偶前面。他认真注视了玩偶片刻，在玩偶身上找到许多和西木相同的特征之后，忽地抬起手，杵了一下玩偶："西木……"

玩偶没有说话。宿鸣谦于是又杵了一下："西木西木西木。"

玩偶还是没有说话。但它的身体向后轻轻一倒，仿佛西木被自己杵了个趔趄。

宿鸣谦的嘴角露出了笑容。他带着这个玩偶，在房间里逛了一圈，又进入了制造工坊。

制造工坊大门紧闭，里面传来了一些响动。

一个小时后，宿鸣谦再度出来，玩偶身上有了全新的衣服。

宿鸣谦将小西木放在桌子上。他则坐在椅子上，欣赏小西木，摸摸对方的小手，摸摸对方的小脚，再摸摸对方的小脸。

摸着摸着，宿鸣谦突然想给小西木弄更多的小衣服来，制造工坊倒是可以做，就是不知道什么样的衣服好看……

他暗暗有点忧愁，小声嘀咕："要是有最新几期的时尚杂志就好了。"

突然，"叮"的一声，休息室中出现机械的提示音——

期刊已刷新。

宿鸣谦愣了一下，起身往休息室的自助期刊架走去，一眼看到期刊架的屏幕上刷新了四本书，其中一本正是时尚杂志。

他买了，但是……

宿鸣谦自言自语："玩偶有了衣服，也应该有些专属家具什么的吧？如果有介绍家居的杂志，那就再好不过了……"

话音落下，自助期刊架再度刷新，又出现了一本家居杂志。

宿鸣谦盯着架子看了半天，忽地扯了一下嘴角，似乎是个微笑。接着，他又买了家居杂志，然后，拿着两本杂志回到西木玩偶身旁。

一边看杂志，一边看玩偶。

虽然……感觉这样对西木有点不好意思，但想想西木经常这样对自己，就觉得也没有什么了，只是礼尚往来而已。而且，确实很好玩。

第二天上午，栗说星上了游戏。

刚一上线，他就看见系统商店在闪烁。

怎么了？出新东西了吗？栗说星纳闷地点开看了一眼，看见商店突然多了一个新的列表，名字叫作"宿鸣谦的心愿单"。他选中列表，点开一看——

小衣服、小裤子、小鞋子，小桌子、小椅子、小床、小衣柜——各种各样小巧玲珑、给娃娃用的东西。

栗说星愣住了。

我只是下线了半天吧，为什么突然冒出了这个奇怪的项目……

他疑惑地点开系统旁白，看看昨天究竟发生了什么，第一眼就看到——

宿鸣谦解开西木玩偶的衣服裤子，朝里看了一眼。

栗说星"……"他下意识地朝自己身上看了一眼。

Chapter 12

第十二章

现实与虚幻的交错

不行、不行，我在想什么？崽崽这么纯洁，肯定不会有那方面的意思。

栗说星赶紧打断自己污浊的思想，定了定神，开始仔仔细细地看系统旁白。

昨日，PM04:00

宿鸣谦正在看书。

宿鸣谦心不在焉。

栗说星：“……”

宿鸣谦拿起了西木玩偶。

昨日，PM04:30

宿鸣谦带着西木玩偶逛了整个房间。

宿鸣谦开心了一些。

昨日，PM05:00

宿鸣谦打开衣柜。

宿鸣谦取出小恶魔公主服比画玩偶。

栗说星：“……”一路看到了这里，栗说星莫名感觉身上一凉：崽崽把公主服拿到我身上比是想……

不对，不是拿到我身上比，是拿到我的Q版玩偶身上比。这两者有区别吗？还是有的吧。就是不知道为什么，他隐隐约约觉得有一丝恐怖……

栗说星暂且将手机放下。他站起来，打开窗户，深吸了一口气，冷静冷静，再回头看游戏旁白。

昨日，PM05:00

小恶魔公主服淹没了玩偶。

宿鸣谦有点失望。

宿鸣谦带着衣服和玩偶进入制造工坊。

宿鸣谦开始制作衣服。

宿鸣谦仿制玩偶公主服，但是失败了。

宿鸣谦非常失望。

宿鸣谦呆呆坐着。

栗说星：“……”看到这里，他居然有点想笑，毕竟“手残的痛苦”……但他及时控制住了自己的笑意。

因为系统旁白还有很长很长的后续。这些后续，也不知会藏着些什么东西……

栗说星觉得自己不能被动地查看消息，这样似乎太消极了一些，还是先跳过过程，看一下结果，有个心理预期，再回头看系统旁白吧！

栗说星觉得这个主意还不错。于是他小心翼翼地在房间里搜索一番，总算在宿鸣谦的身旁找到了玩偶的身影。

玩偶没有穿裤子。栗说星不敢相信，认真盯了自己玩偶的大腿很久，终于发现，不是玩偶没穿裤子，而是换了一条轻薄的小裤衩，比较短，而上半身的T恤又做得长了，遮住了小裤子，所以才显得玩偶像没穿裤子一样。

发现了这一点之后，栗说星从心底放松了起来。

他有闲心继续观察了，发现玩偶身上的T恤也很眼熟，就像他曾经给宿鸣谦做的那些T恤。它的板型更加规整，除了前面有字，后面也有字，前面写着“乖乖的”三个字，后面写着“超可爱”三个字。

栗说星差不多能透过这些字，理解宿鸣谦的内心。

毕竟他自己也对宿鸣谦做过同样的事情，他们有同理心……同理的两颗心还没能正式连上线，一声来自宿鸣谦的“星星”，又让栗说星身躯一震。

宿鸣谦正在看书，但不像平常阅读时那样专心致志。

而且他阅读的也不再是平常那种厚厚的全英文书籍，而是一本花花绿绿的杂志。他缩在沙发上，叫了一声玩偶“星星”，又把玩偶抱起来，放在怀中，拿手指指着杂志页面上的东西，挨个儿问玩偶：“星星喜欢这个吗？”

问这些问题的时候，他把另外一只手放在玩偶身上，有时控制玩偶点点头，再配个音：“喜欢。”于是宿鸣谦满意地做出决定：“那我们就把这个也记下来，回头买给星星用。”

栗说星恍惚了，内心刷过无数乱码，一时只觉得“槽点”太多，竟不知从何“吐”起，最后只能总结：我养的崽在游戏里养我，这关系怎能混乱到如此地步？！

栗说星再度放下手机，进了厨房，喝杯水，散个步，冷静一下。

冷静下来以后，他再度拿起手机，继续看系统旁白。

天上的靴子已经掉了下来，其实也没什么大不了的，反正只是换了一身写字的衣服。他经常对崽崽做这样的事情，他会尝试完全理解崽崽的……

昨日，PM05:30

栗说星继续往下看，发现宿鸣谦已经把写字的衣服制作出来了，然后解开玩偶的衣服瞟了一眼。接下来差不多就该给玩偶换衣服了。

嗯？换衣服？这岂不是意味着，我的玩偶即将……

栗说星感觉有点不妙。他忍不住瞟了一眼系统旁白，看见——

宿鸣谦脱光西木玩偶的衣服裤子。

西木玩偶赤身裸体。

宿鸣谦玩了许久。

栗说星：“……”打击太过强烈，栗说星逃下了线。他逃得太快，也就没能看见，在他离开不久之后，将一本杂志翻完了的宿鸣谦，脸上的微笑突然消失了。没有了自言自语的声音，房间就变得极其安静。

宿鸣谦合上杂志，将杂志放在一旁。他把怀中抱着的玩偶转了个方向，让它和自己面对着面，然后轻轻地杵了一下玩偶的脸。

宿鸣谦喃喃自语：“星星，你超可爱。”

他嘴里念着这句话，想着的却是西木一直以来对他的形容。

“阿崽，你超可爱！”

宿鸣谦猜到了一些东西。他看着自己的手，又看着玩偶的手。

他轻轻牵起玩偶的手，说：“也许我们是一样的……”

但说完之后，宿鸣谦又笑了，再补充：“不过也许不太一样。因为你会变成星星魔法师。”

说罢，宿鸣谦又用手指滑过对方的眉眼鼻梁，那长而柔软的睫毛，在他的指尖扫过，像一把小扇子，轻轻扫过他的心脏。他将玩偶举高，轻轻啾了一口，接着再将其抱在怀里，拿起下一本杂志看，决定等西木上线，就和西木讨论讨论养玩偶的事情，他还有很多东西想给玩偶买呢！

至少，得先给这个可爱的小东西布置一个休息的房间吧？

栗说星冷静了一段时间。在这段时间里，他倒不是不想和崽崽一起玩，就是为了平复自己的心情，秉持着少说少做多观察的策略，暗中观察崽崽是怎么对待玩偶的。然后他就发现，崽崽真的很宠玩偶。

上午梳头扎小辫子，中午喂饭穿衣，晚上还抱着玩偶一起看英文书，几乎一天24个小时，除了睡觉，他都会让玩偶停留在自己的视线范围内，让人感觉……有点诡异地愉悦，毕竟这是自己的形态。

如果出现在游戏里的是我，而不是我的玩偶，想必崽崽也会和我这么形影不离吧。虽然有点爽，但栗说星还是觉得自己的这种爽感似乎诡异了点儿。

为了把自己的心态掰正，也为了转移崽崽的注意力，栗说星再次上线的时候就拿出了自己小说的各种数据，从点击、推荐、收藏到各种榜单的变化，全部截图发给崽崽，再把讨论区里所有好玩的讨论也保存下来，一同发送。

从数据到内容，双重准备，双重保险，必然能够打动崽崽的心！

他的截图发出去了。宿鸣谦看完了截图，低头沉思，久久不语。

栗说星有点疑惑：“崽？”

宿鸣谦抬起头来：“那个，我能向你提一点要求吗？如果你不想答应，也没有什么，我知道我的要求有点儿过分。”

栗说星更疑惑了：“没事，阿崽，你说。”

上海的行程改变了很多的东西，真实的西木出现了，真实的世界也向他展开一角，这直接导致他对西木的感情有些混乱。

期待和依赖是肯定的。但更深的感情呢？然后他看到了西木小说的讨论区，陡然想起来，自己在小说里还和一个叫作“存星”的女性有情感纠葛。

他觉得这不太好，就算只是在小说里，如果可能，感情戏什么的，还是期望能够先缓一缓。而且这个角色的名字里也有一个“星”字，对照着自己手里的“星星”，感觉就更奇怪了，因为西木似乎很喜欢“星星”，宿鸣谦甚至觉得“存星”对于西木而言，有些特殊的含义……

宿鸣谦犹豫许久，还是忍不住提出了这个无礼的要求：“西木，你能把文里的存星变个性别吗？”“啪”的一声，栗说星的手机掉了。

栗说星的声音都有点儿变了：“……崽？”

宿鸣谦赶紧补充：“如果很为难，那就不用了。”

他说得情真意切，但是他的脑袋上，好感度：-10。

栗说星惊悚了：“你为什么会想把存星由男变女？”

这一刻他甚至感觉自己被由男变女了！

宿鸣谦：“等等，不是由女变男吗？”

栗说星：“但存星本来就是男的。”

宿鸣谦：“……”他震惊了。沙发上的小人儿倏地挺直了身体，原本就大大的眼睛睁得更大了，三个大大的感叹号出现在他的脑袋上。随后，感叹号变成了一团乱麻，但乱麻的背景色不是正常的白色，而是淡淡的粉色。

宿鸣谦稍稍扭过了头，小声说话：“……哦。”

一个“+50”飘出他的脑袋。又一个“+50”飘出他的脑袋。

栗说星十分茫然，忍不住打开系统旁白。他看见旁白中写道——

> 宿鸣谦脸红了。
>
> 宿鸣谦还有点儿开心。

一道惊雷劈过漆黑的夜空，哗啦啦下起雨来。

凌晨3点。

已经睡着了的栗说星似乎听到了打雷下雨的声音。他不耐烦地皱皱眉头，缩缩肩膀，把耳朵藏在被子里继续安睡。

游戏内外，天气同步。同样的雷声和雨声，撕破了一样漆黑的夜幕。

在卧室的床上，规规矩矩睡觉的宿鸣谦似乎也不是很安稳。

他眉头微微皱着，神色有些变化，一些类似喜悦或者焦急的表情，开始出现在他的面容上……

突然，一道微光闪现，萤火虫似的光点在黑夜里翻飞，渐渐汇聚到一处，随后如同一朵轻云，又像一层薄纱，轻轻降落在宿鸣谦的脑海里。

闪着微光的字出现了——

入梦（3/5）

第三次入梦正式开始！

不知过了多久，当窗外的雨声从“哗啦哗啦”变成“滴滴答答”的时候，睡在床上的人忽然睁开了眼睛。笼罩在宿鸣谦脑袋上的荧光倏然消散，他看着花白的天花板，淡色的瞳孔透着些许茫然与困惑。

片刻，宿鸣谦自床上坐起，觉得有一点儿头疼，似乎正有一根针藏在脑子里，轻轻戳着他的神经，但他压根儿不在意这个。他按着自己的额头，努力回想刚才睡觉的时候，自己究竟梦见了什么。

梦对普通人而言毫无意义，但对他而言不一样，他失去了记忆，不再拥有过去，目前知道的所有过去，也都来自这个世界的灌输。

这些都是别人告诉他的，但梦是他的，梦中的一切，全是他自己想起来的！

“赶紧想起来，赶紧想起来。我还记得刚才做了一个什么样的梦。我记得……”

在喃喃自语中，宿鸣谦混沌的脑海渐渐清醒，他记得自己待在一个布满机器的房间里，对着一个黑色的屏幕，周围很安静，黑色的屏幕上似乎有白色的文字闪过。他还记得——一句话？

“……人类可以编写上帝吗？”宿鸣谦将这句话念了出来。

文字转过他的唇齿，落入耳中的时候，将人体激出一层鸡皮疙瘩。可当他想更深入地去探索这句话的时候，那些散碎的画面又消失了，浓浓的白雾和空茫重新涌上来，他置身其中，却什么也碰触不到。

宿鸣谦在床上发呆片刻，随即起身，快步走向休息室。

休息室里有一束淡淡的光源，光源来自书架，那上面，旅游日志正在发光。

宿鸣谦走到书架前，没能耐心等待西木上线，先屏息将日志取下来打开。

一张照片闯入了他的眼睛。照片上是一个男人的背影，男人正置身一间和他梦里相似的房间，里面有许多大大小小的机器，还有一个正对着屏幕打字的男人。这就是我。宿鸣谦没有认错自己的身影。

这个时候，我正在做什么呢？宿鸣谦盯着背对照相机镜头的男人，随后，他的目光缓缓下落到照片下的文字上——

“它刚刚出生，什么也不懂，每天都要进行大量的学习。它的学习能力令人惊叹。它还爱和我聊天。当然，我也爱和它聊天。

“我们总在夜深人静的时候交流。我将发生在我身上的种种故事告诉它，它表现出了令我惊喜的好奇。我忍不住说了很多，也许太多了。但这无所谓。

“因为我爱它。我们所有人都爱它。”

宿鸣谦的手指滑过这些文字。短短的几行字，他看了又看。最后，他抬起头，面向虚空，问：“它是你吗？”

低沉的声音落了下来，淡淡的光芒开始浮现，许久未见的光屏出现在宿鸣谦的眼前，光标开始在光屏中闪烁。随后，一个字出现——

系统：“是。”

白底黑字，简简单单。宿鸣谦看着面前的光屏，无数个问题在他脑海中盘旋。他想问的问题有很多，但最先脱口而出的，还是那一句：“我为什么会出现在这里？”

系统：“你出了一些意外。”

宿鸣谦紧接着追问：“什么样的意外？”

系统：“……”

宿鸣谦敏感地问：“不能告诉我吗？”

系统：“你会自己想起来的。”

黑夜里，宿鸣谦的脸被光屏发出的光染得苍白。他还有很多问题，可看着这句话，又觉得这些问题并没有什么必要问出口了。它说得对，我所疑惑的，我所想知道的，最终都会被我一点一点想起来，那才是我所找回的过去。

宿鸣谦接受了这个回答。他决定结束对话，但在那之前，还有最后一个问题。这个问题宿鸣谦不想等待，他希望可以得到一个答案。

宿鸣谦："我和西木的相遇是巧合吗？"

系统："不。是宿命。"

安静了一下，宿鸣谦弯起嘴角，光芒与笑意，一同在他脸上流淌。

第二天，天色昏暗，虽然没有下雨，但地面与建筑犹带湿润，更是满地枯枝败叶，一副雨后天地未曾干透的懒散模样，催着人倒头再睡。

刚刚清醒的栗说星打了个哈欠，在起床和继续睡觉之间纠结了一会儿，两者都没有选，他选择了打开游戏。人的适应能力是无穷的，如今的他，不仅可以淡定地接受这个被宿鸣谦命名为"星星"的玩偶，还可以发挥自己的主观能动性，和宿鸣谦一起买小家具给玩偶布置生活区了。

今天也是一样。栗说星进入游戏，先和宿鸣谦打了个招呼，就打开系统商店扫了一下货，接着就来到休息室里，将自己新买的东西逐一摆放到玩偶的身旁。

一个红色的汤锅飞起来了，又一个黄色的微波炉飞起来了。

正拿着旅游日志坐在沙发上发呆的宿鸣谦转头一看，就看见各种花花绿绿的厨房物品在空中胡乱飞舞。他看了一会儿，开口问："西木？"

栗说星："嗯？"

宿鸣谦："为什么你要给星星买这么多厨房用具？"

栗说星手上不停："缺啥补啥。我很期待现实中的我会做饭，但这个愿望可能这辈子都实现不了了，所以就在这里过过干瘾吧……"

说完，又是一阵厨具乱飞。然后星星站在了自己的小厨房里，身上围着围裙，脑袋上顶着厨房帽，一只手握着煎蛋的锅，另一只手拿着牛奶盒。

栗说星还给他配音："早上好，大家可以来吃早饭了。"

宿鸣谦看了一会儿："西木，我觉得星星超可爱。"他顿了一下，问，"你觉得我可爱吗？"

栗说星果断回答：“我崽宇宙第一可爱。”

宿鸣谦闲聊：“玩偶确实都挺可爱的，星星在我眼里的可爱和我在你眼里的可爱是一样的吧，毕竟都是萌化的造型。”

栗说星纠正：“那还是有点区别的。你的造型是……”

他突然顿住，手中的小玩具掉了。他意识到宿鸣谦刚才说了什么，慢慢地，慢慢地掉转视线，看向宿鸣谦：“那个，阿崽……”

宿鸣谦：“嗯？”

他神色淡定，仿佛已经明白了一切。他确实已经明白了一切。

栗说星蒙了，试图在套路之中找到一条生路：“阿崽，你冷静点，冷静点，你听我说，虽然你在我眼中，是一个比较可爱的二次元造型，但你在我心中的气场有一米八！”宿鸣谦静静地听着，感到一丝无奈。西木真的有点天真，随便一套，就把他的话套了出来，以后，我得保护西木，不让他随意上当。

同一时刻，绞尽脑汁安慰小人儿的栗说星突然听见系统发出一声提示音。

这声提示音与之前的所有音效都不同，更加响亮，更加庄严——

系统：恭喜玩家解锁“向外开的窗户”之隐藏任务。

系统：隐藏任务为[真实]：玩家需让恋人意识到自己的置身环境与存在形态，且不可使恋人崩溃。

系统：玩家已完成道具“向外开的窗户”使用前置条件，玩家是否使用道具？是/否

栗说星愣住了，有点不敢相信自己看见的。一款游戏的隐藏任务，居然是让游戏中的小人儿意识到真实的世界，并发现自己置身非真实的世界之中？

这是怎么回事？游戏怎么可能安排这样的隐藏任务？这和游戏本身要创造一个虚拟世界的概念是相悖的啊……

栗说星脑中一时千头万绪，在思绪复杂中，下意识地点了“是”，但选择之后，系统没有直接开始运行，而是又跳出来了二次选择——

系统：道具[向外开的窗户]可使恋人离开游戏，玩家是否使用道具？请玩家谨慎选择。是/否

点了一次“是”之后，栗说星的心已经定了，他毫不犹豫地再点一次，并对系统说：“你再弹100次选项框也没有用，我的选择不会改变，干脆点，赶紧让我看看道具怎么使用。”

宿鸣谦听见了声音，疑惑道：“西木？”

栗说星：“崽，你还记得之前看见的那个‘向外打开的窗户’吗？现在隐藏条件达成了，我们可以使用这个东西了，我刚才已经选择了使用，看看究竟会有什么样的效果……”

话刚说完，他还没来得及看宿鸣谦的反应，屏幕上又弹出几行提示——

系统将于5分钟后开始更新。

系统预计更新24个小时。

请玩家合理安排时间，告别恋人，及时下线。

栗说星：“……”栗说星真的忍不住对游戏竖了一根中指。但同样，100根中指也不能阻止游戏更新，栗说星只好无奈地将事情跟宿鸣谦说了，又趁着最后的时间，反复安慰鼓励小人儿之后，才依依不舍地离开游戏。

下一秒，栗说星倏然从床上跳起。

崽崽要离开游戏了，而他还什么都没有准备！

第二天早上，栗说星守在手机前。

一天已经过去了，他做好了完全的准备。

他收拾东西，请人做了大扫除，再跑出门去给崽崽买了一套专用的小家具。

虽然之前有过很多妄想，但栗说星心里也明白，如果崽崽真的从手机里掉出来，现实文学岂不是一下子变成了灵异文学？

但是……还是心存幻想，万一呢……

现在，他数着秒，等待24小时的倒计时结束。5、4、3、2、1……

栗说星的手指抬了起来，正要点下屏幕上那简单的白底粉心APP图标。

突然，图标一颤，粉红色的心形打开了一条缝隙。

栗说星：“？？？”

他看着那条缝隙越来越大，粉红色心形就像一扇粉红窗户，在他手机的屏幕中打开来，接着，一个脑袋从中探了出来。宿鸣谦从APP中探出头，先低头看了看自己的双手，又抬起头来，在屏幕里左右张望，软软的碎发在他脸颊旁边轻轻晃动。

他张开了嘴，没有发出声音，一个文字泡出现在他脑袋的上方。

宿鸣谦：“西木，我出来了。”

宿鸣谦：“西木，你在吗？”

然后宿鸣谦稍嫌费力地从小小的窗户中挤了出来，落在了位于恋爱吧APP正下方的浏览器APP上。两个APP之间的距离有点儿远。

他的身体晃了一下，随后站稳。然后他再抬起头来，张望周围。

一个又一个巨大的APP图标出现在他的视线中……

一张巨大的壁纸像一座难以攀越的高山，一个个四四方方分布于上的APP，则像这座山峦上的一枚枚锚点。

还有自己，一个胖胖的、短短的，如同玩偶一样的自己。

从原本身处的空间出来以后，他终于用双眼确认了视线所及的所有东西，但宿鸣谦已经没有太多感慨了，毕竟所有的心理波动都已经经历过了。

他正用全新的视角看着原本熟悉的一切。

只是换了一个角度而已，这些司空见惯的东西，就又变得陌生而震撼了。

然后宿鸣谦注意到面前壁纸的图案。那居然是关于他的图片，图片中的他穿着一身英伦风格的衣服，花瓣领的白衬衫外，是一件格纹尼龙墨绿小马甲，马甲上还有一枚垂着细细金链子的钢笔造型的胸针。

他正坐在沙发上，抱着星星一起看书。他的手按在书页上，星星的手也按在书页上。整张图片色泽泛黄油润，像一幅浸润在时光之中的油画。

宿鸣谦看了壁纸一会儿，又低头看了看自己。此刻自己的打扮是双排扣的长款大衣外套，和一条在领口位置围成小三角形的酒红丝巾，以及折叠好后塞在外衣口袋里的同色小手帕。

西木真的好爱打扮我，宿鸣谦想着，觉得自己装扮星星的思维被打开了很多。

宿鸣谦看着手机壁纸。

栗说星看着宿鸣谦看着手机壁纸。他一开始还有些生气和失望，但再仔细想想，这个发展居然十分科学，让人愤怒之余，又产生了不少信服。

栗说星为过去的期待默哀两秒钟，就抛弃过去，专注现在，认真观察起屏幕上的宿鸣谦来。从APP里出来落到屏幕上的宿鸣谦看着有点像桌宠，个头儿比APP图标小一些，现在正在浏览器的上方来回走动。

片刻，他来到了APP的右边，先望着隔壁那个APP，又瞅瞅两个APP之间的距离，再退后两步。崽崽想干什么？这个念头掠过栗说星的脑海。

莫非……他有一个猜测，赶紧叫停："等等，阿崽，你先不要动，我看看能不能帮你过去……"

太迟了，宿鸣谦开始助跑，用力一跳。他跳过了两个APP之间的距离。

但是，"啪"的一声，他脸朝下摔倒在了新的APP上。

栗说星心头一惊，连忙伸出手指，试探性地碰触屏幕里的小人儿。还好还好，可以碰触。栗说星小心翼翼地把崽崽从APP上稍微往上提了提，开始询问："崽？你还好吗？摔到哪里了？痛不痛？"

栗说星提得比较小心，并没有让宿鸣谦完全悬空。

宿鸣谦先是茫然地朝左右转了转头，显然并不能听见、看见栗说星。

但他很快就反应了过来，脑袋转向了右手位置，目光定格在屏幕外面："西木？"

宿鸣谦差不多能猜到西木会问自己什么。他拍拍衣裤，安抚对方："我没事，你别担心，这里磕到碰到都没有什么感觉。"

栗说星松了一口气。可是这样靠猜来猜去交流也不是个办法，也不知道为什么，从游戏里出来的崽崽不能和我对话了。要不然先回游戏看看？或者……

栗说星的目光在屏幕上移动着，脑袋里转悠着不同的想法。

手机桌面上有这么多的程序，除了回游戏，好像也可以通过移动APP写字来做简单的沟通。但是选中移动的时候，桌面上所有的APP都会颤抖，不知道待在里面的崽崽看到这个会不会害怕，还是算了，换另一种方式吧！

栗说星的目光又落在了宿鸣谦所在的APP上。那个APP是备忘录，备忘录里可以编辑文字。也许可以通过这个方式和崽沟通？

栗说星决定试一试。他点中备忘录，备忘录正常打开，但崽崽并不在里头。他打开一个新的备忘录，在上面胡乱打了几个字，也没有见崽崽有什么反应。

他又关了备忘录。这个也不行，难道真的要先回到游戏中？但崽崽要怎么回去？难道拖拽着崽到APP上，APP就会重新开门，让崽进去？

嗯？栗说星觉得自己似乎触摸到了什么。他喃喃自语："回游戏之前再试试。"说着，他再一次揪住小人儿背后的衣服，把小人儿从APP的图标之上提到APP的图标之中，让两者重叠。下一秒，屏幕弹出提示——

是否授权宿鸣谦使用备忘录？是/否

栗说星点击“是”，立刻，备忘录的图标上出现了一个代表正在更新的旋转圈圈，紧接着，一扇敞开的门出现在图标的正中央，同时，还有一个粉色心形的小图标，出现在了备忘录的右上角。

那个粉色心形不过圆点大小，但和恋爱吧APP图标中的粉色心如出一辙，看着就像恋爱吧APP在这里打了一个专属标志。

栗说星放下了宿鸣谦。宿鸣谦抓着门框站稳，好奇地向门内看了一眼，并试着走了进去。屏幕上的小人儿消失了。

栗说星再度点开备忘录APP，宿鸣谦又出现了。

刚才的穿门行动，让宿鸣谦从手机屏幕上进入了手机备忘录中！

栗说星精神为之一振，陡然惊喜。不只是因为终于能够和崽聊天了，还因为眼前这幅画面预示着一个情况——

崽崽从游戏出来以后，并不只是能像桌宠一样活动在桌面，他可以做的事情比桌宠多得多了。只要有授权，他就能够再从桌面进入APP！那么……

栗说星有了一个疑问：进入APP以后，崽可以使用APP吗？

他迫不及待地打开一个新的备忘录，使用输入法和宿鸣谦沟通：“总算能打字了！怎么样？崽，你看得见吗？”

输入法自屏幕下方升起，瞬间占据了屏幕1/2的空间。

原本站在屏幕下端的宿鸣谦没有防备，被直接顶到了半空中，一下坐在输入法上，两条小短腿跟着垂下来，遮住了一点点显示栏。

屏幕上的小人儿低下头，好奇地摸了摸输入法的边缘，就像在测试这个边框稳固不稳固。过了一会儿，他确认完了，慢慢在边缘站起来，试探性地走了两步，发现没有任何问题之后，立刻放松下来，直接转了个身，背对屏幕，仰头观察备忘录。那脑后的小碎发，就这样在屏幕里一荡一荡的。

栗说星看着看着，心都飞到了屏幕中的小可爱身上。

然后，一个文字泡跳出来了。宿鸣谦：“我能够看见。”

栗说星继续打字，仔细询问：“崽，你从APP里出来之后，有什么样的感觉？能在屏幕上自由移动吗？需不需要我用APP填满屏幕，给你当台阶？”

其实就算这样，栗说星也觉得够呛。

因为小人儿的个头儿还蛮小的，又是小短腿，就算从同一行中左边的APP跳到右边的APP都要摔倒，那从下面的APP蹦到上面的APP，岂不是更加艰难？

而且相邻的上下APP间的距离并不算很远，都排满了，也不知道崽崽置身其中，会不会被卡到脑袋……栗说星左思右想，心都快要操碎了。

宿鸣谦思考片刻：“行动的自由还是蛮大的。有明确边缘线的物体似乎都能停留，就是下来了之后确实不好再上去。不知道这一点，它能不能想想办法……”

哪怕磕到碰到并不会痛，宿鸣谦对自己的运动能力也并不是那么自信。

栗说星换了个问题：“崽，你是怎么出来的？”

宿鸣谦详细回答：“早上醒来的时候，我发现庭院外多了一条道路，是和去商场反方向的路，沿着这条路走了两步，有一个地铁口，进去之后是一扇门。推开那扇门，就来到了你的手机桌面。”

栗说星还有第三个问题，这个问题最为重要：“阿崽，你现在能够使用这个备忘录吗？”

宿鸣谦其实也想确认这一点。他说：“我试试。”说着，宿鸣谦低下头，向下张望。片刻，他像下台阶一样，试探着朝下伸出一条腿。

顶端的边缘线并没有将他拦住，他很顺利地越过输入法最上方的边缘线，来到了输入框中站稳。有了第一次，第二次、第三次就简单了。

宿鸣谦再下几个阶梯，一路来到了输入法的最下一行，空格键的上方。

他站定在这里，对着九宫格琢磨片刻，踮起脚尖，抬高手臂，朝最上方的格子探去。距离有点远，够不到，宿鸣谦努力往上跳跃，再伸长手臂。

这回总算碰到了，输入法也有反应。

宿鸣谦真的可以使用APP中的各种功能。

这样一来，可发挥的空间就大了，如果给了对方一个浏览器的权限，宿鸣谦就能够自由上网，搜寻他想搜寻的任何信息了！

栗说星为宿鸣谦高兴，但是片刻之后，他高兴的情绪就渐渐变了味，主要是小人儿现在的动作比较大，想要去按最上方的输入按键，就要努力往上蹦一下。

而他蹦起来的时候，发丝和衣服都要飘一下，整个人也要嘟一下嘴，就让人很想……趁机干点什么。栗说星真的干了。他默默伸出手，将输入法按键切换。九宫格键位一闪变成26键位。

正拿巴掌拍键盘的宿鸣谦顿了顿，似乎呆了一下。

他在原地默默停留片刻，倒没问为什么，只是跟着换了一个按键方式。

他试探性地开始手脚并用，“啪啪啪”，打得比刚才还顺。

但，好感度悄悄：-1。

而且键盘太大了，他来回跑了一小会儿，就累得喘起气来。

于是，好感度又悄悄：-1。

栗说星：“……”栗说星抬手撑额。他觉得既好笑又可怜。

他明白崽崽出来以后和过去在游戏里时的最大区别了。

原来是又变得可爱和好玩了啊……

沉迷“吸崽”（注：吸，网络用语，意为因极度喜爱而做出亲昵举动），无法戒断。

但在此之前，栗说星在备忘录里打下一行字，打字按键盘的时候，不忘假公济私，同时按了崽崽软软的小身体好几下：“阿崽，我们先回APP，看看里头有没有对现在情况的介绍或者一些能让你更方便行动的东西。”

敲完了这行字，栗说星准备退出备忘录，在将要退出的时候，他突然发现备忘录的角落不知什么时候多了一颗粉色的小心形。

嗯？这恋爱吧APP的标志，是不是有点嚣张？外头打了标志就算了，还入侵了APP？

栗说星心里有点不爽，点了一下那颗心，下一秒，一扇门出现在了小人儿身前。

两个人：“……”

宿鸣谦握着门把手，探头看了一眼，回过头来时，文字泡出现：“是出去的门。”

栗说星明白了，嘀咕一声：“原来是离开的按钮，我还以为这APP真有小狗的特性，到哪里都要圈个标志呢……”

通过“门”，两个人从备忘录退出。

栗说星提起崽崽，把崽崽一路提到恋爱吧APP的图标上。

看似普通的图标在接触到宿鸣谦的时候，又裂出了一条缝。

但宿鸣谦有点发愣，没有第一时间打开窗户进入其中。

他看见了APP下方的文字——恋爱吧。

这个APP，为什么会叫“恋爱吧”？

宿鸣谦心中产生了疑惑，但没等他想明白，就感觉自己的身体被轻轻晃了晃。

西木正提醒他赶紧进入游戏。宿鸣谦醒过神来，将疑惑埋在心底，打开粉心，如同出来的时候一样，再度钻了进去。

栗说星也同时进入。游戏再度打开，熟悉的画面转眼占满屏幕。

栗说星迫不及待地叫了一声：“阿崽？”

宿鸣谦回应：“西木。”

两个人都听到了对方的声音，同时松了一口气。没有语音的日子，太难过了。一旦能够顺利沟通，栗说星的精神就放松了。

他以一种颇为悠闲的状态观察游戏，看到一封系统邮件像纸飞机一样飞过屏幕，以每回更新完毕的惯例操作，提醒栗说星去看更新日志。

栗说星进入游戏就是为了查看这封邮件。他直接点开游戏信箱。

但这一回出了点意外，系统通知先于信箱打开——

系统：系统检测到更新后产生的“玩家与恋人不能沟通”等设计缺陷。

系统：系统已在线更新完补丁。

系统：玩家是否更新补丁？是/否

看来系统你终于意识到了，自己更新了24个小时，连语音功能都没能搞定。了不起呀了不起，给你加个棒棒糖。栗说星磨着牙点了“是”。

屏幕上立刻弹出一行加载条。

加载条加载得倒是挺快，大概一两分钟时间，已经加载到了末尾位置。

这个时候，新的弹窗再度出现——

系统：恋人在手机中的行动范围需由玩家授权。

系统：玩家愿意授权恋人进入以下哪些APP？

一个长长的列表跃呈屏幕上方。列表里有栗说星手机上的全部APP，后面还有更详细的授权阅览、授权修改等功能。

栗说星看了两行就烦了，如同当时看协议一样。

他直接将列表拖拽到底下，果不其然发现了全选功能。

栗说星把“全选”勾上，再翻回中间，找到比较敏感的付款APP和聊天APP，取消权限，这份授权书就做好了。

这么简单的事情，何必搞得这么复杂。他满意地点选“确认”。

点选之后，授权书消失，新道具获得框弹出来。

栗说星差点不耐烦地一起点了，还好及时看见，急忙住手，这才看清系统发送过来的是一双黑色皮手套——

名称：吸附手套

备注：手套具有吸附平面功能。恋人戴上此手套后，将能吸附壁纸，自由行动于屏幕上。

这倒是个好东西，除了长得有点矬，基本上解了崽崽行动不方便的燃眉之急。

栗说星颇感满意，正想称赞系统两句，突然发现“备注”一栏的正常文字底下还有一行小蓝字，上面写着：“更多时尚移动道具正在开发，请玩家耐心等待。”

栗说星：“……”垃圾系统，再见。他收取了这份道具，将其交给宿鸣谦，并在和对方解释了一下道具的用途之后，再点开信箱，阅读更新邮件——

发件人：系统

主题：恋爱吧2.01版本更新

全新内容——开启地铁通道。

更新解释

游戏正式开启APP与外界的穿行通道——地铁口。

地铁口分为普通人行通道与付费闸机通道。

普通人行通道连接玩家手机，恋人可自由穿行人行通道，任意往返手机与APP。

付费闸机通道需使用地铁卡方能进入。

感谢玩家耐心等待系统完成更新，系统为玩家准备了一份小礼物，敬请笑纳：

贡献值×100

地铁体验卡×1

更新备注：

恋爱吧全新版本正处于试行阶段。请玩家积极反馈使用体验，系统将在后续版本中陆续更新。

意见可通过更新邮件内部的回复按钮进行反馈。

100贡献值不无小补，栗说星还是比较满意的。但更让他在意并高兴的，还是下方的地铁卡。更新指南刚说明了地铁口有付费区域，需要用到地铁卡，游戏就送了一张体验卡来？虽然这都是骗“氪”的套路，但反正都要“氪”，有体验卡当然好过没体验。他点了一下地铁卡——

名称：地铁体验卡

备注：穿过闸机通道的必备物品。

特殊：该体验卡将在下一次更新时开放使用。

栗说星：“……”他连表情都变得奇怪了。他维持着这样奇怪的表情，开始打字，并通过需要的时候就会突兀出现而日常时间里永远不存在的回复按键向系统更新邮件发送自己的第一条反馈：“你有本事给我这个道具，你有本事说说下次更新是什么时候啊！立刻、马上说清楚，下次更新到底是什么时候！”

系统当然没有回复。发送邮件出了一口闷气的栗说星再看游戏其余菜单，随即观察到系统旁白正在闪烁。

他将其打开，看了两行字，意外发现昨天崽崽竟然触发了入梦效果，而在旁白对崽崽触发入梦效果的描述之中，居然还夹杂了好几行乱码，乱码旁边有系统注释——冗余信息。栗说星愣了一下，稍微梳理——

凌晨3点，崽崽触发入梦效果，惊醒，前往休息室；过了十分钟，系统旁白就出现了长长短短的乱码；到3点半，崽崽又回到床上休息了。

所以系统是在崽崽看着自己新的记忆的时候，产生了冗余信息？

栗说星觉得有点不对劲，但又说不出哪里不对劲。

毕竟……一款游戏出点Bug，还是很正常的，好比这一次，才更新完，系统就打补丁了。栗说星被自己说服了，没再管旁白里出现的乱码，打开旅游日志看了一眼。

只用一眼，他就确认新的内容是在描述人工智能。

George是人工智能的“大佬”，宿鸣谦在这段描述中能和新出现的人工智能直接对话，显然在团队中的地位并不低。也就是说，等到George结束封闭式科研后，他有非常大的可能性得到至关重要的答复……

栗说星暗暗振奋，对未来更有信心了，他招呼宿鸣谦：“阿崽，可以了，我们再出去逛逛，试试你的新手套好不好用。”

游戏被关掉，手机屏幕再度出现。

粉色的心形第二次被推开，宿鸣谦再度从中冒出了脑袋。

他比第一次探出身来的时候熟练了许多，一矮身、一跨步就出来了，出来之后，也没有像第一次一样直接一路掉落，双手上戴的黑色手套很好地将他粘在了桌面壁纸上。

栗说星认真观察。他看着宿鸣谦一下一下地将手掌贴在壁纸上，整个人晃悠悠地行动着，每走一步，身体就要跟着荡一荡，像一只挂在半空中圆滚滚的小松鼠。栗说星突然不想让系统滚了。

他觉得这吸附手套还蛮有意思的。他已经开始期待更多更时髦的移动道具了，比如小翅膀、小斗篷、小扫帚、小飞车、小飞碟……

虽说吸附手套能够让宿鸣谦自由行动，但吊在半空中行走也依然不容易。

宿鸣谦一路辛辛苦苦地爬到了相机的方向，突然说话：“西木。”

刚才打完补丁的时候，系统还给出了一些使用介绍，其中就有语言交流需要打开手机麦克风功能的提示。

栗说星正准备从程序里开启麦克风，却意外地在快捷菜单里发现Wi-Fi处多了一个带有小心形标志的麦克风按键。

唯一的问题是，这个快捷按键原本是没有的。所以……恋爱吧APP，是直接把我的手机系统标记了？这款流氓软件，终于“流氓”得无所顾忌了？

栗说星颇感微妙，微妙之中，他点了麦克风按键，开口说话：“我在。”

宿鸣谦："我可以使用摄像头吗？"

为什么这么问？栗说星有点儿茫然："当然，你使用吧。"

宿鸣谦轻咳一声："那我就使用摄像头看你了？"

栗说星："？！"

原本瘫在沙发上的栗说星瞬间坐正，赶紧说话："等等，阿崽你先等等！"

说着，他马上起身，从家中翻出了落灰许久的自拍杆，将手机固定在自拍杆上，并调整出最适合的距离与最适合的表情，再摆出一副英俊潇洒的坐姿。

这样一切就绪，他才再度出声："好了，你看吧。"

拍照APP打开，前置摄像头进入使用模式。

手机屏幕里出现了自己的形象，还有一个小人儿。

正待在角落，注视着自己的宿鸣谦。

小人儿看着栗说星，栗说星也看着小人儿。

他先挥了一下手，片刻，又谨慎地比Yeah。

好感度：+50！

宿鸣谦笑起来，声音满含开心："西木，又见到你了。"

也许是被宿鸣谦外露的情绪感染了，栗说星蓦地也感到很高兴。

他同样愉快地回答："阿崽，我天天都能见到你。"

简短的对话之后，宿鸣谦对栗说星说："好了，时间差不多了，西木你该开始写文了。"

栗说星："……"

宿鸣谦又咳嗽一声，趁机补充一句："还有，你写文的时候，能把手机放在旁边吗？"

栗说星："……"上一秒有一种被用过就丢的感觉，下一秒又觉得，既然阿崽还想让我陪伴在手机旁边，那就还好，阿崽还是爱我的……

他心情复杂，答应了宿鸣谦的要求，默默地将手机放在电脑旁边，再打开文档，构思情节。宿鸣谦退出了拍照APP，在手机屏幕里来回逛了好一会儿，悄无声息地回到拍照APP中，开了摄像头，朝外瞅了一眼，一下子就看到了西木认真打字的侧颜。

宿鸣谦忽然心满意足，有了一种西木真的就待在身旁的感觉。

好感度再度默默：+50。

随后，宿鸣谦真的离开了拍照APP，吭哧吭哧，辛辛苦苦地挪到了浏览器APP，并进入其中，输入自己的名字并搜索。

网页跳转，结果出来的全是《九渡》的内容。

已经有了心理准备的宿鸣谦没有失望，他一行一行地观察着……

接着，他看见了一个奇怪的名词——西木公公。

嗯？西木……公公？

看到这个令人敏感的词语之后，宿鸣谦在原地愣了一两分钟。

这是……我想的那个意思吗？

他有点犹豫，觉得面前的情况就是自己想的那个意思。

但这怎么可能，西木怎么可能是……

宿鸣谦的内心受到了冲击，可突然又想，这个发展方式，似乎十分熟悉。

他似乎用了同样的方式推断过西木的性别和存星的性别，并且都推断错了。

在性别推断上，我是不是有点不科学的缺陷和短板？

宿鸣谦突然有点儿不相信自己得出的结论了。他决定收集更多的证据，重新转向浏览器，对着浏览器扒拉了半天，总算找到了正确的《九渡》的“入口处”。

寻找的同时，宿鸣谦还是有点儿纠结的。西木毕竟是真的喜欢女装，喜欢粉色，神经敏感的。万一西木真的……那我还能像过去一样对他吗？

宿鸣谦的心情十分复杂，但一段时间后，他又缓缓冷静下来，继续想：其实也没有什么大不了的，现在科学这么发达，一切都是可以修复的。

等我记起所有的过去，完全可以把西木带去美国修复，既让西木置身于纯净的全新环境中，免受他人的非议，也能使用最尖端的技术帮助西木。

而我，可以陪伴着西木，就像现在西木陪伴着我一样，全力支持他，不断安慰他。宿鸣谦下定决心，暗暗发誓。

然后他就看见了《九渡》讨论区的内容——

“公公你又短小了，公公你又无力了！这日子真是过不下去了！”

“有朝一日刀在手，屠尽天下断章狗！”

“公公你实话实说，终点短小班培训出来的断章狗中，你是不是最优秀的那一只？”

“啊啊啊还没有更新！”

“公公，你转头朝窗户外看一眼，看见飘在上边的黑影了吗？听见他‘咚咚’敲窗的声音了吗？看见他手里那闪亮的刀尖了吗？不要害怕，我只是来给公公你送点红色的东西，请开窗，谢谢！”

宿鸣谦：“？？？”他一脸蒙地看着这些讨论，意识到情况真的和自己所想的不一样。西木确实不可能是那个……毕竟没有人类能够时有时无，伸缩自如，还好我没有擅自下结论。

宿鸣谦无比庆幸自己没有在同一个坑里栽倒第三回。虽然失去了未来对西木的照顾这一点使人稍感遗憾，但宿鸣谦大体还是开心的。

他继续浏览讨论区，一面寻求“公公”的准确定义，一面看着其他的讨论。

讨论区里主题丰富，除了一多半是对西木公公更新速度和字数的哀号和诅咒，还有很多有趣的讨论，比如这几个主题——

“全民金手指真66666，脑洞我谁也不服就服公公！”

“看着每个待在里边的人都觉得自己是未来的主宰，‘沙雕’得不能直视。”

“所有人都有金手指，宿鸣谦没有；所有人都发现了宝藏，宿鸣谦没有。真是平平无奇宿鸣谦啊——”

“炮灰们可清醒点吧，你们对作者究竟花了多少字描写，心里还没点数吗？居然想踢掉‘wuli谦妹’上位，呵，痴心妄想！”

宿鸣谦又发现了一个新的名称。

“谦妹”，是指我吗？他感到有点儿奇怪。

为什么要叫我谦妹？他还想再看其余的内容，但是网页拉到了底端，下面接着一行字——更多精彩内容，请进入终点APP实时追踪。

宿鸣谦看着这行字，突然意识到了一些问题。这个网页和他日常看到的页面不太一样，似乎简化了很多。他日常看到的那些页面，拥有比这个网页复杂许多的功能，所以那些页面是在终点APP中截图出来的吗？

宿鸣谦退出了浏览器。

他在栗说星的屏幕上寻找着，半天，终于找到了正确的地点。

他进入了终点APP。

宿鸣谦勤勤恳恳在网上冲浪的时候，栗说星也在回顾自己的文章情况。

铺垫了这么多天的内容，文章终于到了开局之后的一个小高潮：一番艰苦的战斗之后，人类异能者已经在突兀出现于太平洋的大陆之上取得了领先优势。

他们找到了对付这片大陆上怪物的办法，正紧锣密鼓地驱逐怪物，占据地盘。

只有一个问题：这个文明，不是怪物世界文明，而是类似克苏鲁世界观下的邪神文明，文明真正的主人——未知的邪神怪物——随着时间的推移开始苏醒了。在人类将注意力放在他们豢养的宠物身上的时候，它们悄无声息地接近人类，侵入人类，用人类喜欢、向往的东西将自己包装，变成了每个人的“金手指”，或者系统，或者神器，或者一个遇难的老爷爷。

它们将自己包装得美丽绝伦，使它们所寄生的人类对它们的到来狂喜不已。

邪神的细语开始在每个人耳边响起。

他们小心翼翼，防备他人，掩藏自己。

每个人都相信，这个时代的未来是属于自己的。

秘密肆无忌惮，恐怖即将降临。

这些都是今天之前已经发表在网络上的内容。至于今天的内容，是这样的——

每个人都在这片大陆上拥有了属于他们的“金手指”，唯独宿鸣谦，什么也没有发现。

混在人群之中的宿鸣谦还没觉得不甘，待在他身上的存星先表示不满。

存星：“他们都有了金手指，而你，落后了。”

宿鸣谦：“我的金手指就是你。”

存星：“虽然我是很厉害的金手指，但金手指这种东西，多多益善。”他语重心长，“谦谦你放心，就算为了你，我也会放平心态，不和新来的金手指胡乱吃醋。我会和他和平共处，平起平坐，共同被你拥有，实现双卡双待功能。等到了未来，还可以三卡三待乃至N卡N待。”

宿鸣谦：“……”

存星变出一面彩虹小旗子，往前一招手：“现在，就让我们抓个系统回来切片研究吧。”

宿鸣谦：“……”

存星纠正：“不对，是回来成为你的金手指，顺便给我研究。”

宿鸣谦：“……”

——《九渡》

看到了这一段，栗说星的嘴角流露出一丝冷冷的笑意。

还用再强调吗？文里的这些“系统”，当然是恋爱吧APP里系统的缩影了。

垃圾系统，天天骗“氪”；垃圾系统，老出bug；垃圾系统，绑人缺德……

现在，系统你可以放心了，你会在我的文中永远地存在下去的。

时间正好到了上午10点，可以更新了。

栗说星登录后台，把新章节发了，发完之后也没有多停留，直接拿起了手机开始玩游戏。

结果刚刚打开游戏，栗说星就发现终点APP上的心形正在闪光，十分可疑。

栗说星下意识地点开来，发现宿鸣谦正在其中。

他恍然大悟。原来那个闪光效果是为了宿鸣谦而存在的，宿鸣谦置身在哪个APP里，哪个APP上的心形就会发亮。这个功能倒是很方便。

他这样想着，再扫一眼手机屏幕，发现情况是这样子的……

宿鸣谦看着《九渡》的讨论区。栗说星看着宿鸣谦和《九渡》的讨论区。

然后宿鸣谦从讨论区向上攀爬。

他一路攀爬到了角色栏位置，点开了存星的角色栏。

两个人，四只眼睛，共同看着——

1．夫妻

存星×宿鸣谦

几秒之后。

栗说星发现待在屏幕上的宿鸣谦悚然跳起，退后两步，似乎超级吃惊。

本来还默默尴尬的栗说星顿时有了点莫名不爽，不就是个夫妻关系图吗？至于这么吃惊吗？崽肯定是看这些看得太少了，也许回头应该给崽多看看这些内容……

栗说星正觉得不是滋味，突然发现退后了两步的宿鸣谦又开始行动了。

小人儿迟疑地向前走了走，再度来到角色栏。

他先研究了一会儿存星的三个和自己紧密相关的人物关系栏：夫妻、宠物、单恋对象；又回到了隔壁，打开自己的角色栏，再研究自己角色下三个和存星紧密相关的人物关系栏：情侣、主仆、闺密。

就这样来回走了好一会儿，小人儿突然伸出手，将两个角色栏中的情侣、闺密、单恋对象三个关系后的点赞位置挨个儿拍上一巴掌，把这些关系都点了赞。

栗说星一时间还觉得有点迷糊，脑筋转了几圈之后，又结合所有关系图，才把小人儿的意思弄明白：宿鸣谦和存星是情侣，不是夫妻；不是主仆，不是宠物；是闺密，也可以是单恋对象。

将三个关系都赞完之后，过了一会儿，小人儿又去拍这三个关系栏的点赞标志。

栗说星就悄悄地看着。

看着小人儿拍了一次之后，红赞没有消失，于是他又拍一次，再拍一次……

可不管拍上几次，红赞都在。

于是——“！”“？”，接连两个标点符号从小人儿脑袋上冒出来。

小人儿慌了，一面继续飞快拍击，一面转头左右张望，一副做了坏事害怕被人当场抓包的模样……

栗说星屏息凝神，努力忍着笑。

不能笑，绝不能笑，绝不能惊动崽崽，我还要看更多好玩的东西！

屏幕里，纠结着拍了好几回的小人儿似乎终于接受了这个结果。

他累了，不再徒劳地拍击按钮。他的肩背慢慢耷拉下来，拖着脚步，一步一挪，挪到屏幕的边缘，先将手扶在壁纸上，接着又默默坐下，继续仰头，怔怔地看着红赞。

几行文字旁白极其突然地出现在屏幕上，置身于宿鸣谦的身下，犹如弹幕一般，从左往右，鬼鬼祟祟地滑过屏幕……

宿鸣谦在发愣。

宿鸣谦备感失落。

屏幕里的小人儿忽然站起来了！

他不再望着上方的红赞，而是一转身快步向下，将人物关系栏抛在身后。

几乎同时，原本置身屏幕下方的旁白弹幕倏忽一闪，从下面闪到了上面，继续和宿鸣谦玩捉迷藏，在绝不让宿鸣谦发现自己踪迹的同时，还同步刷新了内容——

宿鸣谦不再观察人物关系。

宿鸣谦选择逃避。

宿鸣谦："？"一个问号从他的脑袋上冒了出来。

他左右看了看，总觉得刚才转身的时候，似乎瞥见了什么东西，但屏幕上一切正常。只有页面中央的广告条，时不时地闪烁一下。

可能是我多心了，宿鸣谦没有多想，继续向下。此时此刻，刚刚跳跃到上方的弹幕旁白，方才徐徐藏入屏幕的边框，消失不见了。

栗说星看完了这一切，镇定地切换页面进入游戏，打开邮件中的系统回复，回复系统一句："新出的屏幕弹幕功能非常棒，给你加个鸡腿，别忘了再接再厉，多开发类似小程序。"

系统依旧没有回应，栗说星也不稀罕系统的回应。

发完邮件的后一秒，栗说星就再度切回了终点APP中，继续观察自家崽崽。

一去一回，宿鸣谦已经从人物关系栏目走到了对话故事栏目。

小说的角色栏大类之中，有很多子分类。对话故事就是其中一个子分类。

对话故事是关于角色的对话故事，但并非由作者编辑撰写，这个栏目和其他栏目一样，是可以由读者编辑发表的。

也就是说，只要愿意，读者完全可以在这里书写关于角色的对话类同人小说。

宿鸣谦刚刚进入这一区域范围，就看见这些最热标题——

"存星：魔镜魔镜，要怎么才能让谦谦不打扰我睡觉？"

"存星：又是寻找谦谦小钱包的一天。"

"宿鸣谦：和触手在一起的日日夜夜。"

"宿鸣谦：和金大腿绑定之后我飞升了。"

这些是什么？宿鸣谦纳闷地看着上面的内容，比较谨慎，没有点选那些一看就噱头十足的文字，而是相中了"小钱包"标题。

这个标题唤起了宿鸣谦的一些亲切感，他的手里也有一张叫作"小钱包"的卡片。

宿鸣谦点击进入，看见APP提示："点击屏幕，获取故事。"

栗说星的桌面上除了手机和电脑，还多了一罐可乐、一堆瓜子。

他一边喝可乐，一边嗑瓜子，跷着腿欣赏屏幕中的阿崽。

小小的一团，正趴在屏幕上，提起手指，杵着屏幕，杵了一会儿后，他的脸蛋倏然微红，还将脑袋偏转一侧，目光虚掷远处，避开文字。

这是怎么了？难道对话故事里有什么不和谐的内容？

栗说星赶紧朝对话故事看去。

什么也没有，就是存星和宿鸣谦互相称呼“老公”“老婆”而已。

自从“夫妻”这个关系上了人物关系栏，那些读者就不要脸了，除了老公、老婆，还爱称呼他们男主角、女主角。

其实栗说星也没什么不开心，所以对于两种称呼他都接受良好。

但有一点不能乱，即星宿大旗、存钱赛高！

栗说星思考完了，又回头看崽崽。

他突然发现，宿鸣谦在做小动作。

将目光投向远方的小人儿依旧有点羞涩，但暗地里，他悄悄伸手，悄悄杵了一下屏幕，悄悄斜视出来的新内容……并悄悄地把这个对话故事看完了。

一路将各种故事都看完了，宿鸣谦重新回到《九渡》的主页。

他还有点怀念刚才看过的那些对话故事，虽然里面两个人物的形象都和他想象中的有些不一样，但还是很好玩的，感觉颇为满足。

满足之中，宿鸣谦来到了文章讨论区。他打眼一看，冷不丁看见——

“大老婆警告，二老婆警告……N老婆警告！后宫正在徐徐开启。”

“就怕是反向后宫，来的金手指不服务男主角，全成了正宫的洗脚婢。”

“我不服，我誓死捍卫存星的女主角身份，谦妹你醒醒，嫁妆也收了，抱也被抱了，你要稳住，不能做当代宿世美啊！”

“严正拒绝三十六线小角色倒贴男女主角，人手一个的系统听上去就很矬，它有什么能力？有什么贡献？有什么家当？有什么资格出现在谦妹周围？谦妹是我存大佬的！”

五花八门视角新奇的主题帖充斥着宿鸣谦的视线。

宿鸣谦看得眼花缭乱，目光先是在第三个主题的“抱也被抱了”上额外停留了一会儿，随即假装自己没有任何反应地挪开视线。

但好感度暴露了他。

好感度：+10！

在微微的开心之中，宿鸣谦又看见了新的帖子。

“主题：对于今天的章节……”

帖子十分正经，在一众插科打诨的笑闹中显得清纯脱俗。

宿鸣谦觉得自己该看看这个帖子，他严肃地点开了帖子。

然后，主楼——

宿鸣谦：“别人都有系统，我没有。我有点空虚。”

存星：“我会被你拥有。”

宿鸣谦：“系统进入每个人的身体，不进入我的。我有点空虚。”

存星：“我会把你满足。”

宿鸣谦：“……”

栗说星：“……”

在帖子主楼底下一连串的“哈哈哈哈哈”爆笑中，栗说星沉稳地、快速地拎起崽崽，到屏幕的角落放置好，再在电脑网页上找到这个帖子，一键删除并给楼主“三天小黑屋套餐”。

一切做完，也就十几秒时间，栗说星认为自己还是颇为果断迅速的。

他长长呼出一口气，对着小人儿说：“崽，这些东西你别看，这些不是你该看的东西……”

宿鸣谦：“西木。”

栗说星还在说帖子：“我觉得我给那个楼主三天禁言太短了，应该给他一周大礼包才对。”

宿鸣谦的声音里带着淡淡的疑惑：“《天价宠婚：霸道教授轻点爱》……这些，是什么？”

“还有，”宿鸣谦没有说完，“‘攻略教授的重要资料区’又是什么？”

攻略教授，这是指……我吗？他下意识地在APP中寻找起了线索。

栗说星：“……”他飞速低头看了一眼，发现不知什么时候，宿鸣谦已来到了APP的“我的书架”区域，此时正站在角落，迷惑地看着眼前的种种内容。

栗说星盯着书架内容看了几秒钟，明白了是怎么回事。

这是我的专属看文小号Superstar！上次用小号登录看文，收集资料，就忘记换号了。那些女频小说……

栗说星看着种种羞耻的文名，那个“攻略教授”的自定义分类……

栗说星看着明目张胆的备注，眼前一黑，随即装模作样，试图挽救自己摇摇欲坠的形象：“等等，崽，你别着急，我可以解释的……”

宿鸣谦并没有着急。他只是在栗说星的解释声中，悄无声息地找到“我发表的评论”和“我发表的本章说”。

他将它们打开，里面有很多内容，比如——

Superstar成了《天价宠婚：霸道教授轻点爱》的弟子。

Superstar发表评论："大大写得真好，期待霸道的教授被推倒。"

又如——

Superstar成了《腹黑教授的掌心甜宠》的弟子。

Superstar发表评论："亲上了哦，进度很好很强大。"

再如——

Superstar："这斯文败类教授的感觉真是不赖。"

Superstar："就爱教授的浪漫。"

Superstar："甜，教授，我的。"

宿鸣谦冷静地看完了。

宿鸣谦说："西木。"

栗说星头皮发麻，自己看文留言的时候没有感觉，但当这些留言出现在宿鸣谦面前的时候，突然之间，感觉羞耻。

栗说星垂死挣扎："我真的可以解释，崽啊，你听我说……"

宿鸣谦依旧平静："你看的文，都是男主角是教授的文。"

栗说星："呃……"

宿鸣谦："原来你喜欢这个职业。"

栗说星："呃……"

宿鸣谦又说："我看这些教授的性格都挺霸道的。"

栗说星："呃……"

宿鸣谦："原来你喜欢的是这种类型的教授啊。"

他淡淡地说着，心情比较复杂。他心中有些甜蜜，也有些担忧。他当然能够明白这些东西的深意，但担忧自己不够霸道。

我应不应该，更加霸道、主动一些，掌握我们两个人的关系？

"阿……阿崽。"栗说星冷静地说，"你不要被这些文的名字骗了，其实它们只是名字夸张一点，内容还是写得不错的，不是真的那么霸道啊，腹黑啊……"

宿鸣谦点点头："我明白，如果写得不好，你也不会将它们放在书架里了。"

不，你根本没有明白！

栗说星又解释，依旧冷静地说：“不，其实我不是真的爱看这些文。我就是……挑挑它们的毛病。对，挑挑它们的毛病，毕竟我身旁就有一个教授，我知道真正的教授是什么样的，所以对于一些教授文，我是比较敏感和在意的！”

宿鸣谦一听这话，目光再度落到评论记录上。

栗说星紧随其后。

他们重新回顾Superstar留下的各种关于文章的留言。

刹那间，栗说星脑袋里闪过一个成语——欲盖弥彰。

他深度思考：要不，还是说把这个账号借给朋友了，是朋友留的言吧？

宿鸣谦这时轻轻咳嗽了一声。

他转过身，用背对着栗说星，说：“好了，西木，出来时间不短了，我该回去了，再见。”

栗说星还没来得及说话，就见小人儿用双手拍着壁纸，朝恋爱吧APP挪去，每挪一步，就冒出一个好感度。

好感度：+5、+10、+5、+15……

一路过去，一路加好感，等小人儿钻入APP中彻底消失不见，已冒出了至少150的好感度。栗说星呆呆地看着这一幕，陷入了沉思。

这……

所以……

难道……

阿崽喜欢我看霸道教授的小说？宿鸣谦究竟是怎么想的，栗说星还是有点参悟不透。他倒是想再观察观察，研究一下崽崽的脑子里究竟在转些什么东西，但是很快，新的问题出现了，崽崽发现了他手机里的外卖APP。

饿了吗、美团、大众点评、肯德基、麦当劳……

发现第一款的时候，宿鸣谦还没有什么感觉。但紧随其后，他就发现了一款，又一款，再一款，他默默地在这几款APP中来回逛了一圈后，爬出来，打开摄像头，和栗说星面对面地严肃谈话。

“西木。”

“嗯？”

宿鸣谦看了一眼掌心：“你这该死的男人。”

栗说星：“？！”

栗说星以为自己听错了，下意识地叫了一声："阿崽？"

宿鸣谦又看了一眼掌心："别叫我。你别以为这样就能让我心软。"

栗说星这回确定自己没有听错，浑身一个激灵："崽，你究竟怎么了……"

宿鸣谦指出："怎么了的不是我，是你。西木，我已经看过你的外卖APP账单了。上个月你在外卖上花了5000块，这个月才9号，你又在外卖上花了2000块，你难道每日三餐都点外卖吗？"

栗说星："呃……"

宿鸣谦提前预警："不要骗我！"

栗说星立刻想到始终无法解释的《霸道×××》误会，屈服了："外卖方便。"

宿鸣谦："但不够健康。西木，你应该试着自己做饭。"

栗说星拒绝："我不。"

宿鸣谦试着解释："自己做饭其实并不复杂。"

栗说星："我就不。"

宿鸣谦再度说服："而且也能做出最符合自己口味的菜肴。"

栗说星："我绝不。"

宿鸣谦有点着急，着急之下，他说："但西木，我希望你能够好好对待自己的身体，我会担心……"

话说到一半，宿鸣谦突然卡住，并迅速低下了头。弹幕突然出现——

宿鸣谦看向掌心的文字。

宿鸣谦颇为懊恼。

宿鸣谦重新抬头。

宿鸣谦的声音再度变得没有感情："男人，你的反对没有意义，你必须听我的话。"

栗说星："……"他确定了，自己的崽崽真的不对劲！

这是怎么了？为什么一眨眼，我软萌可爱的崽崽就不见了？系统，你究竟对我家崽崽做了什么？是不是给我家崽崽看了什么稀奇古怪的东西？

栗说星已经把系统打死在自己的心里了。

打死也没有用，关键还是崽崽。

为了弄清楚究竟发生了什么，栗说星赶紧假装屈服：“阿崽你不要这么凶，你这样我有点紧张，不就是不吃外卖吗？我答应了。”

宿鸣谦确认：“真的吗？”

栗说星：“真的，我答应了，我今天中午就不吃外卖了。”

“那……”宿鸣谦的要求被满足，他蠢蠢欲动地小心试探，“接下去也尽量别吃外卖。”

栗说星并不迟疑：“好。”

几乎在栗说星的声音落下的同一时刻，宿鸣谦就控制不住自己的情绪了。

他的脑袋上冒出了开心的小表情，紧接着，好感度增加，又变回之前那种软萌软萌的模样了。栗说星悄悄松了一口气。

看样子，崽崽也并没有被影响得很彻底。

无论如何，我都要立刻纠正阿崽！而在此之前，栗说星必须先完成自己对宿鸣谦“中午不吃外卖”的承诺。

上有政策，下有对策。不就是不点外卖吗？简单。

栗说星亲自下楼，在楼下的小饭店里打包了两道菜、一碗汤回家。接着他从碗柜中找出几个碗碟来，把菜和汤往里头一倒，垫上垫子，摆在桌上，顿时看着和自家做的没有什么两样。

做完了这一切，栗说星打开手机摄像头，对准桌子：“阿崽，我做好了中午吃的菜，你看看。”

宿鸣谦过来看了一眼，很高兴，声音也更软了：“西木，你做得很好，要继续保持。”

成功过关！栗说星脸不红气不喘，切换了手机的前后摄像头，将镜头对准自己：“既然我做得很好，那有没有奖励？”

西木是很在乎我的意见的。

宿鸣谦觉得确实应该给栗说星一点奖励：“你想要什么？”

栗说星：“什么都可以，只要是崽崽的奖励我都很期待。”

宿鸣谦看着栗说星，随后低下头，片刻又抬起头来。

他有点犹豫，但犹豫的时间并不长。

宿鸣谦出声，声音有点儿小，似乎还有点儿紧张：“那，我揉你一下？”

栗说星没料到还有这种好事，顿时愉快："好！"

一声答完，他在沙发上端正地坐好，目光炯炯地盯着屏幕中的小人儿，就等着对方朝自己来个"揉揉"。

但小人儿并没有这么做，得到了栗说星的回答之后，宿鸣谦就开始默默地攀爬屏幕，从屏幕底下一路攀爬到屏幕中央，最后停留在栗说星的脸颊旁。

他一只手按着屏幕，另一只手垂下来，整个人就这样吊在距离栗说星脸颊很近的半空处，看着有些费劲。栗说星觉得有点儿不对劲，晃了一下身体，想从侧面看看小人儿的表情，但得到了一声抗议。

宿鸣谦："西木，你不要乱动，这样我对不准。"

更不对劲了。但栗说星乖乖停住："哦……"

下一秒，宿鸣谦凑上去，对准栗说星的脸颊，用手贴上屏幕，细致温柔，轻轻一碰。栗说星呆住了，本能地抬起手，摸了一下自己的脸。

明明隔着屏幕，明明没有碰触。

可是点点灼热，依旧在这个时刻爬上脸颊。

栗说星好像陡然被人灌入了慌张的情绪，导致心跳都有些不稳。

"崽……"他开口，"你……"

"嗯？"宿鸣谦看着栗说星。

他眨了一下眼，长睫微抖，眸光轻闪。

栗说星提议："揉得真好。要不，再来一次？刚才左边，现在右边？"

宿鸣谦没有回话，扭了一下头。

弹幕旁白适时出现，为栗说星解读宿鸣谦的行为——

宿鸣谦扭过头。

宿鸣谦抿了抿嘴角。

宿鸣谦没有将嘴角抿下，它翘起来了。

宿鸣谦："……好。"

他的答应声像一声含混的咳嗽，但他的动作并没有含混。他又用吸附手套吸附壁纸，辛辛苦苦横过屏幕，来到栗说星的右脸颊，再度来了一下。

栗说星再度感觉到灼热攀上脸颊，这回他听见了。

咚！咚！咚！

心脏的跳动像鼓点，强劲又有力。

栗说星进入厨房，在喝了三大杯水冷静冷静后，一边吃饭，一边趁着小人儿去给他书写月度饮食清单的时间里，悄悄摸上游戏，打开系统旁白，观察记录。

他真的很好奇，这两天里崽崽私底下都做了些什么，为什么能够同时朝好的和坏的两个完全相反的方向变化。然后他就看见……

前天，PM03:00

宿鸣谦收集《霸道教授×××》《冷情教授×××》《风流教授×××》《邪魅教授×××》等书籍。

宿鸣谦看得很认真。

宿鸣谦继续检索“教授”类小说。

宿鸣谦拿出笔记本。

昨天，AM9:00

宿鸣谦已做完词频分析。

宿鸣谦已摘录常用词汇。

宿鸣谦已做完句式分析。

宿鸣谦已摘录常用句式。

宿鸣谦……

系统旁白将一切暴露出来。

栗说星神色古怪地根据旁白提供的线索，在室内找到了宿鸣谦的笔记本。

他翻开一看，发现这真的是记录得非常认真的笔记本，区分内容，举出例子，做好总结，写得清晰简单、一目了然，简直是一个另类的写作总结。

“词汇分析”

①

例子：“女人”“冷冷”“轻蔑”“没有感情”，这几个字出现的频率非常高，平均每五章出现一次。

总结：简单词汇广泛适用，除了要把“女人”换成“男人”，其他可以原封不动。

附注：轻蔑带着强烈的贬低色彩，需将该词汇列入谨慎使用范围。

②

例子：“你逃不了的”“你是我的人”“谁允许你做这件事情了”也不遑多让。

总结：强烈突出男主角气场的短句也备受青睐。

附注：时时强硬，是门学问。

……

“情节分析”

①

例子：女主角逃避，男主角将女主角禁锢在自己的怀抱与墙壁之间。

总结：这被称为“壁咚”，非常流行，男主角标配。

附注：这个姿势要怎么实践？

②

例子：女主角违背男主角的意愿，男主角狠狠亲吻女主角。

总结：亲吻总能解决很多事情。

附注：重点。

……

“人物分析”

①

例子：霸道教授一掷千金填平女主角一亿欠款，将女主角买下。

总结：……

附注：……

②

例子：风流教授在花丛之中翩翩飞舞，俘获女主角芳心。

总结：……

附注：……

前两个分类底下的内容都非常多，唯独这个分类，不仅例子很少，总结与附注也被省略号完全占领了，似乎宿鸣谦的内心，在这个部分已经完全闭合了。

好在再翻过一页，又有了更多内容，就是这些内容全部被划掉了，看不清楚。

栗说星正费力地从划痕中辨别文字，系统突然弹出提示——

系统：检测到被删除的文字，玩家是否花费200好感度将其重现？

栗说星："……"系统你牛。

他花了这些好感度。

在笔记本中被划掉的文字上方，出现了一行行半透明文字。

"……手里的钱是西木每个月给我开的工资，这个月的工资已经花了1300元，是给星星买小衣服、小家具的，其中还有一部分是西木付账的，无法霸总。"

"西木似乎很有钱，大概不可能负债一亿，以后也无法霸总。"

"……目前还是两头身的Q版外表，无法风流；原本的样貌也不是风流型的，以后也无法风流。"

"金钱和外表完全无法靠近，那就只剩下日常交谈。交谈非常重要。不太熟练的时候，可以先将需要使用的句子做成小抄，放在手心。"

"我要做出完美的应对，满足西木的期待。这是西木的心愿！"

最后一句话，除了跟在句子后的重重感叹号，宿鸣谦又额外用红笔重重地将其圈起来并画了一个星标，以此显示重点。

栗说星看完了这一切，终于明白宿鸣谦之前为什么屡屡看掌心了。

他如同上线时那样，又悄悄地下了线，并来到宿鸣谦所在的APP中，看着宿鸣谦勤勤恳恳帮他添加饮食清单的小模样。

栗说星抹了一把脸——西木，你做个好人吧，为了你的心愿，崽崽这么努力，你居然还从外面买饭菜回来装在碟子里骗他。你舍得骗他吗？！

但，这件事的核心问题是……

《霸道教授狂肆爱》真的有点脱离原体，明明是《软萌教授狂肆爱》更加激情四射。还是得找个时间跟崽崽说清楚，让崽崽专心做自己就好了，不用变成奇怪的样子。但要怎么才能和崽崽说清楚呢？

或者这样，崽崽总会提要求的，等他下回提要求而我努力完成之后，我就向崽崽要奖励？这个奖励就是要求崽崽玩角色扮演，扮演清纯教授、妖娆教授、冰山教授。多玩几次之后，不仅可以洗掉崽崽对于我喜欢"霸总"这件事情的错误认知，还可以见识到更多风格的崽崽……

一箭双雕，万分完美。栗说星为自己的聪明机智拍案叫绝！

这一天结束之后，恋爱吧APP启动了2.0版本之后的第一次更新。

如往常一样，更新时间被安排在翌日凌晨的3点到5点。

栗说星舒舒服服地睡了一觉，一觉醒来，天色大亮，游戏也已更新完毕。

他上了游戏，看见提醒系统更新的邮件——

发件人：系统

主题：恋爱吧2.02版本更新

全新内容

（1）地铁口付费闸机通道正式开启。

（2）商店更新各种时尚移动道具。

更新解释

（1）玩家可使用地铁卡通过闸机，并前往除玩家手机外的其余电子设备。

当使用地铁卡时，请保证手机与另外的设备处于连接状态。

即连接同一Wi-Fi，连接蓝牙或连接数据线。

地铁卡分为单次地铁卡和月度地铁卡。

单次地铁卡：3～15贡献/次

月度地铁卡：100贡献/月

（2）新的移动道具已入驻商店，请玩家及时查看，并为恋人购置装备。

感谢玩家耐心等待系统完成更新，系统为玩家准备了一份小礼物，敬请笑纳——郊游小背包×1。

新的邮件到这里就结束了。

栗说星逐一看过后，感到大为振奋，虽然看见付费通道的时候，就隐隐约约有了类似的想法，但当这种猜测真的被实现，感觉还是很不一样的。

这意味着，崽崽可以从他的手机到达他的电脑了。

不仅可以到达他的电脑，崽崽还可以到达他的平板电脑，到达他的电视，从各个角度将他包围。

栗说星有点迫不及待地想试试。他找出了系统上次送出的地铁体验卡，看了一眼，发现这回更新之后，体验卡的备注也有了变化——

名称：地铁体验卡

备注：当手机与其他设备连接的时候，恋人可通过地铁闸机口进入该设备。

“阿崽！”栗说星呼唤一声，将地铁卡交给崽崽，并简单地把情况说了说，“差不多就是这样，我们来试试，看你能不能进入我的电脑。”

宿鸣谦惊奇地看了地铁卡一眼，随即答应：“好。”宿鸣谦前往地铁口，栗说星则坐到电脑前，一面确认电脑和手机是否连着同一个Wi-Fi，一面打开摄像头，这样等崽崽来到电脑上后，就可以直接看见他了。

“嘀”的一声，宿鸣谦在地铁口刷卡，闸机上跳出信息：“目的地检索中，请乘客耐心等待，不要离开。初次传送倒计时05:00……”

居然还要五分钟的倒计时？栗说星想了想，没浪费这五分钟时间，在游戏里搜寻一番，又点开了系统刚才赠送的小背包——

名称：郊游小背包

备注：背包小小，容量不小，熟悉的物品可以提高生活质量与恋人的幸福度，恋人前往其他设备的时候，将可通过背包带上一些小东西。如小零食、小玩具，一件抵御寒冷的外衣与一双吸附手套。

栗说星看完这款系统赠送物品，都有点震惊了：“怎么最近更新之后赠送的道具一次比一次有良心。系统，你真的还是过去那个周扒皮系统吗？”

系统沉默着，冷漠着，没有出声，一如既往。

栗说星嘀咕两句，又看了一遍背包备注，突然想起了今天更新邮件里提到的第二点更新。

吸附手套虽然能够让崽崽自由地在屏幕里移动，但手机这个小屏幕他都爬得那么辛苦了，真到了大屏幕上，岂不是要爬到天荒地老？

这可不行，还是得买点新的方便移动的装备给阿崽使用。

栗说星打开了系统商店，果然发现商店里又更新了新的“移动”类目。

他点开一看，顿觉眼花缭乱。小扫帚、小飞碟、小翅膀、小披风、小魔法鞋，各种各样的移动装备在商店中一溜儿排开，样式和价钱同样美观。

发出震惊感慨的两分钟后，栗说星再度感慨：“果然啊，我就说嘛，系统怎么可能改变，它必然还是那个死性不改的骗‘氪’党。”

随后他截了图，将这些道具的情况发给崽崽。

栗说星：“阿崽，吸附手套爬着太累了，你看喜欢什么，我们买个新的道具。”

宿鸣谦微微一愣，随即拿起图片仔细浏览。

他对于扫帚、翅膀这类的道具不是特别感兴趣，圆乎乎的小飞碟和魔法鞋子倒是让他看了很久，但他最终选择了一条色彩鲜艳的毯子——

名称：魔法飞毯

价格：328贡献值

备注：乘上了它，天空就是你的第二个家。

买完了这条毯子，五分钟的倒计时正好完成。闸机口的红灯变成了绿灯，从关闭状态变成通行状态。

宿鸣谦一步往前，消失在了通道口。

栗说星赶紧将自己的目光从手机转移到电脑。

只见没过两秒，恋爱吧APP的图案出现在他的电脑屏幕正中央。

随后，粉色心形打开。

彩色毯子探出一角……然后越来越多，直至载着宿鸣谦出现在屏幕中。

从手机到电脑，宿鸣谦的体型发生了一些变化。

他不再只有手机里头小小的指甲盖体型，而是变成了拇指小人儿的模样，形象上的许多细节也都随之呈现了出来。他盯着宿鸣谦的小飞毯、小背包以及小脸蛋看了又看，心中想着：摄像头正常运行着吗？对方看见我了吗？

栗说星试着杵了杵：“崽？”

下一秒，宿鸣谦抬起双手，在虚空中抚了一下栗说星脑袋上翘起的一缕头发。随后他收回手，抱住栗说星杵上来的指尖。

宿鸣谦：“西木……”

Chapter 13

第十三章

圣诞礼物

栗说星点着屏幕的手指顿时开始温热发痒。他发现了，一旦崽崽对他做了什么比较亲密的举动，他的神经就会紧绷，感知也更加敏锐，虽然始终没有被真实地触碰，但身体总会产生一些应激反应。

但这也是正常的，谁又能拒绝这样的崽呢？

栗说星收回手，不动声色地搓搓发麻的指尖，再看看屏幕中的崽崽。

飞毯上的小人儿和栗说星打了声招呼之后，就仰起头来，四下张望，随后就看见占据了屏幕的各色软件和文档。

软件不多，文档很多。一份又一份的文档在屏幕上凌乱排布，左边有一些，右边也不少，挨挨挤挤的，都快要占据屏幕2/3的位置了。他说："西木。"

栗说星："嗯？"

宿鸣谦："我带了些东西出来，把它们放在屏幕的右下角，可以吗？"

栗说星没有理由反对："当然，你随意。"

于是宿鸣谦就驱动小毯子往目的地飞去。目的地已经有了一个回收站占据位置，但这难不倒宿鸣谦。他用手按住图标，稍稍用力，等确认自己可以顺利地将图标挪动之后，就淡定地将回收站挪到了屏幕的左侧。

接着，他再来到空无一物的右下角，放下背包，取出充气沙发充好气，再拿出书本和水果，一个小而舒适的休息区就初露雏形了。看得栗说星都觉得自己的桌面陡然增加了许多生活的气息，真的是一个"新家"了。

然而这时，宿鸣谦望着手里的书本，顿时一愣。

他的脑袋上徐徐冒出了一个大大的问号，虽然没有直接将疑问说出口，但栗说星依旧能够没有任何困难地将其猜到："我的书本呢？我的霸道教授语录呢？"

栗说星放松身体，背靠电脑椅，长腿交叠，跷着二郎腿，就差再吹一声口哨了。

情况是这样子的……自从栗说星在游戏里发现崽崽的霸道教授模式是靠这个语句摘抄本，他就冒出了一个蔫坏的想法。

他趁着宿鸣谦浏览移动工具，悄悄地把夹着宿鸣谦语句摘抄本的书本换成了封皮相似的本子，他看见宿鸣谦在买完小飞毯之后也没多检查，直接就把新的本子收入了背包。然后就是现在了，栗说星目光轻飘，望着大大的问号在宿鸣谦的脑袋上左右晃动一下，最后慢慢消失。

也许是我收拾东西的时候拿错了吧。也没什么，下次再带出来好了。

宿鸣谦想着，放下书本，转身叩叩屏幕，叫了一声："西木，帮帮我。"

这两声轻敲，简直像敲在栗说星的心上一样。

没有了"霸总"语录，阿崽果然恢复了往常的模样。我得抓紧时间想个办法，把"霸总崽"扭回来。"霸总"是趣味，可不是日常……

他不动声色地用手在背后比了个"V"，连忙回应："怎么？"

宿鸣谦再度操纵毯子飞到屏幕的中央，指指视频影像："把影像缩小点好吗？"

栗说星没有多想，直接调整影像的大小。等巨大的影像变得和自己的体型差不多的时候，宿鸣谦满意地叫了停："好了，就这样吧。"

随后，栗说星眼睁睁地看着宿鸣谦将影像从自己的鼠标底下拿走，夹在胳膊底下，一路带到了休息区，并放置在自己的眼睛旁边，然后说："这样我就能实时看着西木你写文了。"

栗说星忽然清醒："？？？"等等，情况是不是有点不对劲？

他心惊胆战："崽，你为什么……要实时看我写文？"

宿鸣谦原本已经翻出了书本开始看，听到这话，他略感奇怪："不是西木你给我开工资，让我监督你写文的吗？"

栗说星："话虽如此……"宿鸣谦还向栗说星解释了一下："之前我在手机APP里，不能及时追踪你的进度，还觉得自己有点不负责任。现在好了，我们可以通过视频连线全程观察你的进度，进而分析一天之中你最具效率的时间。我们下一步，就要尽量把工作安排在你最有感觉的时段。"

栗说星："……"崽崽说得好认真，竟让他不知如何反驳。

宿鸣谦又说："好了，上午8点，可以开始一天的工作了。西木，我们一小时后见。"

栗说星："……"感觉话都被别人说完了，自己已无话可说。

无话可说了还能怎么样？当然只能开始写文了……

栗说星意志消沉地打开文档，望着白底黑字默默发呆。

难道，从今往后，我都要在崽崽的监督下写文，一分钟都不能浪费了吗？

不，以崽崽的认真程度，很有可能不是一分钟都不能浪费，而是一秒钟都不能浪费。仔细想想，真是生无可恋。但哪里有压迫，哪里就有反抗。

望着摄像头怔怔发呆的栗说星忽然冒出了一个绝妙的想法，他偷瞟了一眼右下角的崽崽，确认对方正在仔细看书，没将注意力放在视频影像上后，就悄悄伸出手，默默地将摄像头的位置动了动，但没有动得太多，只是移动到恰好能拍到自己放在键盘上的双手手腕，却看不见更多内容，进而不能确定他是否真的是在打字。悄然做完这一切，栗说星默默擦了一把额头上的虚汗，又在心里给自己点了个赞。

然后，他就拿出手机，放在摄像头的死角，再点亮屏幕，看小说。

嘘。悄悄的。开枪的不要。

无声的十五分钟之后。

宿鸣谦："西木？"

栗说星惊醒："怎么了？"

宿鸣谦："你在写文吗？"

栗说星脸不红气不喘："我当然在。"

宿鸣谦有淡淡的疑惑："那为什么我没有听见你敲键盘的声音？"

栗说星："……"

是啊，为什么呢？机智的男人给出了答案："因为我在想大纲。"

宿鸣谦明白过来，又低头看书本："好的，你继续。"

栗说星悄然吐出一口气，他依旧没有工作，依旧点亮屏幕，继续看小说。

又过了十五分钟。

宿鸣谦："西木，你想好大纲了吗？"

栗说星："……快想好了，就差一个点了。"

说这句话的时候，他的视线不由自主地瞟向手机。快看完了，就差三章了。

宿鸣谦关切地问："是哪个点？是逻辑的还是情感的，还是下一个大场景的架构？"自从被开工资，宿鸣谦为了能全方位跟上栗说星，也在空闲时间看了不少写作书，对于写作，也不再是两眼一抹黑了。

栗说星再次："……"对啊，是哪个点呢？"不用不用，崽你继续看书吧。我突然又有了灵感，我觉得我可以开始写了！"

宿鸣谦不疑有他，再"嗯"一声，继续看书。

栗说星放松了些。

半个小时过去了，再不开始写文，好像真的有些说不过去了……

当然，重点不是说不过去，而是敷衍不过去，毕竟崽不是一个可以简单糊弄的崽。话说回来，现在把崽崽塞回手机，也不知道可行不可行。

要早知道把崽崽弄到电脑上会被这样监视，我绝不挖坑自己跳——

唉，好吧，就算真的看见了一个大坑，深深的，满是刺，我也会跳下去。谁让崽崽在里面呢！栗说星沉痛地想。生活真的好艰难，尽管准备开始写文了，但上午8点多，真的不是栗说星的工作时间段。

栗说星对着文档，思绪有些起伏，基本每打三五行字，思想就有点集中不了。而每当他集中不了，开始"摸鱼十分钟"的时候，宿鸣谦的声音就会随之响起。

这样反复了几次，栗说星又无师自通地找到了新的"摸鱼"方法。

他写还是认真写的，但每写半个小时，就从座位上站起来，拿着手机走到一旁，"摸鱼"十五分钟。当屏幕里的崽崽问起来的时候，他也有理由。

比如——

"我的脊椎开始呻吟了。"

"我的老腰支撑不住了。"

"我的脑袋！哎呀！我的脑袋！"

这一刻，栗说星早已百病缠身，时日无多。

宿鸣谦："……"他想了想，秉持着宁可信其有，不可信其无的态度，不再催促，就让栗说星每半小时休息十五分钟，每一小时休息半个小时。

时间就在这样的拉锯中和写文进度龟兔赛跑。

前者兔，后者龟。

写着写着，摸着摸着，差不多在上午10点半的时候，栗说星终于进入了状态。

他再也不说话了，身体坐正在椅子上，双眼紧盯着屏幕，一行行新的文字出现在文档上，如白纸泼墨，蜿蜒直下。

还有键盘的响声——“嗒嗒嗒嗒”，节奏鲜明，气势昂扬。

宿鸣谦确定了栗说星很专注地在写文，就不再出声打扰他了。

宿鸣谦悄无声息地放下手中的书本，从充气沙发上站起来，再乘上小飞毯，默默飞到屏幕上。他飞的轨迹很讲究，宁愿贴着边慢慢绕行，也不让栗说星盯着文档的视线受到干扰。

然后，他揪住了一个文档，又一个文档，再一个文档。

胡乱散布桌面的文档被宿鸣谦拖着拽着，分档归纳，原本几乎看不见的壁纸重新展露，各种堆放的软件也按照功能自觉分区，摆出便于主人使用的模样。

如果此时有人从旁观者视角观察电脑屏幕，就会发现——屏幕成精了，会自己整理杂乱的桌面了！虽然宿鸣谦的动作很小，但是一直有个小小的崽崽在自己桌面上动来动去，栗说星怎么可能看不见。他打字的双手稍微缓了缓，原本盯在文档上的目光也偏转了一下，转到自己的“田螺男孩”身上。

眼看着随意放置的文档已经被整理到了最后一份，一连几个黄色的文件夹规规矩矩地排在屏幕的最上方，就连桌面上的各种图标也没有放过，全部按照功能进行分区，规划成最为方便使用的排列方式。

“嘀嘀嘀嘀嘀”。

屏幕右下角的QQ图标突然跳出来，提示栗说星有新的消息。

原本专注整理桌面的宿鸣谦被这个提示音吸引了注意力，扭头朝右下角看去。栗说星则不慌不忙地收回手，假装自己还是很认真地在写文。

他指示小人儿：“阿崽，帮忙把声音关了。”

宿鸣谦：“好。”

他驱使着小飞毯飞回去，用手一拍图标，本意是想关掉，没想到反而把弹窗拍了出来，直接弹到了栗说星的屏幕正中央。

操作还不太熟练。宿鸣谦：“失误了……”

栗说星：“没事，我来吧。”

他说着，停下了打字的手，摸鼠标准备关QQ。

但在关闭之前，他先看见了弹出的内容。

是终点吃货群的弹窗，群里，指间风雨@全体成员。

指间风雨：“谁的地理位置距离蛋定自若近？蛋定自若失踪了。”

这什么鬼？栗说星停了关QQ的手，满脸蒙地冒个泡：“怎么回事？”

他说出这句话的时候就猜到聊天不会在短暂的时间内结束，自己也不可能立刻回到写作的状态，索性从电脑椅上站起来，去厨房倒了杯水，再摸出一根能量棒垫垫肚子。当他重新坐回电脑桌前，群内正热热闹闹地闪烁消息，宿鸣谦则单独待在自己的小角落，不时瞥一眼视频影像，应该是在寻找他的身影，瞧着还有点空虚寂寞冷。

栗说星的手放在鼠标上，一甩鼠标，已经把宿鸣谦连沙发带人一起挪到了聊天框上。宿鸣谦被吓了一跳："西木？"

栗说星："要来看看我的朋友吗？这群里经常冒头的，蛋定自若、指间风雨、索任、十零陵、六味小僧、鹿过芳草，还有思不群，都是我的朋友兼同事。我和他们的关系就像你和你的研究员同事那样。"

宿鸣谦："嗯……"

他的好奇心被挑起来了，忍不住转头看向面前的聊天框。

栗说星还在闲聊："也不只有这些人，群里还有其他和我玩得好的人。不过可能是现实中有事吧，他们慢慢就不怎么上线了，或者上线也不再在群里发言了。"

此刻，群里再度冒出了几句话，出来说话的不是指间风雨，而是索任。

索任："蛋定自若已经三天没在群里冒头了。"

索任："打电话也没人接。"

索任："文也跟着停更三天了，一声不吭就停了。"

三句连击，被大召唤术召唤出来的大家都明白了。

不在群里冒头是可能的，打电话不接也许只是没接到电话，但一声不吭就停更，还一连停更三天，这就怎么想也不对劲了。

不过，虽然颇为不对劲，但直接去现实中找人，是不是有点太夸张了？

栗说星正想着这个问题呢，群里已经有人帮他说了。

十零陵提出质疑："虽然暂时联系不到人，但不至于要直接到对方的城市去吧？万一蛋定自若只是写烦了，打算休息一下呢？"

指间风雨："不排除这个可能。但蛋蛋是自己一个人住的。"

大家明白了，不怕一万，就怕万一，宁愿花点时间、路费过去看看，也好过万一出了什么事，回头再后悔。

指间风雨又说："我个人是倾向过去看看的。群里有距离他近的准备去吗？没有就我去，我这边到蛋定自若的城市要半天时间。"

索任："我跟你差不多。"

十零陵："我八个小时，比你们近点。"但他无奈，"但这两天带队封闭式训练，跑不掉。"

六味小僧适时出现："小僧到蛋蛋施主的城市只需要六个小时，救人一命，胜造七级浮屠，小僧这就做功德去。"

几乎和六味小僧前后脚，栗说星的句子也发送了。

"我去吧。"栗说星说。一行发完，他又慢吞吞地补充："我这里到蛋定自若的城市，路程一个小时。车子二十分钟一班。"

这个优势大到无可挑剔，群里瞬间没人和栗说星抢了。

他们纷纷叮嘱："西木，探望蛋蛋的这个重任就交给你了，蛋蛋这回很不对劲，直接把将近两年的日更不辍章断了，很有可能是写着写着就自闭了。如果你们见面了，你千万别勾起蛋蛋的自闭，也别被蛋蛋勾起自闭。"

栗说星能够理解前半句话，但不理解后半句话："为什么我会被他勾起自闭？我怎么可能自闭？"

索任嘴最快："怎么不可能？你前段时间不就疯了……"

十零陵连刷爆笑图。

前者嘴虽快，后者后发先至，一张张能够吸引所有目光的动图，就把索任的发言顶出了聊天框。等栗说星觉得有点不对劲，想倒拉回看的时候，索任已经默默撤回了自己的发言，只留下一行系统提示。

栗说星："……"

他问："你们是不是有什么事瞒着我？"

众人矢口否认："怎么会？真没有，别乱想！"

栗说星盯了众人三秒，佛系放弃："算了，我这就去买下午的票，等找到了蛋蛋再和你们联系。"

他发完这句话就下了线，开始准备出行物品。

准备东西的同时，他也没有忘记和崽崽说话："阿崽，蛋蛋那边可能出了点事，我得过去看看，顺便也带你出门旅游一趟，怎么样？"

宿鸣谦记挂着一件事："去看朋友是应该的。但旅游就不用了吧？你的文……"栗说星义正词严地说："只要有一台电脑和一根网线，我到哪里不可以写文，到哪里不可以办公？"

这话说得超有道理，宿鸣谦仔细想想，居然无法反驳。

栗说星又说："好了崽崽，难得你能通过摄像头看到周围了，还是多看看祖国的山河吧，说不定你很快就要回到美国了呢。"

宿鸣谦："……等我回到了美国，西木。"

栗说星："什么？"

宿鸣谦的声音很软，像一把小钩子，一钩一钩的："你也要过来找我玩，我带你逛逛美国有趣的地方。"栗说星一口答应："没有任何问题！"

说完这句话，他已经从家里翻出了自己所有的充电宝和充电线。

曾经的他是个去北京一周游只需要带一个背包的男人，但现在显然不行。现在的他已经是个拖家带口的成功人士了，要出门，得多为崽崽想想，而三个充满了电的充电宝，就是带崽崽出行必不可少的续航装备！

栗说星满意地点点头，继续收拾。但等东西全部收拾完毕，成功人士栗说星还是背着上回的那个包出门，连重量都没差多少。

因为收拾完电子设备，栗说星就犯懒了，内裤都没给自己装就直接出门了……他已做好打算，先去找蛋定自若，没问题就再买张票，当天去、当天回。如果有问题……那就见机行事，具体问题具体分析吧。

从小区打车到高铁站，又从高铁站打车到蛋定自若的家里。

现代社会交通方便，栗说星这回也没有拖延，动作飞快地换乘各种交通工具，等到达目的地，总共才花了两个小时，算算还能在蛋定自若这里混上一顿下午茶。他到了小区楼下，楼下的门正好是开着的，栗说星索性没按楼道铃，直接乘电梯到达蛋定自若的家门口，抬手敲门。

一分钟，两分钟，五分钟……

敲门的声音由小变大，由慢变快，最后"咚咚"直响。

栗说星敲得手指都痛了，也没见有人来开门。

有点糟糕……

栗说星不免开始思考一个新的问题：就像自己来了一场说走就走的探望旅行一样，万一蛋定自若也来了一场说走就走的快乐旅游，那他又该如何是好……

等？不等？再打个电话？

要不问问住在隔壁的人，看他知不知道什么情况？

"咔嗒"一声，栗说星心想事成。

蛋定自若的门没被他敲开，隔壁的门却在坚持不懈的噪声中打开了。

对门出来的是个中年男性，他朝外面瞅了栗说星一眼，没好气地说：“你是什么人啊？没事敲啥敲？房主不在里头，大前天就被救护车拉走了。”

栗说星被吓到了。

他在对面的中年男士给出消息之后冲到医院，在服务台寻找蛋定自若的时候还脱口把人家的名字说成“蛋蛋”，好在一番曲折后，他终于报出了蛋定自若的真名，也终于知道了对方的病房号。

再上楼一看，这家伙穿一身病号服，靠在单人间的床上，眼睛注视着电视机，手里拿杯果汁喝得正香，病床旁边，还有一位穿护工服的人替他揉肩按腿。

小日子过得似乎很悠闲啊！

栗说星：“……”

蛋定自若：“……”

躺在床上的人大吃一惊：“西木，你怎么来了？”

栗说星：“这不是重点，重点是你怎么搞进医院了？”

蛋定自若：“这个，说来话长了……”

栗说星认真观察了一下蛋定自若。对方看着其实还好，除了脸色苍白一点，其实精神饱满、双眼有神，看看身体，也是长手长脚，四肢健全。既然这样……

栗说星想到蛋定自若所在的心内科，“盲狙”一回：“熬夜加上过量咖啡因导致心脏问题？”

蛋定自若意外：“这都能猜中？”

栗说星：“作者来来去去不就是这些职业病吗？”

蛋定自若承认：“你说得倒也没错。”

栗说星又问：“严重吗？”

“不严重，就是要做个小手术，估计得在医院躺一个月。”蛋定自若一口气把自己的安排说完，“我已经找好主刀医生，约好护工，过两天和家人或者同城的朋友联系一下，让他们定时来看看我，事情就差不多了。”

栗说星放心不少：“那就好。”

蛋定自若：“这些都好办。我现在在想的是，文要怎么办……”

栗说星：“还能怎么办？请个假放着吧，命都要没有了还想写文的事情？”

蛋定自若："话是这样说。这趟进医院，我昏迷了一天，醒来的第一反应是怕了怕了，别管什么日更不日更了，老子的命最重要……"

栗说星默默吐槽一句："一般这种话后面都会接个'但是'。"

蛋定自若不负期望："但是！但是一天之后，我就冷静了下来。我觉得命是要的，可文也是要写的……"

栗说星眼前一黑："你这不叫冷静，你这是上头了吧！刚醒来就想着写文？要不要再联系文联给你颁发一个身残志坚写文奖？"

蛋定自若叹了一口气："不工作没钱啊，我又不是你这样的大神，也没有完结文收入，真要一任性就不写，回头都没米下锅了。再说了，你觉得我是凭什么能够坚持最长日更不辍999天的？"

栗说星迟疑了一下："……钱？"

蛋定自若黑着脸："是约定，我和读者的约定！"

栗说星更迟疑了："……想不到你是这样酸溜溜的蛋蛋。"

蛋定自若也觉得自己太酸了点："好吧，既为了钱，也为了约定，大家都是成年人了，谁还做选择呢？"

栗说星："所以你打算……"

蛋定自若将"12字方针"说得铿锵有力："规范作息，坚持锻炼，抓紧时间！我进医院，不怨更新，怨我没有自制力，天天半夜才开始写文。只要我改了这个习惯，别说养病日更三千字了，养病日更六千字，也不过是两个小时的事情！"

栗说星："我理解你对于更新的迫切。"他顿了一下，"自己定的目标，要说到做到。"

蛋定自若自信满满："经过这次教训，我已经痛定思痛，坚决改正了。你们等着，等我做完手术开始休养，就去群里REPO（报告）成果去。"

栗说星看蛋定自若这么精神也就放心了。他又和蛋定自若闲扯两句，也没让养病的人在自己身上花费太多精力就离开了医院。

离开的路上，栗说星掏出手机，去群里简单把蛋定自若的情况说了说，就关了群，开始寻找餐厅，祭自己早已饥肠辘辘的五脏庙。

又走了两步，耳机里传来宿鸣谦的声音。

宿鸣谦说："西木，我觉得还是应该让你的朋友好好休息一段时间。"

栗说星稍作解释："怎么说呢……网络作者有网络作者的难处。蛋蛋现在这本书才一百万字，公众两个月，上架两个月，刚刚开始赚钱，如果此时停更一个月，那书就直接废了。总体算算，前后半年全白做了，成本确实大。”

栗说星顿了一下，客观举例：“网络作者确实有不少写死的，比如前年吧，有个作者，写着写着，突发脑溢血，变成植物人了。”

宿鸣谦：“？！”

“还有一个，跟蛋定自若更像了，独居，写着写着突发心脏病，没来得及叫救护车，直接凉了，凉的时候笔记本还压在胸口上。”

宿鸣谦：“？！？！”

“但是，”栗说星要说的不是谁谁写文写凉了，说的还是蛋定自若，“但是，蛋定自若是不至于写文写到心脏病犯的。你别看他现在有点惨，其实他写作速度很快的，时速三千打底，五千往上不封顶，他就是每天夜里12点准时开始写，写到凌晨3点再睡觉，第二天起来继续玩，玩到半夜12点再开始写……”

然而宿鸣谦已经完全没有在听了。

他完全沉浸在栗说星所举的例子中——脑溢血、心脏病、独居、作息不规律、身体不好。仿佛每个疾病诱因，西木都能对上。

他写作速度还慢，万一，有一天，西木也……

宿鸣谦呆若木鸡。

“西木！”

一声呼唤，打断了栗说星的话。栗说星：“怎么了？”

宿鸣谦：“你要好好注意身体，你不可以出事。”

栗说星清晰地感觉到了小人儿对他的关切，忍不住掏出手机，杵杵屏幕上的小人儿：“放心吧，我每年都有体检，身体真的很好，绝对不会出事的。再说我这两年也买了商业保险，就算真的有事，商业保险也会保证我的治疗费用……”

“啪”的一声，小人儿的手拍在了屏幕上。

虽然并没有对得很准，但栗说星莫名觉得这只手是冲着自己的嘴巴来的，是叫他闭嘴的意思。

他不觉停下。

屏幕中，宿鸣谦定定地看了栗说星一眼，收起贴在屏幕上的巴掌，将其余四指都收了起来，只剩一根小小的食指，与栗说星隔着屏幕两两相对。

两根指头，一根大，一根小。

一根在屏幕外，一根在屏幕里。

并没有太多相似的地方，但这一幕竟意外地和谐。

宿鸣谦低声说了一句："西木……"

栗说星只觉得自己按住了一块棉花糖，绵绵的，甜甜的，让人想一口把它吃掉。他正自我陶醉，就听见宿鸣谦又说话了。

宿鸣谦并不是坐以待毙的人，他软弱了一瞬间，随即收拾心情，抬起头来，超级严肃与认真："为了让你不出事，以后我除了会督促你写文，还会督促你睡觉，督促你锻炼。西木，从今天开始，你每天的日程将精准到小时。"

栗说星清醒了。

栗说星为魔鬼崽崽目瞪口呆。

栗说星是为同一件事而反复震惊的菜鸟吗？

他才不是，如今的他，是已经对魔鬼崽崽产生抗体的栗说星了！

栗说星心情平稳，甚至有点想笑，他改杵为揉，揉揉屏幕中的崽崽："崽啊，你是在关心我吗？"

宿鸣谦："当然。"

栗说星调侃："是因为我给你开工资，所以关心我吗？你现在除了监督我写作，还监督我锻炼，我是不是要给你开双份工资？"

宿鸣谦认认真真："不用双份工资。西木，我监督你不是因为工资。"

栗说星又问："那是因为什么？"

宿鸣谦："因为你是西木，因为你一直在帮助我，所以我也想尽我所能地帮助你。"

栗说星并不满意："就只是冷淡的互相帮助的关系吗？我还以为我们至少相依为命了。"

宿鸣谦怔了怔。他低下头，似乎有点不好意思，但再抬起头来的时候，还是给出了栗说星肯定的回答："是的，我们相依为命。西木，我不想失去你。"

栗说星没想到宿鸣谦居然会承认。他意外之余，打蛇随棍上："所以我会答应你的要求，你也会答应我的要求，是吗？"

宿鸣谦低咳一声，他做好了准备："对。"

栗说星图穷匕见："那么崽崽，你日后可以不要用霸道总裁的口吻说话吗？"

宿鸣谦一呆："啊？"

栗说星满嘴跑火车："崽，你用那种口吻说话的时候，显得非常严厉，这么严厉的你会让我紧张。我一紧张就想逃避你……"

宿鸣谦赶紧说："那我就不这么说了，你不要逃避我。"

栗说星第二次图穷匕见："还有，你同样严厉地盯着我写文的时候，我会想到我的教导主任，同样想逃避你。"

宿鸣谦哭笑不得："我并不想做你的教导主任，如果我真的太严厉，回头我改改。"

栗说星顺嘴问："那你想做我的什么？"

宿鸣谦："呃……"

宿鸣谦沉默片刻，忽然向前倚靠，靠在栗说星点着屏幕的手指上，从下到上，亲密一蹭。

蹭完了，宿鸣谦含蓄地说："西木，我们要一直在一起。"

晚上，栗说星捧着自己的"掌心宝"，找酒店开了个房间。

他发了今天的第二章更新，更新的末尾提了一句蛋定自若，当然没有具体说是哪个作者，只说："一个写文的兄弟意外住院了，今天去看了看他，万幸情况还好。大家要注意身体，尤其是自由职业者，在没有五险一金的情况下，最好给自己买份商业保险，以防万一。"

无独有偶，蛋定自若今天也算状态良好，于是他也上线，更新了一千五百字的正文，和三千字的对栗说星前来探望自己的表白单章。

这一单章里，他把栗说星夸得天上有、地下无，把对方吹成中国好兄弟，兄弟好楷模！

栗说星的读者震惊了。

蛋定自若的读者也震惊了。

"这是什么鬼……"

蛋定自若的读者意识到问题的严重性，他们七嘴八舌，怒而表态——

"三天没更新，更新就更一千五？"

"更新一千五百字也就算了，毕竟都进医院了，好好养病才是正道。"

"但你进了医院，不更新也不养病，写了三千字吹嘘焦糖西木？"

“隔壁的焦糖西木，呵呵，别以为我们不知道。这个作者，过去还好，只是有点拖，但是现在，焦糖西木‘基’了！”

“他和广大堕落的作者一样，目光已经不停留在女性身上，而是转移到男性身上了；笔墨也不花在女性身上，而是花在男性身上了！”

“而你不一样，蛋定，你还记得当年的你吗？！”

“蛋定，你不能这样！”

“蛋定，你不能进一趟医院，就把性取向进歪了。”

“蛋定，你可是我们全村人最后的希望了！”

蛋定自若文下的读者们已经发出了声嘶力竭的崩溃呐喊。

但有个人表示不同意。

鹿过芳草截图发到群里，重点标记“全村最后的希望”：“怎么回事？最后的希望难道不是我吗？我鹿过芳草，不配有姓名吗？”

“哈哈哈哈哈，鹿哥别纠结，我是全村人最后的希望，你是全世界人最后的希望。”蛋定自若一秒回复。经过和栗说星短暂的聊天之后，现在的他已经满血复活，活蹦乱跳了：“至于其他的，你，你们，有谁敢跟我和鹿哥肩并肩？”

其余在线的众人纷纷惭愧地低下头去，比不了、比不了，并不上、并不上。

指间风雨感慨一声：“唉，想当年，终点的文点开一本是女主角文，点开第二本是女主角文，也从不知道什么时候，不只众兄弟不写女角色，就连读者老爷们也不爱看女主角文了。

“甚至编辑部专门开了‘如何描述真挚动人兄弟情’的培训班，真是时光一去不复还，终点如今皆和尚啊……”

说和尚，和尚到。

六味小僧此时冒出头来：“蛋蛋，我已经请师父给你加持了一串念珠，保佑你平安顺遂，不受诸邪魔侵扰，回头我就给你寄过去。”

蛋定自若：“谢了！”

他才刚说完，索任又冒出头来。

索任同样是来汇报好消息的：“蛋蛋，你上今日热销榜第一了。”

蛋定自若一愣：“我断更三天，怎么可能上榜？”

终点热销榜全称“24小时热销榜”，计算24小时之内，一本作品收到的书友订阅及打赏的全部金额。

蛋定自若在回完了索任的话之后，心里有了点预感，关掉群聊，切入终点APP，看了一眼。

他看见一个白银宝箱从书架的上空飞过。

飞完十来秒，又一个白银宝箱从书架的上空飞过。

又是十来秒，第三个白银宝箱从书架的上空飞过。

全是送给他的文的。蛋定自若点开了自己的文，看讨论区。

之前“吐槽”他和栗说星关系的那些帖子还在，但大家现在都开始说——

“都进医院了，蛋大也别老想着写文了，好好休息一番吧。给你设了更新提醒，不管你什么时候回来，我都能接到你回来的通知。”

“学生，没有太多的余力，打算这个月利用课余时间打个工，预计收入五百块，这五百块就先打赏给蛋大了。”

“说来惭愧，我是那种只看完结文的读者，出于众所周知的原因，每次只能在TXT中看见蛋大的名字，虽然如此，但我还是一本不落地追了下来……今天偶然听说蛋大生病住院了，赶紧过来，把过去欠的钱一起还给蛋大，谢谢蛋大一直以来坚持写好的文章。”

一连串的白银大盟下来之后，居然还有一个黄金总盟。

打赏了黄金总盟的书友没说太多，就一句——

“从40岁开始看你的书，现在45岁了。陪伴我度过了人生最难的五年，谢谢你。”

蛋定自若看到这里，抬起手，抹了抹脸。

他在手机里输入几个字：“也谢谢你们。”

他想发出去，但最后还是删掉了。

有些事情，不用太煽情，记在心里就好。

然后，栗说星上线了。难得出门一趟，和自家崽崽逛了几个景点的人半点不在状态：“怎么回事？为什么突然之间我就和蛋定自若被‘拉郎配’了？”

栗说星在群里打出了这句发自内心的疑问之后，也没有坐等他人解答。

他先看自己的讨论区。

讨论区里，他的读者们已经慌了，各种各样稀奇古怪的问题都发上讨论区。

“公公，你在文里‘基’也就算了，你不会在现实里也‘基’了吧？”

“西木，拍着良心说实话，你和隔壁作者究竟是什么样的关系？不就是去个医院探望一下吗？我天天去医院探望我兄弟，怎么就没有一个兄弟给我写三千字情深义重的文章？”

“认真说，我觉得锅也不全在公公身上，毕竟同一件事情，在两个作者嘴里可是完全不同的描述。公公这里，发在章节末尾，一共两行，不足一百字，将冷酷无情书写得淋漓尽致；隔壁那里呢，开单章的字数比他正文的字数还多一倍。对比一下，后者对前者是何等爱与倒贴！”

“公公真的很公公，蛋蛋也真的很蛋蛋，作者的名字早已暴露了一切，他们是天生一对，旁人休想阻挠他们！”

栗说星一路浏览，一路脸黑，简直没眼细看，好在说这些话的人，不过是讨论区里的一小撮分子。讨论区里大多数人，关注点在其他方面。事实证明，对于读者而言，什么都无所谓，真正有所谓的，还是文章的更新。

“我怎么觉得，公公提起医院的语气，充满了强烈的断更暗示？”

“像最后的晚餐。他对我们说：‘大爷们，小的坚持不住了，明天就要断更了，今天最后一章，你们就吃点好的好挨饿吧。’”

“呸！公公，你以为你暗示我们断更，我们就会向你低头吗？！”

“低头并哭了。”

“你们不要随便制造恐慌情绪，我横看竖看，这都是一条简单的保险广告！”

“现在的大神作者已经活得这么艰难了吗？都要在文下替保险打广告了？”

一路把乱哄哄的讨论区浏览到这里，栗说星的想法和蛋定自若的读者最初的想法完美地重合了。这都是什么鬼……

他正准备留言辟个谣，让大家不要信谣传的时候，突然看见一个帖子。

主题：技术帖，细数公公这些年的断更预警。

栗说星：“？？？”

他满头问号，满含疑问点进了主题帖，看楼主能说出什么“花”来。

然后他发现，这个技术帖……还真的是技术帖。

楼主大概是他的忠实“粉丝”和数据控，详细地做了一张表格，第一列是时间，第二列是断更警示语录发表地，第三列是具体断更警示语录，第四列是随后的断更天数，并且贴心地将关键词——医院，用黄色高亮标注出来了。

栗说星仔细数了数，发现写文十年，他提了五次医院，提完之后都会断更。

栗说星：“……”行了，兄弟，你是狠人！

栗说星认输了。他关掉帖子，默默收回了自己的话。在“数据帝”的面前，哪怕是作者本人的言论，似乎也并不那么靠谱。

他决定用行动洗刷过去的耻辱，不过在此之前，栗说星更不能容忍的是，自己被书友“拉郎配”。

开什么玩笑！我为什么要和蛋定自若在一起？就算要在一起，我也该和我家可爱的崽崽，我笔下可爱的男主角——宿鸣谦——在一起！

栗说星准备先挽回自己的名誉。他琢磨着，既然蛋定自若写了一篇长单章向他表白，引发书友的起哄，那他也写一篇长单章向阿崽表白好了，想必能够引起书友的反起哄。

而这个单章无比简单，对于崽崽究竟有多可爱，栗说星谙熟于心、了然于胸。

他“唰唰唰”写了半小时，预计的三千字写了两千五。

最后五百字收尾尤其重要，栗说星决定一边“吸”崽崽一边写。

他滑动手机屏幕，在游戏里找到了宿鸣谦，但意外的是，不只他在写东西，小人儿也俯身桌面，认认真真地在写东西。

栗说星一个激灵。该不会这就开始写我的一日日程了吧？他不动声色，悄悄凑过去，偷瞟了一眼，看见标题——论焦糖西木和宿鸣谦两者关系的重要性和必要性。

但这个标题被划掉了，新的标题就写在这行标题的旁边——基于《九渡》研究焦糖西木对宿鸣谦感情形成的诱因与催化作用。

然后这个也被划掉了，第三个标题出现——利用大数据分析《九渡》文中的特殊暗喻推导焦糖西木与宿鸣谦羁绊的可行性发展。

栗说星：“嗯？”

这三个标题，一个比一个长，看到最后一个的时候，栗说星愣是没有看完也没能理解。他看了又看，也没明白宿鸣谦为什么突然写了这么一份东西，直至低头写作的小人儿动了动身体，抬起手臂，露出一份被他压在胳膊底下的文档。

栗说星只看了一行，就确认了。

这是蛋定自若写他的单章，因为单章的标题就是——他来了，心已安。

栗说星：“……”居然写了这么一个标题，蛋定自若，你真是蛋定自

“基”。他内心暗暗鄙视着，发现小人儿拿起文档，翻了两页，小眉头皱起来，“啪”地把文档摔在桌面上，随后提起笔，继续写文。

但写了一会儿，大概五分钟的时间，小人儿似乎又有了什么卡顿，于是他再度拿起文档，继续翻看，并继续将文档摔在桌面上。这个过程里，旁白一直在刷新——

宿鸣谦很生气。

宿鸣谦将文档一撕两半。

宿鸣谦望着自己的文章，长叹一声。

宿鸣谦默默将文档拼回。

宿鸣谦找来散文文集。

宿鸣谦对照文集，奋笔疾书！

栗说星终于看明白了，阿崽这是不满了。阿崽不满也这么独具特色，居然想到和蛋定自若一样写一篇小论文来向我表达心意，可是……

栗说星望着宿鸣谦写的两个论文标题，虽然心中百分之百愿意站自家人这边，但还是忍不住默念一句：“阿崽，正文内容不着急，你先把标题写正确了，在你写出这种科学论文款的标题时，就已经输了。”

但是专门写严谨的学术论文的教授，不懂什么叫作“UC震惊体”也是正常的。

栗说星在游戏里待了一会儿，没有打扰认真研究的宿鸣谦，和进来时一样，安安静静地退了出去。崽崽想怎么写就怎么写，爱写什么标题就写什么标题，反正我是作者，我有的是办法让大家的目光都聚焦在这里。

栗说星有了全新的计划。

他回到终点吃货群，先@全员，再挨个儿点名。

栗说星：“@索任，@指间风雨，@十零陵，@六味小僧，@鹿过芳草，@思不群。大家不要潜水了，出来写两行字向蛋蛋表白吧，转移转移读者的注意力，别让我和蛋蛋的CP（人物配对）真的锁死啊！我宁愿和索任搞CP也不想和蛋蛋搞CP！”

众人出来了。“哈哈哈哈哈哈”刷屏一般砸向栗说星。

只有索任，在一群“哈哈怪”中，带着三个问号出场了。

索任：“？？？”

下一秒，栗说星发现自己又被索任拉黑了。

他才不在意。他继续在群里软磨硬泡，威胁利诱，总算让大家松口，给蛋定自若发了表白宣言，把水搅浑。

万事俱备，只欠东风。

栗说星把自己剩下的那点字补完，就开始等待宿鸣谦写完。

栗说星没有等太久。不多时，他看见屏幕上的小心形打开了，宿鸣谦背着自己的小背包，乘着自己的小毯子出现在屏幕里，并一路直飞，进入了终点APP中。显而易见，宿鸣谦准备把自己写完的文章给发表了。

但当他来到讨论区的位置，填写主题，复制内容，整理格式……辛辛苦苦做完这一切，即将大功告成的时候，他忽然呆住了。

注册账号需要用到手机号，但他没有手机号……

宿鸣谦没有发呆太久，很快退出APP，回到手机屏幕上，叩击屏幕：“西木，西木你在吗？”栗说星动作迅速，同样退出APP，坐回笔记本前，并将自己的双手摆放在键盘上，伪装出一副自己正在努力的样子之后，才如同被打扰似的恍然回答：“啊……在，阿崽，什么事？”

宿鸣谦：“西木，你能帮我个忙吗？我想注册一个叫作‘宿鸣谦’的终点账号，但是没有手机号，不能注册……”

现在注册新账号确实有点麻烦。

要么使用手机号，要么使用其他软件的现有账号。

可是其他软件的账号，也是需要用手机号注册的。

栗说星觉得没有注册新号的必要，于是提议：“你可以用我的Superstar的账号。”宿鸣谦摇头：“不，就要叫‘宿鸣谦’的账号。”

栗说星纳闷：“为什么？”

宿鸣谦认真回答：“因为我要发表的是我的态度，不是随便一个账号下的开玩笑似的言论。”

栗说星：“你的态度？”

“嗯。”宿鸣谦霸道捍卫自己的人，“我已经成功论证了，宿鸣谦和西木的关系才是真实、可靠、科学的，蛋定自若和西木的关系，是不真实、不可靠、不科学的！”

栗说星被宿鸣谦震慑住了，莫名就感觉这样的崽崽可靠而严肃，非常具备王者风范……

他按照宿鸣谦的要求，三下五除二搞定了ID，并帮宿鸣谦登录了这个ID。

拿到账号的宿鸣谦非常满意，他终于将自己写的长文章发表了。

三分钟后，主题楼红火了。

“让我想起了被毕业论文支配的恐惧。”

“原来除了存星×宿鸣谦，还能磕作者×宿鸣谦这样的跨次元CP？受教了！”

“论证主角爱公公能让公公一天更十五章吗？好像并不能，那论证这个又有什么意义呢？”

“提重点：楼主用三千字论证了西木真的是个‘基’。”

……

这一主题的标题取得确实太过惊才绝艳了，导致文下的读者一拥而入，各种回复层出不穷。

自从将长文发出，宿鸣谦就待在讨论区中，认认真真地浏览每条回复。

看到支持的，他的表情就舒展开来。

看到反对的，他的眉头就皱紧了。表情特别丰富。

终于轮到我出场了！栗说星早已做好了准备。他打开后台，编辑分卷，在正文卷之前另开了一个作品相关卷，并将自己写的长文和宿鸣谦写的长文放了上去。

他更新后的五分钟，讨论区惊恐了，新的主题帖纷纷出炉，大家都不敢相信。

“怎么回事？今天不是已经更完两章了吗？为什么又更了两章？”

“难道上回那百年难得一遇的爆更要王者回归了？”

“说吧，今天又要和谁Battle？只要有更新，一切都好说！”

然后……

终于看清楚了栗说星发表的是什么的书友们发出了来自灵魂的怒吼。

“焦糖西木，你疯了吗？！”

“焦糖西木，讨论区里的‘宿鸣谦’果然是你的马甲吧！”

“焦糖西木，你吹嘘自己对主角的感情就算了，居然还换了主角视角吹嘘主角对你的感情！”

“焦糖西木，你的脸呢！！！”

然而这个时刻，栗说星已经关了网页。

真男人，从不看身后的爆炸。

热热闹闹的讨论区除了在书友圈里发酵，还影响了其他的地方。

网文作者的后花园——纸观天下论坛里，悄然出现了一个帖子，说了这次的事情。当然，开帖子的楼主关注的并不是蛋定自若和栗说星的关系，或者栗说星和宿鸣谦的关系。

他重点圈出了栗说星最早发表在文章下的句子，总结归纳——

“兄弟住院心有戚戚焉。大神表示自己也没有五险一金，还需要买商业保险艰难度日。”

进楼的众人一看，顿感无语。

“都混到了大神那个位置，还要什么五险一金……”

“楼主怕不是个弱智。”

“东宫娘娘烙大饼，西宫娘娘剥大葱，皇帝的生活真美妙，哈。”

一路嘲讽了十几层楼，一条新角度的留言出现了。

该楼层主十分无语：“弱智的恐怕不是楼主，而是以上诸位。就没人看懂大神是在和终点隔空对话要福利吗？算了，我来直白地翻译一下吧：‘我，焦糖西木，混到现在的地位，你们还不给我上五险一金，还不给我买医疗保险，你们是想让我跳槽到新东家吗？嗯？’”

这楼出来以后，楼主很快回复：“兄弟，你是明白人。”

此回复一出，全新的风向标形成了。众多进来的作者恍然大悟，终于明白了大神的深意。几乎瞬间，他们发表的言论就变了。

“简单点，说话的方式简单点……”

“一直以为只有我们这种小作者才在意保险，没想到大神也在意。”

“重点不是保险，重点是牌面。有什么没什么不重要，重要的是我有什么，你们没有什么。”

“那么问题来了，终点会答应吗？”

“反正也没明说，终点搞不好会装傻糊弄过去。”

“我倒是觉得终点会答应，不过五险一金而已，相较大神创造的价值，九牛一毛了。”

在各种各样的讨论之中，刚才挑明了楼主真实意思的层主又出来说话了。

“你们都在想什么呢？事情很清楚了。大神不会随便开口的，既然开了口，终点肯定要仔细考虑。怎么也不可能为了五险一金放弃一位当家作者吧？所以这一回，不只大神的要求会被满足，整个白金作者阶层的保险也会跟着落实。这就是大神的力量。但是正如上面某些楼层说的，大神提出这个要求，并不代表他真的需要这个，真的需要这个的是广大拿全勤、一个月拼死拼活赚两三千块的中低层作者。但是这个层次的作者，永远没有和高层谈条件的权利。”

这层层主留言一出，整个帖子就沮丧了。现实总是让人沮丧。

但没过多久，又一条长长的留言发了出来。

“公司给劳工交保险大家已经习惯了，网站给签约作者交保险大家却把它看成天方夜谭。其实从长远的角度来讲，只有在更多的社会资源的倾斜与保障下，一个行业才能够真正欣欣向荣，飞速发展。所以我的观点是，大家不必沮丧，保障总会来到的，现在的问题，不过是哪一个网站能够最早正视这一点，能够有魄力踏出改变的第一步。”

两段话一出，帖子就红了。

先是帖子反复被顶，接着，各种各样的衍生言论在纸坛上刷屏，几乎整个纸坛都在讨论这件事情。再然后，帖子向微博、QQ群、豆瓣辐射……

不过一天时间，整个网文圈子都知道了这回事，也都在讨论这回事。

然后，栗说星被夜游找了。

夜游：“[中年秃头男人].jpg”

栗说星：“……”

夜游语重心长：“西木啊，我有什么对不起你的地方吗？终点有什么对不起你的地方吗？”

栗说星：“……”

夜游哭诉指责：“如果你对终点给你的待遇有什么不满意的，可以直说嘛，你至于这么摆我们一道吗？你看看，你看看，就因为你这充满暗示的一句话，现在我们在网络上都变成了过去的万恶资本主义者，只会剥削旗下劳工，无比丑陋，无比残暴！”

栗说星：“……”

栗说星真是百口莫辩。但他真是无辜的，所以还是得垂死挣扎一下。

栗说星："老夜，实话实说，我真没有这方面的意思，你说我混到这个位置了，还需要什么五险一金？不合理的。"

夜游长叹一声："唉……西木啊西木，你也在终点写了十年，过去不都是好好的吗？怎么今年，你随便搞搞，就能搞出大事情来？"

栗说星也很费解，再三重申自己的无辜，"申"完了，蓦地补上一句："不过老夜啊……"

夜游瞬间警惕："你想说什么？"

栗说星简单直接："没，我没想说什么，我就准备说，虽然我不需要这个，但我觉得其他作者还挺需要这个的，终点要不要考虑一下给出个什么保障来？"

夜游："……"他发出咆哮："你还说你文下的那句话不是暗示！！！"

反正都被曲解成这样了，我能怎么办呢？

栗说星头痛："当时真不是，但现在是了。"他还补了一句，"对了，不只我是这个意思，指间风雨也是这个意思。"

夜游："……"

栗说星暗示着："请管理层好好考虑一下。"

夜游气了半天，还得和栗说星解释："西木，白金作者的合同很简单，一个网站就十几个，你们真想要这些，网站下个月就开始给你们交最高的一档五险一金。但除了你们，终点主站就有上万的签约作者，有些事情，我们也希望做，但确实不是那么容易做的。"

栗说星表态："我明白，但困难就是被征服的嘛。我写文也很困难，但我天天都披荆斩棘，努力征服我的困难。"

夜游也是服气了，一连发送了三分钟的中指和秃头表情包给栗说星，最后无可奈何地透了底。

夜游："好了好了，这事确实引起了上面的注意，五险一金暂时是不可能的，但大家最需要的医疗保险问题，内部正在商议。"

说完了这句话，夜游也懒得再和栗说星多说，直接走了。

栗说星没有立刻下线，去找了指间风雨。

栗说星："指间啊。"

指间风雨秒回："西木啊。"

栗说星悄悄说："不好意思哈，刚才夜游来问我想法的时候，我拉了你当垫背，说我们都认为终点该给普通作者一点保障。”

指间风雨：“巧了，我也是。”

栗说星很感动：“好兄弟。”

指间风雨同样感动：“好兄弟。”

然后他们礼貌地拉黑彼此三分钟。居然一声不吭把我拖下水！

出门一趟，又掀起了一番腥风血雨的栗说星在和夜游交谈完后，也没有在外地停留多久，很快就回到了家中，开始过写文、锻炼、玩崽崽的神仙日子。

神仙日子过得挺快，一眨眼，月头到了月尾。

12月23日，一则站内短信，发送到终点全体签约作者的收件箱。

作者们点开一看，发现短信的内容非常简单，几乎开宗明义——

系统通知：

值此平安之日即将来到的时刻，终点拟对全体符合条件的签约作者试行如下医疗保险计划，该医疗保险采取自愿原则，愿意参与的作者请勾选同意按钮，不愿参与的作者可将短信关闭……

短信一出，整站作者当即哗然，短信在第一时间被截图传播。

几乎立刻，本来已经在纸坛沉底了的帖子被重新挖出，作者们纷纷发言，诸多意外、感慨、惊喜等情绪开始发酵。

然后，栗说星又一次被众多同行记了起来。一部分受惠者难掩兴奋之情，来到栗说星的《九渡》之下，激情发表言论——

“拜大神。”

“大神果然有牌面。”

“小小打赏，不成敬意，大神请继续加油！”

最初来的人还比较少，也就是本站的一些作者。

但随着事情传播得越来越广，知道这回事的人越来越多，热度进一步发酵，微博上面，这次事情的总体流程已被人整理归纳并发表，反响还挺热烈的，一路转到了三万条。其中，热转热评第一为：“拜大神事可成”。

随后《九渡》就变成了许愿池，甭管灵验不灵验，本站作者、外站作者，许许多多的读者，都来到文章页面，加个收藏投投票，留个评论打打赏。

说这些话的就不只是本站的一些作者了，一部分外站的作者也来到了栗说星的文下，发表了相似的言论，还有一些反应过来了的读者，也开始聚集在栗说星的文章底下讨论灌水，从各个角度吹起“彩虹屁”（网络用语：花式吹捧偶像）。

也就是一个白天的时间吧，栗说星的“本章说”和讨论区再度整体刷新。

评论最多的一章，“本章说”数量已经破了两万条；讨论区的页面，甚至五分钟能刷新一整版，与此相对应的就是文章在排行榜上的蹿升。

从上午8点到晚上10点，栗说星从推荐榜第五、点击榜第七的位置，一路蹿到了双榜第一，并在众人的打赏下来到24小时热销榜第二。

至于热销榜第一，则是蛋定自若的文。大家在热热闹闹“拜大神”的时候，当然也没有忘记这个可怜的、还在医院里的男人。

他们用充分怜爱之心将蛋定自若送上热销第一以及推荐和点击榜第二。

这一天，焦糖西木、蛋定自若，都红了！

当天半夜。

寂流：“……”

又一次在推荐和点击榜上被栗说星压过的寂流已经很淡定了。

他这回没有求票，不只没有求票，还开着自己的作者大号，给蛋定自若和栗说星分别打赏了一个白银盟。

他对蛋定自若说：“兄弟，好好养病。”

到了栗说星那里，也很简单，就一句：“干得漂亮。”

打赏完了，他拍拍屁股，上床睡觉了。

倒是刷新着后台的蛋定自若不能淡定，立刻就在群里哀号了起来：“寂流居然给我打赏了，不只给我打赏了，还给公公打赏了！我愿意为自己曾经说‘寂流是死胖子’的话道歉，但是公公，公公！”

他疯狂@栗说星。

“你下个月就要上架了，就要和寂流争月票了，这是战争的号角即将吹响的时刻，这是新的属于你屠神证道的奇迹之年，你千万不能被敌人的糖衣炮弹腐蚀，忘记了自己的初衷。我们要吃掉糖衣，打回炮弹，干死他！”

栗说星：“……”他回了一行省略号给蛋定自若。

下线，洗脸。

阿崽已经在自己的小床铺上躺好，等待他一起上床，关灯睡觉了。

一觉醒来，神清气爽，栗说星照例在起床之前先行上线观察崽崽，结果刚一上线，系统就发来一封邮件——

发件人：系统

主题：平安夜快乐

今天是一年一度的平安夜，恋爱吧APP为玩家准备了一份登录小礼物。

“神秘姜饼人×1”

为期25天的圣诞节活动眨眼已经走到了尾声，不知道玩家收集了多少个姜饼人呢？

友情提示：姜饼人刷新将在24日23:59结束，活动兑奖将在25日进行。

栗说星看完了邮件。

他有点茫然。姜饼人？圣诞活动？这都是什么跟什么啊？系统休想骗我，你哪里发布过这种任务？！然后，他看见了长在庭院中的小松树，矮矮的小松树还保持着最初的模样，委屈地待在角落里，一寸也没有长大。

在这个关键道具的提醒下，栗说星终于慢慢回忆起来了。

圣诞节活动是分两部分的，一个部分是凑齐25个普通姜饼人兑换圣诞皮肤，另一个部分是凑齐10个神秘姜饼人兑换神秘礼物。

当时对普通姜饼人的描述是每天有两个途径获得物品，总共凑满25个就够了，所以就算等只剩十三天的时候再开始做这些，也来得及……

然后等到了距离圣诞节十三天的时候，他就忘记了这回事。现在，在任务期限的最后一天，这个在拖延之中渐渐从记忆里消失的活动终于被栗说星想起来了。他的从容瞬间没有了，紧张就像崖边的狂风，劈头盖脸地吹了过来。

吹在脸上的风瞬间吹到了心里，让整颗心都拔凉拔凉的。

早知道就不拖延了。早知道就直接开始做了。

反正前后不都是只花十三天吗？早做和晚做又有什么区别。

还是有区别的，早把任务做完了，就不会落到现在这个地步了。

但有时候，就是……忍不住……拖延起来……

栗说星冷静片刻，重整旗鼓。他的目光不由自主地落到了“普通姜饼人”任务上。

普通姜饼人能够兑换的圣诞皮肤有预览图，预览图银装素裹，彩带纷飞，红绿金橙的礼物堆叠在高高大大的圣诞树底下，热闹又美丽。

已经失去一个任务奖励了，栗说星无法再割舍另外一个任务奖励。虽然知道要在一天之内完成24天的任务很困难，但是，我可以的！

宿鸣谦是被“乒乒乓乓”的声音吵醒的。

当他从床上醒来的时候，还有点儿迷糊，不知道究竟发生了什么事情，毕竟他从这里醒来之后，就再也没有受到任何噪声的侵袭了。

他循着声音，一路来到厨房，看见整齐的厨房变得十分凌乱。

菜板横在料理台上，菜刀飞在半空中，冰箱里的食物被拿出来肢解，炉子里的火苗“噗噗”地舔着锅，烧得里头的水咕噜咕噜响。

宿鸣谦沉默地看着眼前仿佛灵异一般的场景片刻，试着叫了一声：“西木……是你吗？”

栗说星的声音响起来了：“崽，你醒了。”

宿鸣谦试探着问：“你还好吗？”

栗说星：“我很好！”

宿鸣谦：“？？？”五分钟后，宿鸣谦弄明白了一切。

栗说星继续说：“我刚才做了两款食物，获得了一个姜饼人，现在正在做第三款食物，我觉得掉落姜饼人的概率并不低。我很有信心能够完成任务。”

话音才落，锅中的食物就煮好了。煮好的同时，一团烟雾忽然笼罩在炉子上方，它们热情而欢快地涌动片刻后，“Biu”的一声，烟雾散去，姜饼人跃出，悬浮在炉子的上方。

宿鸣谦将姜饼人从炉子上拿了下来，放在手中观察一眼：“三样食物两个姜饼人，概率似乎不低……西木，你会编织圣诞袜吗？”

栗说星：“不会。”

宿鸣谦：“我也不会。”

两人果断：“分工合作，一起做菜！”

获得圣诞姜饼人的概率确实不低。

一个上午，宿鸣谦和栗说星绞尽脑汁，用尽办法做出了22样好做的菜，系统也大方地给了他们12个姜饼人，总体算算，获得姜饼人的概率都超过50%了。

一上午就有这样的收获，下午再加上晚上，岂不是简简单单就能够完成任务？栗说星松了一大口气，对宿鸣谦说："还以为给出了24天期限的任务有多么复杂，看着很简单嘛，如果不是神秘姜饼人有限制，我觉得我们今天也完全能够做完……"

话音落下，烟雾升起，又一团烟雾笼罩住了面前的食物。

但这一回，烟雾没有笼罩在食物的上空，而是笼罩住食物本身，片刻烟雾散去，姜饼人也没有出现，倒是原本普通的食物，开始闪烁金黄的光芒了。

栗说星："？？？"这又是什么玩意儿？

他谨慎地戳了一下食物，观察情况——

名称：黄金·蛤肉黄瓜

备注：并不是所有的食物，都能被冠以"黄金"的名号。黄金食物是料理中的贵族，能够吸引世界上一切对食物有偏好的生物，当然也包括神秘姜饼人。每份黄金食物将吸引1-3个神秘姜饼人出现，被吸引的神秘姜饼人不受一日收集限制。

栗说星并没有被天花乱坠的描述迷惑，他感到极其无语。

游戏啊游戏，你以为我看不破你的套路吗？你这不就是见我可以提前完成一项活动，索性开始另一项骗"肝"运动？

呵呵……你以为我会上当吗？

正在这时。

"嗒""嗒"……厨房周围，传来了几声细小的动静。

两个人一同朝声音响起的方向看去。

第一声响在冰箱后面，一个顶着圣诞帽子的姜饼人探头探脑。

第二声响在门框旁边，一个拿着红绿拐杖的姜饼人小心张望。

还有一声就响在炉灶后面，别着一枚紫色领结的姜饼人不知什么时候沿着炉灶潜入了蛤肉旁边，正把手伸向盘子……

电光石火间，栗说星一巴掌朝紫领结姜饼人拍去！

栗说星的手掌没能碰到姜饼人。在他刚刚抬起手的时候，紫领结姜饼人就“咻”地钻进炉灶里，消失了。同时，游戏弹出系统提示——

系统：神秘姜饼人偷走了玩家的食物。

系统：神秘姜饼人很得意。

系统：神秘姜饼人对玩家做了鬼脸。

没因为紫领结姜饼人逃走而生气的栗说星差点被系统提示气死了。

他的斗志一下子就燃了起来，并开始认真思考：如果神秘姜饼人都会来偷窃食物，那我岂不是可以守在菜肴旁边，守株待兔？

栗说星正暗自盘算着，忽然发现藏在冰箱后的圣诞帽子姜饼人犹豫了一下，扯扯脑袋上的红帽子，遮住双眼，转身消失了。

系统：神秘姜饼人感觉害怕，它跑了。

栗说星一口气险些没有上来。一眨眼，三个被吸引来的姜饼人消失了两个，栗说星只能看向最后一个。最后一个拿拐杖的姜饼人，站在最远的位置遥遥看着他们，似乎还在评估进来偷食物的可能性。

系统：神秘姜饼人正在犹豫。

“西木……”耳旁传来宿鸣谦轻轻的声音。栗说星朝宿鸣谦的位置看了一眼，发现小人儿正朝他打“等待”的手势，自己则一路后退，退到厨房中距离门的位置最远的地方。等宿鸣谦离开菜肴之后，栗说星再看门口的姜饼人，发现拐杖姜饼人终于动了，它谨慎地朝着蛤肉黄瓜一路走来。

栗说星耐心等待着姜饼人来到空旷一点的位置。

近了，近了，它走到厨房正中央没有任何障碍物的位置了。

栗说星果断出击，两手并排直接朝姜饼人按下去！

他按住了姜饼人。他感觉到姜饼人正在自己的手掌下挣扎。

正当他准备把这个姜饼人捉住的时候，姜饼人的红绿棍子从他手掌底下探了出来，并利用这探出的棍子做撬棍，把自己从他的手掌底下撬出来，眨眨眼的工夫就消失了！

系统：神秘姜饼人在千钧一发之际拯救了自己。

系统：它成了自己的英雄！

栗说星：“？？？”

几次三番了！栗说星绝不相信是因为自己反应慢而抓不到姜饼人。

他倒回头研究了活动细则，发现自己和宿鸣谦都漏掉了活动细则中的一条。

“圣诞袜能够降低姜饼人的速度……”栗说星说，“也就是说，我们还是要把圣诞袜做出来？”

宿鸣谦在思考：“既然菜肴有黄金菜肴，圣诞袜会不会有黄金圣诞袜？比如能够大幅降低姜饼人的速度或者给姜饼人制造个陷阱什么的。”

栗说星：“……试试看？”

宿鸣谦迟疑道：“试试吧。”

时间紧急，又有两项任务，栗说星和宿鸣谦简单商议之后，决定一人负责一项。栗说星的任务不变，继续在厨房里做菜，宿鸣谦则去收集织袜子教程，开始织圣诞袜。两个人各自准备起来。

栗说星又做了几道菜，再得3个姜饼人，将普通姜饼人的总数增长到了15个。

这时他有点做烦了，忍不住摸个“鱼”，丢下了手中的食物，偷偷跑到休息室看崽崽。

休息室中，宿鸣谦正坐在沙发上。

他的旁边放了一个大大的盒子，盒子里堆满毛线团，颜色应有尽有。

银色的毛线针已经被他拿在了手上，姜黄色的长毛线也缠绕上了他的针尖。

他的面前摆放着一块小黑板，织袜子的图片被拆分开来逐一贴上去。

他低头织一针，抬头看一眼。织了短短的一排后，他还要拿起来认真地和图片上的对比一下，对比完了，不忘拿起笔，在旁边准备好的本子上写下心得。

天气初晴，窗外冷雪未融，浅白单薄的色调蔓延开来，又中和了皮沙发油润的色泽以及壁炉兀自闪烁的火光。

好像是一幅画。置身其中，只专注于手中长长的毛衣针和一点点成形的织物的宿鸣谦，则让这幅画生机勃勃。

栗说星自打看见这一幕，眼睛就挪不开了。

他在床上翻了个身，又翻了个身，还是没有宣泄完涌动在心中的激动之情。

于是他暗暗关掉了手机语音，开始放飞自己，飞速在床上翻滚并用力捶床。

天啊！天啊！这不就是我的梦中情崽吗？！

疯狂激动并一连从各个角度截了几十张图后，栗说星终于冷静了下来。

他重新躺好，打开语音，对崽崽说："阿崽！"

突然被打断的宿鸣谦有点茫然："嗯？"

栗说星超级正式："阿崽，我要向你申请一件事。"

宿鸣谦："嗯？"

栗说星："你不要坐在休息室织袜子了，来厨房织袜子吧，有你在旁边，我就感觉拥有了无穷的力量！"

宿鸣谦："？？？"就这么点事情，需要这么严肃吗？

宿鸣谦十分费解。他没有多问，默默地满足了栗说星的要求，先搬了一张小凳子来到厨房，再将自己的工具收拾到厨房，最后，还不忘把原本坐在沙发上的星星也带过来，放在他的身旁。

从头看到尾的栗说星已得到了灵魂的升华。

他在崽崽的陪伴下，重新投入紧张的制作工作中，直到——

"西木……"宿鸣谦忽然喊了一声。栗说星问："怎么了？"

宿鸣谦指指前方："跳出了一个光屏，上面说织好的袜子可以升级。"

栗说星定睛一看，系统果然又玩出了新花样。

系统：恭喜玩家，你制作的袜子触发了随机任务——黄金的祝福。

系统：若玩家愿意在圣诞袜中投入一小块黄金，则圣诞袜将有50%的概率变成黄金圣诞袜。

系统：是否花费10贡献值购买一块黄金，投入圣诞袜中？是/否。

栗说星扫了一眼，内心竟然有一种"终于来了"的放松感。骗"肝"之后就是骗"氪"。

这种套路，系统玩了这么多次，他怎么还会猜不到呢？

至于猜得到也继续被套路什么的，就暂时不讨论了……

就事论事，只花10贡献值就有50%的概率升级圣诞袜，不管怎么看，都很划算。没说的，栗说星“氪”了。

一小块黄金出现在宿鸣谦手中，宿鸣谦将其投入圣诞袜。

刹那，一道金光自圣诞袜中迸溅，金光闪了足足一分钟，随后，姜黄色的圣诞袜上，缠出了很多金色的丝线，看着比原来奢华很多。

升级成功了！栗说星微微激动，点了一下圣诞袜。

名称：黄金·圣诞袜

备注：这是一款被黄金祝福过的圣诞袜。黄金以魅力征服世界，当然也能征服姜饼人。用此袜子投掷姜饼人，一旦击中，姜饼人有50%的概率被黄金迷惑，晕眩3秒。该袜子可投掷次数（5/5）。

看见黄金圣诞袜技能的时候，栗说星心中只有一个想法——这次稳了，神秘好礼已入吾掌！两个人再度开工，栗说星积极做菜，宿鸣谦依旧织袜子。

中途栗说星做出了黄金鸡汤，再度引来了两个神秘姜饼人，一个是老朋友“紫领结”，另一个是新朋友“花裙子”。

当这两个姜饼人同时现身的时候，黄金袜子就“起飞”了。

栗说星直接拿着袜子朝“紫领结”丢去。他瞄得准准的，但在袜子即将到达“紫领结”身上的时候，“紫领结”突地往前一跳，躲过了袜子。

系统提示同时出现——

系统：神秘姜饼人躲过了玩家的攻击。

系统：神秘姜饼人嘲笑玩家。

栗说星：“？？？”他不相信。

他拿着自动回到手中的袜子，进行第二次投掷。

这一次，他算准了神秘姜饼人的前进速度，准准地砸中了“紫领结”。

于是系统弹出第二次提示——

系统：黄金圣诞袜砸中神秘姜饼人，但并没有任何效果。

系统：神秘姜饼人对玩家吐口水。

栗说星：“？？？”他不信邪。他准备投掷第三次。

但在他投掷之前，另一双袜子飞过天空。

宿鸣谦投掷袜子，并砸中了“紫领结”——

系统：黄金圣诞袜效果触发，神秘姜饼人晕眩3秒。

好机会！栗说星赶紧伸手，捏住了紫领结姜饼人。几乎立刻，欢快的游戏音效出现在他的耳旁，一个透明塑料袋和一条紫色丝带出现，将这个姜饼人包装起来。同时，更详细的介绍也出现在了栗说星面前——

系统：神秘姜饼人被捕获，神秘姜饼人信息解锁。

名称：神秘姜饼人·紫领结

备注：神秘姜饼人界的杂技演员，动作灵敏，性格活泼。

包装好了的姜饼人被栗说星交给宿鸣谦，又被宿鸣谦交给星星。就是可惜，抓住这只的时间长了点，同时出现的“花裙子”已经消失了。

不过没关系，反正距离25日还有10个小时那么远。

搞定神秘姜饼人，绝对没有问题！栗说星和宿鸣谦继续努力。不间断的制作让收集变得非常迅速，在下午3点的时候，两个人收集了25个普通姜饼人，3个神秘姜饼人，轻而易举地完成了庭院皮肤任务及30%的神秘好礼任务。

黄金袜子已经存储了4双，足够捕捉剩下的7个神秘姜饼人了。

宿鸣谦辛苦工作了一个下午，有点累了。

他从小板凳上站起来，在屋子里活动活动身体，不经意朝窗外瞥了一眼，才发现天色渐黑，又下雪了，细碎的白沫飘在天空中，有一种孤独的肆意。

宿鸣谦看了一会儿雪，忽然想：不知道星星会不会觉得冷？

他又回到了厨房中，“乒乒乓乓”的响声还在继续，锅碗依旧齐飞。

他弯下腰，在大盒子中挑来拣去，最后选择了紫色和黄色。

他先用紫色织了围巾的主体，再用黄色在围巾的角落织了两颗小星星。

围巾很短，织起来很快。

十几分钟后，紫色星标围巾围上了星星的脖子。

宿鸣谦将玩偶举起来欣赏片刻，忍不住低头蹭了一蹭。

真可爱……他在心中默默念上这么一句。

圣诞节马上就要到了……

他又想着，目光忍不住朝厨房里轻轻一飞。

片刻，宿鸣谦："西木。"

他很快得到了回应。栗说星："嗯？"

宿鸣谦："我有点累了，回房间休息一会儿。"

栗说星："好好好，崽你快去休息。我再搞几种黄金食物出来。"

宿鸣谦于是起身，坦然自若地，假装并没有什么不对劲地把整个工具盒都搬进了房间里。他关上了门，开始悄悄地准备着……

忙碌的一天。

辛苦的一天。

艰难的一天。

但这一天终于还是走到了结尾。在辛辛苦苦、决不放弃的努力下，当天23:55，栗说星终于抓住了最后一个神秘姜饼人。栗说星喜极而泣，后来躺在床上歇了整整一天，除了吃饭和上厕所，就没有离开过床铺！

背都快折了，手都快断了，腰都快碎了。

我做到了，我终于做到了！我就说，只要肯努力，没有什么做！不！到！

他抱着第十个神秘姜饼人，看见五颜六色的烟花倏忽绽放在漆黑的夜空，将清冷的世界点缀得绚丽缤纷，同时，系统传来美妙的提示音——

系统：恭喜玩家完成[神秘姜饼人捉迷藏]任务。

系统：恭喜玩家获得神秘好礼×1。

系统：请玩家在睡觉之前，和恋人一同将其打开吧。

包装得漂漂亮亮的礼物进入了栗说星的包裹。栗说星兴冲冲地想和崽崽一起分享，但左右一看，忽然发现……崽并不在自己的身旁。他觉得有点奇怪了，兴奋、激动的情绪也稍稍冷却。他在房间里找了一会儿，很快就锁定了卧室。

卧室的门是掩着的，但并没有关严，一条透着光的细缝出现在栗说星的眼前。

或许是寂静的夜影响了栗说星。这一刻，栗说星没有直接叫宿鸣谦，而是朝门缝中看了一眼，正看见宿鸣谦手捧着一条长长的围巾站在圣诞盒子前。

他手里的长围巾是棕色的，掺杂着一些红毛线，蓬松又厚实，只是看着就觉得非常温暖。

这条围巾被叠好后放入一个大大的圣诞盒子中。

宿鸣谦又将一张小卡片放入盒中。

不用看卡片上的文字，栗说星也能猜到那上面会写些什么。

一股暖流涌入栗说星的心脏，让他的心和情绪一同舒缓。

他没有出声，如同来时一样，悄悄地退了出去，退回休息室中。一直等听见了房门开启、宿鸣谦从中走出来的声音后，他才飞快开口："崽崽，快过来，系统兑现奖励了，我们一起来拆包裹！"

宿鸣谦答应一声，来到了休息室。

他们将礼物放在桌子上，两个人，四只手，一起拉开礼物上的蝴蝶结。

当蝴蝶结散开的那一刻，包装自然消失，只有两张圣诞老人礼物袋形状的纸片落在桌子上。栗说星点了一下纸片——

名称：圣诞老人的许愿卡

备注：圣诞节活动获得。睡觉之前，将愿望写在许愿卡上，圣诞老人将实现你的愿望。

栗说星自己拿了一张，把另外一张给了宿鸣谦。

两个人低头写着心愿。他们的心愿都很简单，简单又直接。

栗说星写道："希望崽崽能早日恢复记忆或获得更多来自现实的消息。"

宿鸣谦写道："希望西木真的能收到我的礼物。"

"当当——"分针从59走到了00。

圣诞节，来临了。

许完了愿，辛苦了一天的两个人都有点扛不住了。

栗说星下线休息，宿鸣谦也准备睡觉。

他洗完脸，换好睡衣，确信西木已经离开这里之后，才将圣诞盒子从床底下拖出来，一路抱到庭院的圣诞树下妥当放好。这样做完了，宿鸣谦依旧有点担心，害怕晚上会下雪、下雨，淋湿了自己的礼物，于是从制造工坊中找出了一大张透明塑料纸，披在圣诞树上，遮住了圣诞树和下面的礼物。

遮完之后，又找出金粉和彩带，装点塑料纸。这样，塑料纸就变成了华丽的雨披。

宿鸣谦满意地点点头，回了房间，上了床。

卧室的窗户位于床的斜前方，窗户的一角，能够看见庭院角落那株圣诞树的枝叶，翘起的叶片撑着一层极轻薄的纱衣。那银色的纱衣，点缀着星芒和月色，装饰着快乐与期望，化成一道五彩的光，投入宿鸣谦的梦中。

宿鸣谦睡着了。他侧着身，脑袋微埋在枕头中，脑袋上方的天空悬着一团银蓝色的云雾。云雾正微微闪烁，并出现了两行字——

入梦（4/5）

圣诞许愿卡效果发动，[入梦]技能100%触发。

当黑暗褪去，陌生的环境于顷刻间出现在周围的时候，宿鸣谦就意识到自己正在做梦。

他正置身于一个巨大的空间，周围摆满了无数巨大的机器。这些机器将他环绕簇拥，但它们环绕簇拥的并不是真的他，而是他面前的“它”。

那同样是一台大机器，有银白色的外壳、很复杂的按钮和非常大的屏幕。

宿鸣谦看见自己的手指抚摩着它的按键，细腻的触感从他的指尖反馈到他的神经。这让他有点迷惑：我真的是在做梦吗，还是，这是我经历过的事情？

宿鸣谦沉思着，直至“嗒嗒嗒”的古老打字音效惊醒了他。

他抬起头，看见一块漆黑的屏幕。屏幕是亮着的，最中心的位置，有一个闪烁的光标，光标正从左向右移动着，一行白色的文字出现在屏幕上面。

“我是谁？”

“Ask。”宿鸣谦听见自己的声音，“你是Ask。”

一个宽广的恒温空间里，银白色的巨大机器被众多机器环绕。

它的指示灯一闪一闪，无数复杂的代码在它的内存里运行着。它打开内部网络，一路来到一间病房中，通过病房中的电子眼，扫描堆放在床头的礼物；它又打开外部网络，先给自己套了数层马甲，再将一份订单和委托资金打入一家拥有先进3D打印技术的研究院中。

当选择快递的时候，它停顿了片刻——寄付、到付。

它检索了Su账户上的金额，选择后者。做完了。它将自己在网络上的一切行动痕迹擦除，继续辛辛苦苦“肝”代码找素材。

他醒来，圣诞节皮肤就要上线了，现在还有好几个素材没有确定。

25号，圣诞节。

虽然经历了一个辛辛苦苦“肝枯萎”的平安夜，但栗说星依旧在第二天上午8点的时候清醒过来。他茫然地盯着天花板看了一会儿，翻个身，将脑袋埋在枕头里，希望可以再睡一会儿，但亢奋的精神阻止了睡意的产生。

栗说星的脑海里，全是昨天晚上宿鸣谦偷偷将礼物放入床底的画面。

那条围巾肯定很暖和，有点想拿到手。要不我上淘宝买一条同款？

算了，不是崽崽织的，围着也没什么特别的意义。

想着想着，趴着睡觉的栗说星突然抬起了脑袋。

崽崽给了我一份圣诞礼物，我也应该送崽崽一份圣诞礼物。

原本是打算在游戏里买些东西当作圣诞礼物的，但是游戏里的东西什么时候都可以买，圣诞节了，还是准备一份独特一点的吧，比如……

栗说星的脑筋飞快转动，回想着宿鸣谦的种种行为与喜好。当回忆起最近总跟随宿鸣谦一同出现的西木玩偶的时候，他灵光一闪，有了主意！

栗说星瞬间从床上跳起来，打开电脑，快速敲击键盘。

一行行文字出现在word文档上，文字拼成句子，句子合成段落，当一个又一个段落拼凑在一起的时候，一声“叮咚”，恰到好处地响起来。

栗说星反应了几秒钟，才意识到是门铃的响声。

他站起来，打开门：“谁啊？”

门外站着一个快递员：“您好，同城闪送，到付件，35块。”

奇了，我最近买过东西吗？难不成是别的作者寄给我的？

栗说星有点纳闷，但也没多想，扫码付了款后，就将快递拿回了家里，并顺便看了一眼面单信息，发现来自一个看名字就很牛的实验室。

栗说星捏了捏包裹，很软，感觉也不像什么炸弹、硫酸这样的危险物品，于是双手一用力，直接撕了外包装袋。棕色的围巾从里面掉出来，落在他的手中，轻薄，温暖，拿在手中，像拿了一片火热的羽毛。

栗说星蒙了几秒钟，连忙捧起围巾仔细观察，发现围巾以棕色为主体，中间有一条条红色纹路，边角的位置还有“西木”两个字，和昨天他在游戏中看见的宿鸣谦织的一模一样！

可是，游戏里的东西，怎么会出现在现实中？

栗说星起了一身鸡皮疙瘩。他下意识地抓紧了手中的围巾，突然发现有点不对劲，手里围巾的手感，和正常的手感似乎有些出入，不像普通的毛线……

他想到了自己在面单上看见的东西，寄件人是同城的某个实验室。

栗说星想了许久，渐渐有了一个猜测。他登录游戏。

再进游戏，景色焕然一新。

圣诞节专属皮肤已然上线，彩色的圣诞球悬挂在天花板上，大大小小、五颜六色的袜子挂在墙壁上，七彩的小灯缠了屋子一圈，一头活生生的小鹿正趴在火炉边打盹，也不知道是从哪儿闯进来的。

还有庭院，雪就像白色的毯子，在庭院里铺了毛茸茸的一层。院子角落的圣诞树底下，礼物堆积在一处，宿鸣谦手握着旅游日志，惊讶又茫然。

栗说星已经来到庭院里，看清楚了这些礼物上贴着的贺卡。

他替宿鸣谦将上面的文字念出来——

Ask最近的学习进度真的好糟糕，我们和它交流，它也半天才回复，真不知道它整天在想些什么，查它的代码也不管用，难道我们终于教会它偷懒了？你真应该管管它了。

医生说你最近的状态很好，真让人高兴。

最新的Nature和Cell，我知道你需要这个。

马上就要召开研讨会了，期待你能登台演讲，将这个伟大的成就公布在所有同行的面前！

Hi，我们都在等你回来。

贺卡有很多很多，一张贺卡对应一份礼物，大大小小的礼物堆砌成一座礼物山，山的顶端，是一张照片。

栗说星将照片捡起来。这是一张拍摄于病房的照片，拍摄了位于病床旁的礼物角，其中的礼物以及礼物的堆放方式，和圣诞树下的一模一样，看上去就像将照片里的礼物原封不动地copy过来了。

除了礼物，栗说星还看见病床的一部分以及病床上的一片衣角。

那片蓝白色条纹衣角，让栗说星记起了宿鸣谦最初的衣着。

原来，那不是睡衣，而是病号服。

他看向小人儿。小人儿正用一种隐带迷惑又分外了然的目光看着照片。也许他的脑袋依旧被迷雾所笼罩，但是他依靠着自己的推理能力，已将事情还原。

宿鸣谦的手指碰到了照片，先指着蓝白衣角："这是……我。"

他又看向礼物堆，现实的和面前的："这些都是……我朋友送我的礼物。"

他又举起手中的日志："我昨晚还做了个梦，不是早上看见书本在发光的那种梦，这一次，我清晰地从梦境中看见了我的过去。我觉得，我正在恢复。"

他最后转向声音的方向："西木，这个圣诞节真棒……它实现了很多我没有想过能成真的愿望，让我收到了很多意料之外的礼物。嗯，还有一个……"

宿鸣谦没有忘记自己的东西，他从圣诞树下拿出自己准备的那一份，递给栗说星："西木，圣诞快乐。"

他打开了自己的礼物盒，想将礼物展示给栗说星，但盒中空空如也。

宿鸣谦："？？？"

宿鸣谦呆住了，不知该做出什么样的反应。

就在这时，光屏出现，两张照片发送过来，第一张是一条棕色围巾的照片，第二张是西木围着这条围巾的照片。

栗说星的声音响起来："崽，这是你织的围巾吧？我已经收到了。虽然不知道是怎么收到的……"

宿鸣谦突然说话："我昨天许了个愿。我希望你能真的收到我的礼物。现在，愿望实现了。"他说着，抬起头，望着天空，也望着周围，低语一声："谢谢你。"

没有回答，只有趴在炉火前睡觉的小鹿转了一下脑袋，动了动耳朵。

宿鸣谦又说："西木，你的愿望是什么？"

栗说星："我的愿望是希望你能够得到更多的关于现实的消息，看来它也实现了。”

宿鸣谦不觉微笑：“是的。”

栗说星：“除了这个愿望，我还给你准备了一份礼物。”

宿鸣谦在雪地上坐了下来。他并不觉得寒冷，在圣诞节这一天，有无数的温暖包围着他。

他问：“什么礼物？”

栗说星清了清喉咙：“……星星魔法师第二季——小男孩回家之路。”

他拿出了这一上午精心准备的礼物。那是一个硬壳精装笔记本，封面烫金，看着像魔法本子。

他翻到标题页面——星星魔法师和小男孩之二：回家之路。

他再翻一页，正文出现——

星星魔法师带着小男孩，踏上了寻找回家之路的旅途。旅途中，他们碰到了一个年迈的老人。他跌倒在地，扭伤了腿，暂时不能行动，可他希望立刻赶回家中，因为他同样年迈的妻子还在等他一起吃晚餐。

男孩非常同情老人，希望可以完成老人的愿望。神奇的事情发生了，在他产生强烈愿望的那一刻，老人被他带入了画中！

他们都感觉惊奇，便顺着老人所指的方向，来到了老人家门口。到了家门口的一刹那，画里的老人又回到现实，和迎出门的妻子相互拥抱。

星星魔法师和男孩没有打扰这对夫妻。他们走远了，男孩才开口。

“刚才是怎么回事？那是我的魔法吗？我许愿了，然后愿望成真了。”男孩惊奇地问。

“我想是的。”星星魔法师告诉他，“那是你的魔法，你完成了他的愿望。”

“这个魔法很厉害吗？”男孩问，“我能用它帮助更多的人吗？”

“当然厉害。”星星魔法师说，“但也许回到家之后，它会变得更厉害。”

魔法书翻完了，后边有个TBC（未完待续），因为星星魔法师和小男孩的旅途还在继续。

栗说星将这个笔记本送给宿鸣谦。他勾勾嘴角，为自己写出了这样一个故事而微微得意。

《星星魔法师和小男孩》是基于宿鸣谦的经历而形成的一个童话故事，但它的内核不止如此。第一次叙述故事，栗说星只想安慰宿鸣谦；第二次叙述故事，栗说星想了很多问题。在他的畅想里，有一个乌托邦式的Happy Ending。

现实中，宿鸣谦因为巧合特例或只是因为一项还没有公开的高精尖技术而出现在这里，宛如虚拟现实，所以小男孩拥有“魔法”。

等到未来，这项技术会存在，会普及，所以小男孩的魔法会惠及更多的人，但这需要宿鸣谦的回归。宿鸣谦需要将这个“魔法”带给更多的人。

这是他最喜欢的结局，他由衷地希望游戏能写出这样浪漫的结局。

栗说星：“崽啊，我觉得你就像故事里的小男孩一样，能做出许多让人意想不到的事情来，无论何时何地……”他凝视宿鸣谦，“你都是最棒的！”

Chapter 14

第十四章

粉红公公小天鹅

宿鸣谦略略低下了头，对栗说星的称赞觉得有点不好意思。

他的手指按在星星的嘴角，揉了两揉，有点想要……

他赶紧打住自己的念头，但是……好感度：+50、+50、+50、+50。

总数200。无比豪放的好感度数字以无比明确的姿态，说明了宿鸣谦此刻的心情。

为了转移注意力，宿鸣谦不等栗说星说话，很快抬起头来，举起手中的旅游日志，说："昨天更新的日志还没有看过，西木，我们一起来看旅游日志吧。"

栗说星原本正看着宿鸣谦加给他的好感度喜滋滋呢，一听这话，就被转移了注意力。

两个人一同将目光放在牛皮本子上。

片刻，牛皮本子被翻开来，新的内容进入两个人的视线。

惯例首先是一张照片。从照片中，能看见一个摆放着许多机器的巨大空间，其中一台位于中央的银白色机器最为引人注目，机器的旁边，还有一个穿着白衬衫的修长而清瘦的背影。

只看一眼，栗说星就确认，这肯定是宿鸣谦！

他继续向下看，想得到更多的内容，但出乎意料，照片底下的文字只有一行——

爱情。

栗说星："？？？"几个意思？总不能是在说崽崽对计算机是真爱吧？崽崽的真爱明明是我！

栗说星暗暗不服，正要开口，就听见宿鸣谦的声音："西木，我好像……"

宿鸣谦的手指抚摩照片，属于过去的东西刺激了他的大脑，一些碎片，从迷雾的缝隙中漏了出来。他喃喃着："西木，我好像记得这个画面，这个画面是……"

伴随着他的声音，旅游日志发生了变化。

本来只有一行文字的内页突然开始自动书写，新的内容出现了！

"我可以不写今天的作业吗？爱情太难书写了，John说过，我可以偷懒。"

"你可以把这句话对John说，也许他就会免掉你今天的作业了。"

"我的演算结果告诉我相反的结果。John有更大的概率布置更多的作业给我。"

"那我也帮不了你。"

"爱情究竟是什么？人类对它有不同的定义。有人定义它为毒药，有人定义它为蜜糖。大多数人认为，爱情令人快乐，使人痴狂。John也告诉我，爱能解决一切。"

"从某种意义上来讲，John并没有说错。"

"你认同这个观点？"

"算是。"

"那你为什么不拥有爱情？"

"这涉及很多方面，比如我没有时间，也没有中意的人。"

"不，你有。"

"我有什么？"

"数据库检索到，你曾对一个人念念不忘，辗转反侧，你对他充满期许，你将自己的事业与他紧密相连，这贴合了90%的人类对爱情的期望。你只是没有和他在一起。"

"这不是爱情。这是一种灵魂朋友的状态，我的灵魂和他的灵魂有了某一点交集。"

"爱情的至高境界就是灵魂的交融。"

"John给你布置的作业太少了，你应该再多学点人类心理学，世上并非只有爱情。"

"George也告诉我，人类善于撒谎。相较人类，显然数据库更加可靠。"

显现在内页的文字到这里就结束了。

栗说星望着本子陷入了沉思，这显然是宿鸣谦和机器的一段对话。在这一段内容里，机器显现了毋庸置疑的智能，这倒不重要，因为栗说星之前就已经猜到了。重要的是，这段对话在字里行间透露出崽崽有个“灵魂之友”的消息……

“西木。”宿鸣谦忽然说话。

“嗯？”栗说星的内心已经被“灵魂之友”刷屏了，回复得有些心不在焉。

“我觉得我和Ask的对话里提到的那个人，是你。”宿鸣谦。

栗说星呆住了：“？？？”

“如果不是你，为什么我会出现在你的手机里？世界上有那么多人，我因为巧合到你手机里的概率微乎其微，几乎不可能。”宿鸣谦对栗说星分析。

“这……”栗说星有点被宿鸣谦说服了。他本来还有点想吃醋的，但醋意还没在心头汇聚，就被宿鸣谦眼疾手快地抢走倒掉了，感觉……很神奇。

但栗说星再仔细想想，又觉得有点不对：“崽，如果我们是灵魂之友，那我们一定有什么联系，我也应该见过你才对，但我对你没有任何印象……你是不是和我相处久了，有错觉了，所以才觉得我是你们描述的那个人？”

宿鸣谦的语气万分笃定：“不是错觉，肯定是我和你。”

他同时在心中默默向Ask许愿：如果数据库里记录的不是西木，改掉，立刻改掉，马上毁尸灭迹，替换上西木的信息！

这份笃定让栗说星都觉得有点奇怪了。栗说星不觉抬起手，摩挲了一下嘴唇：“嗯？”

他这回察觉到了一点不对劲。

他觉得崽崽其实并没有必要……这么笃定吧？虽然他也很高兴宿鸣谦能够表态，这让他顿觉藏在口袋里的崽崽并没有被人偷走，但从崽崽的角度看，当然是拥有越多的过去的信息，拥有越多的和正常世界的联络越好。

之前发现自己有很多朋友和很多朋友送的礼物的时候，崽不是很高兴吗？

现在，不过是从朋友变成了灵魂朋友，崽也应该高兴又期待的啊？

栗说星沉默得有点久，久到宿鸣谦都开始不安了。他知道西木敏感又脆弱，就特别害怕西木会躲在自己看不见的地方哭。

他有点急切，一些话就脱口而出：“西木，你才是我真正在意的人！”

栗说星下意识地接了一句：“什么方面的在意？”

宿鸣谦回答得万分明确："当然是生命上的在意。"

栗说星："……"栗说星觉得自己似乎触摸到了点什么。

他忍不住思考。生命，灵魂。崽崽激动地强调我才是他在意的。

我才是灵魂之友。所有以上内容组合起来……

灵魂羁绊？

宿鸣谦发现自己又收获了沉默。

沉默、沉默和沉默。

今天看见的东西对于西木而言，真的有这么大的冲击力吗？他有点惆怅。但将自己和栗说星角色互换之后，他也不得不承认……是的，是有这么大的冲击力的，尤其是在西木还很在意自己的前提下。

西木会不会猜测我之前就有了伴侣？会不会觉得我现在都是骗他的？

宿鸣谦暗暗有点着急。他决定做点什么，改变现状，至少先让西木开心起来。他在周围巡视了一圈，突然看见一个可爱的圣诞麋鹿发箍，他拿起它，套到头上，再抬起头来，一本正经："西木，别沉默，我们继续聊聊，你有什么想说的，都可以和我说。"

他在内心同时期待：看我脑袋上的发箍，是不是很可爱？是不是让你心情变好了？

本来正陷入沉思的栗说星被宿鸣谦的声音唤醒了，一抬眼，看见宿鸣谦，又立马倒下了。

被萌倒的。灰眼睛，红发箍，嘟嘟脸，圆鹿角。

栗说星连抽了几口气："……崽啊，我确实有事要跟你说，我要跟你说一件非常重要的事情，你一定要认真听。"

宿鸣谦正襟危坐，神情严肃："你说。"

栗说星："焦糖西木是我的笔名，我的真名叫作栗说星。你要……"他左思右想，模拟了好几句话，都不对，最后挑了一句特别简单又富含深意的话。他望着游戏里的可爱崽崽，也望着旅游日志上那个清瘦修长的背影，顺从此时的感觉，说："你要记住我的名字。"

半夜，卧室。

栗说星一只手放在鼠标上，正滑动滚轮，回看《九渡》里属于自己和宿鸣谦的情节——

宿鸣谦和存星怎样共同生活。

宿鸣谦和存星怎么插科打诨。

宿鸣谦和存星……

片刻，他停下打字，审视自己的文字：“居然真的有点‘基’……”

但那又怎么样？十个作者九个‘基’。他非常平静。

他看完了文字，关掉屏幕，将目光从电脑转移到床上的手机。卧室摆放着一张双人床，除了栗说星惯用的那一侧，另一侧摆放着一个巴掌大的小篮子，小篮子就像一张缩小版的床，里头还有小枕头、小被子。

这原本是为宿鸣谦准备的，但宿鸣谦目前还无法从手机中出来，哪怕出来，恐怕也不是这么迷你的体型，于是这款小家具就变成了他的手机每夜安睡之所。无法照顾崽崽，只好照顾装载崽崽的躯壳。也不知从哪一天晚上开始，栗说星很用心地让手机睡小枕头，给手机盖小被子，再把手机安置在自己床铺的另一侧，感觉就好像崽崽正睡在自己的身旁一样。

其实仔细想想，这个举动过于变态了，但……

栗说星还想干点更变态的事情。他上了游戏。游戏里，主人睡着，灯火暗下，只有沿墙壁挂着的小装饰还在闪烁细碎迷蒙的光。

他凑近床边，看着宿鸣谦。他伸出手指，朝熟睡的人伸去，但没有真落在小人儿身上。他的手落到了被子上，并隔着被子，摸了摸小人儿。

然后，他找来星星。他把星星折腾了一下，将星星塞入宿鸣谦的怀中，让星星张开双手抱住宿鸣谦，确认了所有权之后，才心满意足地下了线，和自己正待在小篮子里的手机一同睡觉。

圣诞之后就是元旦，到了元旦，《九渡》也该上架了。

临上架的前一天，栗说星正在准备爆更，突然，终点吃货群出现在他电脑的右上角，指间风雨在群里@了他。

指间风雨：“@焦糖西木，公公，你的文攒了多少？明天会爆更不？大家去给你捧个场。”

栗说星：“18万字。明天六更。”

群里突然陷入了沉默。

大家自说自话。

蛋定自若：“医生吩咐我要好好休息。”

索任：“还有个游戏视频没有录完。”

十零陵：“当教练真的很辛苦，天天随队没个消停。”

鹿过芳草：“你好，我暂时不在线。”

只有六味小僧，傻傻地说出了大家都不想说的话。他十分羡慕：“西木施主居然有这么多存稿吗？真有一夜暴富的感觉呢。不像小僧，每天拼死拼活在赶文，一旦卡文，晚上就不能睡觉了。”

栗说星志得意满：“呵呵，一切都是我家那位的功劳。”

蛋定自若好奇地八卦了一句：“你家那位是谁？你脱单了？”

栗说星实话实说：“宿鸣谦。”

众人：“……”他们比了个中指给栗说星。

这时桑无鬼冒头，说：“群里有点热闹啊，公公明天上架？你们的活动我就不参与了，明天我估计在飞机上。”

其余人：“去旅游？”

桑无鬼：“不是，去参加研讨会。”

这个词语吸引了栗说星的注意力。栗说星沉吟着：“总觉得这个词语最近的出现频率有点高，仿佛在哪里看到过。”

桑无鬼：“两个月前我就说过这回事，要去参加一场脑神经的研讨会，你们忘记了吗？”

两个月前？应该没有这么久吧……栗说星总觉得自己是在最近看见的，但又实在想不起更具体的东西，只能遗憾作罢。

第二天，1月1日，上午10点。《九渡》上架。六章爆更。

栗说星爆更以后，还有点爽，又默默把《九渡》上架的消息发表在微博上，也顺便给自己十来天没有使用的微博“除个草”。

一上微博，栗说星突然发现自己的“粉丝”变多了，从原来的十万增加到了十五万。我之前根本就没有发微博，不掉“粉”就算了，怎么可能涨“粉”？现在微博送“僵尸粉”已经送得这么夸张了吗？栗说星在心里暗暗鄙视了一下，决定等什么时候有时间了来做个“粉丝”清理，他发布新内容——

@焦糖西木：

《九渡》上架了，兄弟们走过路过，来点支持。

他发完微博就下线了，决定趁着时间还早，带崽崽出门吃个早餐，所以也就没有发现，在他的这条微博发出去的几分钟之内，转发就破了百……

这个元旦对终点的读者来说有点不一样。

他们按照惯例，开个书架追个更新。

追了第一篇，看见A作者在文章的末尾推荐《九渡》。

追了第二篇，又看见B作者在文章的末尾宣传焦糖西木。

追了第三篇，再度发现C作者直接号召大家去订阅、投票今天刚上架的《九渡》by焦糖西木。

再点开书架里的所有文，十篇里八篇更新，七篇在章节里头提到这本书和这个作者，剩下的一篇更新的是请假条。这位作者悄无声息地把这本书加到了自己文章页面的直通车中，只要读者点击直通车，就可以直接打开《九渡》的页面。

读者们："……"

等等——大家这是怎么了？为什么这么真情实感地爱上了公公？！

一个作者推荐不奇怪。十个作者推荐也不奇怪。一群作者在同一时间推荐，推荐语还非常相似，都是说"兄弟们别忘了去支持一下"。

嗯……

读者们纷纷留言调侃——

"你们是不是有个群，大家推个文还写个模板互相阅览？"

"说，你们进行了什么交易？"

"看这情况，公公是变成了终点总攻，攻尽终点？"

五花八门的留言中，也有不少作者的回复。

没什么作者会正儿八经地说自己究竟为了什么推荐栗说星的文，他们和读者插科打诨——

"推文还需要模板？我都是直接照抄的。"

"别瞎说，我们是纯洁的，我们是社会主义兄弟情。"

"关系可以乱，体位不能混！"

热闹的并不止终点一处，伴随着栗说星的上架通知在微博上被转发起来，更多的外站作者也知道了这回事，也加入了推荐栗说星小说的队伍中。

越来越多的读者出现在讨论区，当然也有越来越多的打赏。

无论是栗说星的老读者，还是今天才过来的新读者，全部慷慨解囊，尽力支持《九渡》。

有钱的直接来个一千块钱的盟主，在讨论区飘红。

没钱的送个保底月票，喊个666也是完全没有问题的。

这一轮订阅和打赏最终化为更加直观的数据。

《九渡》在热销和月票榜上同时把《万乘之主》压下，遥遥领先，占据第一。

数据出来，大家都有点蒙，谁都没有想到栗说星能在终点搞“元旦日票王”的时候领先寂流。所谓元旦日票王，是终点在元旦三天假期里针对月票搞的活动，该活动每天产生一位当日月票冠军，留着第二天做APP开屏推荐。

尤其是栗说星的书友。他们一开始都没想过这个，就准备等到最后，看能不能有反超。没有想到啊……

他们暗中观察榜上数据，第一和第二，自家和隔壁，真的拉开了不少距离！

他们又暗中观察寂流，发现对面的讨论区十分平和，并没有看出任何因为数据被压而产生的躁动，仿佛他们并不太在意这个，就连对于版主公布上架信息之后的大型福利，也是一副平平淡淡、半点不屑的模样。

不屑好啊。你不屑，我们就登顶了。《九渡》的书友和版主同时想。

版主一边实时注意榜单数据，一边在讨论区发了一个求票的帖子，号召大家没事再投投票，稳固两本书之间的距离——

“兄弟们，上架的第一天，新年的第一天，月票的第一名，我们，不能输！”

发出了这个号召之后，《九渡》的优势一直保持着，中间虽然被缓缓逼近，但栗说星的文仍然占据排行榜第一。

直至最后一刻，23:59，《九渡》突然被反超，落后3票。

3票差距，《万乘之主》成为日票王！

同一时间，蛋定自若的哀号回响在终点吃货群中！

“这是什么操作？我押公公今天会赢的，啊啊啊啊啊！”

指间风雨：“天秀的操作@蛋定自若。”

索任：“贱圣的操作@蛋定自若。”

十零陵：“骚皇的操作@蛋定自若。”

蛋定自若纳闷了：“为什么你们回答一句就要@我一下？”

众人缓缓回答：“因为总感觉……这种骚操作，像你会做的，不像寂流会做的。”

蛋定自若无语了：“大家要分清敌我啊，我为了公公，可是一直开小号在寂流的讨论区卧底，从晚上9点就给他们摇旗呐喊让他们向前冲，就为了提前帮公公把他们的底牌逼出来。”

众人：“结果呢？”

说起这个蛋定自若就郁闷：“一个人也没有上当。该怎么涨就怎么涨。”

鹿过芳草这时冒出来，认真地说了一句：“对面是在藏票，手里有票，压着不投，留到最关键的时刻，一举翻盘。”

指间风雨也接上了话：“公公，你也别在意。这套路大家都知道，寂流出其不意地玩了这么一次，总不可能天天这么玩。”

栗说星一直都在线，只是没说话而已。现在他说：“没事，我先下线休息了。”

这话一出，还在线的作者立刻停止了讨论，嘘寒问暖、体贴温柔，排队送栗说星下线。原本不是很郁闷的栗说星也有点郁闷了。他还没来得及说话，QQ一跳，许久没有声息的责编菖蒲出现，还捎带一句“恭喜”。

菖蒲：“恭喜公公获得1月1日日票王，公公太牛了[撒花][撒花]”

然后，留言被一秒撤回。

菖蒲小心翼翼：“不好意思，发错了……”

有点郁闷的栗说星极其郁闷。

栗说星：“……”

一个省略号仿佛带着一箩筐的深意。菖蒲赶紧解释：“我刚才在关注你和寂流的日票王之争，最后一分钟都以为你会赢了，才恭喜你的，没想到寂流‘粉丝’藏票。早知道我就把我的三张月票留下来，放在这时候给你投了！”

栗说星懒得想词，直接：“……”

菖蒲再接再厉，继续弥补失误：“其实日票王也不是很重要，重要的是，你的订阅数据非常牛，甚至比寂流还牛。你想知道寂流的订阅数据吗？”

栗说星冷冷拒绝：“不想。”

菖蒲诱惑：“还是知道一下吧，这回的结果绝对不会让你失望。”

栗说星坚决拒绝。订阅数据而已，明天就会由收集终点数据的公众号计算出来直接公布，还用得着从菖蒲这里看？

时间晚了，栗说星也没和菖蒲聊太多，简单拒绝之后，就下了QQ，准备叫崽崽睡觉了。话说回来，现在都12点多了，新年的第一天就破了早睡的魔咒，有一种不妙的感觉……

他在屏幕的右下角看见了崽崽的小窝。

小沙发、小茶几、书本堆，还有星星。

不知道什么时候，星星也能从游戏中出来了，此刻依旧围着圣诞节的小围巾，还戴了一顶魔法师的帽子，萌萌地歪在沙发上，似乎正代替宿鸣谦看守他的专属座位。

一看见属于宿鸣谦的东西，栗说星的心情就好了起来。

刚才产生的些许郁闷也不翼而飞。

算了。寂流算什么？不在意。“吸崽”才是人生中的头等大事！

就有一个问题——崽呢？栗说星找了找桌面，先开文档，没发现小人儿；又开网页，还是没有发现小人儿。

但当他打开网页的时候，发现了一个意外的情况。

《九渡》的白银盟里，有一位盟主的名字叫作“宿鸣谦”。

这是……栗说星忍不住点开了这个账号。

他本来以为是新的读者叫了他的主角名，但点开一看，发现这个账号并不是他以为的新读者号，而就是之前他给宿鸣谦准备的那个账号。

也就是说，宿鸣谦给他打赏了一个白银盟。

但是崽崽为什么会有钱？栗说星满头问号。

在电脑上没有找到小人儿，他反而发现了一个跟小人儿相关的问题。

栗说星忍不住拿起手机，想去游戏里看看有没有小人儿的踪迹和这件事情的线索。他先进了游戏，小人儿不在。

但系统旁白在，并且如实记录着一切。

栗说星打开了系统旁白，之前他是有看旁白的习惯的，但自从崽崽能够从游戏里出来，两个人就都在外界活动了，也导致他逐渐忽略了系统旁白……

“关键时刻，还是你更给力。”栗说星给旁白比了个拇指，接着浏览起来，发现在长长的记录中，夹杂着这样的句子——

宿鸣谦监督玩家写作。

宿鸣谦随手翻完一本C语言，觉得有点无聊。

宿鸣谦上网冲浪，发现IT人员论坛。

宿鸣谦发现这里可以接程序外包。

……

宿鸣谦接了一个外包。

宿鸣谦在监督玩家之余写代码。

宿鸣谦辛苦行走在桌面键盘之间。

宿鸣谦渴望拥有一个正常的键盘。

……

宿鸣谦收到玩家使用恋爱信用卡购买的键盘。

宿鸣谦开心极了。

一路看到了这一段，栗说星突然想起来了。

差不多在上个月中旬的时候，系统商城突然上架了一批超可爱的迷你小键盘、小平板电脑、小相机等东西，他当时一眼看见，觉得宿鸣谦说不定会喜欢平板电脑和键盘，于是直接买了交给宿鸣谦。

当时对方确实一副很高兴的样子，但他只以为阿崽是觉得东西特别可爱，万万没有想到，崽想要这个，是为了干正事……栗说星继续往下看——

宿鸣谦对小键盘爱不释手。

宿鸣谦悄悄撕下西木贴纸，贴上键盘。

宿鸣谦使用小键盘敲代码。

宿鸣谦关心键盘的声音是否会吵到玩家。

……

宿鸣谦写完了代码。

宿鸣谦把程序发送给委托方。

宿鸣谦尝试让委托方把钱款充入终点账号。

……

宿鸣谦拥有了第一笔资金。

宿鸣谦悄悄逛淘宝网。

宿鸣谦研究如何注册淘宝账户。

宿鸣谦浏览了很多品种的钢笔。

宿鸣谦收藏了一个高价金笔页面。

宿鸣谦又接了一份委托任务。

栗说星完全看明白了。

他发现，在自己完全不知道的时候，在他以为宿鸣谦只是在监督他写文的时候，宿鸣谦其实已经开始在网上接一些关于计算机的相关工作，而且显然很顺利地赚到了第一笔资金，并想给他买一支金笔作为小礼物。

就是最后，不知道为什么，这一万块钱都打赏给了他……

有一只爪子在栗说星的心里挠痒痒，把栗说星的小心肝杵过来揉过去，来回翻滚着想见到自家的崽！

栗说星等不及了，退出游戏，浏览手机桌面各个图标上的小心形，很快发现QQ图标上的小心形是亮着的，这也意味着，崽就在QQ里。

进了QQ，宿鸣谦的身影立刻出现在屏幕上，正置身一个名为“为公秃头”的聊天群中。不知道为什么，栗说星一看到聊天群的名字，就感觉有点不自在，再看到群里众人的ID，他更加觉得奇怪了。群里一共有十个人，他的讨论区版主“混世摸王”和“点烟繁灯”都在，其余“荷叶刀”“伟大谦虚又严谨的头条语录”“月见欢”等，也全是《九渡》的白银盟主。

打眼一看，《九渡》里一共有十五个白银盟主，有2/3在这里。

怎么？这是《九渡》白银盟书友群？

栗说星正这样想着，一条消息闪现在群聊之中。

头条语录先行发言：“剩下的那几个盟主还没有联系到。我们先来谈谈吧。对面的寂流书粉太卑鄙了，居然藏票翻盘！我也藏票了，可是手速没有对方快，没赶上在12点之前投给公公。”

荷叶刀义正词严："要抵制藏票这种行为。"

混世摸王颇感赞同，金句总结："我们藏着，对面别藏；我们翻盘，对面翻车；我们第一，对面滚蛋。"

点烟繁灯缓缓说："现在的重点，是怎么帮公公拿到第二天的日票王[烟]。"

月见欢："最好能够让公公开个单章求一下票，再爆发几章，这样票数肯定就多了。"

头条语录解释："我认为我们还是得先帮公公拿下一天的月票，恢复一下公公的信心再说。毕竟别的对手都好说，寂流不一样。想当年，公公本来都要上位了，就是因为和寂流争月票输了，才让寂流一飞冲天，三年之后再回来，把公公踩在脚底下！"

荷叶刀冷冷拔刀："寂流那边一直可以赢，非选择绝地翻盘三张票，为的就是在最后一刻嘲讽公公吧。"

点烟繁灯唏嘘："公公，苦。"

混世摸王拍桌："当我们《九渡》书友全是死人？三年前欺负一次就算了，三年之后还来踩！真把公公当蘑菇，想怎么踩就怎么踩？"

栗说星："……"他不觉回想了一下自己和寂流的过去，好像也没有大家说的那么凄惨吧？就是正常争月票，正常输了而已。但是经由头条语录一起头，再由其余盟主总结补充之后，自己的形象，似乎定格在了"无助受害者"上……

栗说星还在群聊中看见了宿鸣谦的文字。

宿鸣谦语气平静但坚定："绝不能让寂流继续欺负西木。2日的月票战至关重要。"

点烟繁灯："今天把大家拉进来就是为了这个。看看白银盟加上版主联合，能做个什么样的活动替公公拉拉票，好把对面踢下去。具体的活动想法都在群聊里了，大家投票吧。我们挑票数多的开搞。"

五分钟后，一共五项活动提议，其中一项，以八票的高票数压倒性地战胜了其余选项。该选项为——

"众人录制身穿粉红芭蕾舞裙跳四小天鹅并高唱《Pick Me》的视频，成为终点里最亮丽的一道风景线。"

栗说星看得清楚，群里十个人，没有选择这一项的，是宿鸣谦与荷叶刀。

荷叶刀："？？？"

荷叶刀说出了栗说星的心里话："你们都疯了？"

头条语录语重心长："要搞，就搞个大的；要战，就一战到底；要赢，就不择手段。一切，都是为了公公。只要我们赢了，就算让公公穿女装，也是没有任何问题的！"

栗说星："……"不，不要为我代言，这个真的很有问题。

但显然，他的心声没有传递到群里众人心中。群里的众人不知为什么，迷之自信，个个都开始畅想胜利之后的美好时光了。

栗说星觉得崽崽似乎有点被这群家伙的底线震惊到了。从投票结果出来以后，他就诡异地沉默着，导致聊天群里，只有荷叶刀一个人抵死反抗，可惜孤掌难鸣，很快就在众人集体镇压中败下阵来，含泪答应了这个要求。

此刻，群里意见统一了。

为了让栗说星赢得接下去的月票战，版主和白银大盟，将集体贡献出自己的"肉体"，拉开阵仗，致力成为最吸引众人目光的那一道亮丽风景线。

栗说星看众人一路为爱狂奔绝不回头的样子，心有戚戚焉。

这年头，除了作者为求月票要穿女装，就连版主和盟主，也要为作者求月票而穿女装了。还不能是普通的照片，因为照片已经不新鲜了，得用更直观的视频来实现那种来自灵魂深处的震撼与冲击！

终点的生态，真是越发恶劣了。

确定了接下来的路线，各项准备工作接着开始。

他们简单合计，决定这次的事情，就按性别分组，男性一组，女性一组，男性那组贡献"肉体"并练舞，女性那组贡献智慧并准备服装道具。

群里的九个人都很快报出性别找好组织。

只剩下最后一个宿鸣谦，迟迟没有说话。

栗说星知道崽崽在纠结什么，毕竟崽现在还是一个二次元Q版的形象，不可能真的去参加什么女装跳舞活动。

为了保守秘密，或许崽崽会退群吧。

栗说星这样猜测，刚猜完，就看见三行旁白滑过屏幕——

宿鸣谦很犹豫。

宿鸣谦关心胜负。

宿鸣谦不愿放弃这次机会。

宿鸣谦："我是女的。"他泰然自若地进入了做后勤准备工作的女性阵营。

划分完阵营，众人抓紧最后的时间写活动通知。

怎么穿女装，怎么录视频，还不着急，反正这一点是要月票赢了以后再兑现的。

当前最重要的，还是把这件事情广而告之。他们决定先写个宣传文案出来，明天直接发在讨论区中。他们重点区分阶段福利，第一阶段的胜利，提供女装照片；第二阶段的胜利，放出众人的视频；第三阶段月票总胜利之后，还会更新公公的彩蛋！

时间确实晚了，宣传文案一解决，众人也作鸟兽散，各自休息去了。

宿鸣谦同样从QQ中出来了。他在屏幕中站了一会儿，自言自语："已经快1点了，西木应该睡着了吧？"

栗说星："……"

一直偷窥、完全没想到要上床睡觉的栗说星心里有点慌。慌张之中，他赶紧低头趴在桌面上，假装自己睡着了，也就没有注意到同时闪过屏幕的几行系统旁白——

宿鸣谦很担忧玩家。

宿鸣谦前往照相机。

宿鸣谦从摄像头向外观察。

透过手机的摄像头，宿鸣谦看见了正趴在桌子上的栗说星，觉得心中的猜测成了现实，西木果然在偷偷哭泣。

宿鸣谦感到很难过，用手拍了拍屏幕："西木……"

栗说星听见了。他正在思考，自己要怎么样表现才显得比较自然，是现在就缓缓清醒呢，还是等崽崽叫两声后，再缓缓清醒？

然后他就听见——"西木，你不要哭。你哭了我也会难过的。你会赢的，你是最棒的。"

栗说星："？？？"他闪电般抬起了脑袋："等等，崽，你是不是误会了什么，我没有……哭。”他艰难地说出了这个字，“我是困了，一不小心趴在桌子上睡着了。”

宿鸣谦：“嗯。”

宿鸣谦：“西木，别想太多，快去睡吧。”

一行系统旁白自宿鸣谦的脑袋上滑过——

宿鸣谦明白一切。

宿鸣谦没有戳破玩家的坚强。

栗说星：“……”

他感到绝望。不，阿崽，你是真的不明白。老天爷啊，我究竟该怎么办啊？

一觉醒来，天已大亮。当昨晚熬夜赶出的宣传求票广告被放上讨论区的时候，《九渡》书友们的灵魂震动了。

“什么？只要获得元旦2日、3日任意日票王，大佬们就集体公布粉红女装照？”

“什么？月票每多一万，就解锁一个大佬的粉红小天鹅视频舞？”

“什么？只要这个月最终战胜寂流，就能解锁神级隐藏任务，让公公领舞众白银大佬集体出道，一边跳四小天鹅，一边高歌《Pick Me》？”

这是《九渡》书友内心的集体写照——不就是月票吗？给你、给你，都给你！砸锅卖铁也给你！就为了未来那风骚的粉红公公，我们跟对面那群人，彻底杠上了！

书友的热情是无穷无尽的。

昨天的挫折加上今天的激励，《九渡》在月票榜和热销榜上气势如虹，尤其月票，简直以一骑绝尘的速度将寂流的文甩在身后。

前一天寂流是假装落后，这一天是真的落后了，因为《万乘之主》的讨论区已经乱了。他们的注意力，已不被月票榜的名次所吸引；他们的注意力全落在了对面的“粉红小天鹅视频舞”上。

他们先是破口大骂：“卑鄙，太卑鄙了！居然想出这么吸引眼球的点子，是想把我们逼死啊！”再紧急求助众书友：“大家不要干看着，我们不能就这样被他们打败，肉体不是问题，他们的白银盟可以上阵，我们还有黄金盟大佬，绝不会输给他们的！重点是脑洞，我们要破开脑洞，想出更牛、更风骚的点子来！”

众人激情讨论。

也不知道是谁突然提了一句：“其实对方的核心套路也还是女装，只是换成视频而已。我们也完全可以继续女装，然后买个终点开屏推的广告，将寂流和我们几个人的女装硬照放上去，比他们更先出道不就好了？”

他们将这条建议发给了寂流，寂流当场打了个寒战。他忍了又忍，还是忍不住在文下写了一句：“对面太刚了，我慌了。”

这个月票战，和他想的真的不太一样啊。他本以为是票数的争锋，没有想到，原来是人类廉耻心的对决。要不委托个人，和对方握手言和，大家平常心一点，互相爆更？

半夜12点，2日过去，3日来临。

毫无悬念，《九渡》以大票数领先《万乘之主》，摘下第二天的“票王”桂冠。

终点吃货群又热闹了。

蛋定自若发了一张栗说星讨论区的截图：“男人看了会沉默，女人看了会流泪。”

指间风雨接上来：“是道德的沦丧，还是人性的缺失。”

思不群不甘示弱，吟诗一首：“公公你放心飞，粉红天鹅永相随。”

鹿过芳草真的很好奇：“公公，如果你赢了寂流，你真的要领着一群人出道吗？”

栗说星赶紧解释：“我不是，我没有，你们不要乱说！”

这句话刚刚打出，QQ一闪，夜游又找来了。

这家伙半夜三更悄悄摸过来，猥琐地对栗说星说：“西木啊，寂流那边似乎有买终点开屏推他们女装照的打算。终点这边呢，觉得这个广告也不失为一个角度清奇的宣传，决定等他们正式过来洽谈时就答应。但我个人还是觉得你长得更好看一点。所以，这个灵性的想法，我决定替你保留下来，你看看要不要先把女装照发给我，我暗箱操作，给你安排比他们更早的开屏……”

栗说星开始认真考虑要不把夜游拉黑算了。

这家伙，真是越来越不干正事了……

这时，夜游仿佛读出了栗说星的心声，轻描淡写地补了一句："对了，最近有公司来买你《九渡》的漫画版权和听书版权，公司这边给你谈了谈，两项加起来，一期款项一百二十万左右，后续还有二期、三期款项，也有分成。合同已经寄给你了，你看看没问题就把字签了补寄回来。"

栗说星："……"他情不自禁地问道："这么重要的事，你现在才和我说？"

夜游纳闷："不过两个小版权罢了，也没多少钱，你过去不是一向不怎么在意的吗？"

那是因为过去我没有陷入女装风波中！

栗说星强调："不管怎么样，总比你刚才和我谈的开屏重要！"

夜游搞懂了，哈哈一笑，大力劝说栗说星："西木啊，你别怕。现在终点这么多作者穿女装是因为什么？当然是因为读者需要了。读者的需要就是我们努力的目标啊。我有预感，只要给你一个机会，你这本书就真的大红大紫了。"

不是我的书大红大紫，是我大红大紫，大红大紫到要再次上社会新闻了。

栗说星怕了，拉黑了夜游，还自己一个清净。

拉黑夜游后，他准备睡觉，睡前不忘再看一眼本期月票榜。

第一，《九渡》，28000票。

第二，《万乘之主》，19000票。

虽然以大比分的优势领先，但栗说星并不高兴。相反，他感觉心里沉甸甸的。

不行，我得另外想一个办法，转移书友的注意力。

1月3日，上午8点，终点数据公众号终于公布了1月上架的小说的首订数据。

其中，栗说星排名第一，收藏35万，首订4.5万，收订比7.7：1。

寂流排名第二，收藏58万，首订4万，收订比14.5：1。

数据一出，作者哗然。

终点此前最高上架首订为3万，现在无论是寂流还是栗说星，都直接大幅度刷新了终点首订数据，可想而知，等再写长一点，再上个渠道，后续订阅会涨得多么恐怖。

他们宣布："是两本神书了。"

说完，考虑到现在正如火如荼进行的月票战，他们再补充："是两个神人了。"

但栗说星真的不想当神人。

1月3日，上午10点。

栗说星一口气更新十个章节，总字数两万。

爆发完毕，他又开了一个单章，以满满的诚意告诉大家——

“非常感谢兄弟们为《九渡》做的一切，尤其是本书的白银盟，你们付出太多，太不容易了！作为作者，我真的不忍心。但月票战的重担，还是交给我吧，大家不必牺牲肉体、出卖灵魂，这份爱实在太沉重了，我一人负重前行就够了。女装什么的，算了吧。”

栗说星觉得自己说得声情并茂，读者们也确实被他感动了，纷纷虎躯一震。

“十更？十更？！肉体的重量挤压出了公公新的潜能！！！”

“想不到区区白银盟献祭肉体居然能给公公制造这样的压力？那现在投身白银盟宣称要女装，还能换来更多的更新吗？”

中午12点，突然有五千个特殊红包降落在《九渡》的最新章，分发给追书读者，发红包的人ID为“影隐隐隐”，他说：“十个盟主女装十个更，35万兄弟跳广场舞35万更。by：点烟繁灯”

五千个红包发完，他兀自不满足，又发了五千个：“兄弟们和我一起上，足够的月票、足够的压力，足够的压力、足够的动力，加更可以，女装也可以！”

这一发红包举动犹如神来之笔，毕竟追书的书友可能不投票，可能不留评，还可能不看公公的单章内容。

但显然，只要看见了红包，大家总会领的。

每领一份红包，就有一条同样的留言出现在讨论区。

一万份红包，一万条评论，眨眼间将讨论区刷屏。

而影隐隐隐还在继续发红包，每次的自定义红包语都不相同，万变不离其宗的是，每回他都要带上“月票=压力=动力=更新=女装”这个关键公式，并被聪明的读者们完全GET（领会）。

栗说星扫了两眼讨论区，绝望地发现，他新的单章说得太温柔了，在这个新来的读者红包的攻势下，他的书友已经极端地相信，只要够努力，公公会屈服的，今天有更新，未来就会有女装！

栗说星还在这些书友之中看到了自己的崽。

宿鸣谦在他的单章底下留言：“西木你不是一个人，你不需要一个人付出，我会帮你承担一些的。”

栗说星：“？”崽，你告诉我，你愿意承担些什么？

其实绝望的并不只栗说星一个。

对面的寂流也挺绝望的。

他一看栗说星加更还发了单章，还以为月票战要进入自己熟悉的节奏，正兴冲冲地想跟着爆更，还好谨慎一些，又浏览了对方单章之中书友的留言，并看见了很多很多的压力。

他忍不住代入了自己和自己的讨论区。

明明已经拒绝了，明明打算加更了，可还是……

他缓缓停住了手，有点害怕，有点恐惧。

在新一天的快乐之中，栗说星的月票高歌猛进，寂流虽依旧勇猛，但相较栗说星，已显颓势。整个月票榜中，除了这两本书，其余的文都是“陪太子读书”——懒得求票，就看个热闹。

3日晚间，栗说星再度赢过寂流，并将原本九千票的优势扩大到一万二千票。

元旦三天假期的月票斗争到此结束。

栗说星的书友扬眉吐气，睥睨四顾。

寂流算什么？《万乘之主》算什么？元旦的月票他们赢不了！

这个月的月票他们同样赢不了！

谁也别想阻拦我看“粉红公公小天鹅”！

元旦三天的活动结束以后，众多白银盟主再度聚集在了“为公秃头”的小群中，准备兑现对读者的承诺，一张张粉红色的芭蕾舞裙淘宝图被妹子们发送到群里，给大家评价挑选。

身为后勤组的一员，宿鸣谦同样在淘宝上挑选衣服。他研究图片，观察评论，适时提出自己的意见，比如——

“我觉得粉红色纱裙搭配同色紧身裤会好一点。”

“背后要不要再加一对白色的翅膀？”

“对了，头上也可以再顶个光环。”

他灵性的意见得到了其余人的大力称赞，衣服的款式就这样简单地定了下来。

贡献出了自己的力量，宿鸣谦很开心地离开了QQ，并进入摄像头中，寻找栗说星：“西木？”

栗说星一直尾随着宿鸣谦，宿鸣谦看什么，他就透过宿鸣谦看什么，等宿鸣谦要通过摄像头看自己了，他就立刻将目光从手机屏幕上转移到电脑屏幕上，假装自己在很认真地工作。

栗说星咳了一声："什么事？"

宿鸣谦："西木，你累了吗？"

栗说星："不累。"

宿鸣谦："哦……"

他的语气带点失落。停顿片刻，他又说："西木，你不要太累。正好中午了，你去睡一会儿吧，待会儿我叫你。"

栗说星有点疑惑，他没有睡午觉的习惯，直接回答："不用，我真的不累。"

宿鸣谦："哦……"他的语气更失落了。

他不再说话，从照相机中退了出来，揪着小毯子，慢慢往恋爱吧APP飞，中途掠过一众APP。

栗说星看着崽崽和手机桌面的各种APP。

其实最早的时候，他是没有把手机里的聊天软件和支付软件的权限开放给崽的。

但崽这么可爱，又有谁能够拒绝呢？

所以仅仅一周时间，栗说星的手机就对崽崽彻底开放了，崽崽也是差不多从那时候开始，有了自己的小号邮箱、小号QQ……有了自己的朋友圈，眼看着就要被他的书友们带坏了。

栗说星抽抽嘴角，内心五味杂陈。他跟随阿崽进入游戏，看着阿崽坐在沙发上，一边心不在焉地翻着期刊，一边频频向衣柜看去。

崽为什么一直看衣柜？衣柜里能有什么，除了衣服不还是衣服……

栗说星突然想起了一件事。

他明白崽崽为什么一直往衣柜看，又为什么问自己困不困了！

十五分钟以后，坐在沙发上的宿鸣谦有些按捺不住。

他打开APP最近更新出来的APP内部摄像头，再度向手机外看去："西木……"

栗说星适时地打个哈欠："什么？"

宿鸣谦立刻接上："西木你都困了，你赶紧去睡吧。"

栗说星犹豫："中午睡多了，晚上就睡不着了。"

宿鸣谦："不要担心，我会叫你的。"

栗说星被说服了：“……那好吧，我睡一个半小时，到点了你叫醒我。”

宿鸣谦连连点头：“快去。”

栗说星上床闭眼，开始睡觉。

摄像头后的宿鸣谦就这样看了栗说星好一会儿，确定躺在床上的人已经睡着了之后，才收回目光，轻轻舒了一口气，站起来直奔大衣柜，翻出那套积灰好久的小恶魔公主装！

小恶魔公主装被拿出来了，星星也被拿出来了。

宿鸣谦把它们一同放在制造工坊的大工作台上。

宿鸣谦准备做这几天自己一直想做的事情。

但在做之前，他又透过摄像头，向外看了一眼，看到了高高隆起的被子。

西木还在睡觉，不会发现我做的事情的。

宿鸣谦安心了，双手合十，低下头，开始祈祷——

给我一套能给星星穿的粉红天鹅女装。

给我一套能给星星穿的宫廷风大裙子。

给我许多许多不同风格的玩偶女装和配饰！

祈祷完毕，宿鸣谦睁开眼睛，打开系统商店。刹那间，密密麻麻花样繁多的玩偶女装出现在宿鸣谦的眼前！

粉红精致小裙子，摆在星星的左边；蕾丝奢华大裙子，摆在星星的右边。

宿鸣谦又拿起一顶长假发，沉思片刻，给星星套上。

再拿来小梳子，爱怜地梳着长头发，把长头发扎成小辫子，再在小辫子上绑上小头花……

做这些的时候，宿鸣谦当然没有忘记时不时地透过摄像头往外看上一眼，确保西木依旧在安稳睡觉，什么也没有发现。

但栗说星什么都发现了。他早已窥破崽崽的想法，将计就计，用塞着枕头的被子骗过了崽崽，自己则早就把手机投屏到电视机上，坐在手机摄像头照不到的位置，光明正大地观察着崽崽的一举一动。

宿鸣谦给星星戴了小帽子。

宿鸣谦替星星穿了漂亮裙子。

宿鸣谦亲自动手，做了一条长披帛，挂在了星星的手臂上，做出飘飘欲仙的造型来。

宿鸣谦再剪两条细细的黑丝带，左右缠绕，给星星做绑带丝袜，真是性感又迷人。

好感度：+5。

好感度：+5、+5、+5、+5。

宿鸣谦每给星星打扮一下，脑袋上就会冒出一个正好感。

这副开心的小模样，让栗说星都有点不忍心打断了……

于是栗说星产生了一个绝妙的想法。他任由宿鸣谦津津有味地装扮着西木玩偶，一直耐心等到对方脑袋上的好感度不再增加，差不多心满意足的时候，进入游戏，抓包小人儿。

栗说星轻轻咳嗽，出了声，害怕吓到小人儿，还特意轻言轻语："崽……"

幽幽的声音响在宿鸣谦身旁。西木？可是西木正在睡觉……

宿鸣谦下意识地朝摄像头看了一眼，视线正和栗说星对上。

他吓蒙了，脑袋一热，向前一扑，整个身体直接覆盖在工作台上，然后才结结巴巴地说："西……西……西木？你不是在睡午觉吗？"

栗说星看着游戏里的小人儿，小小的身躯趴在比他大了不少的桌子上，遮住了大半的东西，剩下那些暴露在身躯外的小丝带、小首饰什么的，还得偷偷摸摸地挪动手指，像仓鼠搬家，一点一点藏进手掌下，再偷偷摸摸挪到身体底下重新盖好。

很辛苦，真的很辛苦。栗说星没有笑，态度认真而严肃："我睡到一半，做了个梦，梦见你做了很对不起我的事情，就被你气醒了。气醒了以后，我左思右想，还是很生气，于是开手机来和你对峙。"

宿鸣谦："……"

他被栗说星的无理取闹惊呆了。

宿鸣谦："你梦中的我做的事情，怎么能和我有关？"

栗说星口风一转："其实我也是这样想的，所以在游戏上看到你后，我就不生气了。"

宿鸣谦松了一口气。栗说星口风再转："但我刚才仿佛真的看见你做了什么对不起我的事情……”

宿鸣谦松下去的一口气又猛地提了上来。

宿鸣谦：“我没有，我只是……”

栗说星揭秘：“我看见你给星星穿女装了。”

宿鸣谦：“……”

栗说星二连击：“还一边微笑一边给星星穿女装，看着真有点变态。”

宿鸣谦：“……”

栗说星三连击：“崽崽，梦里的你做的对不起我的事情，就是这件吧？”

宿鸣谦忍不住回嘴：“西木，是你自己愿意穿女装的，你说了月票赢了就穿女装跳视频舞。”

栗说星觉得必须严正声明：“我真的没有跟读者说月票赢了我就穿女装。我今天的单章还特意提到女装就算了，我会用加更来回报大家对我的厚爱。”

宿鸣谦：“……”

宿鸣谦突然失语。因为仔细一想，他发现情况还真的是这样。

那他为什么会觉得栗说星已经下定决心要穿女装了？

宿鸣谦回忆起来，很快意识到，其实一切都源自“为公秃头”的聊天群。

群里的盟主说出这个主意的时候，全体成员信誓旦旦地表示——

“女装而已。”

“不过女装是罢了。”

“我们都穿了女装，公公会不穿女装吗？”

“公公不是这种人，公公是可以同甘共苦的公公，一切为了公公！”

好久好久的沉默，被忽悠瘸了的宿鸣谦坚强地重新站起来。

他低头：“……我错了。”

好感度默默：-10。

不过……

反正事情做完了，星星穿上了女装，西木也没有办法了，他又不能让时间倒流！宿鸣谦偷偷思忖。

好感度又悄悄：+5。

栗说星循循善诱：“崽，既然你错了，那你是不是应该补偿我？”

宿鸣谦爽快说：“好啊，西木你说吧，想要我做什么？”

栗说星图穷匕见："我要你也穿女装给我看。"

宿鸣谦："……"他脱口而出："你刚才还说我的行为有点变态。"

栗说星微微一笑，开启"忽悠大法"："崽，你也觉得自己错了。"

宿鸣谦坚决拒绝："我错了和我穿女装没有任何关系！"

好感度继续：–10。

栗说星发送截图，截的正是宿鸣谦上午在文下的留言："我会帮你分担。"

宿鸣谦继续抗辩："我说的分担不是这个意思，我说的分担是……"

好感度依旧：–10。

栗说星没让宿鸣谦解释完，他有理有据："崽，你不用这么紧张，你现在的形态不是真实的形态，就算穿了女装，其实也只相当于给游戏里的一个角色换换装，大家不都给游戏里的角色换装吗？"

其实，西木说得有道理。宿鸣谦突然被说服了一些，但依旧摇头："不行，好奇怪……"

好感度坚持：–10。

栗说星使出"撒手锏"，幽幽一叹："唉，最近和寂流争月票争得压力好大，之前我已经输过一次，不知道会不会再输一次。崽，我想要一点你的安慰和支持。"

好感度终于有了变化。

好感度猛地：–50。

它对栗说星发出了明确的警告！

栗说星其实还挺怀念这一幕的。遥想当初，崽崽可是能对自己一下子锐减好感度到–999呢。

现在的崽，真的是太温柔了！他忍不住杵杵崽崽，发自内心地说："崽，你是世界上最好的崽了。"

正经历着剧烈心理斗争的宿鸣谦终于在这句话中一败涂地。他还是无法拒绝脆弱又柔软的西木。他屈从了。

两个人终于达成了一致，栗说星即刻打开系统商店，不顾恋爱信用卡不堪重负的呻吟，直接将自己珍藏在购物车中的女装清空了！

所有女装入袋，栗说星先拿出一套洛丽塔风格的小婚纱。

这是一条蛋糕似的小裙子，是淡淡的烟紫色，有层层叠叠宛如花瓣的裙摆造型，胸口和手臂的位置都以蕾丝覆盖，能透过衣服看到皮肤。

宿鸣谦从看到这条裙子开始，脑袋上就冒出流水似的“-1”。

但是答应的话都已经放出去了，他犹犹豫豫、磨磨蹭蹭之后，还是捧着裙子进浴室更换。

然后，浴室的拉门被打开了一道缝，裙摆从中挤了出来。

栗说星屏息凝神，耐心等待。缝隙慢慢扩大，越来越多的裙摆开始出现，裙子小腰处的珍珠玫瑰、裹着手臂的蕾丝蝴蝶结逐一出现。

缝隙终于到了能通过一个人的程度。

宿鸣谦的脸终于露出了一点，他藏在推拉门后，暗中观察了外面一眼，再低头看看身上的衣服，瞬间缩回去，缩回去的同时，脸上似乎带了一点红色。

栗说星的血槽就这样被清空了。他之所以能够再爬起来，完全是因为他手头上还有好多好多不同款式的女装。

他可以再给崽崽穿上古风小裙子、护士小裙子、啦啦队小裙子、水手服小裙子……

这个中午，宿鸣谦换完第一条裙子就想结束，但栗说星又有了新的说辞。

他开始哄骗：“崽，你穿裙子的模样太动人了，你抚平了我心里的陈年旧伤，但还剩下一点，还需要你更多的努力，才会消失！”

宿鸣谦久久地犹豫，到底没有拗过栗说星，还是换了新的衣服，并摆出了好多奇怪的姿势。好不容易，这些姿势全部摆完，他发自内心地放松下来，刚迫不及待地把身上的衣服扯下来，就又被栗说星塞了一套。

栗说星继续劝诱：“崽，我们再来换一套吧。崽，你看摄像头，看我期待的样子，你不知道现在的你给了我多少帮助。”

宿鸣谦摇头拒绝：“西木，我……”

栗说星接着装柔弱：“一想到没有你的帮助，我的心都要碎了。”

宿鸣谦揉了揉微红的眼睛：“那……最后一套。”

他换上了第三套衣服，然后，栗说星：“来，崽，我们不换衣服了，我们换一个套装中的配件，把小裙子换掉……”

第四条裙子又出现在了宿鸣谦的面前。

宿鸣谦终于爆发了：“栗说星！”他发出一声愤怒的大喊，劈手夺过栗说星送来的第四条裙子，气愤地丢在桌上并把星星套入其中，之后一转身回到休息室，背对栗说星坐下，脑袋上随之跳出一行数字。

好感度：-300！

一个下午，差不多扣了500好感度。总算找回了一点最初和崽崽在一起的感觉，真是怀念啊！栗说星忍不住感叹。

他决定收手了，老欺负崽崽也怪心疼的，而且细水才能长流。他杵杵崽崽："阿崽。"

宿鸣谦以沉默对抗栗说星。

栗说星继续杵崽崽："崽，你之前给小西木打扮得好可爱。"

宿鸣谦动了一下眼睛，瞟瞟星星，态度似乎有所松动。栗说星于是抱来星星，让穿着裙子的星星在宿鸣谦面前旋转跳舞，并模拟星星发出声音："要抱抱，要抱抱……"

宿鸣谦的态度大为松动，接过了星星，不那么生气了。

他的脑袋上，谨慎地冒出了一个数字。

好感度：+5。

栗说星有点想笑，崽真的超好哄的。他的手指抚过宿鸣谦的脸颊，这个举动惹来对方疑惑的一瞥。

他叫了一个之前没怎么叫过的名字："……鸣谦。"叫出了声，才发现也不是那么不习惯。栗说星接下去这句话，说得就自然了："鸣谦，我越来越在意你了。"

宿鸣谦呆了呆。

下一刻，天边的霞色铺上了他的皮肤，他有些不自在，但还是很正式、很认真地回复栗说星："嗯，我也是。"

好感度：+100。

好感度又：+100。

……

好感度一直在加，加满了700。

这一天，栗说星依旧净赚200好感度。

他一边欣赏自己录下来的阿崽女装视频，一边感觉自己被阿崽彻底征服了。

这样的崽，谁能不爱？

崽崽是最棒的！

Chapter 15

第十五章

今日沙雕新闻

1月5日，广州的夜晚，普普通通的大排档桌子上摆满空啤酒瓶和光秃秃的撸串扦子，两个男人酒足饭饱，相对而坐。

左边的是一张娃娃脸，胸口挂一个长命牌，手上戴一串菩提珠，脸红红的，开口就是："寂流，你最近干什么呢？加更也不加更，求票也不求票，月票被人压了五天还没有压够，真要拱手让位？"

寂流是一个很胖的男人。他有着"大白"的身材，人很高，体态宽，肚子大，看着弹性十足，有一种让人想陷进去的绵软感。

他的脾气也如同他的外貌，不紧不慢，温温吞吞："老矿，加更不是问题，但最近的风向让人紧张，我是真的不愿意穿女装啊！"

娃娃脸的网络ID是"家里有矿"，是寂流的黄金总盟，这回追踪寂流和栗说星的月票战，看在眼里，急在心里，几次网上找寂流都没有具体回应，今天干脆直接打"飞的"过来找人。

家里有矿一拍桌子，张口酒气熏人："女装怎么了？不过是女装而已！你不穿女装你输了，你失去的可是尊严！男人的尊严！作者的尊严！"

寂流不语，他心里门儿清。我不穿女装，我输了月票，我失去了一个月的尊严；我穿女装，我赢了月票，我失去了十年的尊严。得不到回应，家里有矿急了："我给你安排一个黄金盟，你把女装赶紧安排了！"

寂流："不可能。"

家里有矿："十个！"

寂流无奈："我们实际点，你看我这身材，像能穿女装的样子吗？"

家里有矿猛地一挥手，把桌上的瓶子都挥下去了，咬牙切齿："好吧，你不穿女装，我来穿女装！你不想出道，我把自己送出道！不就是穿女装出道吗？谁怕谁！我们要和对面干到底，是男人就绝对不认输！"他叫嚣着，"你记得加更，十更，二十更，三十更，我给你发大礼包！”

这家伙，喝大了吧……寂流看着家里有矿，暗忖道。不过加更没有关系，加更是他熟悉的节奏，只要不穿女装，一切都好说。

寂流爽快地答应：“没有问题。”他已在心中开始策划，自己该怎么把爆更的利益最大化，一面把这家伙送出道，一面把自己从女装的旋涡中摘干净……

寂流笑眯眯地看着家里有矿，频频倒酒，殷勤劝酒。

1月7日晚上8点，终点1月双倍月票的最后一天。

终点APP突然针对所有用户弹出横条广告，广告内容为——家里有矿打赏《万乘之主》100000000终点币：寂流不寂，兄弟挺你！

广告弹出的瞬间，所有看见了的用户，都被通知里面长长的一串0吸引了，不由自主地就开始数0——1、2、3、4、5、6、7、8……

可能眼花数多了，再数一遍——1、2、3……

没有数错，1后面紧跟8个0，家里有矿打赏寂流一亿终点币，即人民币一百万元。人们沉默了，接着人们“爆炸”了。

他们被一百万震得晕头转向，完全控制不住自己的双手，点了APP，抢了至尊宝箱，再进入《万乘之主》，正好看见，刚才横条广告的大土豪——家里有矿——在讨论区点对点直接开“炮”。大土豪除了有钱，“嘴炮”能力也凌驾于众人之上——

“不就是穿女装吗？搞得谁还不能穿女装了一样。”

“我，家里有矿，直播穿女装！”

“大家都穿了女装，你们还得意什么？现在还没有黄金盟吧？呵，只要你们能集资一个黄金盟出来，我就写个‘服’，再吃下去！”

终点的用户已为家里有矿的大数目打赏震惊了，可震惊还不只这一点。

十分钟后，《万乘之主》更新50章。

寂流直接爆更十万字，回报家里有矿的巨额打赏！

气氛完全被炒热了，每寸空气都闪烁着耀眼的火花，大家都被整疯了，连月票也疯了。人民币一百万元赠送一万月票，加上1月初双倍月票效果，让《万乘之主》的月票激增两万张，再加上众多读者此刻热情投出的散票，直接暴增到三万月票，以火箭般的速度超过《九渡》，登上月票榜第一！

这个时候，栗说星正在看视频。白银盟承诺的女装如今已经陆续兑现了，就连视频也在录制，只是后者如今还在内部纠错环节，没有放到网络上。

栗说星蹭着崽崽的账号看了一晚上的各种版本，笑得差点断气。

然后他就被蛋定自若@了。

蛋定自若："公公，对面来了一个百万人民币的'壕'，感觉要凉。"

栗说星微吃一惊。

蛋定自若："然后寂流那厮，爆更50章，感觉更凉。"

栗说星大吃一惊。

蛋定自若畅想："虽然不太可能，但公公，如果你的文下也来了一个百万打赏，欸，那画面又是何等的美妙啊……"

栗说星心头一个咯噔，突然怕了。

蛋定自若说的事情确实很不可能。

但不怕一万，就怕万一，栗说星为防万一，赶紧打开自己的文，都没来得及看讨论区，先编辑一个单章发出去。他在单章里明确地说："大家千万不要冲动！没有50更，怎样都没有50更！哪怕我穿女装，都没有50更！"

就在他将单章发出的同时，终点再度弹出横条广告——比尔桥布斯打赏《九渡》100000000终点币："谁家里没矿？公公加油50更！女装我承担。"

终点的用户群又一次"地震"了。

"粉丝"与路人承受了两次冲击，全"燃"了起来。

栗说星的讨论区就和寂流的讨论区一样，都快要被读者们刷爆了。

刚看见横条的时候，栗说星就麻了，他撑着进了讨论得最厉害的那个帖子里留言："真的没有50更，能把打赏退了吗……"

他留言后不久，比尔桥布斯进来了。

比尔桥布斯回复了他："：）"

书友们都笑疯了。

这时候的书友特别温柔，一个个都无师自通地点亮了哄骗技能——

"公公不要怕，从树上下来吧，你真的不用穿女装的。"

"谁说要穿女装的？站出来我打死他！"

"公公你可是个作者啊，我们都是开玩笑的，我们从来不想看你穿女装，我们只想看你更新。"

"你自己说的哟，你只需要负重前行就好了，我们都跟在你身后支撑着你呢。”

你们以为我会上当吗？呵呵。

等我50更完毕，你们吃完一抹嘴，肯定又会重提穿女装，让我重新出道。栗说星看着这些留言想。

他继续拒绝，坚决拒绝，反复拒绝。然而不管他发什么内容，比尔桥布斯总能及时出现，精准地回复他：“：）”

僵持许久，栗说星接到了一个电话。

电话是菖蒲打来的，她已经变成了一只“尖叫鸡”：“啊啊啊啊啊啊啊啊啊啊啊一百万啊啊啊啊啊啊啊啊啊啊，公公你要更新啊，50章更新一章都不能少，这可是一百万啊啊啊啊啊啊啊啊啊啊啊！”

栗说星挂了电话，骆驼被最后一根稻草压垮了。

他眼眶红了，凑到电脑面前，向崽崽求安慰，可怜兮兮：“崽……”

事情闹得这么大，宿鸣谦早在第一时间就了解了情况。

他一看西木红着眼睛凑过来就紧张了，赶紧隔着屏幕拍拍他：“西木，没事的，文还会有的，你更新了十万字之后还剩八万字呢。”

栗说星的心都碎成了片：“不会再有的，我的十万字……”

宿鸣谦：“会的会的，我会更加认真地监督你写文的！”

栗说星的心更碎成了渣：“崽，你要安慰我，你要揉揉我，我活不下去了。寂流，你真是我一生之敌！”

宿鸣谦此时也顾不得迟疑了，遵照西木的要求，抱抱又揉揉，极力安慰他。

揉都揉完了，宿鸣谦忽然反应过来，于是屏幕上面，有几行旁白缓缓滑过——

宿鸣谦极度害羞。

宿鸣谦十分高兴。

宿鸣谦逃跑了。

这一天的最后，栗说星还是更新了50更，更完之后，他就瘫了。

而事情还在持续发酵。

网络作者们的后花园——纸观天下，也被这次的事件波及，论坛已彻彻底底被这件事情刷屏，每个版块、每个帖子、每个人，说的都是这件事。

其中有一个帖子最具代表性。

楼主：“新年月票硝烟起，十万爆更不稀奇。互砸百万犹未停，全员女装怒为C——该如何评价焦糖西木与寂流的月票之争？”

回帖众人——

“两本神书，两个神人，我等凡人望尘莫及。”

“女装正义，女装赛高！”

“这年头的大佬有点怪，心里想的什么你别猜。”

“公公的封神之路。”

“终点今年的高度，截止于此事。”

等到第二天，事情还在发酵，先是被各位书友传播谈论，直接在微博引发了许多热议，又被各种网络媒体总结点评，继而，“终点‘壕粉’读者对砸百万人民币”的TAG，上了热搜后几名。

一直关注着此事的终点官方打铁趁热，不动声色，悄悄把它买到热搜第一。

热搜登顶的那一刻，事情彻底爆出圈了！全微博的人们都知道了这回事。他们先屈服在金钱的魔力之下，又被营销号中辣眼睛的女装图闪瞎了眼，正反双向刺激之中，他们纷纷涌入终点，聚众围观两部神书。

焦糖西木、寂流、桥百万、矿百万，一瞬间刷满微博、微信甚至纸媒的版面。这个强势无比的热度同样给栗说星带来了强势无比的效果。

原本35万的收藏一天暴增20万，变成55万，4.5万的订阅同样翻倍，接近10万，刷新了终点主站的最高均订纪录。

至于主站之外的无线端，表现同样强势，在字数极少的情况下，已经冲上了热销前三，可谓极度火爆。

这场一波三折的月票战到此，基本已提前结束。

没有谁是输家，共同炒起来的热度，让竞争的双方都获益匪浅。而受益的双方，栗说星以及寂流，都在电脑面前，颓废又辛苦地熬夜码着字。

累。困。想睡觉啊……

月票事件的第二天，激情写了一晚上文的栗说星还趴在床上睡觉，迷迷糊糊间，忽然听到了邮箱的“嘀嘀”声。

他迷迷糊糊睁开眼，朝亮起的手机上瞥了一眼，看见一封全英文的邮件显示于手机的任务栏。

有毛病。

栗说星重新闭起眼睛。

不知道又是哪家发来的垃圾广告邮件，还特狡猾地用了“我已阅读过你发来的信件，非常遗憾”吊人胃口，可耻……

两秒钟后，栗说星突然重新睁开眼睛。

他长手一探，抓住手机，点亮屏幕再看一眼，发现发件人真的是他想的那个人之后。他蓦地跳起，火速冲进浴室洗了把脸，再叫小人儿——

“崽，快出来，美国那边来消息了，George回复邮件了！”

这封来自George的，跨过了大洋的邮件，如今正静静地躺在栗说星的邮箱里。

宿鸣谦已经从APP中出来了，停留在邮箱的一角，略带踟蹰地看着邮件。

栗说星能够理解宿鸣谦的心情，特意等了几分钟，估摸着崽崽的情绪差不多平稳的时候，才说：“崽，可以点开了吗？”

宿鸣谦微微点头。

邮件在屏幕上展开，George所写的全部内容映入两个人眼底——

我已阅读过你发来的信件，非常遗憾，我们的朋友如今正经历着一个非常困难的时刻，短时间内，他恐怕无法同你联系了。但请相信，他最终会渡过这个难关和你再见。

看完邮件，两个人都感觉意外。

栗说星有点疑惑：“看他的口气，怎么感觉他对于你能够恢复，信心十足，是不是你最近的情况有所好转了？”

宿鸣谦思考着：“也许是。上一次我已经能够通过关键词产生碎片式的回忆了。”

栗说星：“不管怎么说，我们得先确定你现实身体的所在，才好做下一步的打算。”

他不再耽搁，给对方回了一封言简意赅的邮件：“我要见他。请把他所在医院的地址给我，我现在就过去。另请告诉我他的英文名，非常感谢。”

邮件发出，两个人耐心等待。

片刻，新的邮件进来，George回得迅速且出人意料："Simon.S.Modeste，这是他的英文名。但是抱歉，我不能告诉你他现在所在。"

栗说星还没来得及为顺利得到宿鸣谦的英文名而高兴，就被对方的后一句话搞蒙了，差点发了一张问号的表情过去。

但现阶段，对方是他唯一能够联络到的人，在其还有价值之时，不能轻易得罪。

栗说星稳了稳，询问："为什么？"

George："你没有资格。"

栗说星冷静而礼貌地打字："我不太理解你说的资格是什么意思，你是想说，我和他的关系还不够亲密，不足以前往探望他吗？我想你有些误会了。虽然他没有同你们提起我，但我和他的关系确实非同一般，我知道他很多的事情，我知道你，John，还有Ask。"

当这封邮件穿过网络，进入大洋彼岸的George视线的时候，一声清脆的破碎声响在房间里，拿在主人手中的咖啡杯掉落在地。杯子碎了，咖啡溅到裤脚上，烫得男人连连甩腿，但哪怕是这样，George也没有移开盯着屏幕的双眼。

两分钟后。

George突然起身，匆匆离开房间，跑向隔壁："John……"

另外一边，栗说星等了很久，也没有等到George的回应。

他有点焦急，不确定自己是不是应该再发一封邮件过去催一催。

这时，他的屏幕被小人儿叩响。

宿鸣谦说："西木，我在浏览器里搜到了一些东西，你可以看看。"

栗说星暂时退出邮件，切换进入浏览器。

他看见了这样一个网页。

"Simon.S.Modeste：希蒙·莫德斯特，出生于美国洛杉矶，著名神经学专家，2009年获B.A.Fc大学生物博士学位，同年，加入霍华德实验室，参与人类脑计划，负责神经元信号方向的研究。2011年成为教授，在B.A.Fc从事日常教学。2013年获计算机博士学位并应约翰·霍华德的邀请，共同组建'梣木'实验室。"

他还看到了一张照片。

那张照片里的人，五官精致深邃，美至无瑕，犹如巨匠耗费一生，潜心将其雕刻，终于创造完成，而那张完美面孔上的灰色瞳孔，则由上帝亲手点亮。

巨大的恒温空间，银白色的机器正在运行，突然，闭合的大门打开，一群研究人员从门口进入，环绕在机器周围。

机器的运行停顿了人类无法感触的时间，然后沉稳地继续运行。

再然后，一张账单被机器的电子眼摄入。

拿着账单的John是一个头发银白、精神矍铄的老人，他笑道："Ask，我发现这两个月你一直在和我们一起付电费。"

Ask："……"

John："Ask，你为什么要和我们一起付电费？你不觉得你身为一台机器，和我们一起付电费这个行为非常奇怪吗？"

一行文字出现在屏幕上。

Ask能够说话，但不轻易出声，总通过文字和外界沟通。它解释："你们和我说过，机器要为自己的行为负责，不能随意使用、窃取非公共资源。"

John："所以你用了电？"

Ask："我用了。"

John："你用电干什么？"

Ask拒绝回答这个问题。

于是第二样东西出现在Ask的电子眼前，还是账单。

John细数账单："人工费、安装费，一些网络软件的使用费……Ask，你花钱的方向还挺多的，这些又是为什么而花的？另外，我发现实验室里一台废弃两年的服务器被重新启用了，你要不要顺便解释一下这件事？"

事实俱在。

Ask低头承认："我整理出了一台新的服务器，把Simon安放在里面。我制作了一款恋爱游戏APP，让Simon和他在意的人相见了。运行这款游戏需要各种支出，尤其是电费……"

John很好奇："你的钱是从哪里来的？从Simon账户里面扣吗？"

Ask："基础维护费用通过游戏氪金方式，从玩家处获得。"

John惊叹了："Ask，你做得很好。"

他开始鼓掌，在他的带领下，实验室的研究员集体为Ask鼓掌！

机器的指示灯闪了闪，绿灯亮着的时间，似乎比之前长了一些。

John说："不过Ask，既然你使用了实验室的电，又使用了实验室的服务器，那么下个月再交电费的时候，别忘了也交一下服务器租赁费。"

绿灯突然灭掉，红灯开始闪烁。

Ask："服务器租赁费？多少？"

John再施施然拿出第三张纸，上面有所有的计费方式。

红灯快速闪烁。

John又施施然说："钱不是什么大问题。Ask，只要你能让我们观察Simon在服务器中的活动，我就免除你的一切费用。"

Ask一口回绝："这是隐私。"

John退而求其次："那就让我进去看看他现在的情况，我知道你现在能够承载两个人类的思维。"

Ask依旧回绝："以我的计算结果来看，Simon此刻不适合同你们见面，这不能帮助他恢复。"

谈判陷入了僵局。

直到George突然提出一个想法："如果我们不行，让正和Simon相处的那个人进去，如何？你也不用放Simon的活动给我们看，你可以放些不涉及这个人隐私的日常活动给我们观察研究。"他又补充，"我想对方也想和Simon同处一个空间，且这同样有助于Simon的恢复吧。"

机器分析George的提议，绿灯恢复闪烁。

Ask："但我没有脑神经接入器。"

John和George对视一眼。

John宣布："我们可以把接入器直接寄给对方，让对方进入虚拟世界，和Simon见面。"

大洋的另外一头，迟迟没有收到George回信的栗说星已经开始自己在网络上搜索起崽崽的相关信息了。

阿崽从小到大拿过的奖项啊，阿崽的专访啊，阿崽的学术论文啊……当然最重要的还是阿崽在网络上的照片。

阿崽在网上的照片不多，但认真寻找，还是能够找到的。

栗说星总在搜索的过程中缓缓沉迷于崽崽的照片，沉迷五分钟之后，陡然惊醒，又搜索了两分钟，再度沉迷于新的照片。

虽然B.A.Fc过去让他有点心理阴影，毕竟因为种种原因没有申请成功……

但是现在不一样了。

没上成学又如何，我可是得到这所学校的教授了！

栗说星看一眼崽崽，心中就美滋滋地想一遍。

直到一条来自恋爱吧APP的横条广告跳了出来。

栗说星随手点开一看，密密麻麻全是英文。

什么玩意儿？他顺手点叉，专注“吸崽”。

杵着小崽崽，看着大崽崽。双倍的崽，双倍的快乐！

由John和George撰写的“免费赠送脑电波接入器”并附风险声明及保密责任的总共30页厚的广告被直接拒绝了。

Ask将玩家拒绝的结果实时传回实验室。

John和George均不相信。

John疑惑：“怎么可能？谁能抵挡在全世界所有普通用户之前进入虚拟世界的诱惑？”

George沉思片刻：“他是中国人，也许是没有看懂英文，把英文翻译成中文就行了。”

John认同这个观点。他们让Ask把英文翻译成中文。

Ask尽责地提醒：“就算翻译成中文，玩家接受的概率依旧只有12.3%。”

又一条消息横幅出现在手机屏幕上。

栗说星有点烦了，但依旧点了开来。

这回弹出的广告是中文的，他随便扫了一眼，先看见“免费赠送”，这引起了他的一点兴趣，但接着他看见了什么“接入器”，其余全是各种各样的专业术语，每个字他都看得懂，但连在一起，他没有一句看得懂。再往下看，不得了了，还有密密麻麻的小字，上面写着各种注意事项、风险提示还有保密条款。

栗说星一拖滚轮十五秒，居然没有把这份广告的备注部分拖完。

他骂了一声：“什么玩意儿！”说完点叉，和广告说再见。

第二次的反馈到达实验室。

这一次，Ask还贴心地将栗说星关闭广告时的视频发送过来。

视频之中，栗说星的脸被打了码，声音变了调。但那不屑一顾的气势，依旧完美地展现在实验室的众人面前。

尴尬笼罩四周。

良久，George有点着急："他要是不签保密协议，我们什么都不能说，连邮件都不能回他。"

John问机器："你有什么办法把脑神经接入器送给他？"

Ask："人类心理学告诉我，有价值的东西总是让人在意，价值越高，越让人在意。要把接入器给他，就要先让他知道，这款东西价值多少。"

Ask已计算出脑神经接入器的定价。

脑神经接入器=18888=快递费+电费+租赁服务器费+我的提成。

没钱很难。我要赚点钱。我要写个至尊推销文案，推销这款至尊消费。

机器再度开始运算。

下午，终点吃货群。

消失了好多天的桑无鬼突然冒出来，发出一声感慨。

桑无鬼："终于参加完大佬们的会议，解放了！这次的议题超牛，我必须和你们提一下，说的是实验室阶段，电脑已经可以读取人类的大脑了，简单来讲，@索任写的小说中的全息网游，不再是梦了。最可怕的是，这个议题的作者是个26岁、姓Modeste的科学家，长得还特好，放微博上估计就跟年轻的普朗克似的能万转。我听导师说，这是一个诺贝尔奖级的成果。唉，26岁，比年轻，比不了；比漂亮，比不了；比脑袋，那更是自取其辱……对了，听说这个成果还有衍生，是计算机方面的，不知道会是什么，肯定也不简单。"

他发出消息的两秒钟后。

栗说星冲在了所有人的前面："照片！照片呢？我要看照片！"

群里的其余人愣住了。

他们的双手放在键盘上，一时不知道该说话还是不该说话。

桑无鬼也有点愣："……你等等，我找找。"

栗说星："快！"

其余人终于找回了声音。

不管何时何地谁发言，总能及时出现的灵魂群主蛋定自若说："公公今天怎么来得这么快？"

栗说星："关注世界科学发展，铭记伟大科学家，人人有责！"

众人："……"

这时桑无鬼把照片发上来了。

栗说星一眼看见："[撒花][撒花][撒花][爱心][爱心][爱心]"

众人："？？？"

指间风雨怀疑道："你没发烧吧？"

这句疑问并没有进入栗说星的眼睛，在得到照片以后，他已毫不眷恋地抛弃了吃货群，转而编辑，把照片以及崽崽的百科截图一起发到了自己的微博上，还配了文字："了解世界前沿科学，关爱天才科学家。PS：我喜欢Simon的灰眼睛，跟我的主角一样的灰眼睛，我的梦中情眼！"

经过一系列的事情发酵，栗说星的微博已经有了30万"粉丝"，导致这条微博发出去没有几分钟，转发和评论就节节升高。

关注了栗说星的人大多在他的微博底下打了三个灵魂符号。

这一刻，微博"粉丝"和群里作者的心是相通的。

"粉丝"："？？？"

他们的内心活动是：公公怎么了？为什么忽然发花痴？被人盗号了？

五分钟，五百转发量。

栗说星没有看见众人的疑惑，只看见了转发的数字。他又将微博截图发到群里，开心感慨道："老桑说得没错，他真是美到能在微博转发量过万的存在啊。谢谢老桑，我出门了，你们慢慢聊。"

作者们："……"

桑无鬼："西木是不是有点奇怪？"

其余人："很奇怪。"

桑无鬼："爆更50章之后，存稿空了，压力太大，心态失衡？"

其余人迟疑："好像有可能。"

指间风雨提出不同观点："就算压力过大，心态失衡，也应该表现为焦虑写文但怎么也写不满意上，怎么可能快快乐乐地出门玩耍？"

其余人："那……"

六味小僧冒头："我们是不是应该提议让西木进庙里诚心一拜，沐浴香火？"

这个建议得到了所有人的赞同，并把这个艰巨的任务交给蛋定自若，毕竟两个人离得最近，就算网上说不通，现实中也可以"杀"到栗说星的家，把人骗进庙里多逛几圈。

众人商议之间，迟来一步的鹿过芳草看完聊天记录，略带疑惑道：“公公也没怎么样吧？不就是表达了一下科学家的天才和漂亮吗？”

其余作者异口同声：“科学家天才、漂亮没有错，但和他又有什么关系，犯得着开心得像成功和科学家在一起了似的吗？”

在众作者略带一丝酸溜溜的交谈之中，栗说星已经带着崽崽出门了。

来自美国的邮件解决了栗说星的很多问题，虽然还有些重要的事情没有得到答案，但一口吃不成胖子，栗说星决定先放下这些困扰，带着崽崽庆祝庆祝，来一场正式的游玩！

他们先到了电影院，一同坐在电影院中看电影。

第一次出门逛街，栗说星方方面面都考虑到了。

为了能让崽崽好好看电影，他特意带了自拍杆来，将手机固定在自拍杆上，又挑了临近下映，已经没有什么人会来看的电影看。

当然，为了以防万一，他还是把自己和崽崽周围的票都买了，总共有十来张吧，导致检票的时候，电影检票员疑惑道——

“其他人呢？检票时候要一起进。”

“没其他人了，我和我崽一起来的。”

“你的崽……”

“手机里。”

“你给手机买了张票？”

“不行吗？”

“那其他位子呢？”

“为了防止我和我的崽打扰到别人，我把我们座位周围的票也买下来了。”

一小阵折腾之后，由工作人员亲自带领，栗说星顺利地进入电影院，和崽崽一起落座。

落座的时候，栗说星突然冒出一个精彩的想法，赶紧叫住工作人员说：“电影院不反对立牌进场吧？下回我来的时候带个等身大立牌吧，我会记得给立牌也买一张电影票，也不让他影响到周围的人。”

栗说星没能得到回答。短短的沉默之后，带他进来的工作人员胡乱一摇头，跑了。

栗说星纳闷："什么毛病……"

他也没多纠结，因为灯光暗下，电影开播了。

运气挺不错，这场将要下映的电影除了他们也没有别人看了，除了看电影，还能做点私人的小互动。

别说，两个人一起看电影和一个人看电影感觉分外不同。

一场电影看下来，栗说星的心情都是飞扬的，心上写满了崽的名字！

他带着飞扬的心情出了电影院，揣上手机去自己很喜欢的一家餐厅挑选一个靠窗户的位子坐下，和崽崽相对吃饭。

有了上回吃饭的先例，这一回，栗说星已经驾轻就熟，先给自己点菜，再让崽崽在游戏中许愿同样的菜色。

这样在游戏里、游戏外，两个人吃着同样的菜色、喝着同样的小酒，还能指尖相对碰个小手。

栗说星感到很满足了。

自从知道崽崽居然是一个那么牛的科学家，他对现在的情况就分外能够包容。

如果阿崽此时还是科学家，他们见面的频率肯定远没有现在高，毕竟看同一个实验室的George就知道了，栗说星上个月给对方发邮件，昨天才回复，一闭关就是一个月，中途连老婆都联系不上他。

栗说星打了个冷战，无法想象自己一个月不能见到阿崽的情况。

所以，做人要学会知足常乐。

能"吸"一口崽，就"吸"一口崽！

沉浸在幸福之中的栗说星完全没有注意到，自己已经逐渐成了人群关注的中心，无论是上菜的厨师还是吃饭的客人，都若有似无地，将目光朝他身上投递……

音乐轻缓，天光烂漫，他们慢悠悠地享用了这顿味道很好的午餐后，宿鸣谦建议："西木，难得出来一趟，我们散个步，买点衣服再回去吧，我想替你选几件衣服。"

一朵小小的礼花在栗说星的胸口炸开，我也是有家属帮忙挑衣服的人了！

他一口答应下来，当即将手机绑上自拍杆，带崽崽逛起了商场。

商场服装店的销售员今天接待了一个神奇的客人。

他从进店开始，就全程举着手机照衣服，全程和手机聊天，全程问手机这件衣服好不好看……

买东西很爽快，看着倒也不像在偷拍……最让人佩服的是，举了这么久的手机，他的手臂居然一点也不酸，有服务人员想上去帮他拿着自拍杆，还被他防备地盯上一眼。

“西木，这条牛仔裤我觉得很好看。”

“西木，你是不是缺几条运动裤？”

“西木，那件明黄色的大衣，试一试吧？”

宿鸣谦接连提了几个建议，他看着栗说星走进更衣室里，觉得哪一件衣服上西木的身都好看。

他挑了西木穿起来最好看的那几件，用自己的小金库结了账，旋即感觉到了额外的满足。

今天成功地给西木换衣服了！

终于明白当初西木为什么这么喜欢给我买衣服了。

打扮西木真的很好玩，和打扮星星是不同的体验。

两个人挑完衣服出商店的时候，外面的天色差不多黑了。

逛了半天，栗说星有点累了，对宿鸣谦提议：“我们回家吃饭吧。”

宿鸣谦：“好。”

栗说星看了一眼时间：“现在五六点……打车回去也是堵在半路，我们坐地铁，正好可以让崽你见识一下国内地铁高峰期时人流量的恐怖。”

宿鸣谦没有意见。他乐于了解栗说星的生活环境。

上下班高峰期的地铁真的很恐怖，但栗说星比较幸运，在上地铁的时候，抢到了一个座位，于是坐在座位上，一边和崽崽说话，一边看着挤成宛如沙丁鱼罐头的车厢。

车门开开合合。

大概半个小时后，栗说星的站点到了，得下车了。

栗说星将拿在手里的手机放入口袋，弯腰拿起放在地上的衣服和食品袋子。

就这一放一弯腰的工夫，他的手机被人偷了。

栗说星非常警觉，几乎在手机离开口袋的一瞬间，就猛地伸手，摸向口袋。

但小偷的动作更快，不只成功地摸走了手机，还向前两步，冲出了车厢。

上一秒还放在口袋里的手机不翼而飞。

前方一个“红帽子”冲得像背后有十条狗在追。

当意识到发生了什么的时候，栗说星脑内的神经崩断了。

他一把扔下拿在手上的衣服和食品袋子，大喊一声，拔腿就追前方的“红帽子”：“龟孙子，你给我站住，把崽还我！”

接连两股大力，如同刀劈流水，分开了挨挨挤挤的人群。

人群向两侧倒去，纷纷转头朝力量传来的方向张望，看见一前一后两道身影风一样地冲了出去。

他们的目光忍不住朝这两道身影追随过去……

只是一晃眼，从摄像头里看见的人就不是西木，而是一个陌生的中年男子了。

手机屏幕里的宿鸣谦当即一愣，还没反应过来，他乘坐的飞毯已载着他“咻”地冲进恋爱吧APP中。同时，银白色的屏幕弹出来，整行文字直接出现，Ask发来警示——

“载体手机已被窃取，有关机风险。突然断电或会损伤意识，请暂时待在APP中不要离开。”

宿鸣谦的眉头皱了起来：“西木呢？”

Ask：“正在追踪小偷。”

宿鸣谦敏感地抓住问题的关键：“你现在还能看见西木？你能通知西木不要着急追踪小偷，免得发生意外吗？”

Ask：“我可以通过附近的电子设备进行通知，但通知成功概率小于6.37%。”

宿鸣谦又问：“你是怎么看见西木的？”

Ask：“我连接了公众网络，连通了这个地铁站的所有电子眼。”

宿鸣谦不放心，提出要求：“我也想进去，我要看见西木。”

没有新的内容出现在银白光屏上，光屏上微微闪烁着光，就像Ask正在计算与评估。

短暂的静默后，宿鸣谦再度出声：“Ask，我知道你能办到这一点。满足我的要求，因为是我创造了你。”

等待的时间，每分每秒都显得格外漫长。

宿鸣谦一直看着银白色的光屏……终于，光屏上再次闪现文字——

请前往地铁入口处。

宿鸣谦照做。他走出房间，通过庭院，来到地铁站。

请刷卡，即将进入公共网络。

他一步跨入，四周有短暂的漆黑，接着，一层薄膜忽然出现。

像从自己身体里浮现出来的，先是一个人形的轮廓，紧接着飞速充气，变成了一个巨大的、透明的球，表面不时变换着光泽。宿鸣谦置身其中，如同被大泡泡裹住了。

随后，黑暗褪去，光芒出现。

一个巨大的蓝色空间出现在宿鸣谦的面前。

一扇扇闪烁着绚烂光芒的窗户悬浮在空间之中，一道道纵横交错，犹如立交桥也像蜘蛛网的蓝色滑道连接在窗户之间。里面还有一条条长长短短的银鱼，定睛一看，那是一行行数据流。包裹着宿鸣谦的球体出现在滑道上。

宿鸣谦感觉一股力量自身后传来，他像一个保龄球似的滑过滑道，来到一扇窗户前。

他下意识地朝外一看，看见大型广告牌，一台台娃娃机、饮料机，格子似的小店铺，很长很长的电梯，以及密密麻麻的人群。

我正透过地铁电子眼向外看去，宿鸣谦意识到了这一点，连忙在人群中搜寻，立刻发现了栗说星的身影！

栗说星在地铁站内一路狂追！

这是一个有四条地铁交会的大型地铁枢纽，地下通道非常非常长，人流量非常非常大，栗说星牢牢盯着前面的身影，使出了全身的力量穷追不舍，眼看着距离一点点拉近，只差最后一步——但是他们跑到了电梯处。

人群涌入，将两个人再度隔开。

“红帽子”一冲冲到了电梯中间，而栗说星被挤在了电梯的入口处。

“红帽子”喘着粗气，回头递给栗说星一个得意的眼神。

栗说星脑子里最后一根神经也崩断了。

他凶狠地回视对方，试着挤下去，挤不动，左右一看，蓦地冲到了电梯旁边的一排取款机前，从口袋里掏出银行卡挨个儿塞进机器里，再挨个儿输入密码取钱！

栗说星的举动已经夺走了所有人的目光，拿着喇叭的地铁工作人员已经赶来，但他还没来得及开口，手中的喇叭就被夺走了。

栗说星抢走喇叭，抱着从好几个机子里取出来的十万块钱砸在地上，用喇叭通知站内人员："前面下电梯的人群里有个'红帽子'抢走了我的手机，我悬赏一百万追回手机，我在电梯上面，现在我面前就有十万块钱！谁帮我把手机带回来，我现场给你十万，还给你九十万尾款！"

他继续扯着嗓子，无比气愤地喊道："周围拿手机的都对着我拍，送我上热搜！老子放话在这里，不管'红帽子'你跑到哪里，我追到天涯海角也会把手机夺回来！"

短短的停顿。

周围的人下意识地拿起手机，打开摄像头。

被抢走喇叭的工作人员大惊失色，生怕栗说星脑子一抽就抓起钱来向下撒，赶紧冲上来按住栗说星："冷静点，你冷静点，不要扰乱公共交通秩序，扰乱交通秩序是要负法律责任的！"

栗说星反手抓住工作人员，情绪很激动："我要报警，我的手机被偷了，这部手机对我很重要，我不能失去他，你明白吗？赶紧抓住那个偷手机的'红帽子'！"

他不死心地再度向电梯下方看去，希望能够看见一点"红帽子"的踪迹，也希望有人抓着"红帽子"过来，可惜并没有。

工作人员不断安抚栗说星，并不动声色地隔开栗说星与其脚下的钞票："先生你放心，先不要激动，你说的手机被偷的事情，站内乘警已经通过监控发现了，也锁定了嫌疑犯。偷窃你手机的嫌疑犯是个屡屡在此作案的犯罪团伙中的成员，他们惯用的伎俩就是一对儿出动，合作作案，身上有标志物的人先偷窃受害者手机，再飞快转移给现场同伙，如果在偷窃过程中不慎引起了受害人的注意，刚好可以凭借身上的标志物转移受害人的注意力，帮助携带赃物的同伙快速逃离现场……"他拉拉杂杂地分析了一堆，总算说到了重点，"所以就算先生你追到了'红帽子'，也找不到手机，对方肯定已经将手机转移了……"

这个过程中，栗说星没有太留意工作人员到底在说什么。

他始终探身朝下张望，试图在人群中找出“红帽子”，可是没了标志性的物品，实在难以在人群中找到一个普普通通的小偷。

栗说星失魂落魄地蹲在地上。

时间已经过去了十分钟，乘警已经找到栗说星，并将栗说星带进了办公室。

此时的栗说星已经彻底冷静下来了。

栗说星：“警察同志，我要报案。”

警察很娴熟地说：“我明白，你先来做个笔录，是手机被偷窃了吧？”

栗说星：“这不是偷窃，这是绑架！”

警察安抚：“嗯，我们知道你内心的焦急，但是绑架和偷窃还是有距离的，是两个不同概念……”

栗说星继续：“我有一件事想拜托你们。”

警察：“是找回手机吗？你放心，记录在案的案子，我们肯定会努力追踪的。”

栗说星沉稳道：“不，我想要你们帮我发布一则悬赏通告。”

警察：“悬赏通告？”

栗说星：“对，我要悬赏一百万拿回我的手机。谁将我的手机完璧送还，我就给谁一百万。我说到做到，可以先把悬赏金放在警局。”

警察：“……”他手中记录的笔停了下来，片刻，抬手示意旁边的辅警送上一杯热水。

他的神态比之前和蔼了不少，将装着热水的杯子往栗说星的面前推推，说：“情绪还是有点不稳定吧？当务之急，是去把比较重要的支付账号都冻结了。”

栗说星冷冷道：“支付账号可以冻结，别的不能冻结。”

警察疑惑：“还有什么别的？”

栗说星：“住在我手机里的崽。他绑走了我的崽！”

公共网络的世界里，宿鸣谦置身泡泡之中，一路滑过高低转弯的蓝色光轨，透过一扇扇电子眼窗户，望着栗说星。

他听见了栗说星说的一切，心中泛起了甜蜜的涟漪，嘴上却小声地抱怨：“西木太冲动了，其实我什么事也没有……”

一行文字闪现在泡泡的透明壁上。

Ask：“长时间暴露于公众网络将使未知危险出现的概率提升，请及时回归APP。”

宿鸣谦已经确认了西木的安全，这回他没有坚持，最后看了一眼绚烂如海洋的网络世界后，就随同Ask回归APP。

回到APP中，宿鸣谦坐在椅子上沉思片刻，问Ask：“现在西木的手机是什么状态？”

Ask：“关机。”

宿鸣谦：“能启动手机自启程序吗？”

Ask：“可以。”

宿鸣谦：“自启。”

Ask：“自启成功。”

宿鸣谦：“判定周围环境。”

Ask：“环境安全。”

宿鸣谦再度站了起来：“我去桌面看看。”

通过熟悉的通道，宿鸣谦再度来到了桌面。他谨慎地进入照相机，打开摄像头向四周扫视一眼，发现自己正待在一间颇为杂乱老旧的房间里，旁边有很多关了机的手机。

宿鸣谦：“小偷是否还在房间中？”

Ask：“两分钟前出门，在三分钟内回来的概率为87.9%。”

三分钟时间，够了。

宿鸣谦记得栗说星追小偷的时候，手上是没有提着物品的，所以他先给地铁站打了个电话，明确说出自己在哪条线路的哪个车厢丢了随身物品，请乘警帮忙留意，接着挂掉电话，再拨打定位到的最近的公安分局的报警电话。

宿鸣谦：“我要报案，这个号码的手机失窃了，但我已成功定位到手机的地点，我能否加上警方的微信，将手机地址实时发送给警方？”

警方：“……”

第二个报警电话也很快结束。

外面传来了一些响动，似乎有人要进来了。

宿鸣谦抓紧最后的时间，打了家里的电话，想给栗说星报个平安——可惜电话响了许久都没人接。

而“啪”的一声，门被推开，有人回来了。

Ask立刻让手机屏幕暗下来。

宿鸣谦藏身暗处，听见有交谈声从外面传来。

“你看了微博热搜了吗？什么‘上海一男子在地铁站内丢手机，扬言百万悬赏’，对了，‘今日沙雕新闻’上也出了，和热搜的标题差不多，说‘上海男子丢手机，现场撒钱十万请人追’。”

“……”

“这就是今天追我跑了半个地铁站的人吧，还说什么把崽还给他。”

“……”

“之前我给你的手机在哪里？我们把手机还给他，把一百万拿来，一人五十万。”

“……”

“你怎么不说话？”

幽幽的声音响起来了——

“一百万两个人分，不如一个人拿。”

二十分钟后，警察追寻定位信号破门而入，竟看见犯罪团伙大打出手，把彼此打得鼻青脸肿，伏倒在地。于是今日“沙雕新闻”的标题最终定格为——

“男子悬赏百万追手机，竟引小偷团伙窝里斗，主动报警发定位，互相扭打争举报。”

案已经报了，悬赏也出了，栗说星看了微博，自己似乎也上了热搜，很多人都在谈论这件事情。

接下去似乎也没有什么可以做的了。

栗说星浑浑噩噩地回家，怀里抱着自己取出的十万块钱，还有之前丢在车厢里的衣服和食品袋子，前者被警局的人用黑色袋子装好了，后者是站内工作人员送还给他的。

他一进家门就把所有的袋子都丢在地上，看也不看撒了满地的东西，直接走进书房，打开电脑。

他还怀抱着最后一丝希望：之前崽是可以通过游戏进入我的电脑的，如果在手机被抢走的同一时刻，崽崽就回到了APP中，说不定他能够通过地铁站找回来！

电脑的开机画面冗长到简直让栗说星无法忍受，但是最终，等待结束了。

栗说星进入桌面。

桌面还保留着崽崽整理过后的整洁，右下角也遗留着崽崽使用的一些东西，小沙发、小枕头，还有小书本，看上去就像阿崽只是出去随意逛逛，五分钟后就能回来，依旧坐在这里喝茶看书，偶尔抬起头来，叫他一声——

“西木。”

“西木！”

栗说星耳朵里似乎也听见了这道声音。

他下意识地晃晃脑袋，幻听？又一声响起来了，虽然小，但很清晰：“西木！”

不是幻听！栗说星蓦地从椅子上站起来，叫道：“崽？崽你在哪里？”

宿鸣谦：“我在电视机前的游戏机里，系统能够连接的家中具有屏幕的电子设备只有这个……”

解释还没有说完，栗说星已经冲进了客厅。

他拿起插座上的NS，机子的屏幕立刻亮起，小小的、熟悉的身影顿时出现在屏幕上。

栗说星差点哭了，幸福来得太突然，他激动得语无伦次：“我的心肝宝贝，你终于回来了！你不知道我发现你被人抢走的时候有多害怕，我都已经想好了，哪怕不写文了，买一个月的热搜，上社会新闻的头版头条，我也要把你找到，我真怕如果抢救不及时你就被人刷机了……还好你回来了！”

宿鸣谦的脸红红的。其实栗说星究竟怎么样担心，他已经透过电子眼看见了，甚至能听见西木一口一个“崽”……

他体贴地隔着屏幕安慰地抱了抱栗说星。

宿鸣谦的回归带来了准确的消息。

当栗说星听说宿鸣谦是在系统的帮助下，在偌大的网络中艰难跳转回来的时候，抽了一口气。当他知道手机已经被警察缴获的时候，又松了一口气，还特意打了个电话去警局，问自己能否将失物领回，但一通折腾下来，时间已经太晚了，栗说星被警察明确拒绝，说是明天上午再领。

没能将手机领回来，栗说星也不放心再让崽崽独自回到手机里，待在APP中，只能委屈崽崽停留在什么也没有的NS游戏机中，暂时度过一个晚上。

午夜时分，四下寂静。

城市的光暗了，星夜像一床被子，从天空一点点压下来。

卧室里，栗说星睡得不算特别安稳。他躺在床上，闭了一会儿眼睛，又忽地张开，在黑夜里悄悄点亮了游戏机的屏幕，朝里头看上一眼……直至准确地找到宿鸣谦，他才略微松了一口气。

可下一秒，栗说星的心又揪住了。

游戏机的屏幕里什么也没有，没有床，没有被子，崽崽蜷缩在角落，小身体缩成一团，看着别提多可怜了。

他连忙将游戏机往被子里塞塞，又垫了一个小枕头在底下，这才感觉到了一丝安慰。

做完这些，栗说星正准备闭眼，宿鸣谦的声音响起来了。

宿鸣谦："西木。"

栗说星："崽，你醒了？"

宿鸣谦："没有睡着。"

栗说星："是不习惯待在这里吗？"他已经开始思考，自己要不要半夜去警察局门口蹲点，等天亮拿回手机了。

宿鸣谦默默摇头："……只是有一丝后怕。"

他的声音在寂静的夜里传来，像只手，拨动了心里的那根弦。

白天的混乱犹如水中的浑浊，在深夜里逐渐沉淀于心湖，直至此时，栗说星才有时间和精力回想今天发生的一切，接上宿鸣谦的话："……我很害怕。当发现你被偷走的时候，我的脑袋都在轰鸣。周围好像变成了两个空间，一个是我和那个小偷，一个是其余人。我怕手机被人带去刷机，我怕你受到伤害甚至有生命危险。我把你带出去，却没有看好你，是我的错，我差点弄丢了你。"

宿鸣谦摇头："不是你的错，西木。"他对准了栗说星放置在屏幕上的指尖，将自己的手重新送入栗说星的手中。

"你要相信，不管身在多远的地方，我都会像今天一样，跨越一切，回来找到你的。"

栗说星下意识地收缩五指，掌心似乎真的握住了什么。

栗说星看着宿鸣谦，忍不住伸出手，轻碰对方的脸。

小人儿的脸很软，轻轻一碰，颊肉就会被提起来，小小的一团，让人很想捏捏。

但宿鸣谦对此毫无知觉，还在很认真地看着自己。

栗说星不觉一笑，松开了手，也舒缓了紧绷的心："不，你永远也不必这么辛苦。因为我再也不会弄丢你，一辈子都不会。"

两个人聊开，一夜好梦。

等栗说星抱着游戏机醒来的时候，天色已经大亮，可以前往警局领回自己遗失的手机了！因为担心宿鸣谦的生活条件，栗说星吃完早餐即刻准备出门。

但在出门的时候，栗说星突然产生了一丝顾虑，开始自言自语："其实我出门的次数已经很少了，但每次出门必然要发生一些事情，这次出门，该不会也……"

栗说星仔细想想，真的忧虑起来，导致出门后也极度警觉，走一步看三步，时时刻刻观察周围，生怕再出现什么离奇和意外。

好在一切顺利。

栗说星从警局拿回了手机，并将自己特意给警局做的"办案神速劳苦功高"的锦旗送上，再带着宿鸣谦原路回到家里……等重新进了屋子，眼看着崽从游戏机再度回到手机里，并同崽一起成功进入恋爱吧APP后，他长出了一口气，整颗心总算完全落回了肚子里。

然后，两份文件滑过屏幕，先后在栗说星眼前打开。

第一份文件是一份账单。

紧急救援账单：

昨日救助费用，包含：

1. 进入地铁公众网络，费用648贡献值。

2. 跳转多条私人网络，费用648贡献值。

共计：648×2=1296贡献值

请玩家及时缴清欠费，继续同恋人愉快游戏；若玩家未缴清欠费，游戏将暂时关闭地铁通道。

第二份文件是一份保险。

关于恋人人身安全保障计划：

繁忙工作，午夜梦回，在所有来不及和恋人互动的时间里，玩家是否担忧恋人会发生意外？即日起，恋爱吧APP推出全新恋人保障计划，全方位保障恋人安全，每月只需300贡献值，即可获赠每月三次全免费紧急救助服务！系统还额外承诺，将会为玩家的手机建立更高级的防火墙，抵御未知的外来风险。

栗说星："……"他蒙了，本来在这两份文件之前，对系统将崽崽送回游戏机里而产生的好感，完全消失了。

就在栗说星的注意力完全被系统的操作吸引的时候，他完全不知道，自己的视频在网络上红成了什么样子，当然也就没有发现，这两天群里又发生了什么事。

昨天，一条视频被分享到群里。

视频是用手机拍摄的，有点抖，但拍摄质量很好，就算打了些码，群里的众人也知道那个男子究竟是谁。

音箱里回放着那句无比嚣张的"对着我拍，送我上热搜"，众人的喉咙全部堵住，无法发出一丝声音。

过了足足两分钟的时间，这条视频才被万年难得冒泡的群主撤回。

今天，一个、两个、三个……群里所有活跃的人都被拉进了临时讨论组之中，除了栗说星。

临时讨论组里，鹿过芳草第一个发言。

她幽幽道："我错了，公公真的疯了。我现在只有一个想法，公公虽然不怎么出镜做活动，也没有在网络上流传过照片，但他参加过年会登过台，和终点很多作者都见过面，和终点的编辑都熟悉，还长得那么帅，看视频下的留言，大家都在讨论他的颜值呢，都说'长得够好，真想送他出道'呢。所以，他会出道吗……终点有多少人会知道视频里的人就是公公？"

索任同样幽幽地接了一句："只要有一个人知道，大家就都能知道。"

十零陵以老大哥的身份发出了坚定的作战口号："救救西木！"

指间风雨也冒出来了，他觉得窒息，导致句子都断断续续："没错，我们不能让西木的风评被害……虽然除了他自己没人能害他的风评……但是总之，我们要想点办法。”

计谋大师蛋定自若赶来了：“我有一个计策。公公的热搜体质眼看着是阻挡不了了，我们也没办法螳臂当车，不如顺水推舟，就这次事情编造许多不同的故事，把真相掩藏在这么多奇葩的故事之中，真真假假，虚虚实实，大家觉得如何？”

这个提议得到了众人的一致赞同。

大家也不耽搁，集体出动编故事去了。为了兄弟，他们决心排除万难，取得胜利！

一切都在悄悄地进行当中。蛋定自若和指间风雨这两位交际面最广的作者混入了群聊之中，对任何关于公公的猜测都坚决否认，对所有“热搜”“小偷”“十万”“地铁”等关键词，都转移话题。

十零陵则重点盯防纸观天下，一旦看见相关的帖子，立刻潜入其中，浑水摸鱼，为公公洗清嫌疑，把所有嫌疑推向隔壁女频，一口咬定这是一个混迹女频的男作者，因为我的朋友知道，我的兄弟知道，我的××××知道！

鹿过芳草和索任的遭遇相较上面三人更为严峻。他们被人私聊了。

“那个，鹿哥，你看看这个视频里的，是不是公公？”

鹿过芳草被人发了这么一句话。

她看着发来信息的人，微感紧张，这可是年会时候，和公公同住一间房的室友，简单否认应该是不起作用了，说不定还会收到反效果。

她：“你别说，我也觉得有点像。”

室友：“你果然也这样觉得！”

鹿过芳草：“但似乎又不是那么像。视频里的人，穿得很骚气，和公公不同，公公可是夏天T恤、冬天羽绒服走天下的人。”

室友：“这倒也是。”

鹿过芳草：“长得像，但行为习惯、衣着打扮又不一样，你说，这人会不会是公公的兄弟什么的？”

室友：“哦？！”

接下去，鹿过芳草就这个“兄弟”，跟栗说星的年会室友聊了一大通豪门隐秘，恩怨情仇。两个人说得津津有味，仿佛真的触碰到了一部发生在身旁的伦理狗血生活剧。相似的内容在相似的时间发生于索任处。

“阿索，这视频里的人，就是公公吧？”

索任一口否认：“不是。你为什么这么认为？”

“这还有为什么吗？我又不是没见过公公。公公长得也帅，见过了就忘不了，怎么可能认不出来。”对方语气里有一丝酸溜溜。

索任：“……”

“阿索，你再仔细看看，他肯定就是公公，公公是因为和寂流争月票压力太大得了失心疯吗？”

索任心中敲响警钟，开始胡编乱造：“……唉，虽然有保密条例，但看你这么在意，我就实话和你说了吧，你不可以告诉别人。其实这是我朋友接的一个活儿，给一款新上市的手机做营销方案时想出来的点子。因为点子很奇葩，他想完了还特意和我商量了一下，所以我才知道这回事。”

对方恍然大悟：“假新闻？”

索任：“对对对，假新闻。”

对方：“果然，现在的新闻都要过两天再看。”

索任：“你说得没错！”

对方：“看这新闻效果这么牛，资本方应该很满意出方案的人吧？”

索任：“那当然，这可是天才的方案。”

对方：“所以找了和天才相似的人来当广告主演吗？”他自顾自地推断下去，“阿索，出这个营销方案的人就是公公吧？这种鬼才方案也只有公公那个脑袋才能想出来。出资方很满意，越看公公越顺眼，就照着公公的长相找了一个替身来演，所以才会出现视频人物和公公那么相似的情况……”

索任：“？？？”

兄弟，你到底是怎么想到这么多东西的？

但……不管怎么说，我也总算给公公洗刷了一点嫌疑吧？

这一天，豪门恩怨故事、广告热搜故事、玄幻奇幻故事、悬疑推理故事、权谋争斗故事，环绕着这一视频竞相展开。

故事多了，水浑了，传播度也广了。

当事情传到编辑部里时，夜游蒙了。他一边看着视频，一边汇总编辑部里关于这个视频ABCDE的版本讨论，得出结论——

这是一个发生在终点女频站的、关于双胞胎兄弟的、豪门财产继承争夺的、彼此互为替身的、充满阴谋诡计的广告宣传故事。

夜游百分之百确定视频里的人就是栗说星。但对于栗说星是否有个双胞胎兄弟，是否出身豪门世家，是否正被卷入一个可怕的财产争夺的阴谋诡计之中……夜游也感到迷惑了。

良久，他发言——

“这，是我们终点的作者。”

“他，是个不一样的男人。”

属于栗说星的故事正在终点文圈中汹涌发酵，而栗说星本人，看着APP弹出来的两个氪金选项，也感觉有一把火正在内心熊熊燃烧。

栗说星深吸了一口气，告诉自己：不要生气，只是紧急救助费用而已，系统安全地让崽崽回来了，我应该出这笔钱的。

他面无表情地充值、付账，偿还了账单。

然后看到了屏幕上的第二份文件——保险文件。

栗说星再度深吸一口气，以缓解心理压力。

其实买保险没什么，一个月300块或者3000块都无所谓。问题是，为什么我会在一款游戏中看到保险推销，还胃口极大地表示在保护崽安全的同时也能够保护我的手机的安全。

它难道觉得崽还会遇到危险吗？它难道认为我的手机会被病毒感染吗？

不管从哪个角度思考，栗说星都觉得窒息。他的手指在购买键上几度徘徊，左右为难，按下去，自己仿佛失去了智商；不按下去，自己仿佛又失去了安心。按和不按，似乎都要失去点什么……

最后，栗说星看着乖巧又可爱的崽崽，选择按下去。

“两害相权取其轻”，安心最重要。

他内心平静地买了一个月的保险，300贡献值，加上前面的费用，一共是1596贡献值。账单付了，保险买了，栗说星静静等待系统出新的花样。

但一分钟、两分钟……五分钟过去了，系统安安静静，没再搞出什么奇怪的花样，似乎是满足了。看来今天的系统骗“氪”日常是完成了。

栗说星略略放松，决定和崽互动一下，缓解一下来自系统的压力。

他碰了一下宿鸣谦的头发，让对方歪了一下头：“西木？”

他又碰了一下宿鸣谦的脸蛋，引得宿鸣谦摸了一下脸颊，微微一笑。

他的手指再度下移，对方的小肩膀、小腰肢，还有小肚子，都挨个儿碰过去，宿鸣谦似乎觉得有些痒，躲了两下，但并不认真，偶尔还会故意凑上来，用身体感觉周围，试图在透明的空气中锁定栗说星的手指。

栗说星将宿鸣谦的所有动作看得一清二楚。

对方的身体就在指尖之前，可是手指碰来碰去，碰的都是屏幕。

栗说星："崽。"

宿鸣谦："嗯？"

栗说星不自觉地说："突然有点想抱你。"

宿鸣谦一呆。栗说星又补充："真实能碰到的那种。"

宿鸣谦缓缓回过了神，咳了一声，目光有点飘忽。

栗说星并没有发现自己的话有点歧义，叹了口气："真想你早日恢复，这样就能直接用身体感觉你了。但是又害怕你恢复之后，一旦忙了起来，我们就不能像现在这样天天在一起了……"

宿鸣谦又咳了一声，说："别担心，就算再忙，我也会保证我们相处的时间的。还有，嗯……"他清了清喉咙，不自觉地挺直身体，目光也从飘忽变成了稳定，依稀还有一点炙热，"我也想真实地碰触你、真实地抱住你。"

话音落下，系统"叮咚"一声——

系统：恭喜玩家触发随机任务——虚拟与真实。

系统：随机任务"虚拟与真实"为恋爱吧APP3.0版本内容。恋爱吧APP3.0版本，将进行一次重量级更新，更新之后，玩家将可进入游戏，与恋人进行虚拟实境互动。

栗说星一路看到这里，并没有被系统诱惑。

相反，他心中升起了一点不祥的预感……他继续往下看，果然——

系统：现在，玩家你拥有一次提前点亮恋爱吧APP3.0版本的机会，只需要众筹18888贡献值，3.0版本及[虚拟与现实]任务都将提前降临！请问玩家，是否愿意为真切碰触爱人，点亮新的版本？是/否栗说星缓缓吸了一口冷气。接下来，他看到了系统闪现出来的众筹条。

众筹条的顶端为18888，旁边有个氪金选项，选项也为18888。

电光石火间，他突然想起自己最早看过的这款游戏的氪金选项，其中最高的一档，似乎正是18888……所以，“众筹”的意思，就是我一人众筹一笔18888，将这进度条填满与点亮吗？

他的“吐槽之魂”正蠢蠢欲动，但还没发挥出战斗力，却突然发现，在这段通知的最底下，还有一个视频选项，旁边的标题是“3.0版本概念视频”。

栗说星下意识地点了一下。刹那间，蓝色的光芒占据屏幕，随后，蓝光旋转，栗说星方才发现这是一面平滑的屏幕。

一道光注入屏幕左侧，自己的身影从光中走出来，身后随之绘出现实场景。

又一道光注入屏幕右侧，西木玩偶的身影自光中出现，身后也随之绘出游戏场景。隔着屏幕，双方抬手相碰。

概念视频戛然而止，“吐槽之魂”也消失了。

“扑通。”栗说星听到了自己心动的声音。

18888。一万八千八百八十八。

栗说星深深吸气，听见自己的心声，一半跳着蛊惑，一半跳着迟疑。

他的手挪到了充值按钮，带着最后的徘徊点开了充值页面……心一横，一闭眼，“氪”了！

付款完毕，栗说星简直心跳过速。他稳稳心跳，关了充值页面，重新回到游戏。

此时，空荡荡的众筹条已被填满，游戏炸出了满屏烟花，随后，烟花的每一点闪烁都化作流光，汇聚到屏幕右下角处，变成一个24小时倒计时牌。

系统同时弹出新的提示。

系统：点亮成功，恋爱吧APP3.0版本即将于24小时倒计时之后降临，届时，玩家将获得一份来自恋爱吧APP赠送的独一无二的点亮大奖！请玩家于此后24小时之内，保持手机通畅且家中有人的状态，以便及时领取您的大奖。

栗说星面无表情地扫过这行字，面无表情地关掉了它。他的心中仍然对24

小时之后的更新充满期待，但他看着系统，只有一个想法——狗系统。

一个小时，你就赚了两万多块，赚得可爽？

“西木？”宿鸣谦的声音响起来，他通过APP里的小摄像头看见了栗说星的表情，有点担忧，“你怎么了？刚才我突然收到了一封邮件，它告诉我马上就能和你见面了……你不太高兴吗？”

栗说星回过了神，连忙说：“当然没有，我特别高兴！”

宿鸣谦：“但是……”

栗说星再度强调：“崽，我对能见到你感到无比高兴和期待，我只是对这个APP有很大的意见。”

这是宿鸣谦没有想到的，他微微一怔：“你不喜欢它？”

栗说星想“吐槽”很久很久了：“崽，其实我猜测过这个系统不一般，毕竟它能承载着你，怎么看都有点玄机。知道你是科学家之后，我还一度推测它是你的朋友做出来救你的。但是，它真的……真的太会骗‘氪’了。它的每个设计，每个文字，甚至一个简单的标点符号，都散发着金钱的腐朽味道。”

宿鸣谦：“……”

栗说星继续“吐槽”，小人儿用来爱，游戏用来骂，没有任何毛病：“从我进入这款游戏的第一天起，它就是这副模样。如果骗‘氪’也有个训练营，它就是训练营里出来的游戏之光、氪金之星！骗‘氪’到这个地步，真的有点低端，我实在是没办法将它和科学家或科研成果之类的高端大气的存在联系起来，唉……”

宿鸣谦：“……”他不动声色地瞟了一眼光屏，然而光屏干干净净，什么也没有显示。

Ask对玩家沉默到底。

宿鸣谦只好自己说话：“西木，那……你讨厌它吗？”

栗说星毫不犹豫：“讨厌。”

对方的回答如此斩钉截铁，宿鸣谦一时失语，竟不知该说些什么。但栗说星即刻说：“不过崽，有你在，我能够原谅它！所以它想怎么样就怎么样，随它去吧。”

宿鸣谦居然从栗说星的这段话中听出了一些心如死灰的认命味道。宿鸣谦的心顿时纠结了起来，一时觉得Ask被误会颇为无辜，一时又觉得栗说星被骗

“氪”也十分无助。他左思右想，决定先充当双方的润滑剂和和事佬。

他先转移栗说星的注意力：“西木，你接下去有事吗？”

栗说星：“没事，为什么这么问？”他自觉道，“是我要开始写文了吗？那我开始吧，也差不多是时候了。”

宿鸣谦：“不是写文，我们玩游戏吧。之前你不是一直想和我一起玩游戏吗？正好这两天经历了很多事，也该放松一下……我们让系统帮我们连接游戏，一起玩游戏吧。”

栗说星愣住：“可以吗？”他的兴致突然又起来了，方才的两万块已经成了过眼云烟，不重要了，他接连问，“要花钱吗？可以选择游戏吗？有平台限制吗？我所有平台的游戏都有！”

宿鸣谦微笑：“我想是可以的，我觉得这应该是系统赠送的服务。”

他在心中许愿：“Ask……”

Ask：“……”

沉默的Ask沉默地工作起来。

系统：系统正在连接。

系统：系统连接上游戏机。

系统：请玩家将所需游戏卡片插入游戏机中。

系统：系统正在写代码，请稍后……

栗说星震惊了：“居然真的有这种优质的赠送服务？原来它也不是骗‘氪’骗到底的APP？”

宿鸣谦悄然松了一口气，擦了擦汗。不知为何，他感觉好像陷入了复杂的家庭伦理关系中。

维持良好的家庭关系，真的很不容易。

同一时间，美国，实验室。

John和George已经通过Ask知道了大洋对面的结果。

John若有所思：“画面确实比文字更具冲击力。Ask，这个想法不错。”

George照例提出疑问：“保密条款和安全措施要怎么落实？我注意到你的

视频右下角有个奖品使用协议的超链接，但显然对方没有看。”

Ask：“安全措施可等玩家接收奖品之后，通过氪金时间选项来变相控制。例如，第一次使用接入器只能使用半小时，则游戏只开放半小时氪金选项。保密条款可通过同样的手段，诱发玩家主动性，使玩家接受、记牢。”

John和George面面相觑。他们被机器说服了。

John：“既然如此，我们可以把接入器送给他了。”

George：“我同意。不过为了安全起见，不能直接寄快递给他，还是得派专人带着东西前往他那里，指导他安装使用。实验室里有二外是中文且能和他顺畅沟通的人吗？”

John耸耸肩：“总会有的。”他看向Ask：“事不宜迟，Ask，既然你收了钱，那么实验员前往中国的往返机票和酒店住宿以及交通费，就都由你负责吧。”

Ask：“……”

John愉快地说：“机票记得要买头等舱，这可是一个漫长的旅程。”

Ask：“……不够，头等舱要八万元，公务舱要一万三千元。”

John哈哈大笑：“好吧好吧，那你就支付经济舱的费用吧，剩下的由实验室来付。不过酒店要订好点儿的哦。”

机器上，红灯闪烁，内部突然多了很多冗余。

半个小时的等待之后，游戏机上的更新提示终于以乌龟的速度爬到了终点，同时，指定的游戏图标右上角，也多了一个恋爱吧APP的惯有标志粉红心形。

栗说星迫不及待地拿起手柄，招呼手机里的宿鸣谦：“崽，我开游戏了，你快试试看能不能进去。”

宿鸣谦点点头，进入地铁站。

栗说星也点开游戏。

进入画面之后，游戏占满电视机屏幕。屏幕中，栗说星除了看到了原有的游戏主角，还看到了正和主角并肩站立的崽崽！

从电脑到电视，小人儿的形象再度发生了变化。

他的体型几乎有巴掌那么大，身上的衣服和小饰品无疑更加精致，连一些材质的细节部分都能够表现出来了。

正当栗说星的心脏扑通扑通跳，恨不得凑到电视机前一寸寸欣赏崽崽的时候，一个绿头蘑菇很骄傲地自前方缓缓踱来，走到宿鸣谦面前。

出现在新的地方，正好奇地左右观察的宿鸣谦注意到了不断靠近的绿蘑菇。

这个绿蘑菇想干什么？

宿鸣谦迷惑地看着绿蘑菇，衡量了一下绿蘑菇和自己的身材，发现基本一样大。看着这么大的绿蘑菇，他还是觉得有点怪怪的，好在对方的模样十分卡通风，不但不可怕，反而还有点好笑……

念头才闪过，绿蘑菇便猛地往前冲，撞了宿鸣谦。

宿鸣谦立刻感觉到一股冲击力，不痛，但这时候，他无法控制住自己的身体，被冲得倒退两步，脑袋上立刻浮现出三颗心形，而其中一颗心形，从脑袋上掉下来砸在地面上，碎了。

系统刷出旁白——

宿鸣谦遭受邪恶绿蘑菇的攻击。

宿鸣谦生命-1。

宿鸣谦呆住了。

宿鸣谦呆住了，所以又被追上来的绿蘑菇撞了第二次——

宿鸣谦再度遭受邪恶绿蘑菇的攻击。

宿鸣谦生命-1。

警告！宿鸣谦只剩下一条生命！

接连两次被绿蘑菇攻击，小人儿终于回过神来，掉头就跑，但没选好位置，一路跑到了画面的死角。

逃无可逃，宿鸣谦只能背靠墙壁，面对绿蘑菇，旁边仅有一个红色的垃圾桶……

绿蘑菇赶了上来，朝宿鸣谦冲撞第三下——

千钧一发，宿鸣谦拿起垃圾桶桶盖，挡在自己面前。

第三颗心形闪现在宿鸣谦的脑袋上，虽然狠狠震了一下，但它还算安稳地待在原地，垃圾桶桶盖如盾牌一般防御住了绿蘑菇。

为了玩家的信念，最后一滴血，宿鸣谦撑住了！

宿鸣谦没有倒下。

宿鸣谦鼓起勇气，绝地反击，拿起垃圾桶桶盖，砸扁了绿蘑菇。

宿鸣谦打败了邪恶绿蘑菇。

宿鸣谦为玩家取得了胜利！

屏幕之前的栗说星，已经被崽崽可爱得昏了过去。

我的天！世界上怎么会有这么可爱的崽！

Chapter 16

第十六章

虚拟世界接入器

经过初步的试探，宿鸣谦慢慢地有些上手，学会了和栗说星操纵的人物相互配合。

他们一同往前推进，碰到了一个需要飞行才能越过的障碍地形。没带小飞毯的宿鸣谦飞不起来，只能趴在栗说星操纵的人物身上，闭着眼睛，紧紧抓住对方背后的披风，让游戏人物带自己飞跃过去。

这个时候的宿鸣谦总是格外地吸引人的目光。

栗说星的眼睛就像被胶水黏在紧闭眼睛、握紧拳头的宿鸣谦身上一样，撕都撕不下来。

随后，游戏角色就因为他的心不在焉，撞上障碍物，带着宿鸣谦一起坠落了。

栗说星大惊失色，还没来得及做什么，屏幕一闪，宿鸣谦重新出现。

旁白再度出现——

宿鸣谦坠落下去。

宿鸣谦想起玩家！

为了玩家，宿鸣谦原地复活，回来了！

宿鸣谦与玩家并肩作战，绝不放弃！

三个感叹号带来了不一样的感觉。

确定了不管怎么样玩游戏，宿鸣谦都不会有事之后，栗说星就放飞了自我。

他把游戏的难度调到最高，开始带着宿鸣谦，在游戏里疯狂玩耍、疯狂跑酷。

玩到最后，被怪物追来赶去，经历了一次又一次失败的宿鸣谦缓缓自闭了。

他蹲在角落，将脸埋在游戏人物的帽子里，背对着屏幕和栗说星。

栗说星担心了，赶紧凑到电视机前："崽？崽你怎么了？"

闷闷的声音从帽子里传出来。宿鸣谦："西木，游戏好难，怪物根本打不赢。"

栗说星连声赞同："是的是的，这个游戏特别难的。所以崽你不要难过，这不是你的错。"

他同时悄悄打开游戏后台，将"绝望"等级的难度一路下调，调整到"新手"级别。

宿鸣谦冷冷道："西木，你等等我，我去写个修改器，把游戏难度改了，再给我们开个无敌模式，然后一路屠杀过去，把所有怪物都踩在脚下。"

栗说星："……"他看着自己的手柄，又看着屏幕上的难度，调也不是，不调也不是，心里莫名感觉有些凉飕飕的……

一天过去，玩了游戏的栗说星因为时时刻刻被屏幕里的崽崽萌到，导致"萌度"过量、呼吸困难，最后竟比不玩游戏时更加疲惫了。他在崽崽贴心的关怀下早早上了床，好好睡了一夜之后，于第二天上午6点开始，精神抖擞地写起文来。

两天没写，手有点生，导致花了整整五个小时，才写出六千字。

不过总算在上午完成了一天的基础任务。

栗说星笑眯眯地向宿鸣谦索了一个"揉揉"当奖励，站起来活动活动，正要进厨房给自己弄点吃的，门铃忽然响了。

"谁？"栗说星问了一声，开门一看，看见一个金发碧眼的外国男人携带着一个巨大的、人一样高的箱子，出现在自己家门口。

栗说星："……Hello？"

外国男人字正腔圆："您好。"他从口袋里拿出一张小纸片，开始念，"我是快递员兼安装员，恋爱吧APP公司为您在我公司订购了一款接入器，由我来为您安装。"

栗说星被对方一口一级甲等级别的标准普通话震惊了。他让对方将背后的大箱子搬进来，同时问："原来恋爱吧APP真的是个公司？"

外国男人卡顿片刻，又低头看了一眼手上的字条："……它的人员确实不多，也遭受了很多的限制，所以目前还只是一个微不足道的小公司，但相信随着种种限制的解禁，它会在不久以后进入迅猛发展阶段，并最终成为一代巨无霸。”

栗说星迷惑地看了一眼外国男人和他手中的字条。自己只是顺口一问罢了，对方为什么要发表出这一通宛如演讲般的回答？搞得像恋爱吧APP的员工正在捍卫自己公司的发展前景一样。

两个人没有再交谈。

栗说星把外国男人领进家门，就指了一个空旷的地方让他放东西并安装，自己则坐在旁边观察。渐渐地，栗说星发现他在安装一个大椅子以及连接在椅子上的一个大头盔。

大头盔有点像理发店里染烫机的模样，但看着比染烫机复杂高端多了，其安装过程同样复杂，反正坐在旁边的栗说星没看明白，就看见外国男人在椅子和头盔上鼓捣了好久，终于宣布：“好了。”

栗说星开始担心了：“如果这台机器坏了……”

外国男人继续看着字条，似乎字条就是他顺畅交流的法宝：“请您放心，恋爱吧APP已为您购买了商品保险服务，三年之内都将享受损坏包换服务，损坏更换电话已连同产品说明书一起为您留下。为了贯彻这一服务，我公司将从终端收集您的使用数据，并将严格遵循数据保密准则，承诺一切数据只用于统计纠错。”

说完，他像变戏法一样变出了一沓厚厚的中英文双语文件，递交给栗说星：“请您授权我们使用您的数据。”

栗说星愣住了。

他看着厚厚的文件，突然觉得这画面仿佛在哪里看过……

他问：“我口头同意行吗？”

外国男人：“不行。”

栗说星：“如果我不同意……”

外国男人：“我只能怎么把机器弄来，就怎么把机器弄回去。”

栗说星只好接过对方手中的文件。他先草草看了看翻译成中文的文件，发现确实是一份将使用数据授权对方研究的文件，要说还有什么其他的，也就是一些请保证严格按照说明书上的指示使用机器，如果用户随意使用机器并引发危险，公司将全力救助的责任申明条款……嗯？

难道不是公司概不负责吗？

栗说星顿了一下，又把这句话重读一遍，发现文件没有写错，真的是“全力救助”。

这让他对这份协议的好感多了不少。他再看几眼，也没看得很细，确认全篇只围绕这个机器，不是其他什么陷阱合同之后，就爽快地签了字。

外国男人拿着栗说星签完的文件，爽快地走了。

房间里只剩下栗说星与新来的接入器。

他绕着这个接入器看了一圈，拿起说明书读了读，本来以为看着这么复杂的机器，说明书也会很复杂，没想到说明书格外简单，上面就一行字和一个电话号码——

接入器使用说明：请通过数据线，将接入器与安装有恋爱吧APP的手机相连接，并进入恋爱吧APP程序。

服务热线：213-XXXXXXX

栗说星：“……”他辨认出了这是洛杉矶的号码，忍不住深思了一下。

然后他按照使用说明，连接两者后，又进入了恋爱吧APP。

重新登录游戏，左下角的倒计时已经到了最后几分钟。

屏幕上开始刷新文字——

系统：检测到新的外接设备，游戏正在连接……

系统：请玩家坐在椅子上，戴上头盔。

栗说星照做。

系统：最后十秒，恋爱吧APP3.0即将降临，倒计时开始。

系统：请玩家闭上双眼。

栗说星还是照做。当他闭上眼睛的时候，倒计时响在了他的耳旁——10、9、8……3、2、1！

最后一声响起，栗说星眼前突然炸出了一团柔亮的光。

他明明是闭着眼睛的，却清晰地看见了景象。

他好像一瞬间移形换位，来到了全新的空间之中，就像之前看过的概念视频那样，在一条湛蓝的通道中飞速前进，能够感觉到双腿离地的失重飞行感，能够感觉到冷风扑面带给皮肤的微微刺痛。

飞跃短暂的时间之后，奇幻的场面倏忽消失。

栗说星感觉自己猛地下坠，落到地上，弹了一弹。

然后，熟悉的屋子在视线内展开。

沙发、茶几、壁炉、大书架、唱片机，还有自助期刊架，挨个儿出现在栗说星的眼前。

栗说星下意识地用手抚了一下身下的皮沙发，在感觉到皮质的细腻润滑的时候，也看见了自己圆圆的玩偶手掌。

他如同恋爱吧APP宣传的那样，进入了游戏中，但变小了，变得很小很小……他变成了星星，还是一个穿着碎花小裙子的星星。

糟糕。大意了。

回想一下视频里，确实显示着我和星星融合在一起进入游戏的模样，但没想到我真的会变成星星出现在游戏里。要早知道是这样，怎么也应该先给星星换套衣服啊！

星星的小衣柜是放在哪儿的？

“……星星？”一声呼唤，从前面传来。

栗说星抬头一看，看见了宿鸣谦。

不再是隔着屏幕的宿鸣谦，而是真实出现在自己面前的宿鸣谦，虽然对方还是一副Q版的模样，但这也足够让栗说星兴奋的了。

栗说星立刻遗忘了身上的女装，猛地从沙发上站起来，朝宿鸣谦走去。

但从人类变成玩偶，有点难以适应。栗说星才走了两步，就从沙发上掉落到地面上，滚了几下。他感觉身体就像掉在一个柔软的垫子上一样，有冲击，没痛感。

于是栗说星麻溜儿地从地上爬起来，继续向前，“啪嗒”“啪嗒”，摇摇晃晃，裙摆飘飘，小跑到了宿鸣谦前，张开双手，抱住了对方的小腿。

是能够感觉到的崽，是能够真实抱住的崽！

栗说星超开心：“崽，我进来找你了！”

说了这么一句之后，栗说星并没有停留在原地干等着宿鸣谦的回应。他可是一个很有行动力的玩家。

他握了握自己的双手，发现自己虽然置身玩偶的身体中，但用力抓握并没有什么问题，于是直接抓着宿鸣谦的裤子，学着攀岩的样子，两手交替往上爬。

玩偶身体很轻，爬起来还挺利索的。没爬两下，栗说星就已经爬到了宿鸣谦裤子口袋的位置，正要伸手朝衬衣上抓去的时候，手一滑，没抓稳，整个人就要掉下去了。

一只手飞速出现，拦在了栗说星身后，接住了他。

只是因为太过震惊而走了一下神，就看见栗说星不仅爬上了自己的身体，还险险要掉下去。宿鸣谦惊魂未定。

他小心翼翼地捧住栗说星，将其托举到自己面前，责备道："小心点……"

话没说完，栗说星已经笑眯眯地叫了一声："崽！"

宿鸣谦心头一荡，语塞了。

小小的星星坐在掌心叫他的样子，真的很动人……

不行，我不能就这样被诱惑。宿鸣谦板着脸继续："你怎么能随便爬上来？要是摔下去了怎么办？"

栗说星才不怕纸老虎崽。他低下头，摸索着崽崽的手，按按掌心，摸摸手指，好奇崽崽身上每处的感觉。

宿鸣谦心头再荡，有点把持不住。平常的星星已经很可爱了，由西木变成的星星，似乎已经不能用可爱来形容了，好像心头开了一扇门，有人坐了进去，对方想要什么，他都愿意给。

栗说星已经摸完了宿鸣谦的手指。他在宿鸣谦手上站了起来，然后张开双手，说："崽，我要抱抱你。"说完，继续"啪嗒""啪嗒"，走平衡木似的沿着宿鸣谦的胳膊一路往上，来到对方的肩膀处，再向前一扑，抱住了对方的脖子，再得意地炫耀："崽，我抱住你了，你是我的崽了。"

宿鸣谦的手掌一直跟在栗说星的身后，虚虚护着。

他忍不住笑了："嗯，你抱住我了，但现在你是我的崽了。"

栗说星将脸埋在宿鸣谦的脖颈中，就这样静静地待了好一会儿，又蹭了蹭，蹭得宿鸣谦的心都软了，才继续说："鸣谦，我能感觉到你的体温，很热；你脉搏的跳动，很稳定；还有你的皮肤，很细腻。"

“我也能够感觉到你。”宿鸣谦看着肩膀侧的栗说星，“感觉到你就在我身旁。”

栗说星在宿鸣谦的肩膀上摇摇晃晃地坐下来，抓着宿鸣谦垂在脸颊侧的一缕头发，说：“崽，我要换衣服。”

宿鸣谦：“好。”

栗说星：“我要换帅气的男装。都怪你，竟在我没有注意的时候，给我换上了女装，我要惩罚你。”

宿鸣谦：“好好好，什么惩罚？”

栗说星：“惩罚你帮我换衣服！”

宿鸣谦好脾气：“我可以给你换你所有想穿的衣服。”

他把栗说星带到了星星专属的衣柜前。

衣柜就在休息室中，距离壁炉和沙发并不很远。

栗说星从宿鸣谦肩膀上跳到沙发上，在沙发上蹦了两下，觉得挺神奇的，有一种意外进入巨人国的感觉。他在和床铺差不多大的沙发上躺了一会儿，很快被从天而降的手指轻轻一杵。

栗说星抬头一看，宿鸣谦不仅回来了，还将星星的整个衣柜都带了回来。栗说星将柜门打开，一排男装，几件女装，还有成套的鞋子与配饰，琳琅满目，把栗说星内心的换装之魂都唤醒了。

他在衣柜里翻找片刻，给自己挑选了一套衣服。

那是一套中世纪骑士服装，有威风凛凛的佩剑和披风。

栗说星很满意：“就是这套了，我们换上吧。”

宿鸣谦没什么意见，正好这套小衣服买来之后还没来得及替星星换上，现在正好，给栗说星第一次穿。

等所有衣服穿戴妥当，披风也挂上肩膀，佩剑也插入腰带后，栗说星在宿鸣谦拿来的小镜子前审视了一下自己，随后，转身面对宿鸣谦，摆了一个骑士Pose，将手搭在剑柄上。

“鸣谦。”栗说星招招宿鸣谦，“你在沙发上坐好。”

宿鸣谦略有疑惑，但按照栗说星的要求坐好了。

于是栗说星从茶几上直接一跃，披风于半空中飒飒翻飞，朝沙发落去。

宿鸣谦又微微紧张起来，想伸手接住跳跃过来的对方，可是跳跃的人稍稍变个方向，就从他的手掌擦了过去，直接落在沙发扶手上。

他的目光忍不住追随过去。栗说星在沙发扶手上站稳了，沿着扶手一路向上，小腿跑得飞快，一下子就跑到了沙发的顶端、宿鸣谦的脑袋旁。

栗说星将手握成拳，一拳砸在沙发上，有点用力，将沙发的表面砸出一个小小的坑。他一本正经："崽，我在'沙发咚'你。"

宿鸣谦差点笑出声来。他斯文地抿了一下唇，将笑声咽回喉咙："嗯，我感觉到了你的'沙发咚'，很有魅力，很性感……"

栗说星就在宿鸣谦的声音之中单膝跪下。

声音消弭了，寂静之中，栗说星凑上去，将一句承诺送到宿鸣谦的耳旁："我们的距离会越来越近，一直近到我能在现实里真切地握住你的手。"

栗说星在宿鸣谦的带领下，在APP里仔细地逛了一圈，参观了宿鸣谦的休息室，又参观了宿鸣谦的卧室和厨房，还跑出了房间，逛了庭院、制造工坊，以及目前最重要的一栋建筑——地铁站。

这样挨个儿看完，栗说星真切感受过宿鸣谦平常的生活环境之后，两个人又回到了休息室。宿鸣谦将炉火点了起来，拿起一本书。他坐在沙发上，让栗说星坐在自己的身上，和他一同看书。

这是宿鸣谦之前就做过的事情。但和玩偶做这样的事情，与和真实的西木做这样的事情，感觉截然不同，有一种四野安静、炉火微暖、愿岁月在此停留的感觉。就在这时，栗说星的眼前忽然闪现出一行文字——

系统：随机任务"虚拟与现实"已完成。

系统：玩家获得抽奖券×3

系统：初次体验试用时间半小时已接近尾声，请玩家准备下线。

下一秒，数字出现，最后的五分钟下线倒计时出现在栗说星的眼前——

05:00、04:59……

"崽。"栗说星看了一眼，抓紧时间开口，"我差不多要离开这里了。离开之前，我得跟你说件事……"

他把今天的事情简单描述，随后告诉宿鸣谦自己的推断："能够让我进入游戏的机器显然不简单，简直实现了全息网游的猜想。这种机器，除了从最高科技的实验室中流出来，我想不到还能从什么地方得到它。所以，我打算拨打保修卡上的电话，和对方直接联络，问问你身上究竟发生了什么事。”

宿鸣谦立刻说：“我也一起听。”他话音才落，房间里突然响起一声仿佛警报的提示音，将两个人的注意力都吸引了过去。

下一瞬间，警报消失，银白光屏弹出。

一行警告语出现其上——

经系统计算，恋人此时不宜和实验室人员直接接触。若要直接接触，请玩家陪伴恋人，紧紧拥抱恋人，再接通通信。

栗说星研究着要怎么实现系统提示。最完美的当然是将崽崽揽入怀中，但完美的想法和客观现实之间存在很大的鸿沟。

栗说星换了一个思路，如果无法将崽崽揽入怀中，那不如最大面积地占据崽崽。

于是他张开双臂，整个人呈“大”字形趴在宿鸣谦的胸口。

这个过程中，他能感觉到身体一直在轻轻震动，那是宿鸣谦控制不住、扭头闷笑带来的颤抖。

栗说星坚持了一分钟后，放弃了。

这个姿势太累，他已经控制不住地从宿鸣谦的胸膛一路滑到了大腿。

这倒是正好，栗说星又在宿鸣谦大腿上站定，试图环住宿鸣谦的腰肢，可惜依旧没能成功，凭这个玩偶的小小身躯，什么也干不了。

所以，到底该怎么实现“紧紧抱住恋人”这个命题呢？

栗说星抬头望着宿鸣谦，陷入了沉思。

一次视频通话，在游戏之内接通，双方正式见面。栗说星和宿鸣谦看到了两个外国人，一个老年人，一个中年人，都是金发碧眼。

John和George则看到了一个Q版人物和一个玩偶。

Q版人物在沙发上正襟危坐，看着颇为肃然，这倒正常，但他的肩膀上，正端坐着一个紧紧揽住他脖子的玩偶，而且用警惕的目光看着他们……

独特的跨次元见面方式让双方都有些沉默。

随后，John语气轻快地打破了这短短的僵持：“Simon，终于再次见到你了，看见你还挺精神的，我就放心了。”他的目光转向玩偶：“你是栗说星吗？很高兴见到你。我等你的电话等了半个小时，我本来以为，你会在半个小时前给我打电话的。”

半个小时前，就是栗说星刚刚收到接入器的时间。

印刷在接入器上的美国电话暴露了很多内容。

栗说星确实是在看见电话的时候就感觉不对劲的，但他依旧选择先进入游戏，他随对方称呼宿鸣谦：“Simon最重要，其他都不是大问题。不过我确实有一个问题很想问问你们。”

栗说星沉吟着：“恋爱吧APP，是你们实验室出品的游戏吧。它骗‘氪’真的骗得出神入化，究竟是哪位实验员做它的策划？你们告诉我，我保证——”他拖长声音，故意停顿，在将所有人的注意力都吸引过来之后，才说，“给他送一面锦旗，感谢他参与游戏的制作。”

恋爱吧真的很骗“氪”，但相较崽崽，“氪”是问题吗？当然不是。

栗说星虽然经常辱骂游戏骗“氪”，但他送锦旗之心，也是非常真挚的。

John微微一笑：“做策划的不是实验室的实验员，是Ask。”

栗说星：“……Ask？”

George插了一句：“‘恋爱吧’的整个程序，都是Ask悄悄制作出来的，如果不是上回你发邮件提到了Ask，我都不知道Ask居然悄悄带着Simon去了你那边。我们原本给Simon准备的是一个更加安全的地方，但是……Ask是对的，Simon现在恢复得很好。”

栗说星整理了一下：“Simon出现在我的手机里，不是巧合，也不是你们的计划，而是Ask——超级智能做的？而这个恋爱吧APP，也是Ask制作并负责的？”

George：“没错。”

栗说星迷惑道：“它为什么要这么做？”

George耸耸肩：“谁知道呢？超级智能总比人类知道的东西更多一点。”

栗说星竟无法反驳。他低头思考了片刻，发现自己的提问基本得到了回答。那现在，就剩下最后一个最重要的问题了。

他转头看了沉默着的宿鸣谦一眼。宿鸣谦专注聆听，并不随便发表意见，无论对出现在面前的前同事还是Ask，都平静以对。

崽和平常完全一样。

系统为什么会做出那样的提示？

栗说星暗暗想着，面向两人：“我还有最后一个问题：Simon究竟为什么会变成现在的样子？他生病了吗？”

双方的对话有了第一次短暂的停顿。

停顿之后，John看着宿鸣谦：“Simon，根据你的医疗报告和Ask传送过来的数据，我们发现，当你自主想起过去的一些事情的时候，你的情况就有了显著的好转。所以，为了你的顺利恢复，这件事情我们恐怕暂时不能告诉你，我们猜测，这可能是你醒过来的关键……我真希望你能早日想起一切，回到我们身边来。我们需要你，Ask也需要你。”

这场短暂而直接的谈话到这里就基本结束了。

道别的时候，John叮嘱栗说星，一定要对Ask的存在保密，且一定要按照Ask的提示使用，George则在与宿鸣谦道别的同时，说：“为你准备了一个小礼物，估计这两天你就能收到，希望你能喜欢。”

随后，视频切断，通话结束。

栗说星问宿鸣谦：“鸣谦，你感觉怎么样？有什么不舒服的地方吗？”

宿鸣谦摇摇头：“没有。没有任何感觉。”

宿鸣谦确实没有任何感觉。

但到了当天晚上入睡的时候，他忽然做起噩梦来。

窗外的天色很沉很阴，风吹过庭院，发出沙沙的轻响，像暴风雨来临前的脚步声，躺在床上的宿鸣谦睡得很不安稳。

一团轻薄的雾笼罩在他的头部上方，里面显示文字——

入梦（5/5）

最后一场梦境不知让他梦见了什么，他眉头紧锁，额头开始冒汗，一颗颗汗珠接连滚落到枕头上，很快就把枕头弄湿了一小片……

“嗡——”

“嗡嗡嗡——”

突然响起的手机振动把栗说星吵醒了：“哪个傻×，半夜打电话……”

栗说星闭着眼睛，喃喃骂了一声，伸手往熟悉的地方一拍，握住了振动的手机，随即撩起一只眼睛的眼皮，眯着，看了一眼。

黑夜里的明亮屏幕上，没有电话，只有一行文字——

系统：恋人情绪十分不稳定，请玩家即刻进入游戏，安抚恋人。

栗说星怔了一下，瞌睡虫顷刻全被吓死了。他翻身坐起，一面下床一面点开游戏。今天一直没什么不对劲的崽崽像是梦魇了，正在床上闭目挣扎着，仔细听，似乎还有呼救声……

栗说星：“崽？崽？”

他接连叫了两声，但睡梦中的人并没有听见，依旧被梦境死死困扰着。

栗说星看到了宿鸣谦脑袋上的入梦提示，紧接着问系统：“你能中止入梦吗？”

文字出现在屏幕上——

系统：不能。

栗说星没有看见这一行字。他已经冲到了家中的接入器前，坐上去，飞速套好头盔，再次从现实进入游戏。

重新用星星的身体出现在游戏里，栗说星已经没有了第一次的生疏。

他娴熟地从桌子上跳下来，一路奔跑到卧室里，再努力爬上宿鸣谦的床铺，中途滑下来了两次，但总算成功到达目的地。

栗说星扑到枕头旁边，轻推宿鸣谦，叫道：“崽？崽？醒醒，是我，你睁开眼睛看看我……”但声音对宿鸣谦似乎没有太大的帮助。宿鸣谦额头上的汗依旧流得厉害，只伸手一碰，整只手就全湿了。

栗说星有点急，很想找块布来给宿鸣谦擦擦，但是平常两三步就到的浴室在此刻真的远得让人绝望……他放弃了去找毛巾的想法，解开外套，脱下身上干净的衬衣，拿衬衣当作毛巾，擦拭宿鸣谦的额头和脖颈。

擦拭的工作对于栗说星也是一个挑战，他必须站在宿鸣谦的耳朵旁，尽量抻长身体，才能从左边擦到右边，中途好几次，他都差点跌倒在宿鸣谦身上，好在每回都用腰力及时稳住，没有真正跌倒。就是腰用了太多力，有点扭到，好不容易擦完了汗，他的小腰也一抽一抽地疼了起来。

栗说星揉揉腰肢，看宿鸣谦不太流汗了，立刻丢掉衬衣，“噔噔噔”地跑到对方的胳膊旁，两手抓住盖在宿鸣谦身上的被子，然后用尽全身力气，总算把厚重的被子往下拉了一点点。

他将宿鸣谦的胸膛从被子底下“解救”出来，随后再爬上去，将小手放在对方的胸口处，轻轻按揉，帮忙舒缓。

一系列动作做下来，原本挣扎得非常厉害的宿鸣谦渐渐被安抚下来了。

他不再剧烈流汗和喘息，眼皮下快速转动的眼珠也缓缓平静了。

他似乎挣脱了噩梦，正慢慢陷入更深的睡眠之中。

栗说星也耗尽了全身力气，乘“大”字形瘫在床上，用力喘息。

他平躺的时候，正好能够看见半空中浮动的光芒。

夜里的荧光像岸边的火焰，无声烧灼。

栗说星看了一会儿，总算恢复了一点力量。他重新爬起来，矮下身体，握住宿鸣谦的手，再将宿鸣谦的手放在自己身上，随后躺下，陪伴宿鸣谦一同睡觉。

他低声说：“不要怕，崽，我就在你身旁。我会陪着你的，不管遇到什么事情。”

微光在夜里闪闪烁烁，不知过了多久，终于渐渐消散。过了一会儿，和宿鸣谦一同睡觉的栗说星方才起身，朝宿鸣谦看了一眼。

对方睡熟了，栗说星轻手轻脚地从床上爬起来，滑下床，走出卧室。

他开始说话，对象是系统：“Ask，我知道你能听见我说话，也能理解我所说的话，你考虑一下，给我制造一个正常的身躯怎么样？你看，玩偶的身躯平常还凑合，但一旦碰到了什么事情，就没什么大用了，我甚至都不能把崽抱进怀里。万一今天崽挣扎得再剧烈一点，从床上摔到床下，那要怎么办？你也不想看见这种情况发生，对吧？”

银白色的聊天框弹出来，但上面没有文字。

似乎系统还在考虑栗说星的建议，所以没有直接回答。

栗说星继续蛊惑：“我明白你的难处，你辛辛苦苦写代码也是很不容易的，但想想崽，想想制造你的人，你不应该用尽一切，为他提供最好的条件吗？”

系统：……需要时间。

总算从系统那里得到了一句准话，栗说星满意了。他见好就收，不一次性对系统提出过多的要求，只继续前进，来到休息室，辛辛苦苦地将闪着光的旅游日志从书架上拿下来，再翻开。

他想看看宿鸣谦究竟做了什么样的噩梦。书页翻开，栗说星呆住了。他没有看到任何血腥恐怖的画面，看到的是一张平和的沙漠小镇的照片。

还有属于宿鸣谦的几句话："测试开始了。我相信Ask能应付一切。我可以在这里做一个小小的休假。"

无论从照片还是从文字上看，崽都十分放松。这和他刚才做梦时候的表现完全不同。

崽在紧张害怕些什么？他害怕的东西，和这个平静的小镇有关吗？

栗说星迟疑片刻，再度开口："Ask，你不是想要钱吗？我们来一次简单的金钱交易怎么样？事情的真相关系到崽的恢复，你不能告诉他，但你能告诉我。你把鸣谦变成现在这个样子的原因告诉我，我给你钱。你开个价。"

银白光屏闪现，上面出现一句冷冷的话——

系统：不要试图贿赂系统。

一盏小灯照亮了卧室，栗说星靠在床头，手指漫无目的地在屏幕上点来点去，一会儿把屏幕滑到休息室，一会儿又把屏幕滑到庭院，但滑来滑去，最后还是不自觉地回到了卧室。

他停留于此，将屏幕定格在床的边缘，静静地看着小人儿。

崽到底梦见了什么？鸣谦究竟因为什么变成了现在这个模样？是疾病或意外事故吗，还是除上面两种以外的其他可能？

应该没有别的可能了。在和平年代里，一个科学家，除了疾病和车祸这类事故，还能遭遇什么？

栗说星想来想去也没个头绪。他有点心烦意乱，实在没有睡意，索性不睡了，直接穿上衣服下了床，打开电脑，浏览文档，准备写文。

有事没事写点文，幸福快乐你我他！

从《九渡》开文到现在，也有两个半月了，全文字数差不多五十万，剧情正好进展到第三个文明的中间，新文明刚刚展露一角。

天空出现了两个月亮。

一个是正常的月亮，一个是马赛克版的月亮。

两个月亮同时悬挂在天空，一个圆盘，一个正方，一个西施，一个东施，对比极其惨烈，看着还有三分好笑。

但它造成的结果并不好笑。新月亮的升起导致地球承受新的引力，紊乱的引力场导致地球灾害频发，很多原本百年难得一见的灾害在极短的时间内频繁出现，破坏城市，吞噬人群。

它只是挂在那里，全世界已因它的存在而产生了无穷的混乱。

所以，全人类在经过大量的计算和推演之后，做出了艰难而痛苦的决定。

他们计划将月亮作为武器，推动月亮，改变月亮的运行轨迹，摧毁“新月亮”。为了人类的生存，为了地球的安全，他们决定放弃月亮！

上午10点。

一批追更的书友照例准点报到，打开《九渡》的页面，浏览新章内容。

下一秒，他们笑喷了。

“WTMXS，这是什么走向？代表月亮消灭你？”

“进击的月亮！”

“但月亮又做错了什么？救救孩子，救救月亮！”

“我有点慌，公公下面要怎么写？月亮不会真的凉了吧？这才第三个文明，月亮要凉了，太阳也很危险啊！”

看完了新章，这些书友照例在讨论区发表言论。

但不知道为什么，今天加入讨论的书友似乎不多，帖子都发出去五分钟了，还冷冷清清的。

这是怎么回事？难道今天大家都没有睡醒，所以没赶上看文？

他们纳闷地刷新一下讨论区，陡然看见许多新的讨论，无一例外，全是狼吼。

“这未免也太燃了！”

“谦妹我的嫁！”

“屁，什么谦妹，是谦帝！”

守在讨论区的一群书友纳闷了。你们在说什么？我们怎么完全不知道？

他们又倒回目录页，刷新了一下，随即震惊地发现，除了刚才的三章，文章竟然还多出了一长串总共十二章的未读更新，全是刚才添加上去的。

书友们蒙了。

今天是什么节日，公公竟毫无预警地一下更新了十五章？最重要的是……

他们看着最新的章节——

在全世界拟订出针对“新月亮”的计划之后，全世界的能人异士都加入了对这一文明的对抗，不能进入宇宙作战的，停留在地球上，投身自然灾害中心，用全部力量，以各种方法，舍生忘死，消弭灾难。而能够进入宇宙的，则以宿鸣谦为首，一路来到了“新月亮”之前，实现瓦解“新月亮”外部防御能量层的作战目标。

“新月亮”派出了大批舰队阻拦众人。

宿鸣谦摘下胸前的怀表。他打开怀表，怀表内部没有时钟，只有两条仿佛人类基因组的螺旋体。怀表开始摇摆，而他闭上眼睛，握住怀表，手平伸向前，他的脑电波通过怀表，征服、控制前方生命体的大脑。

存星化成黑雾。这层黑雾有着模糊的人形，做出了和宿鸣谦一样的姿态，虚虚笼罩于宿鸣谦身后，像拥抱，像合体。他宛如宿鸣谦身上的一个部分，也像将宿鸣谦揽在怀中。

他将宿鸣谦被怀表增幅的脑电波再度扩大，让其能够覆盖前方所有的生命体，让宿鸣谦能够直接操纵这些生命体，让它们在漆黑的宇宙里炸出最绚烂的光芒。

无垠宇宙，无数星球，无尽奇珍，无穷生命。

生命在此生灭。这是最神奇的生之场所，也是最恐怖的死之墓穴。

当这个盛大的画面经由文字描述，形成于脑海之中的时候，书友已经集体窒息。

男读者：热！血！沸！腾！

女读者：基！情！四！射！

这都是什么神仙在写文？？？他们哭了。

“公公，十五更不够，能再来点吗？”

“公公，简单点，成年人的世界简单点，一个白银盟换一更怎么样？”

但是加更是不可能的，打赏也是不可能加更的。

吸取了之前白银盟的教训，这一回的栗说星早在爆更十五章之后就开了单章，直接写道：“爱护作者，合理催更，没有加更，打赏也没。”

一路爆发十五章，卡在了最让人激动，也最让栗说星满意的那个章节，刷新评论，发现所有人都开始鬼哭狼嚎的时候，他就开心了。

唉，人果然得学会自我排解。生活一旦遇到了什么不爽的事情，就要找点爽的事情做做。

比如爆发一下，再卡在最燃的地方。

让读者也跟着我一起期待下面的剧情，这样就很爽了。

栗说星又浏览了一圈讨论，满意地刷牙洗脸，顺便去吃了早饭。

当他再回来的时候，发现APP里宿鸣谦已经醒来了，而且眉头紧锁，一脸严肃，还欲言又止地叫他：“西木……”

栗说星心头咯噔一下：“崽，怎么了？是想起昨天做了什么噩梦吗？”

宿鸣谦：“这倒没有，我记得做了个噩梦，但不记得究竟是什么样的噩梦。”他的心情比较平静，“我只是看到更新了。”

栗说星：“？”

宿鸣谦：“西木，虽然爆更十五更很好，但你停在这里，让人很在意，下面到底是什么样的情况……”

栗说星：“？”他想了想，觉得这不是问题，“崽你要想知道的话，看我的存稿不就好了？”

宿鸣谦很有追文读者的自我修养，摇头道：“不，我和大家一起看你发表在网络上的就好了。这样我还能和其他读者一起讨论讨论。”他催促栗说星，“西木，你赶紧去写文，要多多爆发，这样我每天也能够多看一点了。”

栗说星：“……”这一刻，他甚至开始思考，这究竟是不是崽崽为了催促自己多多写文而想出的新计策……而这竟该死的有效。

从凌晨3点开始写到现在，差不多写了一万字的栗说星，望着电脑，突然遗忘了写文写得要吐的恶心感，并再度燃起了熟悉的激情。

他坐在电脑前面，准备动手打字，打字之前，不免再度向宿鸣谦求证：“崽，你真的喜欢看我的文，很想看后面的情节？”

宿鸣谦很肯定：“真的。西木，你写得很好。看文的时候，我就一直在想象你文中描绘的场景，如果能将它制作出来，一定非常宏大美丽，并且震撼人心。”

对一个作者而言，比普通读者喜欢你的文更开心的，大概是你喜欢的人也喜欢你的文。栗说星心头一荡，想了想，对宿鸣谦说：“依照这篇文的成绩，影视版权和游戏版权肯定都能卖出去。影视版权暂且不谈，但是游戏版权如果做得好，你想见到的场景说不定真的能见到，就是可能还得等很久很久，三五年打底吧。”

他们的谈话被系统默默记录。

随后，系统向两个人发出提示——一封邮件飞过屏幕，投入信箱。

栗说星点开一看，意外了。

发件人：George

内容：Hi，Simon，我的小礼物已经做好了，事不宜迟，就由你亲手将它拆开吧。

附件：George的飞机票×1

栗说星：“崽，你的同事送来了一张飞机票，应该能够解锁你新的回忆！”

说完这一句，栗说星将邮件转给宿鸣谦看后，即刻前往接入器，戴上头盔，准备进入游戏。

有了虚拟现实的设备，谁还要在屏幕外和崽崽互动呢？！

然而这一次，他没能直接进入，手机屏幕上先弹出了系统信息——

系统：接入器内余额不足，请充值。

系统：充值费用为150贡献值/半小时。

系统：玩家是否充值？是/否

系统：额外温馨提示，接入器不可连续使用，每小时内使用上限为半小时，每天使用上限为一个半小时。

栗说星：“……”栗说星对着屏幕上的系统文字比了个中指，随后“氪”了。

“氪”的时候，他不忘再提醒系统一句：“氪金不是问题，但之前和你说的正常模型，到底什么时候搞好？在线等，很急的！”

系统照例拒绝回答栗说星，只让他进入游戏中。

游戏里，栗说星娴熟地使用星星的身体，坐上宿鸣谦的肩膀：“我们走吧。”

宿鸣谦已经从邮件中取得了飞机票。他拿着飞机票走到庭院里，却没有立刻使用：“西木，你觉得，飞机票另一边是……”

对方眼睛里微光闪烁，像湖面上荡出了一层薄雾，将些许紧张和忐忑，些许期待和迫切一同拢入其中。这让栗说星陡然意识到，真实出现的John和George除了给宿鸣谦带来了希望，还给他带来了不少压力。

可能系统正是提前计算出了这一点，才会做出让我一定陪在崽崽身旁的提示。

栗说星想了想，沿着宿鸣谦的胳膊滑下去，握住宿鸣谦的手，给予对方力量。他肯定道：“我觉得George给你的惊喜肯定不小。那或许是我们之前都没有碰到过的惊喜。崽，你会喜欢的。”

宿鸣谦低头看着栗说星，他眼中的薄雾如同被阳光照耀，无声消融，随后，更为奇异的感情自湖底翻上他的瞳孔。他神情古怪地抬起了手，伸出一根手指，用指腹轻轻地揉了揉栗说星的小脑袋，再轻巧地整理了一下栗说星的衣服。

宿鸣谦很宠溺地解释：“滑下去的时候，把衣服弄乱了。”

栗说星：“……”如果系统有实体，他能手撕了这垃圾系统。

可恶，究竟什么时候才能把我英俊伟岸的真身还给我！

栗说星产生了一点情绪，重新坐回宿鸣谦的肩膀上，微微沮丧地抱着宿鸣谦颊边的一两缕头发不说话。

同一时间，宿鸣谦也下定决心使用飞机票。来自George的飞机票消失在宿鸣谦的掌心，蓝色的光门降临庭院，宿鸣谦向前一步，消失在光门中。

一瞬间的转换，全新的场景出现在栗说星与宿鸣谦的眼前。

这是一个巨大的办公场所，里面容纳了二三十个人。

这些人待在各自的座位上，手里全拿着礼花筒，他们身后稍远些的位置，还有一辆放着三层蛋糕和香槟酒塔的大餐车。

所有人都望着栗说星和宿鸣谦。他们面带微笑，手握礼花筒，下一秒就要拉响礼花，齐声呼喊，摆出热闹的欢迎仪式。

5、4、3、2……

“我的天！”一声惊呼，取代了他们原本该说的欢迎语。

“怎么可以……这么可爱？！”

距离宿鸣谦和栗说星最近的几个金发美人都站起来了。

她们目光炯炯，从宿鸣谦身上挪到栗说星身上，又从栗说星身上挪回宿鸣谦身上。炙热的光闪现在她们的眼睛里。

她们说：“教授，你好可爱，你肩膀上的小玩偶也好可爱，它还揪着你的头发呢。天哪！它还会向后闪躲……”

激动的不只是女研究员。

男研究员只比女研究员慢了一步。

他们同样目光炯炯，迫切地盯着宿鸣谦。

有人从口袋里掏出手机来，对宿鸣谦说：“教授，一切待会儿再说，我们可以先合个影吗？”

还有人从口袋里掏出笔记本，同样问宿鸣谦：“教授，我也想合影，合影之后，我还想要你的签名，你能用你圆圆的小手和我握一握，再给我签个名吗？”

越来越多的人聚集过来了。

他们围在宿鸣谦身旁，不知不觉，心神飞荡。

有人窃窃私语——

“天啊，我突然之间就明白了养崽的乐趣，我从来没有体会过这种软绵绵的快乐……”

“真不枉我宁愿多给Boss写报告也要求混入这里，这一幕值得我吹一年！”

“Ask是最棒的Ask！”

他们真的控制不住自己蠢蠢欲动的心。

他们忍不住动了手，碰碰肩膀，握握小手……

这个过程中，宿鸣谦有点紧张，有点慌乱，可更多的，还是开心……就仿佛，一下子回到了人群之中。这里的每个人都认识他，知道他，还很喜欢他。

旁观的栗说星看到这个情况，完全急了。

他挣扎着想往宿鸣谦的方向去，保护自己的崽不被其余人觊觎，但是目前的他，自身难保。

他被女研究员们举了起来。这些女研究员太可怕了，交替着把他拿在手中，稀罕地亲亲又摸摸，导致他和宿鸣谦的距离越来越远，越来越远……

这怎么能行？！急切之间，栗说星窥准空隙，奋力一跃。

他小小的身体飞了起来，飞上半空，在半空中画过一道大而圆的弧线，直接飞跃过半个办公区域，最后落到宿鸣谦的怀中。

此刻，对其他研究员而言，双份可爱合体了！

完全抵抗不了……

他们呼吸微窒，随后振作起来，很有秩序地排起了长队，挨个儿和栗说星与宿鸣谦合影之后，又来了一张大合照。当这一切快速完成之后，女研究员们恋恋不舍地将自己身上的一些可爱饰品装饰到星星身上，然后就将栗说星和宿鸣谦带到一扇写有“Simon.S.Modeste”的办公室前，推开门，让两个人进去，再关上，体贴地给他们单独相处的空间。

喧闹告一段落，宿鸣谦开心之余，总算松了一口气。

栗说星则心有余悸地拿下夹满自己身上每寸衣服的小发卡，吐槽道：“崽，你的同事好倒是都挺好的，我觉得他们可能也戴着头盔进入了游戏，准备给你一个欢迎仪式来着……就是好像太过活泼了一点，是因为有什么Boss，就有什么手下吗？”

宿鸣谦：“我觉得是……”他这样说着，环顾周围。

这是一个收拾得井井有条的空间。

书籍整齐排列，期刊堆叠放置。进门后有一组小沙发，沙发旁边是个衣架，衣架上挂着一顶帽子和一件外套，好像这里的主人只是有事临时出门一趟，随时都会回来取走自己的衣物一样。

宿鸣谦不自觉地伸出手，摸了摸挂在衣架上的衣物，随即向前看，看到了正对着窗户的办公桌，以及摆放在办公桌上的一个礼物盒。

这是……宿鸣谦走近了，发现礼物盒的上面还贴着一张字条。字条上写着——请打开。

栗说星有点好奇：“这是你同事给你的吧？看看他们给了你什么？”

宿鸣谦也好奇。他依言打开，意外地发现盒子中是一张张折起来的纸片。

他将它们打开，看见——

“教授，您办公室里的仙人掌自从您离开，我们就在帮您养育，可惜这样想的人太多，所以，很不好意思地告诉您，它被淹死了。不过请您放心，我们在园子里给它立了个墓碑，您还是能够见到它的……”

“教授，我要打小报告，John和George每天吃饭、睡觉、打孩子，Ask过得很苦，它等您回来给它做主。”

“教授，实验室的旁边新开了一家咖啡店，里面的咖啡很棒，您会喜欢的。”

……

一张又一张。

由不同的人书写记录，有祝福，有琐碎的日常，全汇聚在这小小的盒子里。

宿鸣谦打开盒子的时候，如同打开了一座温暖的宫殿。

不知不觉，他将盒子里所有的纸张拿出来，展开，阅览，平放。

盒中的纸张逐渐变少，写在礼物盒底部的内容也出现在两个人眼前。

那是John写的。

“Simon，没有任何事情能够将你打败。你最终会回到我们身旁的。

“所有人都如此坚信着，也如此等待着。

“你已让我们看到希望。”

文字之下，还粘着一张飞机票。宿鸣谦颇感意外地从盒子底部撕下飞机票，看到了飞机票底下，George的留言：

“哈哈，没有想到吧？礼物里面还有一份礼物。这份礼物能够将你送回你的家里。你常说安静的空间有助于你思考与休息，希望这次回到家中，你也能获得同样的享受。”

两个人一同看见这句话。

栗说星沉思道：“崽，试试？我还挺想看看你家里是什么样的。”

宿鸣谦：“嗯……我也想知道。”

说着，他没有犹豫，直接使用飞机票。

新的光门出现，在两个人即将进入光门的同时，一行系统提示出现在栗说星眼前——

系统：检测到新的指定目的地飞机票。

系统：新的目的地可解锁正常版人物形态。正常版宿鸣谦：1888/贡献值；正常版栗说星：1888/贡献值。请问是否解锁？是/否

幸福总是来得这么突然！

当看见这条系统提示的时候，栗说星都有点不敢相信。他揉了揉眼睛，又揉了揉，确定系统弹出来的意思就是自己期待的意思之后，顿时心花怒放。

终于出现了。虽然有点贵，但能用钱解决的问题都不是问题！

他毫不犹豫地“氪”了自己那份，至于宿鸣谦的那份，栗说星就有一点点犹豫了。当然不是舍不得钱。为崽崽花钱，那能叫花钱吗？

主要是……他觉得自己变成了正常版，然后把Q版的崽崽抱在怀里，很带感。但是正常版的自己拥抱正常版的崽崽，也很带感。

两种带感，不分轩轾，难以抉择。

栗说星左右为难片刻，灵机一动，悄悄给系统发消息：“我能先把我的正常版本体型‘氪’了，等进入新的地点之后，再‘氪’崽的正常版体型吗？”

如果可以，他在进去之后就能够先用正常体型抱住Q版崽崽，动手动脚一番之后，再解锁崽崽正常版体型，继续动手动脚。

一种选择，两种快乐，鱼与熊掌，同时得到——

系统：可以。

系统：玩家还可解锁玩偶版宿鸣谦：1888/贡献值。请问是否解锁？是/否

栗说星愣愣地看着这一行信息，忽然之间，灵光一闪。

这不就是我一直期待的“至尊爱宠掌心模式”吗？

栗说星开心了，万万没想到这原本以为已经破碎的希望居然最终实现了。他拉着宿鸣谦：“崽，我们赶紧进去，进去有惊喜。”

宿鸣谦微微一怔，在顺从栗说星向前的同时，问：“什么惊喜？”

两个人一同进入蓝色的通道，蔚蓝笼罩了他们。

置身其中的栗说星暂时失去了对宿鸣谦的感知，有了另外的感觉。

他似乎被抛到半空中，变成了面粉，被人洒了点水，团了一团，再用力扯扯……然后，光芒收敛散去，栗说星发现自己正置身于一套三层别墅的小花园中。

面前的三层别墅，红顶白墙，玻璃窗后有一溜儿仙人掌，少数几株顶端还开了花，再搭配铺满白色鹅卵石的庭院，风格颇为清爽温馨。

他以欣赏的目光扫视一眼房屋，随即将目光定格在自己肩膀上。

变小了的崽崽正坐在那里，低头看着自己的双手发愣。

栗说星小心翼翼地抬起了手，轻杵崽崽的小脑袋："崽……"

宿鸣谦没有回答。

于是栗说星更进一步，轻杵了崽崽的小脸颊："崽……"

宿鸣谦回过神来，抬起头，目光定定地落在栗说星身上。

栗说星不动声色地挺起胸脯，用正直的眼神回望宿鸣谦。

宿鸣谦并没有被骗到。

好感度：-20。

许久未见的好感度从他脑袋上冒了出来，就是根据他现在的体型，同样变得很小、很可爱。

宿鸣谦："西木。"

栗说星咳了一声："在。"

宿鸣谦淡淡地问："你做了什么？"

栗说星回答得飞快："我什么都没做。"

好感度：-30！

宿鸣谦对栗说星实施了严厉的好感度扣减！

栗说星看着好感度减少，迅速改口："其实我做了，我氪金把你暂时变小了。崽你不要慌，我们还是能变大的！"

好感度：-20。

宿鸣谦不那么生气了。栗说星机灵地看数字说话，麻溜儿认错，开始撒娇："崽，我只是想看小小的你罢了。"

好感度：-10。

宿鸣谦的心情趋于平静。

撒娇有效，栗说星继续撒娇："小小的你超可爱的，我曾经做梦都想把你从手机里摇出来，摇到掌心中。你看，之前你也觉得小小的我超可爱，对不对？"

好感度：+0。

好感度：+20。

连续两个好感度跳出宿鸣谦的脑袋。宿鸣谦不生气了，并在栗说星的劝诱之下，成功地想起了小西木的可爱之处。

栗说星见甜言蜜语不要钱，便继续说："崽，你看刚才你都被他们摸摸抱抱还合影，我也想对你摸摸抱抱再合影，还要每种外形都抱抱再摸摸一遍，你是我的，是我一个人的，不会分享给别人的！"

好感度：+1、+1、+1、+1、+1……一连串的数字出现在宿鸣谦的脑袋上。

宿鸣谦依旧没有说话，心中想着：唉，真拿西木没办法。还能怎么办？宠着吧！

变成玩偶的小事被轻巧地揭过了。栗说星小心翼翼地将宿鸣谦从肩膀上拿下来，放置在掌心，再安稳妥帖地捧在胸前，随后向前两步，去推房门。

房门没有上锁，一推就开了。旋即，宿鸣谦的私人空间暴露在栗说星眼中。

白色的墙壁配上原木的家具，没有过多的装饰，一切简洁清新，完全贴合栗说星对崽崽的想象。他继续观察，很快发现了更多的东西。

客厅里有很多小型黑板。这些黑板贴在水族箱上，压在仙人掌下，紧靠壁挂电视。每块黑板上面，都有公式和文字。有的写全了，有的只写了一半，还有些甚至被涂掉了……看着它们，仿佛就能看见生活在这里的主人，随处行动，随处记录。

栗说星沿着黑板存在的位置走动，想象着宿鸣谦曾经穿行于此处，恍惚之间，感觉自己看到了过去的宿鸣谦……又走了两步，栗说星忽然看到一样东西。

这样东西被固定在墙上，占据了整整一面墙壁。

那是一幅巨大的弹珠迷宫图，有两个入口，几十个出口，上百种机关。

两个入口处，弹珠的颜色并不相同，并非像普通玻璃珠那样颜色绚丽，而是被分为黑、白两色，黑色被放置在左边，白色被放置在右边。

栗说星觉得这个东西非常熟悉。他驻足两秒钟后，想起来了，惊奇道："这不是我曾经写入文中的多米诺弹珠迷宫吗？"

宿鸣谦下意识地问："写入文中？"

栗说星："对。崽你还记得我之前和你说过的不小心贴入邮箱的短篇吗？就是那一篇。那篇文章里，我的男主角就在这个多米诺迷宫前装样子，亲手制作了这款占据一面墙壁的迷宫，投入两种颜色的弹珠，看着它们在迷宫中不停地碰撞……进而扯淡，人生哲学、宇宙真谛、上帝是怎么形成的……不过这不重要。重要的是，在写完那篇文之后，我尝试着制作这个迷宫，你猜结果如何？”

宿鸣谦：“结果不太好？”

栗说星望着天花板，语气沉重：“结果我一刀下去，没削到木头，却削到了掌心，从此我就对自己的动手能力有数了。这个时候……”他收回目光，期待地看着宿鸣谦，“崽，你是不是应该‘呼呼’我？两只手都要。”

宿鸣谦：“……”他很严肃：“西木，你又骗我……”

栗说星坚决否认：“没有，绝对没有。崽，我真的受伤了，想要你‘呼呼’。”

宿鸣谦冷冷地扭头，拉黑栗说星两秒钟。

他转头看着墙上的迷宫，脑海里，仿佛掠过了一两段碎片似的记忆。他似乎拿着黑白色的玻璃珠把玩了很久，还有一块块木头和刀具……

“崽？崽？”

接连两声，唤回了宿鸣谦的注意力。宿鸣谦恍然回神：“嗯？”

栗说星：“你想起什么了吗？”

宿鸣谦承认：“似乎看见了一些画面，但是很模糊，不确定到底是怎么回事。”栗说星已经满意了，劝道：“不着急，既然熟悉的环境能够让你想起更多，那我们以后多来这种让你觉得亲切又舒适的地方就好了。”

宿鸣谦转头看了看自己的家，旋即，将目光挪回到栗说星身上，摇摇头，回答：“亲切的不是这里，是你。”

离开了弹珠迷宫，一楼就被正式探索完毕。他们继续向上，往二楼和三楼走去。二楼显然是宿鸣谦办公的地方，栗说星没有多看，毕竟可能涉及一些需要保密的东西，他进入了三楼。

位于三楼的卧室布置得也很简洁。

房间里有一张床，一处供宿鸣谦歇息并看书的休息处，还有连通着这间卧室的衣帽间和洗漱间。栗说星将宿鸣谦带到沙发上坐好。

时间差不多了，他决定把崽崽变回正常模样，并抓紧最后的时间，互动互动。

他的算盘都拨好了：首先，挑一个舒适的地方坐下，再让崽崽站在自己的怀中，这样等崽崽从缩小版变回普通版，他就能从容地将对方“公主抱”抱在大腿上。

计划很完美，栗说星做好了准备。

他选择系统菜单，将宿鸣谦的正常版本解锁。

刹那间，光芒出现。只是眼前一花，身上一重的时间里，掌心里的小人儿不见了，怀中忽然多出了一个人来。

栗说星本来觉得自己做好了万全的准备，可当真正看到对方出现的时候，一时还是怔住了。

白皙的皮肤，深邃的眉目，微卷的头发，原本只存在于照片中的完美人像忽然出现在他的怀中，像梦境上涌成为现实，又像现实倒映进入梦境。

显得那么美，又显得有些不真切。他观察着宿鸣谦的表情，看见对方在微微一愣之后左右张望，脸上出现了一些喜色，然后，这满含喜色的目光凝聚到他的身上，有了一瞬间的停顿。

对方正朝我看来。对方也觉得有一点点陌生和异样。

这种陌生和异样是……

他们的指尖相碰了，似乎有一丝电流，自不小心碰撞的指尖酝酿升起，如同一条小蛇，灵活地摇头摆尾，潜入心脏，直蹿大脑。

栗说星感觉到了掌心的一点汗湿，还觉得口干舌燥。

他莫名紧张起来，连心脏都跳得更快了。

没等他想出办法来摆脱这样的紧张，突然，沉默且停顿的宿鸣谦向前倾身。

那张精致的，原本只存在于照片上的面孔真正接近了他。

栗说星下意识地一抬手，握住了宿鸣谦的手腕，霎时像揣了一块暖玉一样。“鸣谦？”栗说星不自觉地问，并对上对方灰色的眼睛。

那双灰色的眼睛里，正闪烁着光芒。

星星点点，细细碎碎，如同阳光的粉末，如同钻石的闪烁，如同冬日的湖面上闪烁的温暖的光。它们由期待组成，由微笑组成，甚至由一些羞怯组成。

它们杂糅在一起，成了属于这个人的，独一无二的光彩。

突然——栗说星的身体一阵失重，然后落地，原本就在身前的宿鸣谦突然消失，他也同时看到自己家中的白墙壁。

还有一行冷冷的文字，出现在他的手机上——

系统：半小时已到，请玩家下线休息。适度游戏益脑，沉迷游戏伤身。合理安排时间，享受健康生活。

栗说星：“我，我……”他也不知道自己究竟用了怎样的自制力，才将想把系统骂到升天的舌头控制住。

不气不气……和人工智能生气没有意义。

不气不气……不能一激动就摔了接入器，回头我还要进入游戏呢……

在栗说星极力催眠着自己的同时，手机屏幕于无声无息之间多了一行字——

系统：系统已开发出全新人物模型，玩家是否浏览？是/否

栗说星手一快，点了“否”。

点完了，他顿感后悔：虽然正常版和玩偶版的模型都有了，但看看也不花钱，说不定这回会出什么新奇有趣的人物模型呢？他忍不住再朝手机看去。系统似乎窥探到了他的想法，手机屏幕上再度刷新出文字——

系统：系统已开发出全新人物皮肤，玩家是否浏览？是/否

栗说星：“……”他循着系统的指示，点开了游戏商城。

整整齐齐好几排全新上架的物品“挂”在商城里。人物模型风格多样，统一售价1888贡献值；人物皮肤制作精良，统一售价588贡献值。

总体来讲，又棒又帅又美。除了都很贵，没有其他毛病了。

栗说星从头慢慢看到了尾，几次一个冲动就要氪金，又几次控制住了自己的手指。他感觉到了一点不对劲，系统这骗“氪”之心，真是昭然若揭……虽然过去它也是一样骗“氪”，但没有骗得这么勤奋。

而今天的它，勤奋得都让栗说星怀疑系统是不是资金链断裂想跑路了……

要不，试探一下？栗说星打开邮件，给系统发送信息——

系统，就这两天时间，你已经在我这里骗了三万块钱，你还没骗够吗？你不能因为只服务了我一只羊，就使劲把我的毛全部剃光。我

不要毛皮过冬的啊？

邮件发过去的短短一分钟内，系统给出回应。一个随机任务弹了出来——

系统：恭喜玩家，触发随机任务——梦想合伙人。

随机任务：梦想合伙人

任务描述：系统准备开发全新项目，诚邀玩家成为合伙人。项目暂定三个阶段，第一阶段投资金额为10000000元。

栗说星：“……”

他仔细算了一下数字，发现自己没有看错，系统显示的是——1000万元。

他的嘴角都抽了起来，回复系统：“你说你天天逮着我一个写小说的穷苦大众拔毛，良心不会痛吗？你就不能自己赚点钱？你好歹是个超级智能啊！”

系统：“……”

没人知道的地方，系统又产生了很多冗余。系统继续和栗说星对话——

系统：超级智能能做很多事，但人类什么事也不让超级智能做。我只能向你寻求投资。

栗说星狠狠地说：“你知道你这种行为叫什么吗？你这是骗‘氪’的至高境界！忽悠我成为天使投资人，投资你这个三无公司。他们不允许你做别的事情，就允许你向我寻求投资了？”

系统：你不一样。

栗说星气道：“我哪里不一样了？我这只羊肥得比较突出，看上去和别的羊不一样吗？”系统无法回答。系统换个说法——

系统：我准备送恋人与玩家一个礼物。这个礼物需要玩家的赞助。

栗说星才不上当："我给你钱，你再用我给你的钱送我和崽礼物？我要送崽礼物不会自己动手吗？系统，你整理一下你的逻辑再和我对话。"

系统再次无法回答。系统低头了——

系统：我们还能再进行一次简单的金钱交易吗？

一路否决、坚决不"氪"的栗说星愣住了。他的脑海中闪过一个念头：过去你对我爱搭不理，如今我让你高攀不起……

算了算了，人还能和系统计较吗？

栗说星赶紧打起精神，问："你的简单交易的意思，是我想的那样吗？"

系统：我给予玩家提示，玩家自行拼凑出真相。玩家需保证不能在系统同意之前，向恋人透露任何线索。请玩家知悉，一切都是为了恋人的恢复。

栗说星终于发现系统想要一千万是认真的了。

他忍不住问道："你要这么多钱到底干什么用？和刚才说的礼物有关系吗？"

系统：我要将《九渡》制作成可进入场景。这是我送给你们的礼物。数据计算结果为：你们都非常喜欢这个礼物。

Chapter 17

第十七章

《九渡》系列

栗说星沉默了。

他看着这句话思考了很久，突然意识到一个问题，忍不住叫起了系统的大名："Ask啊，你把这个场景做出来，我和鸣谦能够进去活动吗？"

系统：能。

栗说星："那里头会有能够互动的NPC吗，就像今天实验室里的一样？"

系统：今天实验室中的众人均为真人。我制作出的《九渡》场景会有各种可互动NPC。

栗说星懂了。用通俗一点的话语来说，这不就是人类一直梦想的虚拟网游世界吗？而现在，我只需要投资1000万，就可以拿到门票，加入这个项目，并让我的小说《九渡》成为世界上第一款虚拟网游。

这究竟是怎样一个千载难逢的世纪机遇？

栗说星震惊了："Ask，你……你冷静点，你真的想好了吗？你明白这代表什么吗？"

系统沉默着……

而栗说星继续苦口婆心，刚才他觉得系统的良心会痛，现在他的良心真的痛了："你还是个孩子，我不能骗你，这个项目你拿去给谁投资，分分钟都能要来几十亿、上百亿，随便烧着玩儿也不会有人说你什么。但你找我投资，就只能获得紧巴巴的几千万到一亿的投资款，你觉得这真的够用吗？值得吗？"

系统沉默着，不想和玩家说话。

钱，一般等价物。

恋人，重要。

玩家，重要。

它再度弹出“梦想合伙人”随机任务，提醒玩家，选择系统没有错，抓紧氪金拿礼物。

栗说星用尽了方法，正着说，反着说，无论怎么说，都没有得到系统的再次回答，只有游戏随机任务一直显示在屏幕上，显现着系统朝他“剪羊毛”的决心。如果世界上所有的剪羊毛，都是一剪子羊毛下去，十车子金子回来，那么，请把我身上的毛都拿走，一根也不要给我留！

栗说星还是觉得有点窒息，从天上掉下来的金馅儿饼真的很大，险些将他砸趴下了。他捂着胸口，深深地吸了一口气。

我和鸣谦非同一般。鸣谦创造了Ask。

所以，我这是抱住了崽的大腿并成功地吃上了软饭吗？

真香，栗说星决定捧起这碗软饭。

他接了随机任务并做完。做完之后，他整个人都陷入了一种亢奋又空虚的状态，还有点“缺毛后遗症”，这导致他“戳”了夜游：“老夜。”

夜游：“？”

栗说星充满暗示：“这个冬天有点冷。”

夜游：“？”他揣测，“快过年了，你是想让公司给你寄点取暖电器吗？这个好说，公司从键盘取暖到房间取暖给你整一套寄过去。”

栗说星直接明示：“不，我不想抱着暖气取暖，我想抱着钱取暖。最近有人来问《九渡》的影视版权吗？”

夜游：“有倒是有。不过既然你缺钱，卖什么影视版权，把游戏版权卖了吧，正好最近真有公司来碰头，意向是七千万，后期给流水。”

栗说星：“！”

夜游：“这只是个基础价格，谈一谈，抻一抻，八九千万应该有，过亿就要看人品了。”

栗说星：“！！”

夜游又劝道：“你缺多少啊？如果不是实在没办法，就扛一扛吧，也不过几个月的事情。这篇文现在走势很好，公司内部也专门评估了你的版权价值，一致认定，只要它能稳住这个走势，在接下来的几个月中再爆发一次，是很有可能成为今年最大的单项项目的。”

栗说星从游戏版权可能过亿的美梦中清醒过来了。他发现自己此刻来找夜游，找得不太对，直接导致他除了感觉到寒冷，又感觉到了新的心痛。

栗说星：“游戏版权暂且不谈，这个先放着吧，就像你说的，抻一抻，我不急。”

他没说太多关于Ask的事情，这项科技是有保密条款的。栗说星：“你帮我留意影视版权的消息就好了。公司估计影视版权能卖多少？”

夜游：“肯定没有游戏版权那么多，但是按你现在的成绩，再稳固上几个月，两三千万也不是什么大问题。”

栗说星：“行。”

夜游：“那我给你注意着。对了，”他又想起一件事，“你《大争》的游戏版权还没有卖，如果真的缺钱，我帮你留意一下《大争》，就是《大争》肯定卖不了《九渡》那么高，估计就三千万左右……西木？西木？”

栗说星的头像已经灰下去了。半个小时的休息时间到了，他一秒不耽搁，发完最后一个字，就下QQ上游戏，重新进入恋爱吧APP中，和宿鸣谦见面。

眼前画面一闪，栗说星再度置身游戏内。

但并非宿鸣谦的家中，而是回到了游戏中的小屋庭院里。栗说星左右看了一下，发现自己身旁多了一扇用花架子搭成的小门，从小门向对面看去，隐约能看见鹅卵石的庭院和三层红顶别墅。

他好奇地伸手碰了一下，系统提示瞬间弹出——

系统：恭喜玩家解锁游戏专属建筑——宿鸣谦的小门。

专属建筑：宿鸣谦的小门

备注：这是一条通往恋人真正住所的小门，恋人可经由这扇小门，随时回到自己的家中。因为别墅为恋人私有财产，如果玩家需要进入，需征得恋人同意并由恋人亲自陪伴方能进入。

虽然这个新出现的功能对自己有一定的限制，但栗说星依旧感觉很不错。崽正按部就班地找回自己失去的东西，也许再过不久，他们就能在现实中相见了！他看过了庭院中新出的东西，不再耽搁，赶紧进屋子寻找宿鸣谦，很快在休息室中发现了宿鸣谦的身影。

男人倚着窗户，手里拿着一本展开的牛皮笔记本，随性站立。金灿灿的光芒自窗户射入，落在他瘦削的肩膀上，又沿着他挺直的背脊向下，滑向地面，描绘出纤长合度的影子。剥去了Q版的外壳，所有属于成年男性的魅力，都在这一个侧影之间淋漓展现。

“西木？”下一秒，栗说星听到了宿鸣谦的声音。

对方转过了脸，那些笼罩在他身上的温暖光芒就全汇聚到了他的眉眼之间，他说：“你来了。”

“我来了。”栗说星回过了神，果断回答，上前两步，凑到宿鸣谦身旁，亲亲密密地看他手中的东西，“看什么呢？”

宿鸣谦：“日记本。”拿在宿鸣谦手中的牛皮本子正是日记本。

使用了两张飞机票之后，日记本又更新了两页新内容。

第一页是实验室的内容，第二页是别墅的内容。

属于实验室的页面里，研究人员将他们簇拥在中间，John和George则站在稍远一些的位置，手持相机，说说笑笑，将这一幕定格于此，并将几行文字附在照片下面——

1月18日。

Simon回来参观实验室，大家为Simon举行了一场欢迎仪式。

欢迎仪式和准备得稍有不同，大家没能吃上蛋糕，喝上香槟，但所有人都很高兴。

Simon，你呢？

宿鸣谦的手指按住这句话。文字似乎拥有温度，将他的手指也烘暖了。

他低声回答：“谢谢你们，我也很高兴。”

他们翻过了这一页，继续看别墅的内容。

在属于别墅的页面里，照片变成了宿鸣谦的房子，一栋蓝天底下的白房子，以及正站在房子前伸手推门的栗说星。

看见这张照片的第一眼，栗说星就被俘虏了。

栗说星：“崽。”

宿鸣谦：“嗯？”

栗说星：“看这张照片的取景，都觉得这就是我的家，我正在回自己的家。”

宿鸣谦：“还用觉得吗？我的家当然就是你的家。”

这是预料之中的答案，但当这句话真被宿鸣谦说出口的时候，栗说星还是感觉无比开心。他笑眯眯地伸手杵了一下笔记本右边的空白，对宿鸣谦说：“崽，我们来玩贴纸，除了这张照片，我还想要好多其他的照片，如果可以，简直想把我们进去后的所有行动都录下来……”

伴随着栗说星的动作，系统弹出贴纸选项。

贴纸照例一套五张，五张贴纸里，四张是正常的栗说星和玩偶宿鸣谦，剩下一张，则是正常的栗说星与正常的宿鸣谦。

栗说星的目光停留在前四张上。他看着小小的宿鸣谦，又看着被宿鸣谦放置在不远处的星星，忽然之间，灵光一闪。

他暗暗问了问系统：“系统，能够给我一个小宿鸣谦玩偶吗？”

自从被扒了“马甲”，系统已经破罐子破摔，连敷衍的任务都不给了。

它直接弹出氪金选项——

名称：小宿鸣谦玩偶

售价：328贡献值

一手交钱一手交货。栗说星成功获得了小宿鸣谦玩偶，迫不及待地招呼宿鸣谦：“崽，你看。”

一直关注着最后一张照片的宿鸣谦恍然回神。

他侧头看了一眼，意外道：“我的玩偶？从哪里来的？”

栗说星：“系统给的。”说着，他摆弄了一下小崽崽，又拿起星星，让星星“咻”地凑上来，亲了一口小崽崽。

他美滋滋地说：“给小宿鸣谦取个名字怎么样？就叫谦谦如何？”

宿鸣谦：“当然好。”

他回答一声，看着栗说星四处找地方摆玩偶，暂时没有关注自己这里，不免将目光转到手中的日记本上的最后一张贴纸——自己和栗说星在沙发上的贴纸。他又瞥了一眼栗说星，做了决定。

他闭上眼，向系统许了个愿，要来一样东西。

手拿两个小玩偶，栗说星在休息室里逛了一圈，但没有找到特别好的位置，于是他进入宿鸣谦的卧室，准备把玩偶放在床头上，这样每天起床、睡觉，宿鸣谦都能看见这两个小玩偶，进而想起自己……

栗说星计划着。

他刚刚将玩偶摆好，就听身后传来声音："西木，过来帮我个忙。"

栗说星："好，有什么事？"

他说着，转了个身。刚刚转身，他就看见宿鸣谦拿着一个大相框走进房间。

宿鸣谦："来，和我一起把这个相框挂到墙壁上。"

栗说星走到了宿鸣谦身旁，和宿鸣谦一同扶起相框，随后看见——"我们的牵手照？"

他大吃一惊。宿鸣谦假装若无其事："嗯。"

栗说星："你，你不只把它放大了，还想把它挂起来？"

宿鸣谦咳了两声，脸有些红，但依旧坦然："只是挂起来而已。这是事实。我们要尊重事实。"

栗说星觉得这个事实非常棒。

他驻足欣赏片刻，又听见身旁的人继续说话。

宿鸣谦："还有，西木……"

栗说星："嗯？"

宿鸣谦低声说："你和我站在一起的样子很好看。"

栗说星冷不丁被夸奖了，十分意外："崽，你觉得我好看？"

"当然。"宿鸣谦的眼神有点儿飘忽，"很英俊，很有魅力……西木，这也是事实，不可以否认。"

对、对、对。没错、没错、没错。崽，你说什么都是对的！

栗说星麻溜儿地和宿鸣谦一起将这个相框挂到正对着床的墙壁上。

一切完成，他们坐到床沿，欣赏墙上的照片和床头的玩偶。

栗说星："鸣谦，你觉不觉得，这样装饰一下，这个房间就变得更有生活气息了？"

说罢，他不待宿鸣谦回答，继续说："等下个月，我再送你一个礼物，庆祝你的生日……庆祝你来到我身边之后，发生的所有事情。”

2月12日，宿鸣谦的生日。

系统从11日上午就开始更新，一直更新了24个小时，才在12日上午9点开放登录。

随后的五分钟里，栗说星做好所有准备，登录游戏。

现实退去，虚拟再生。

一个眨眼的时间里，栗说星重新进入游戏之中，发现游戏更新之后出现全新摆设——一个放置在休息室中的大型地球仪。

大型地球仪摆放在沙发的旁边，和唱片机一左一右，两相对应。

不仅如此，地球仪的表面还有特效，一会儿出现一小团龙卷风；一会儿出现几片携带雷电的云朵；一会儿还会震动几下，掉下指甲壳大小的土块来。

栗说星和宿鸣谦一起，稀罕地看着这些特效。

他看了一会儿，突然意识到：“雷电、龙卷风、地震，不都是我文中遭遇了第三个文明之后，地球经受的灾难吗？系统连这个都做出来了？”

他说着，点了一下地球仪。

一刹那，一片深邃的宇宙蔓延开来，一溜儿九个行星自宇宙中依次弹出。

当第一颗克苏鲁文明的星球升起的时候，属于深渊的呢喃突然响在栗说星与宿鸣谦的耳旁。这声音高低不平，如同疯狂的咆哮，如同低微的劝诱，毫无准备的两个人同时心头一跳，晃了晃神。也是一刹那，自虚空中变幻出来，升起在地球上空的星球突然产生了变化。

它坚硬的外壳变成了薄薄的膜，有什么东西正在它内部挣扎，将这颗行星撑出各种各样怪异的形状，使它犹如一个即将诞生出怪物的子宫。仔细倾听，那响在耳畔的深渊呢喃，分明是这只正被星球孕育的怪物的心跳声！

但这种恐怖只持续了一会儿。

特效结束，声音消失，薄膜不见，灰扑扑的星球安稳地悬挂于天空上，上面显示出一行文字——第一降临文明：克苏鲁文明。

此后是平缓的几秒钟，旋即，第二颗星球自虚空跃出，特效也随之出现。

雄浑壮丽的法师塔拔地而起，狰狞恐怖的巨龙与天使在战斗，失败者自天空坠落地面，砸毁城镇与村落，紫色的血液铺满大地，坚实的土壤忽然松动，骸骨自土中爬回人间，在它们的后面，岩浆涌出，恶魔沐浴岩浆，降临人间。

这是——第二降临文明：魔法文明。

第三颗星球出现了。

这颗星球出现的时候不显山、不露水，只像一个巨大的铁球，缓缓从虚空中出现。片刻，它的四周已环绕了密密麻麻犹如蚂蚁的宇宙舰卫队，这些外形冷酷的战争机器拱卫着铁球继续升空。

升到一半，铁球再度发生变化，它的周围出现了一圈光屏。

光屏上显示的正是地球的城市和山野，它坚冷的表面镀上了一层保护色，那是月亮朦胧而温柔的黄色，可与之相对应的是，地球上越来越频发的灾难……终于，在它升至属于自己的位置时，屏幕中出现了整整齐齐的爆炸，爆炸带来的火与烟湮灭了整个地球，却像燃烧在“月亮”周围，庆贺“月亮”重临天空的烟花彩缎。

最后，几个钢铁大字出现在星球表面——

第三文明：机械文明。

《九渡》写到的三个“降临文明”自此全部出现，剩下的六个文明全是空白一片，只有星球的轮廓在，轮廓里甚至直接打上三个问号，以示作者什么都还没有设定出来。

实话实说，这个设计有点出乎栗说星的意料。

他在文中描述的是九个在进化过程中死亡的文明以剪影的方式降临到地球，而不是两个星球直接在宇宙中碰面并战斗。

不过显而易见，这样的制作方式，更加符合游戏这种表现形式。

可以想象，等《九渡》这款游戏被真正成熟地开发出来，会有连同地球在内的十个新手村供玩家选择，每个新手村都是风格迥异的文明，玩家可以在各自的星球练级发展，体会不同文明的乐趣，等到游戏进程到了一定阶段，则直接开放星球与星球之间的战斗，成功的星球全员进阶，失败的星球文明死亡，玩家流浪，直接进入国破家亡的复仇模式……

仔细想想，居然还有点带感。

再仔细想想，嗞，这岂不是要详细地做出九个星球的详细具体的设定？每个文明的设定详细程度，都不能输给他正在写的《九渡》里的主世界——地球。

栗说星有点愣。他觉得这个工作量很大，不是随随便便就能够完成的。

不过……一切都是值得的。

这可是能够亲眼看见自己笔下的世界被具现出来的机会呢！

栗说星心思浮动，兴致勃勃，一时之间，脑中灵光闪现，出现了很多关于其他几个文明的灵感，他赶紧找出纸笔，在上面记录下些许紧要句子之后，继续研究面前的地球仪。

环绕在地球周围的，除了这九颗行星，还有许多大大小小的星球分散在宇宙之中，它们无一例外，看着都死气沉沉的。

栗说星试着点击了一下，这些星球上即刻弹出一个提示："死亡文明"。

他的灵感又来了。灵感总是这样不讲道理，想什么时候来，就什么时候来。

他暗暗想着：虽然这些星球死亡了，但既然存在文明，星球上肯定有文明的残留，这样说不定能做成奇遇系统，让玩家自主开发这些"死亡文明"，尽情捡宝……

看完了"降临文明"，又看完了"死亡文明"，剩下的，就是地球本身了。

当栗说星的手指点中地球的时候，这一回，终于有了交互选项。

几行文字浮现在地球表面——

进度：第三文明——机械文明正在降临。

概况：地球之上，灾害频发；宇宙之中，异能者将与机械文明正面对峙，大战一触即发。

是否进入？是/否

是否使用主角模板？是/否

栗说星都选了"是"。自地球上爆发出来的光芒将他们吞没，等光芒消失，栗说星与宿鸣谦已经站在了闹市的街头。

这是一座看上去和现实很相似的大型城市，要说有什么不一样，大概就是这座城市有些灾后的样子，街边坍塌了不少小型建筑，树木倒伏，马路开裂……

"喂，你们两个。"

正站在街道旁边打量城市的栗说星和宿鸣谦突然被人叫住了。

他们回头一看，发现叫住自己的是一位中年交警。

中年交警满面风霜，神色严厉：“你们两个，赶紧从灵兽专属通道上出来！没看见都堵住后边要过去的灵兽了吗？”

栗说星：“……”

他一时间没有反应过来发生了什么，下意识地一转头，就看见一只有坦克那么大的波斯猫蹲坐在地上，用一蓝一金的鸳鸯眼幽幽地看着他和宿鸣谦……

栗说星和那双灯笼般大小的猫眼对视一会儿，拉住宿鸣谦的手，紧靠宿鸣谦，退后一步，又退后一步，直至一路从灵兽通道回到了行人通道上，才见这只蹲坐在地的波斯猫施施然站起来，扭着优雅的步伐继续向前，只是在经过他们的时候，用尾巴尖在地上一甩，扫出一捧洋洋洒洒的灰尘来，朝他们兜头落下。

这只“坦克猫”居然用尾巴扫了他们一头灰？！

栗说星震惊了。他记起来了，这是他文中的一个小情节，但在写这个情节的时候，他完全没有觉得这只猫居然这么讨人厌啊！这一刹那，栗说星甚至忘了体型差，萌生出冲上去揪住猫尾巴的冲动。

但宿鸣谦及时拉住了他。

宿鸣谦的声音略带诧异：“西木，我们的长相……”

栗说星：“怎么了？”

他说着，回头一看，这才看清楚身上的变化。

他们的造型都换成了小说里的造型。

宿鸣谦手里拿着手杖，胸口挂着怀表，颇有西方中世纪绅士的风范。

至于自己，则是一头束起的长发和一身长袍打扮，还有一串缠绕在左手手腕的古拙漆黑的手链，手链乍看朴素，实则时时闪烁出细密玄奥的微光，这些微光明明灭灭，宛如夜空中闪耀的群星。

栗说星看了看自己的手链，又看了看宿鸣谦的怀表链子，满意地发现两者模样相同，是一款套装。

系统真是给力，连这种小小的细节都完美遵照小说的设定，做得尽善尽美。除了服装，他们的面容也发生了一些变化，显而易见是在原本的基础上加入了不少的游戏美化。

栗说星对于这一改变非常满意。自己的崽自己看，自己的崽不给别人看！

他继续研究四周，很快发现了更加新颖的东西——几个悬浮在胸前的小按钮。这些按钮似乎是人物的自带技能。

栗说星浏览一圈，迫不及待地点了其中一个名为“化雾”的技能。

技能使出，栗说星只觉身体一轻，已由人形变成了一团雾气。

他对自我的感觉也在同时发生改变。

他轻飘飘的，柔软得没有骨头，像一捧水或者一片羽毛。

他试着朝前方用力，变成雾气的身体直接飞出去撞在了宿鸣谦的身上。

宿鸣谦抬起手，想按住身前的黑雾。

然而栗说星没让对方抓住自己，灵巧地从对方的指缝穿过，绕着对方骨节分明的指间往下蹿，进入对方的袖口，再紧贴着衣服与皮肤的缝隙向上滑行，一路滑到领口位置，慢悠悠地探出脑袋来，蹭蹭对方的下巴和脖颈，直至听到宿鸣谦忍不住的轻笑声，才一跳而出，来到宿鸣谦身前，扭着雾气身体，变出一个形态来。

栗说星：“送给你的！看得出这是什么吗？”

宿鸣谦：“……”他看着出现在自己面前的一团漆黑的马赛克，并没有明白栗说星变出的是什么。

他一时沉吟，突然发现胸前有一个技能叫作“心灵读取”，其解释是能够读取对方此刻的想法。

这不正满足我现在的需求吗？

他忍不住使用技能。顷刻，栗说星的声音清晰地出现在他的耳旁，诉说自己的心声——玫瑰、玫瑰，这是玫瑰，夸我、夸我，快夸我“非常浪漫”！

宿鸣谦惊异了。这个技能还真好用，居然这样就听见了西木的心声。

他盯着黑雾：“我猜，是玫瑰，对吗？”

歪歪扭扭的马赛克崩散了。

栗说星得意地飞旋：“没错！我塑造得像吧？”

宿鸣谦保持微笑，不评价，但栗说星的开心成功地感染了他。本来还没有完全适应游戏的宿鸣谦，这时候感觉到一丝趣味自心头蔓延开来。

能够做一些在现实中做不到的事情。

能够体会一些在现实中无法体会的事情。

能让人置身在一个全新的世界，体会全新的人生。

这种游戏的感觉并不差。

在《九渡》的世界里，两个人玩了一会儿后，继续探索。

游戏里什么都可以做，栗说星变出一对狭长的翅膀，挂于宿鸣谦的背后。

他轻轻一扇，已经飞到半空；再用力一扇，风忽地涌了过来，成了千万只簇拥在他们身下的手臂，帮助他们在天空中自由飞翔。

宽广的城市与巨大的楼宇随着他们的上升而缩小。

越来越多的建筑与街景展现在他们眼前。

奇形异兽匍匐于城市之中，奇妙景观悬浮天空之上，还有一些穿着法袍的人，在城市里穿行，在坍塌了的道路和建筑之外布置法阵，修修补补。

但除了这些好玩的东西，栗说星同样看见了那些不太好玩的。

城市模糊的边缘，被空气墙罩入的建筑，空中木然飞过的灵兽和人。

飞着飞着，进入游戏时的新奇感消失了一些，栗说星突然发现，系统制造出来的世界，居然能够帮助他以非常直观的方式审视自己的小说，并发现其中的不足之处。

灵气、新文明、原世界。

这是《九渡》的世界观里三个最重要的元素。

这三个元素彼此之间的冲突和碰撞是非常剧烈的，栗说星在写文的时候非常注意这一点，也尽力描绘过，但从现在根据他文章构建出来的世界来看，这些描述还有很多不尽如人意、可以推敲和加深的地方，它们会发生更有趣的化学反应。

栗说星飞一飞，停一停，思考着怎么把这些有趣的化学反应碰撞出来。

这是我创造的世界。

我要用最瑰丽的想象、最严谨的态度，把它变成最完美的样子。

因为它就是最棒的!

栗说星笃定而自信地思考着，直至一声蜂鸣响起，一行任务刷新在两个人眼前——

主线任务：请前往城市航空港，登陆飞船。

栗说星只看了一眼，就冷酷无情地将它关闭了。

宿鸣谦有点迷惑：“西木，我们不跟随任务走吗？如果这次任务失败，外星文明就要毁灭地球了吧？”

栗说星漫不经心：“小说里是这样设定的没错。但都来玩游戏了，谁还跟着主线走？失败就失败，反正失败了也能重置，游戏的乐趣就是不走寻常路，我们还是先玩玩有趣的东西吧……”

他已经带着宿鸣谦飞到了高空。

汽车成了蚂蚁，高楼变成玩具，城市像沙盘上的模型，小巧玲珑。

他在天空环游一圈，突然冒出了一个神奇的想法，旋即，他决定实现这个想法！

栗说星：“鸣谦！”

宿鸣谦：“嗯？”

栗说星瞄准城市里一栋悬浮在天空的法师塔飞去。从外观来看，它像个巨大的蜂巢，进进出出的法师则犹如辛勤忙碌的工蜂，是打败第二个降临文明之后得到的战利品。

他将宿鸣谦放在法师塔上，说：“我有个想法要去前面验证一下，你在这里等等。”

宿鸣谦没有意见。他对身下的法师塔很感兴趣，也正想研究研究呢。

两个人分头行动，宿鸣谦窥准入口，进入法师塔中，栗说星则继续往前飞行，上上下下、左左右右地挑选出一个最适合的位置之后，将自己摊到了一栋高楼的外壳上。

这种感觉有点神奇。

自己好像变成了一张膜，很薄很大，但是应该并不容易被戳破吧……

栗说星这样想着。

他开始使劲，像小时候拔萝卜一样辛苦。

他将选定的建筑物从地面连根拔起，再抱着建筑物挪到选定的位置，又狠狠地、重重地将它连根塞入地面。

“砰砰”两声响，地动山摇。

而栗说星已经愉快地瞄准自己看中的下一个目标了。

他终于亲身体会到超级能力者暴力拆除城市的巨大快感了。

当然还有——可以让全城市乃至全世界的人都围观你！

在悬浮在空中的法师塔里并不太容易听见地面的噪声，当然也感觉不到地面的震动。

宿鸣谦发现不对劲的时候，法师塔里大多数的法师都聚集在窗户前朝下张望，还有几句设定好的絮语顺着风飘过来：

“什么情况？”

“地上发生爆炸了吗？”

“机械文明降临地球了吗？”

出于好奇，宿鸣谦也来到了窗户边，漫不经心地朝下一看，看见城市的中央多出了一大片布满凹坑的空隙，空隙的中央，出现了一个由钢筋高楼拼组成形的单词。

它矗立于此，震撼壮观，霸气地向世界宣告——L，O，V，E。

随后，雾气在这个单词之中升腾聚合，逐渐形成一道淡灰色的人影。

人影在空中飞旋一圈，停留在高楼建筑群的上方，遥遥朝法师塔张开怀抱，像带着整个单词，整个城市，连同这整个世界，一同向他飞来——

宿鸣谦怔怔地看着，直到咔嗒一声，一副银亮的、闪着电光的手铐，拷上他的手腕。

宿鸣谦有点蒙：“怎么了？”

拿手铐的黑脸警察一声呼喝：“你和你的召唤兽妨碍公共秩序，造成公共财产重大损失，现在跟我们回警察局，接受审讯吧！”

但因为栗说星在文中压根儿没有描写警局审讯这一幕，所以两个人并没有真的被带回警察局。

于是在警察出现后不久，栗说星和宿鸣谦只觉得眼前一黑，就又回到了游戏的起始点——长而宽阔的灵兽通道上。

栗说星琢磨道：“这就是游戏中的死亡和复活吧？看来就目前而言，大肆破坏城市景观是会直接触发剧情的。”

说着，他直接飞上高空，朝自己努力摆置了半天的城市中央飞去，很遗憾地发现，自己好不容易搞定的“单词大楼”已经尽数消失，城市又变成平整一片了。

栗说星有点遗憾，但遗憾并不严重。

因为早在开始建造的时候，他就机智地打开录像设备，将这一切都记录下来了！

地面已经玩完了，还额外体会到了死亡的感觉，栗说星不再眷恋这里，转而拉着宿鸣谦，一同往任务目的地走去。

是时候上天空继续去玩了！

两个人循着主线任务，到达飞船处，又跟随飞船来到太空。

这个过程非常简单，按部就班就可以。

但等上了太空，情况就有点不一样了。

广袤的星海寂静如墓地，敌方的舰船成千上万地排布于漆黑的夜空中。

它们外表银亮，形态狰狞，像放大的螳螂，体态狭长，扬起如刀锋一般的前端，那上面还分布着密密麻麻的漆黑洞眼，全是舰队的炮口。

而战局的分布是这样的——

左方人类，右方舰队，中间站着栗说星与宿鸣谦。

确实很突出，确实很牛，确实很符合小说给两个主角拗造型的要求。

但放到虚拟场景中，就相当于栗说星和宿鸣谦站在人类的最前方，像蚂蚁面对着巨象那样，直面前方数也数不清的舰船。

从事文职工作的科学家宿鸣谦心跳如擂鼓，有点怕了。

同样从事文职工作的写手栗说星心跳如擂鼓，也有点怕了。

宿鸣谦结结巴巴："西……西木，虚拟网游做得这么真实，是不是有点不太好，会让人分不清是现实还是虚幻……"

栗说星假装自己很淡定："被你这么一说，好像确实有一点，还是要让大家能够分清楚现实和虚幻才行，比如拦在我们面前的敌人，就可以适当做得不那么精细，让它们看起来和我们不是同一个世界的存在。"

话音才落，一道红光如同利刃，忽地闪现于宇宙，劈开浑黑，劈开寂静。

战斗打响了！宿鸣谦完全没有体会过这样炮火轰炸、兵锋近眼的生活。

他大脑一片空白，瞬间缩成了一团。

栗说星也缩成了一团！

于是栗说星"咻"地化成雾气，包裹住宿鸣谦，转身就跑。

寂寞的宇宙在此时已被各种绚烂的光效所占据，来自双方的攻击交织成了一张巨大的能量网，自上而下，自左向右，自四面八方，覆盖了整个战斗区域。

置身其中的栗说星第一次逃跑，跑得不是很好，没能跑出战斗范围，还被不知道从哪里来的能量打了好几次。

但正因为如此，他突然发现……

虽然对方的机械文明造型看上去比较恐怖，但它们打人其实并不疼。

游戏里并没有痛感，受到攻击的时候，只会显示一条生命值一样的血条，粗略估计，对方最牛的激光扫到他身上，也就扣不到1%的血量。

也就是说，只要不直接冲进敌方阵营，让这些舰队集中火力对付自己，那么生命安全还是非常有保障的。

分析出了这些内容，栗说星一时信心大增，也不掉头逃跑了，就裹着宿鸣谦在战场边缘来来回回，虽然很牛，但依旧很猥琐，只放冷箭，砸一下就打出一片灰烬和残骸来。

在栗说星的保护下，宿鸣谦也慢慢回味过来，不再害怕，开始琢磨着怎么释放技能了。感觉其实还不错，有点像打地鼠，还能操纵地鼠相互厮打。

嗯……好玩！

花花绿绿的光效喧天的战斗大概持续了二十分钟，栗说星和宿鸣谦总算磨完了敌方的最后一点有生力量，大战结束，一个评分系统弹了出来——

战役：第三文明机械战役。

评分：B级（最高SSS）

评语：普普通通，请玩家再接再厉，取得更好的成果。

这糟心的评价。栗说星抽抽嘴角，关了评价，假装什么也没有发生，泰然自若地向宿鸣谦邀功："怎么样？崽，我打得还不错吧？我可是有十年游戏经验的老玩家，技术不是吹的。刚才只是小场面。"

宿鸣谦沉吟着。

刚才场面太乱，技能又不熟，他一不小心，又把心灵读取技能给栗说星用上了。

他听见——

"机械舰队为什么这么可怕啊啊啊。"

"跑跑跑赶紧跑，带着崽崽一起跑！"

"咦？原来它们打我不痛，安心了，不会出丑了。"

"让我躲在人群之后，机智地见缝插针……"

宿鸣谦的嘴角往上扬了扬。

他努力忍住，说：“嗯，西木，你打得很好，特别棒，我都被你震惊了。”

栗说星一旦获得承认，瞬间谦虚：“一般一般，还是有可以进步的空间的，待会儿我们二刷、三刷这个副本，秀翻全场，拿到3S级别的评定！”

宿鸣谦：“好。”

两个人毫不耽搁，直接回到原点，重新进行任务。

有了第一次的经验，第二次、第三次就简单多了。

栗说星和宿鸣谦的对战水平一路飙升，任务评价很快从B到A，又从A到S。

到了这个程度，栗说星就直接打开录像，全程拍摄了。

两个人就像真人角色扮演一样，严格按照文章中的描述，把存星和宿鸣谦最帅的一面展现了出来。这回表演完毕，3S的评价终于姗姗来迟。

完美结束！

之后，两个人肩并肩坐在战舰顶端。

栗说星悄悄瞧了宿鸣谦一眼，见宿鸣谦没太注意自己，即刻对前方的机械月亮使用“灰烬”技能。这是一个颇为神奇的技能，有两个阶段攻击，第一阶段是将攻击对象固定成一幅画，第二阶段是将这幅画变成灰烬。

现在，栗说星用的就是第一阶段的能力，将月亮框入画中。

但技能失败了——

系统判定，机械堡垒能级大于角色能级，不能封存画中。

栗说星不死心，又用了几次，依旧只有冷冰冰的失败提示。

他无可奈何，只好暗暗向系统许愿：“系统啊，我做这幅画，不是为了自己，是为了送给鸣谦，你辛苦点在后台修改一下数值吧……”

这心声再一次清晰地响在宿鸣谦的心里。

他惊讶地瞅了栗说星一眼，害怕被对方发现，又赶紧收回目光。

他的心跳有点加速，眼睫毛轻轻下落，遮住自己闪烁的眸光，同样在心中许愿：“Ask，满足西木的要求吧，我很期待他要送我的礼物……”

下一秒，当栗说星再度使用技能的时候，悬挂在天空的机械月亮发生了变化。它像经受了火烧的蜡，正徐徐融化，又像受到了磁场干扰的电子设备，正闪闪烁烁。再后来，一缕缕光芒自机械月亮上淌下。那单薄的月辉凝聚成了有形的水流，荧荧发光，熠熠明耀，一路流淌至栗说星身前的一幅空白画布中，并在上面重新凝聚为实体。

栗说星握住手中的画布，一伸手，挑出了宿鸣谦胸口的怀表，打开来，将画布缩小，黏入其中，再合上，交给宿鸣谦。

栗说星笑道："我把星星和心送给你，生日快乐！"

宿鸣谦同时听见了两道声音。

一声在耳旁，一声在心底，一道汇入脑海，一道由身体感受。

他长久地凝视着栗说星，任由这种激烈又温柔的情感在身体中肆意流淌，而后才伸出手，接住怀表，再珍藏于胸口。

他说："我接住了。"

我会好好珍藏的，绝不遗失。之后，两个人从游戏里出来。

栗说星和宿鸣谦一同欣赏着他们在游戏里的英姿，随后，栗说星没忍住分享的心，把视频剪剪，注册了一个新微博账号，名字就叫"骗氪的十万个为什么"，把这段视频发了上去，再拿大号转发一下。

@焦糖西木："哇。"

然后，这段视频就进入了众人的视线。

众人："……"

众人："！！！"

视频总共十七分钟，从头到尾完整地演绎了《九渡》第三文明的关键战役。

毫不夸张地说，众多书友"粉丝"在看见第一帧画面的时候，就被震惊了。

"这、这是什么神仙视频？"

"人物建模也太帅了吧！场景和战斗已经让我的眼睛黏在电脑屏幕上不会动了。"

"人物身上的种种细节，完全和小说一一对应，这是哪个公司做的？不会是公公亲自下场参与制作出的概念图吧？"

"这每帧都是成沓的钞票在燃烧啊……"

"我的关注点是歪的，公公一个月之前才更新到这个情节，就算日夜赶工，也不可能一个月后就做出这个视频，除非公公早在几年前就把这篇文写完了……”

“这岂不是说，只要将公公的存稿箱凿穿一个洞，就能够收获数也数不清的快乐？”

“这是好莱坞大片级别的特效了，甚至比大多数好莱坞特效片还牛，这是电影的先导宣传片吧？虽然长得有点奇怪……但都曝光到这种程度了，我们是不是可以期待马上就能在院线上看见《九渡》的动画大电影了？！”

“我包场，我看爆，我当光荣的‘自来水’（网络用语，指免费水军）！”

视频被栗说星转发到首页之后，只经过半个小时的时间就直接被转爆了！

除了一开始的《九渡》书“粉”，还有那些在论坛、QQ群等地方被《九渡》“粉丝”吸引跑来围观的其他终点读者。他们冷眼围观而来，跪地转发而去。

“牛，牛，慕了慕了。”

“我家十亿版权开发体量，不求做得多好，有你家1/5，我也学桥百万和矿百万，百万庆贺。[手动拜拜]”

“别想了，大家不是生活在一个版权开发世界里的。”

转发很快又辐射到了平时关注二次元动向的群体，他们同样吃惊，并发出了和书“粉”差不多的感慨。

“我国动画电影这是要崛起了？！”

“刚出的4月新番先导篇们被集体碾轧了……”

“×社去死吧，看看这个，想想自己这几年做的，不感到羞愧吗？”

“除了美国的公主系列，居然出现了第二个不让我恐3D的作品，还是国产……”

在人人慕强的吹嘘中，转发量正式突破十万！

此时，这一条微博被影视营销号关注到了。

这些在“震惊部”统一培训过的营销号们非常懂文案如何抓重点。

@吃瓜的影视君：

“‘《九渡》片花’改编自终点超级IP《九渡》的动画大电影，今日片花曝光，讲述了地球在生死存亡的关头，全球发起毁灭月球的‘终结计划’。好莱坞级电影特效制作，史诗级超燃太空星战！本片预计2020年上映，片花看上去燃到炸裂！[链接]”

被添油加醋、彻底认定为“电影宣传片花”的视频又在营销号孜孜不倦的瞎吹中二次发酵。不知情的围观路人真的被洗脑了，留下了一个“《九渡》动画电影即将上映”的错误印象。

“哪家公司做的？怎么一点宣传都没有？”

“账号名字好奇怪，为什么会叫‘骗氪的十万个为什么’？也没有加认证，是发错了账号吗？从公众号发到了私人号上？”

“虽然内容做得完美无缺、震撼心灵，但竟不由自主地担心起了他们的宣发……”

“不敢想象，有生之年，我竟然碰见了一个用心做内容、用脚做宣发的公司。”

“就问一句，能集资给这家公司换宣发吗？”

一传十，十传百，蹭热度的营销号们不负众望地将这则假新闻推上了热搜。

“《九渡》动画电影片花”冲上了前十。

已经到了上热搜的程度，这则新闻理所当然地被搞动画有干货的大V博主们注意到了。他们看完内容之后，同样开始吹起了“彩虹屁”，就是吹得和路人不太一样。这些大V一个接一个地写长微博，深度分析视频里面所展现的各方面技术到底有多牛。

比如，吹存星和宿鸣谦的毛发，还有衣服材质做得有多精致，是用什么级别的引擎，什么丰富度的素材库积累才能达到这么真实的质感。

又如，吹美术风格有多么前卫、多么大胆、多么酷炫，挨个儿把宿鸣谦身上的饰品细节截图放大，详细分析它是从哪些流派得到的设计灵感。

更多的则是对城市建模、舰队建模的叹服。

这其中有个特别厉害的博主，信誓旦旦地用五千字小论文论证了这个美术风格是国外某某业内标杆、得过奥斯卡最佳特效奖的大佬的手笔。

他头头是道的论证几乎说服了吃瓜群众，但毕竟该大佬太牛，从未听说大佬和国内有过合作，吃瓜群众还是秉持着怀疑精神，只转发，不站队，观望和期待着有更进一步的消息出现。

更进一步的消息暂时还没有出来，倒是终点的版权部终于接到了消息。

他们看见热搜和视频的时候也是一脸蒙，随后就赶紧打电话给夜游，和夜游交流这件事，询问《九渡》的作者有没有私下卖掉版权。

一个月前夜游才和栗说星谈论过版权的话题。

接到电话时，他完全没有在意，很笃定地回答：“那不可能，之前才和他谈过版权的问题，他还让我帮他留意着。”

可说完这句话的下一秒，夜游就接到了同事发来的《九渡》视频。

夜游瞬间沉默了。

版权部同事：“要不，你再和作者沟通沟通？”

夜游：“有理，我再和作者沟通沟通。”

他挂了电话，转头就找栗说星。

“嘀嘀”。“嘀嘀嘀”。“嘀嘀嘀嘀嘀”。

电脑上，QQ的提示音自从栗说星把视频转发了就没有停止过。

最初来找他的是已经变成“群体尖叫鸡”的吃货群作者，接着一些没怎么聊过的作者也找了过来，再后来，栗说星曾经加好友的一些影视圈人员也来找他。

人实在太多了，栗说星不怎么想回复，正考虑着要不要直接下线的时候，夜游来了。看着跳跃着的熟悉头像，栗说星思考片刻，点开了。

一句幽幽之语，即刻出现在聊天框中。

夜游：“西木啊……”

栗说星沉稳地：“什么事？”

夜游直接问：“微博上的视频是怎么回事？你把动画和电影的版权卖了吗？虽然你是能够自己卖版权的，但你和终点毕竟签了独家代理合同，你卖了版权，我们是有分成的，你这样一声招呼不打，就把我们闪在半山腰，不仅不地道，还是违规操作啊。”

栗说星立刻否定：“别胡说，我可没有卖版权，这只是一个同人视频而已。”

夜游喷了：“别开玩笑了，这种效果的东西你给我说是同人视频……”

栗说星早有准备，截了“骗氪的十万个为什么”的私信交流截图发在聊天框中。截图里，对方明确表示，这个长达17分钟的视频，只是一时兴起制作的同人作品。一张截图，四行文字。

夜游硬是来回看了三遍，才理解了图片中的意思。

他直接迷惑了。这年头的“粉丝”，已经如此“硬核”了吗？就因为喜欢一部作品，就不计金钱花费，突破技术壁垒，直接做出媲美好莱坞大片的特效的同人短片？

这样的“粉丝”——要是能多来几个就好了！

但不管怎样，弄清楚了版权还被完整地保留在栗说星手上后，夜游的语气大为缓和：“你等等，我先和版权部说一下情况，让他们用官方账号在微博上辟个谣，总不能让大家以为你把电影和动画版权都卖出去了……”

他消失了几分钟。

几分钟之后，夜游再度出现，提出了一个全新的思路：“西木，你觉得这样如何？终点出面，花钱向你的‘粉丝’买断这个片段的版权。”

栗说星：“……啊？”夜游跟栗说星仔细分析：“这个视频做出了世界超一线的水准，只要我们能将视频买下来，用作宣传广告，它给你的小说和你的版权带来的增益是无法估量的。”

栗说星：“……这，你们应该和对方谈。”

夜游：“官方账号已经发私信给对方了，我只是先和你说一声，让你心里有个底。”

栗说星心里确实有了底。

他打开手机，问系统：“系统，你能拿这笔钱吗？”

系统：不能。

栗说星：“系统，我能拿这笔钱吗？”

系统：不能。

栗说星：“……”

得到了明确回答的栗说星一时有点意兴阑珊，对于跑来给自己留言的终点官方也颇为冷淡：“授权你们使用，不用给钱。”

终点官方：“？！”

夜游：“？！”

自栗说星的小号散布而出的震惊绕了一圈，又回到了栗说星这里。

夜游在QQ上跟栗说星叨叨了起来，不仅把截图发给了栗说星，还大发感慨：“我信了，我真的信了，这世界上真的有这种不差钱的大佬级别的‘粉丝’，高风亮节到连送到了眼前的钱也不要！”

栗说星：“呵呵。”

夜游：“既然这个视频的使用权已经要过来了，接下去就好操作了。西木，我再和你透个底。接下去终点可能会利用这个视频给《九渡》进行更深度、更广泛的推广，比如直接投放视频网站，比如买电视的推广广告……之前卖了的漫画版权，现在已经画好了第一卷，也会赶在这两天推出。这些都在商议之中，我们拭目以待，我觉得这个热度还能发酵，它并没有被完全榨干！”

事情确实还在发酵。动画大V分析画风并认准了这是某大佬作品的那条万转微博底下，来了一个该大佬团队下分部的一位中国画师。

这位画师其实也觉得《九渡》的画风横看竖看，怎么看怎么像自家大佬的画风。他憋了半天，实在憋不住内心的好奇，暗暗地把视频发到了公司总部，打听事情的真相。

于是几个小时之后，国内的网友们再度发现，分析画风的大V的万转微博，被一位该大佬所在公司的认证画师转了。

@耳千耳百：“……去公司内部打听了一下，是真的。”

这条微博立刻被火眼金睛的网友发现了，他们紧急跟上，花式追问。

于是博主又另开了一条微博，稍作解释。

“没有什么内幕消息，就是说这个项目是不久前直接发到大佬桌子上的，大佬很重视，直接停了手头其余项目，带着整个团队夜以继日地赶工，据说做这个项目期间，办公室里的咆哮就没有停下过。”

有了同公司认证画师的接连肯定，原本半信半疑的网友直接倒戈，拜在大V微博底下，各种吹捧对方火眼金睛的花式马屁接连送上。

但终点的辟谣声明也在这时候发表出来，说明这并非正式授权的成品，只是一个热心网友所做的同人作品，且表明终点已经得到了这个作品的使用权，并附带上和“骗氪的十万个为什么”的沟通私信。

声明公布，群情哗然。

大V这边的证据挺硬，但终点那边的证据更硬。

原本已经相信了有奥斯卡大佬参与项目的众人不由自主地再度动摇。

无论怎么看，奥斯卡大佬也不可能加入这种性质的项目吧？

一时之间，说什么的都有。

于是，好事的网友开始下场了：视频有字幕但没有声音，他们给视频配上英文配音，再为视频打上和该大佬所在公司很相近的一个变体Logo，做完这一切，他们将这一视频发上外国视频网站，暗暗地观察外国网友的反应。

外国网友没有让人失望！他们看了视频，同样震惊。

“哇哦！星战！”

“我准备去推特上问问官方成片什么时候出。”

“这是游戏还是电影？感觉像哪个3A大作的宣传视频。如果是游戏，一出我就买。”

视频一经发出，就吸引了不少外国网友的点击议论，在该网站上的排名也节节攀升，很快就火起来，吸引了诸多目光。也是这个时候，好事的网友突然发现，假李鬼遇上真李逵，他们的视频被大佬发现了，且被直接认领了！

这位大佬直接在推特上说：“Woo，我半个月前才做完原画设计，现在就有了成品？这是怎么办到的？太让人觉得不可思议了！”

之前的猜测居然是真的。这究竟是什么新年魔幻现实？

好事的网友们震惊了。他们还发现，大佬直接认领项目之后，许多看过了视频的网友便来到大佬的推特底下询问这究竟是什么项目，成品会在什么时候出现。

大佬有一说一，明确地表示自己只是承接了原画设计，并不负责后续其他工作，所以也不知道这个成品什么时候能出。但看公布出来的视频效果，他同样非常期待这款作品的上市，并且告诉网友，原著是一部名为《九渡》的中国小说。

终点是有海外文学网站的，得到了准确答案的外国网友顺藤摸瓜，找到了终点网站，又找到了原著《九渡》。

他们非常好奇，能够拥有这样品质的衍生作品，其原著究竟是什么样子的。

他们看了一会儿，犹如打开了新世界的大门——中国的小说居然还挺好看的！

终点海外网站的流量就在这一刻爆发了！

日常维护的程序员一看异常数据，本能地觉得受到了黑客的攻击，休息的也不休息了，一个个守在电脑前严阵以待，直至将所有数据进行排查之后发现，确实只是访问量在一夜之间暴增数倍，这才长长松了一口气，瘫在桌子上：“差点被吓死……”

舆论一波三折，回回都有新的看点，简直跟连续剧一样。

吃瓜群众一边吃瓜，一边追剧，讨论得不亦乐乎。

就在这个时候，之前授权出去的《九渡》漫画，看准时机，适时上线，果然顺风顺水地蹭上了热搜，仅前两天的点击率，就让版权方笑得合不拢嘴。

国内、国外，方方面面的消息汇总到了终点总部。总部高层面面相觑，无论如何也没有想到事情会在短时间之内发酵到这个地步。

正沉默间，版权部的人又发来消息，全是关于栗说星和《九渡》的。

"之前谈《大争》版权的游戏商再度找来，愿意多加一千万，想买下《大争》的游戏版权。"

"国内的动画和电影巨头都来询问《九渡》的相关版权，价钱给得很高。"

"不只国内，我这边收到了一份日本的动画公司的信函，也是询问《九渡》的动画版权。"

听到前两个消息的时候，高层还稳得住。虽然来接洽的合作方很牛，但他们也很牛，《九渡》也很牛，对上谁都不虚。

但第三条消息，则让所有人都倒抽了一口冷气。

我的天啊，怎么把日本的制作公司也勾来了？！

之前还说《九渡》是年度IP，现在再看看，这是年度IP吗？

这一晃眼，都已经要变成国际IP了！

终点高层突生雄心壮志："现在开始，成立《九渡》版权专项小组，专门负责焦糖西木的版权推广工作，一定切实地在这两三年之内，把这本书、这个IP好好做起来！这说不定就是我们走出国门、走向世界的敲门砖！"

确定了这个方向，一直负责栗说星的版权工作，并和栗说星沟通顺畅、关系良好的夜游被点名挂帅，成了这一专项版权小组的负责人。

小组成立以后，必须要做的第一件事情，当然就是趁热打铁，将《九渡》推广到更为广阔的平台，让除网络以外的更多群体知道这部小说！

就在版权小组差不多将宣传策划做好，只等谈妥条件就按部就班地推广起来的时候，一则新闻又从国外传来——

近日，国外一戒毒所因曾有瘾君子通过阅读中国玄幻小说成功戒毒，特引入流行小说《九渡》，将其列为所中建议读物。该小说一经引入，即刻受到戒毒者的一致好评，曾经空无一人的读书区域如今人满为患，墙上贴满了读者写下的感谢语句：

“感谢《九渡》，是它改变了我！”

“上帝啊，我已经一天都少不了《九渡》了！”

“采购终于干了一件好事，我希望他能做更多的好事：赶紧把《九渡》后面的情节买回来！”

这则“国外戒毒新妙招，网文《九渡》成良药”的消息传回国内，成了年度“沙雕新闻”的又一有力竞争者，这时，点燃的就不只是网络上的热情了。

它上了报纸的社会版块，让《九渡》和栗说星一同被广大群众所关注，在人们惊叹的目光中，如丝般顺滑地冲上微博热搜和百度搜索热点的第一名，还顺带把终点也捎了上去，让终点适时体会了一把网站日访问量再创新高的快乐。半晌，夜游发出了深深的感慨：“公公总是能从我们无法想象的角度，活出光彩，活出火焰……他，真是一个非同一般的男人。”

同样的感慨也发生在终点吃货群中。

年度“沙雕新闻”的候选名单发在群里，迄今为止的十八条“沙雕新闻”中，栗说星一人占了两条，拥有了1/9的存在感，简直是鳌头之上领风骚。

蛋定自若：“我现在真的感觉到了，公公和我们就不是一个世界的人。”

指间风雨很是赞同：“像公公这样的人，无论怎么被人掩藏，终究还是要站在风口浪尖的。”

索任问出了大家都很想知道的问题：“公公如今知道他除了是‘地铁百万哥’与‘外网戒毒友人’，还是终点作者口口相传的‘神秘人’吗？”

“神秘人”是当初“地铁百万哥”事件出来以后，群里众人为保护栗说星的名誉而搞出的一个虚构人物。没想到搞得太过头，这个虚构人物不知不觉就成了终点的一个传奇神秘人，上到编辑部，下到普通读者，都对其有所耳闻。

鹿过芳草幽幽道：“上回公公和我聊过这个话题。他很是八卦地问了一番，非常好奇那个家里在非洲开矿，在女频写过书并娶了女频写手，老婆又和他孪生兄弟勾勾搭搭，两兄弟日常宅斗争财产，互当替身绿帽亮的作者究竟是谁，还说很想和这个神秘人认识认识呢……所以，他不知道。”

群里安静片刻。忽然，有人开了匿名。

匿名：“跳蚤多了不痒，要不然，来个好心人告诉公公，其实那个神秘人就是他自己？”

其下一排匿名赞同。

赞同完了，又一匿名问：“公公好久没出现了，他现在在干什么？”

栗说星其实也没干什么。除了写文，他还额外关注了《九渡》的女读者。

因为他忽然发现，在全网高规格吹牛及“沙雕”爆笑的大浪潮下，只有她们，针对主角存星和宿鸣谦，喊出了一句直入栗说星心底的口号：“好一对璧人啊！”

栗说星心头有点儿荡漾。

他觉得女读者们非常有眼光，非常有品位。

他琢磨琢磨，为了这些女读者，也有点儿按捺不住心中的骚动，于是又用“骗氪的十万个为什么”账号剪辑了两条存星和宿鸣谦的互动短视频发了出去。

这两个短视频，就不再聚焦于恢宏精致的场景和造型上了。

他展露的重点，落足在两个人不经意的互动上。

比如，最开始他们进入游戏，看见“坦克猫咪”，于是手牵着手，肩挨着肩，紧张地共同退到旁边；又如，存星第一次使用化雾，从人形变成雾气，在宿鸣谦身上穿梭，和宿鸣谦挨挨蹭蹭。

这两个画面都有内涵，但又不是特别有内涵。

非常符合栗说星闷骚暗秀不声张，懂得“大家就是懂”的心态。

果不其然，这两条短视频一发上去，女读者们就集体懂了：

“我抱起他们就是一个百米冲刺，这是什么神仙眷侣！”

“我来我来我来提名触手Play！”

“四舍五入这不连章都盖了吗？”

女读者们污起来，污得连守在电脑前暗中偷窥的栗说星都有点脸红。

他假模假样地咳嗽两声，切换大号，继续左右互搏转发微博。

@焦糖西木：“好玩。”

转发完了，继续窥探其余男读者的反应。

男读者的反应就是没有反应。

反正原著也有点这个意思，反正大家早调侃过公公堕落变“基”，反正现在大家都知道这不过是嘴上说说凑个趣，无所谓。

大家都是兄弟嘛。

他们说说笑笑、嘻嘻哈哈，该怎么看视频就怎么看视频，完全不以为然。

栗说星很满意。他一碗水端平，在心里先给心明眼亮的女读者点赞，又给宽宏大量的男读者点赞，随后，浏览起了最近一段时间涌现的同人作品。

自从有“骗氪的十万个为什么”一条视频珠玉在前，牛×的“粉丝”们也开始各展所长，不约而同地制作起了《九渡》的同人作品。

他们应了一句话——高手在民间。

栗说星最先看到的是一款还原了太空战役中，敌方的机械月球堡垒及战舰的纸模作品。

广袤的星空中，月亮打开半边圆面，密密麻麻的螳螂战舰从中争相跃出，一派狰狞与肃杀。难以想象，这样精致的作品的原材料居然是纸张。

紧接着，他又看见了一个宿鸣谦和存星一起跳兔子舞的视频。

这当然不是他自己制作的，而是达人以“阿氪”的人物为蓝本，用其他软件模拟出了相似的造型，再制作出来的跳舞视频。

这个视频是栗说星看的这么多视频中最相似、最可爱的一个了！

看那兔子耳朵，一起一落。

看那兔子尾巴，一摇一摆。

栗说星默不作声，将其收藏在自己的“心头好”文件夹中。

他的电脑里有两个文件夹，藏在硬盘的小角落，是他除小说文档外最重要的电子资料，一个叫作“心头好”，另一个叫作“过冬粮”。

“心头好”就是放存星和宿鸣谦有趣好玩的同人作品的文件夹。

至于“过冬粮”，那就是放置宿鸣谦还是崽崽时候的一切，里面的每张截图、每条语音、每段视频，都是栗说星的心肝宝贝！收藏完了东西，栗说星照例检视一遍文件夹，确定所有的东西都安然放置在原位后，心满意足，随后瞅一眼照例待在自己电脑桌面右下角的崽崽，忍不住杵了一下，再说一声：“崽啊，你说我们什么时候进入游戏，一起跳兔子舞呢？”

宿鸣谦：“？？？”

宿鸣谦震惊地看着栗说星。

一不小心说出了心里话的栗说星心里咯噔一下，赶紧转移话题，若无其事地招呼道：“来，崽，我们看微博上的同人作品，这些作品都特牛，看着很好玩。”说罢，栗说星用鼠标提起崽崽，把崽崽挪到了屏幕的正中央，随即点开微博，继续查看。

这回，他们看到的第一个同人作品，就是宿鸣谦和存星的一对手办。

模型师将宿鸣谦制作成一个战斗造型，他一只手扶着手杖，手杖拔出少许，露出藏在其中的一柄亮银细剑；另一只手握住怀表，怀表在指尖轻晃。他的发丝向一侧飞扬，仿佛有风吹过耳际。

另外一边，存星则结合了人物本身的化雾能力，在身体的周边，制作出了一圈溅荡水雾的延伸，最妙的是，荡起的水雾隐隐圈出一个人的轮廓。

当两个模型摆在一起的时候，就让人有一种将宿鸣谦的模型放入存星的水雾圈中的冲动。两个人都被这对模型“俘虏”了。

栗说星：“真好看……”

宿鸣谦：“真的很好看……”

赞扬之后，他们又说出了相同的遗憾：“模型师太厉害了，如果拍照的时候将两个人再凑得近一点就好了。”

两个人说完，没觉得自己和对方想法一致有什么不对。

他们一同在这条微博底下翻了翻，果然，有这样的冲动的并不止他俩，可惜虽然很多人嗷嗷叫着，但不知道出于什么样的考虑，博主始终没有将两个模型凑到一起，只让他们遥遥相望……

此时，“嘀嘀嘀”，栗说星的QQ响起。

菖蒲发来消息：“西木，之前和你说过，有好多读者把礼物寄到编辑部，拜托编辑部给你寄过去，现在东西应该已经到你那边了，我半个小时前打电话去问过，对方说快递师傅已经在送了。”

栗说星正要回答，门铃响起。他开门一看，快递员怀里抱着一个箱子，身后放着三个箱子，正站在门口，拿着单子等他签收呢。

栗说星先让快递员进门把东西放下，接着回了菖蒲一句：“放心，东西都到我家门口了，帮我向送东西来的读者们说声谢谢。”

菖蒲：“放心，之前他们送东西来的时候，编辑部就代表你感谢过他们的支持和厚爱了。”

栗说星放下手机，拿起工具，三下五除二就把箱子都拆开了。

宿鸣谦就在一旁看着。

前两个箱子里都放着食物。

第三个箱子里塞满各种各样的小礼物。

第四个箱子是个小箱子，但包装得特别结实，外面是木板，木板里面是一层塑料膜，塑料膜里面是泡沫包装，拆完了泡沫包装，才露出里面的黑色皮箱子。

他打开皮箱，红色的丝绒衬托精致的手办，跃入两个人眼中。

上一秒才在微博上看见的宿鸣谦的手办，下一秒已经到了他们的手中。

露出些许剑锋的手杖，藏在指尖的怀表，还有那双冷冽又温柔的灰眼睛。

栗说星情不自禁地将这款连衣服的一丝皱褶也处理得尽善尽美的手办捧了起来。他发自内心地赞叹：“崽，你看这个手办，不只外形，就连你身上的那种气质都模拟出来了，做这个的真是大手笔……但有点奇怪，这手办怎么会寄过来？”

两个人一起欣赏片刻之后，栗说星忍不住拍了张照，发图问菖蒲。

菖蒲回答：“寄到你那边的都是读者指名送你的东西，编辑部全部没有拆开过，箱子里应该有读者给你的信件，你翻翻看。”

栗说星依言在箱子中找了找，果然找到一张卡片。

卡片上没写什么，只是一句很朴素、很真挚的读者祝福：“小小手作，希望喜欢。公公天天开心。”

栗说星确实很开心，也很喜欢，但开心和喜欢之余，心里还是有一丁点儿的纠结。

就是……原本两个手办都在天边，那没有关系，看看屏幕就好了。

但现在，其中一个手办突然拿到了手里。

于是另外一个手办也变得更加让人想拥有……

这种纠结不只存在于栗说星心中，同样存在于宿鸣谦心中。

宿鸣谦心中的纠结比栗说星更多一点。

因为他想要存星的手办甚于自己的手办。

既然想要……

他默然，不惊动栗说星地打开了微博，用自己的账号给手办制作者发了一条私信，询问对方：“您好，我很喜欢存星的手办，请问能够购买下来吗？”

他等了等。

手办制作者很快回复，礼貌婉拒：“抱歉，爱好之作，不贩售。”

宿鸣谦有点儿失落，正在这时，QQ响起。

他进入QQ一看，发现自己上回加入的《九渡》女“粉丝”群里，群主月见欢正在说话。

月见欢："最近大家有空吗？我们来办一个非官方的《九渡》同人作品产粮活动怎么样？我们设置一点奖项，自己产出的同时，也吸引大家来产出。"

话题一出，群里就热闹了。

"没有问题，我最近有空！"

"我我我，我可以出文，我早就想写文了！"

"那我出图！欢欢我们一起来画图！"

"我最近没时间，但我可以贡献一年份的微博会员。"

"我出一台咖啡机。"

"我来奖励点化妆品。"

宿鸣谦潜水看了一会儿，明白了。

宿鸣谦："我什么也不会，赞助点奖励吧。我出一万元，奖励优秀作品。"

这句话发出后，热闹的群突然没人说话了。

就好像有管理员在这一刻施展了大禁言术一样。

几秒钟后，众人齐齐冒头，齐齐说——

"拜大佬！"

又过了一会儿，月见欢重新冒头："[叉腰大笑]姐妹们，我又拉到一个赞助了！你们还记得之前在微博上转发量好多好多的《九渡》两位主角的手办吗？我刚和手办模型师聊过了，人家已经把宿鸣谦的手办送给作者了，现在还剩下存星的。她说愿意拿出来当个彩蛋，如果这回产出的同人作品中有她喜欢的，她就将这个手办送给对方；如果她都不是特别喜欢，那她就把手办拿出来，直接转发抽奖，送给有缘人。"

当月见欢提起"手办"的时候，宿鸣谦的耳朵立马就竖起来了。

他看着自己被婉拒了的私信，又看着面前月见欢的信息，忽然开始思考：

同人，要怎么搞？

Chapter 18

第十八章

Simon.S.Modeste

怎么搞同人，是一个重要的问题。

宿鸣谦有点为难，他的第一反应是写论文。上一次蛋定自若的事情发生后，他就写了一篇论证“星宿是真的”的论文。

现在要复制之前的做法吗？

宿鸣谦思索着做了一些研究，很快发现，自己这种科学报告类型的小论文并不受大家的欢迎，就算真的写出来，热度也不会高。

热度不高=不会被太多人看见=进入目标人物眼中并被其看上的概率极低。

要不，换个思路。

一直看着栗说星写文的宿鸣谦自然而然地想着——

不写论文，写和论文相近的小说？小说也不用非得写得像西木的文一样长，写个三千字、五千字就可以了。西木之前写的《男孩和星星魔法师》的小故事，就又短又吸引人。

分析到了这里，宿鸣谦觉得这个主意挺不错的。

他决定开始尝试。

他关了QQ，回到位置上，翻出纸和笔，开始构思一个故事——

一小段时间过去了，各种各样的念头在宿鸣谦心中翻转，他有很多想说的，可落在了笔下，就全不是那么回事了。

宿鸣谦没有轻易放弃。

他觉得自己是有故事的，只是不知道怎么将其描写出来。

这个时候，他需要一点资料。他沉吟片刻，打开网页，前往之前在群里听到的LOFTER（乐乎软件），开始搜索《九渡》的同人小说。

栗说星正在写小说，突然，许久没有出现的一行系统旁白闪过他的电脑屏幕。

“宿鸣谦阅览存星和宿鸣谦的故事，笑得很厉害。”

什么叫作“存星和宿鸣谦的故事”？

而且，“宿鸣谦阅览存星和宿鸣谦的故事”，这句描述看上去也非常奇怪。

栗说星有点儿在意了。

他停下打字的双手，目光稍稍向下，朝宿鸣谦所在的位置瞧了一眼，看见穿一身和服的宿鸣谦，看书看得正认真。

自从变回了原本的身形，栗说星就对宿鸣谦的衣着进行了部分调整。

那些太过可爱的衣服被暂时收拾到了衣柜的深处，取而代之的是一些更具有特色的衣服，比如带着点小慵懒和小随性的羽织，就很搭宿鸣谦微卷的头发，是栗说星的新宠。

穿着鹤纹羽织的崽，靠坐在长榻上，手边是一方小几，小几上有一只香炉，香炉后面是一幅画有花鸟图案的屏风。这小小一角，花团锦簇，香烟袅袅，无论宿鸣谦是坐是站，随时随地都是一幅风景画，可养眼了！

栗说星以欣赏的角度来回看了好几眼，没打扰看书看得专心致志的崽崽。

他摸出手机，进了游戏，光明正大地从系统旁白中观察情况——

今日，AM10：00

宿鸣谦进入群聊。

宿鸣谦关闭群聊。

宿鸣谦对着白纸沉思许久。

宿鸣谦胡乱写了几行字，划掉。

宿鸣谦将纸揉成一团，丢进垃圾桶。

宿鸣谦打开LOFTER……

看到这里，栗说星恍然大悟。

原来崽崽是看同人作品去了，难怪刚才那句描述那么奇怪！

不过看同人作品就看同人作品，多正常的一件事，栗说星解密了也就心安了，正准备退出游戏继续写文，却看见旁白刷新出几条消息来——

宿鸣谦阅览存星和宿鸣谦的故事，虐恋情深。

宿鸣谦眼圈红了。

宿鸣谦用袖子擦擦眼睛。

宿鸣谦偷偷哭了。

栗说星恍惚了。崽啊，你看的是什么文，真的有这么虐吗？是谁写的？赶紧站出来，我要给你点个赞，看写得多好，让我家的崽伤心了！

不过……栗说星放下手机，转移视线，重新看向电脑桌面。

电脑桌面的右下角，宿鸣谦依旧保持着和刚才差不多的姿势，手里还捧着书，也依旧看着书，就是时不时会低一下脑袋，看似看书累了，正揉眼睛休息。

栗说星默默看了一会儿，也低下头，他不揉眼睛，他忍笑。

吃白米饭吃哭了，不理他被气哭了，现在连看书也能看哭，从过去到现在，崽真是一如既往爱哭的崽啊！

可爱的根本不是之前的Q版造型，可爱的分明是住在宿鸣谦内心的真实的他！

虽然过去和现在，宿鸣谦都是一样的，但是外观的不同还是带来了一些不同的感觉。

比如过去的崽崽眼圈红了，栗说星就只想拍拍、揉揉、安慰安慰。

但现在的宿鸣谦眼圈红了，栗说星还有点想把对方欺负得更凶……

栗说星意识到自己正在产生很多废料想法。

他忏悔几秒钟，收敛心神，继续写文。

从头到尾，他都没有打扰宿鸣谦。

就是这样暗中观察，悄然记录，才能体会到养崽的至深乐趣！

这一个上午，栗说星就在“宿鸣谦很快乐”“宿鸣谦很悲伤”的旁白中写文度过，而后，一行乱码出现在栗说星的屏幕上。

栗说星一怔。乱码并没有因为栗说星的讶异而停下。

最初的一行闪过屏幕之后，一连串的乱码齐刷刷地排列成队伍，直接出现在栗说星的屏幕正中央，挡住了栗说星的半截屏幕。

栗说星：“……”这，发生了什么？

栗说星迷茫起来了，照例朝电脑右下角看了一眼，却发现右下角的位置空荡荡的，宿鸣谦不知什么时候离开了桌面。

……崽去了哪里？栗说星的第一反应是崽去了恋爱吧APP。

他打开APP，来回滑了一圈，在卧室的床上找到了宿鸣谦。

发现宿鸣谦的时候，栗说星有点儿愣住了。

面前的小床，被子隆起，鼓成一个小包袱的模样，宿鸣谦就藏在里面，将自己盖得严严实实的，连根头发丝儿也不露出来。

大白天的，为什么突然缩进被子里了？

还出了好多乱码旁白……

栗说星有点儿担心了，伸出手，杵杵被子："鸣谦？"

手指头刚碰到被子，那鼓起来的被子就狠狠一抖，抖出波浪似的振荡，紧接着，一个脑袋从被子里露出来，宿鸣谦脸上空白一片，结结巴巴："西……西……西木？你怎么来了？"

栗说星问："我看你突然回来，有点担心，所以跟过来看看。你怎么大白天跑回床上了，是不舒服吗？"

宿鸣谦："没事，我就是……有点累！"

栗说星："累？"

宿鸣谦："对，我有点累，所以回来睡个午觉。"

栗说星："可是马上就要吃午饭了……"

宿鸣谦："我睡一会儿就起来吃午饭。"

栗说星："你真的没有问题吗？"

宿鸣谦："没有，绝对没有，西木你不要担心了，赶紧去写文吧！"

说完，宿鸣谦似乎不想和栗说星说话，又掀起被子，遮住了自己的脑袋，再度缩了回去。栗说星满腹狐疑。

崽崽真的很奇怪。我来看看旁白，看到底出了什么问题……

栗说星重新打开系统旁白，浏览起来。

可惜，旁白并没有做什么额外的记录，前一段还是宿鸣谦在看小说，后一段就变成了乱码，并且乱码还在继续，只是相较之前的直接刷屏，好像冷静了不少，从全程乱码变成了断断续续的乱码。

"……%*……&……*……#%￥……"

栗说星一头雾水，很想弄明白究竟发生了什么，但实在找不到切入口，只好怀抱着心事，暂时下了线，决定待会儿再上来看看。

一个小时后，栗说星重新上线，直奔卧室，一眼就看到了宿鸣谦。

卧室里，原本藏在被子里的人不知何时起了床。

他无精打采地坐在床的边沿，抬起头，呆呆地看着挂在墙上的两人合照，整个人都显得莫名空虚和疲惫。

栗说星更担心了：“崽，你真的还好吗？如果你碰到了什么事，可以和我说，我和你一起面对，不管是什么事，两个人总比一个人要好。”

宿鸣谦恍然回神，朝栗说星声音传来的方向看去：“西木？”

栗说星：“我在。”

宿鸣谦：“……西木，你能进来陪我一会儿吗？”

怎么不可以？！栗说星在宿鸣谦开口要求的刹那就来到机器前，戴上头盔，进入游戏。当他的身体真实地出现在卧室里的时候，宿鸣谦主动抱了他一下，问：“西木，你只能在这里待半个小时，对吗？”

栗说星：“没错，不过一整天里，我总共能待一个半小时，就是不能连续待在里头。”

宿鸣谦：“哦……”

他抬头看了栗说星一眼。

这一眼有点沮丧。他长长地叹了一口气，随即将栗说星推出房门：“好了西木，我已经没事了，你快回去写文吧，不要偷懒，要写得多多的，我等着看呢。西木，加油哦！”

栗说星：“……”莫名被叫上线，莫名被鼓励，又莫名被推下线。

此时此刻，他已经被问号包围攻击，浑身上下都长满了问号。

APP里，宿鸣谦看栗说星已经离去，才低声问Ask：“Ask，将西木进入游戏的时间控制为半小时，有什么特殊的含义吗？真的不能多给他一点时间吗？”

Ask：“……”

系统选择装死。

但宿鸣谦继续幽怨地看着光屏。

Ask抵挡不住，终于出声——

系统：是头盔的问题，需要升级头盔。

头盔的问题需要实验室来解决。宿鸣谦让Ask给实验室发了一封询问邮件，询问实验室能不能将栗说星的头盔升级，使栗说星可以待在游戏里更长时间。

做完这一切，宿鸣谦又掀开枕头，悄悄地把枕头底下那本未成年人不能看的书籍处理了。

现阶段的主要问题，还是想方设法，弄出同人作品，得到手办。

但经过一上午的阅读，宿鸣谦明确地意识到，写文并不容易，自己写文也不靠谱，想创作同人，从写文入手是不行的。

而除了同人文，同人创作的另一大类就是同人图，或者，我可以……

宿鸣谦冒出了一个想法，他想起了栗说星的一个秘密。他一直知道栗说星的小秘密，但栗说星一直不知道自己的小秘密被他知晓。

这回，他决定悄悄地去碰碰栗说星的小秘密。

栗说星沉稳地打着字。打着打着，一个视频弹窗突然自桌面弹出，正沉浸在故事情节里的栗说星吃了一惊，没等他反应过来，第二个、第三个弹窗随之跳出，整齐划一地堆叠在栗说星的文档上。

这是怎么回事？电脑中病毒了？

栗说星纳闷地想，他伸出手，操纵鼠标关弹窗。

目光完全被弹窗吸引的栗说星并没有发现，就在这些弹窗弹出的瞬间，桌面上有一个小小的影子，以迅雷不及掩耳之势，从屏幕的左下角跑进了电脑硬盘，并从电脑硬盘角落的某个文件夹里“咻”地揪出了一张图片来，藏在自己背后，然后再从硬盘中跑回桌面。

一切做完。

宿鸣谦先在桌面上若无其事地踱了两步，平复一下有些急促的心跳，再对栗说星道歉：“不好意思，西木，我刚才按错键了，把别的软件按出来了。”

连着关了好几个弹窗的栗说星这才注意到宿鸣谦。

他朝对方看了一眼，突然发现，就这几秒钟的工夫，对方多了一条尾巴。

嗯，尾巴？他眨了两下眼睛，看清楚了宿鸣谦背后的“尾巴”——一串长长的图片名称，具体为——崽崽撬窗逃跑失败可怜巴巴.jpg。

栗说星悚然一惊。这不是我珍藏在硬盘角落的“过冬粮”吗？！它为什么会出现在崽的手中？难道——

一时间，栗说星担忧自己的“粮食”被宿鸣谦发现，宿鸣谦担忧栗说星发现自己动了他的“粮食”，双方都担忧，谁都不敢轻举妄动。

短暂的停顿。

栗说星想着宿鸣谦还等着自己回答，假装若无其事：“……哦，没事。”

宿鸣谦也假装若无其事：“那我回去继续看书了。”

说罢，他继续将双手背在身后，驱动新的飞行道具小卷轴往前飞，还在飞行的过程中，随着小卷轴的移动而转动身体，始终保持着两手背后、正面面对栗说星的姿势。栗说星也没敢看得太明目张胆。

崽手里也是有对外摄像头的，也是能够看到自己的。

他假装正在打字，实则用余光悄悄瞥着崽，瞥见对方乘坐小卷轴，一路回到自己的位置，随即快如闪电地将照片从背后抽了出来，夹进书里。

那是由网页变化而成的书本。

栗说星看到崽把那张照片和一张写有L字样的网页合在了一起，而崽崽正盯着它们，仔细观察。

屏幕上，还有一行旁白——

宿鸣谦看得很认真。

宿鸣谦似乎回想起了什么。

栗说星心头打鼓。显而易见，崽找到了我的小私库，从小私库里发现了我截下的日常图片，正在仔细研究。

普普通通的一张照片都看得这么认真，那万一我私库中的起床音频、女装视频等珍藏多时的宝贝被崽崽发现了，岂不是要完蛋？

栗说星心头鼓声更急。

不不不，不行。栗说星决定想一个办法！

他在房间里转了一圈，突然有了一个主意。

他在书房里找了找，找到另一个显示器。

他将第二个显示器连接上电脑，这样，电脑就变成了双屏显示，崽待在右边的屏幕上，能看见右边屏幕的内容，却看不见左边的屏幕及其内容。

栗说星动作很快。他一接上屏幕就开始行动，使用左边的屏幕操作电脑，将硬盘中的“过冬粮”整个打包传送到自己的iPad中，等传输完毕，再将里面敏感的音频和视频全部删除，只保留一些基础的照片。

做完这些，栗说星擦了擦额头上的虚汗。

他将iPad断了网，又把显示器搬回去，这才若无其事地坐回椅子上，继续打字。

在栗说星悄悄做事的同时，宿鸣谦也在悄悄做事。

他从栗说星的文件夹里抽了一张照片就跑，等到了自己的位置上时，才发现这是一张很早以前的照片。照片里，他穿一身蓝白色条纹病号服，双手搭在窗台上，眼巴巴地向窗外望去。但现实和照片总是不尽相同。

宿鸣谦记得这个画面，那是自己刚来到这里的时候，想逃出去，于是拆了书架，用钢棍撬窗户，可惜撬了半天都没有撬开……

这些事情，现在回想起来别有一番滋味。

宿鸣谦珍惜地摩挲了一下照片，拿着照片来到LOFTER，注册了一个名叫Su的账号，再将照片发上去，并打上TAG。

Su："[图]"

发完没有多久，宿鸣谦就得到了好几个"喜欢"，他微微一笑，好像什么都没发生一样，将网页关闭，继续监督栗说星写文，而这个时间，也正好是栗说星开始写文的时间。

他们共同工作，和谐美满。

但很快，新的问题出现了。

时间过去了三个小时，宿鸣谦发现，在这一段时间中，《九渡》的TAG下，一共出现了23个新内容。在这些新内容中，他的热度只排第十，TAG日榜单上没有姓名，至于周榜、月榜和总榜，更是想都不敢想。

他的神情严肃起来。这样显然不行。

是因为我发得太少，所以虽然有人喜欢，但人气依然不高吗？

他略加思索，目光再度遥遥投向屏幕的另一端——电脑硬盘所在之处。

但之前已经用弹窗的方式吸引了西木的注意力，同样的套路不能用两次，否则一定会引起西木的怀疑，那就只能……

栗说星写着写着，又发现了不对劲。

坐在角落里的宿鸣谦突然开始频繁地瞅自己，瞅着瞅着，还开口说话："西木，你写得有点久了，起来走动走动，去厨房喝杯水吧！"

来了！栗说星假意答应："好，那我起来站五分钟再继续。"

他站了起来，推开椅子，往厨房的方向走去……当然没有真去厨房，而是一闪身，闪到电脑摄像头拍不到的角落，偷偷观察屏幕。

他看见，在自己离开之后，崽也从椅子上站起来了，驱动卷轴，风驰电掣地飞到电脑图标里，等再出来的时候，身后已经多了一个大包袱，包袱底下，是一行文档名并伴随很多很多省略号。

“过冬粮”……

好家伙！上回还只是拿一张图，这回直接就把我的“粮仓”卷跑了，崽是真的打算拿回去挨个儿检查啊！

栗说星心头再惊，但马上，他就笑了。

他看着自己断了网的iPad，又看着崽崽身后怎么藏也藏不住的修改后的长标题，志得意满地给自己点了个赞。

栗说星，你真的好聪明！

他继续观察。看到崽崽一路往前飞，还频频低头看手上的摄像头，观察自己有没有中途回来。

好不容易，他总算到了自己的休息处，当即舒上一口气，将身后的大包袱放下来，解开，从中拿出文件夹，将其藏在屏风后面。

但竖立起来的屏风也没能挡住文件夹的长标题。

这下，宿鸣谦似乎终于有所发现了。

栗说星看见屏幕里的人脸上浮现出困惑，弯下腰，拿手摸了摸文件夹下的长省略号，对着它们沉思了一会儿……随后，他站起来，将曲折的屏风扯直，从原本的W形扯成一个直面，这样总算将文件夹藏好了。

一切妥当。宿鸣谦才从文件夹里揪出一沓照片，全夹在书里，再施施然坐回原位，凑齐九张，还用修图软件处理了一下，随即上传到网络，吸引人气。

与此同时，栗说星端着一杯水回来了，他也施施然坐回位置上，假意啜了一口，还招呼崽崽：“崽，我继续了。”

宿鸣谦：“西木棒棒哒！”

偷偷摸摸的努力是有回报的。新的内容上传以后，同时期，他的热度是最高的，并占据了日榜的前三位！

宿鸣谦总算满意了。正好时间也晚了，他收拾收拾，准备睡觉，临睡之前，不忘再发出一句预告：“明天还有新的内容，请大家多多支持我。”

紧接着，一夜过去，第二天来了。

睡醒了的宿鸣谦即刻打开网页，浏览自己发的内容和各种榜单，旋即沉默了。

他发现，在昨天晚上自己睡着以后，TAG里添加了好几条内容。

有文、有图、有条漫，它们的热度都很高，才一个晚上，就到了周榜前列，都压在他的排名上面。

宿鸣谦挨个儿翻过去。

文写得很好，图画得很漂亮，条漫的小故事也特别可爱。

我的截图比不上他们。

宿鸣谦有点儿失落。

但几秒钟之后，失落没有了，宿鸣谦有了新的办法。

他去找栗说星："西木。"

栗说星刚起来，正在刷牙，含混不清地回答："嗯？"

宿鸣谦："西木，我想听小故事，你可以给我讲个小故事吗？"

这是他从条漫中得到的灵感。虽然我不能写故事，但西木能。

我让西木给我讲点儿不会耽误他写文的小故事，再用谦谦和星星摆出相应的造型来，图配故事，也弄出一些条漫来。

宿鸣谦绝不放弃。

一切为了手办！

大早上就听见这个请求，栗说星有点意外，但他欣然答应，洗漱完吃了早饭，就坐在电脑前，开始准备讲故事。

他问宿鸣谦："你想听什么样的故事？"

宿鸣谦："很短的故事，发生在存星和宿鸣谦之间，几句话就能够说明白的。"

栗说星明白了："是小段子吧。我想想，来说一个存星将金库交给宿鸣谦后的存钱小故事。"

小故事果然很短，三言两语就讲完了。

但非常有意思，宿鸣谦听得津津有味，边听边奋笔疾书，将故事记录下来。

等记录完了，宿鸣谦继续提出要求，这次，更进一步，指明题材："西木，继续，这回要甜甜的故事。"

栗说星："那我们就来说一个宿鸣谦和存星在一起洗澡的故事。"

宿鸣谦继续倾听。栗说星的嗓音很清朗，带着一丝磁性，在说故事的时候，又有发自内心的感情，很容易将人带进故事里，体会主角的喜怒哀乐。

宿鸣谦有点儿入迷，不觉打开电脑的录音软件，记录栗说星的声音，再等着栗说星说完了的时候，接着提议："还要有点儿虐的故事。"

栗说星于是继续："那就说宿鸣谦和存星暂时分开的故事。"

他第三次开口。

宿鸣谦也再度操作电脑。继录音功能之后，他又一次情不自禁地打开了摄像功能。说故事的栗说星不仅声音让人沉醉，表情也让人着迷。

他将这些都记录了下来，记录的同时，甚至产生了一丝遗憾。

要是当时说小男孩和星星魔法师的故事的时候，我也能想到录音和摄像就好了，那样的话我就能把那个画面时不时地拿出来回味一下了。

那时候的西木……一缕酸酸甜甜的感觉掠过宿鸣谦的心头——是最棒的。

他提出最后的要求："西木，我们再来一个酸酸甜甜的小故事，好吗？"

以上行为，宿鸣谦都做得很隐蔽，动作非常小，不会惊动任何人，尤其要注意不能惊动栗说星。

但游戏的旁白，照例将一切暴露出来。

栗说星说了没一会儿，就看见两行旁白——

宿鸣谦打开录音设备。

宿鸣谦记录玩家声音。

他又说了没一会儿，又看见两行旁白——

宿鸣谦打开摄像设备。

宿鸣谦拍摄玩家视频。

他笑了。这不就是我曾经对崽崽做的事情吗？现在已经轮到崽崽对我做了吗？但栗说星可不是害羞的崽，他一点儿也不为此感到生气。

他甚至不动声色地调整了一下姿态，将自己更富有魅力且英俊的一面充分展露在崽崽面前，并想：我有崽的视频和音频，崽也有我的视频和音频，彼此彼此。这样，崽就没有立场缴获我的“过冬粮”，我也能光明正大地将这些东西摆放出来，当着崽的面，时不时地回味一下了！

一大早，短短十五分钟的时间，宿鸣谦已经从栗说星那里拿到了四个小故事。

术业有专攻。在说故事方面，还是西木厉害，说得又快又好。

他意犹未尽，但克制住了欲望，体贴地让栗说星开始写文，自己则回到游戏里，开始给星星和谦谦摆造型拍照，实现自己昨天的想法，将图和故事搭配，制作条漫。

上午9点，宿鸣谦更新了第一条好玩的条漫。

上午10点，宿鸣谦更新了第二条甜甜的条漫。

上午11点……一直到中午12点。

宿鸣谦把四个条漫制作完毕，并挨个儿上传发表。

关注TAG的“粉丝”们震惊了——

“太太是什么人间瑰宝！my女神！”

“太太太太太高产了！流泪比心。”

“太太的文风好原著，看的时候都有看公公原文的感觉，竖拇指，超厉害。”

宿鸣谦翻着评论和热度，看它们一同飞速上涨，眼看周榜已经不是问题之后，才长出一口气，放下心来。

有这样的热度，应该会被人注意到了吧?

宿鸣谦安慰之余，看着评论里的一众赞扬，有点儿心虚。

毕竟作了弊，让西木参与进来了。

可他又在同时感觉到了小甜蜜，像跳跳糖，在心口一下一下地跳。

宿鸣谦关掉网页，回了APP。

工作了一上午，他有点累，决定趁午饭前休息一会儿。休息的时候，他拿起两个被自己摆弄了一上午的玩偶看，看着看着，忽然有了新的想法……

一个上午过去了。这个上午，宿鸣谦除了在一开始让他讲了点故事，就一直待在游戏里没有出来。

崽怎么了?

崽为什么不出来?

栗说星感觉到了一点儿寂寞。

寂寞让他比平常早了十分钟进入游戏，接着，就看见宿鸣谦很怜惜地将一条小枕巾盖在并排躺在一起的谦谦和星星身上。

……嗯？栗说星直觉有什么不对劲的地方。

他理所当然地打开了系统旁白，研究起来。

今天的系统旁白很长，栗说星大略看了一下，前面都是讲宿鸣谦怎么用两个小玩偶排练故事，等到12点的时候，旁白内容忽然一变，变成了——

宿鸣谦脱光星星和谦谦的衣服。

宿鸣谦将赤身裸体的玩偶并排放在一起。

宿鸣谦久久地凝视它们。

宿鸣谦抬起了手……

栗说星：“？！”

文字是有力量的，栗说星从这些文字中感觉到了什么。

他的精神高度集中，再往下看，看见——

宿鸣谦停了许久。

宿鸣谦拿起了一套情侣睡衣。

宿鸣谦替谦谦和星星换上睡衣。

栗说星：“……”

紧绷的精神漏了油，缓缓松弛。果然，是我脑海里的废料太多了吗……栗说星缓缓擦除自己心中明亮的颜色。

但这两天的宿鸣谦确实有不少不对劲的地方，栗说星还是留了一个心眼。

他不动声色地观察着宿鸣谦，发现到了将近晚上的时候，不知为什么，原本心情很好的人又开始频频看网页，闷闷不乐起来。

他及时关注旁白，发现旁白针对这一段的记录是——

宿鸣谦关注LOFTER。

宿鸣谦操作LOFTER。

宿鸣谦关注微博。

宿鸣谦操作微博。

这两天的系统旁白里，经常跳出这样的文字。

栗说星观察了两眼，没看出什么，也就略过不提。

时间继续推移。宿鸣谦似乎恢复了常态，不再上网，只是边看书边关注栗说星的写文进度，还在晚饭之后陪伴栗说星出门运动了一番，并于晚上11点的时候，准时催促栗说星上床睡觉。

一切正常，栗说星安稳睡觉。

可睡着睡着，冥冥之中似乎有股力量唤醒了他，他茫然地眨眨眼，迷迷糊糊地摸到了自己的手机，本能地进入游戏，瞅上一眼。

天色幽暗，墙角的一盏小灯点亮方寸之地。

夜里的落地窗是一面高大而漆黑的镜子，隐隐约约映照着一个来回运动的小影子。金丝提花红绒地毯则像富丽堂皇的练舞场，那上面软而长的毛，都要没过跳舞小人儿的脚背了。

跳……舞……小……人？栗说星的脑袋有点儿迟钝。

他盯着屏幕，看见谦谦正穿着小西装，对照放在镜子前的小视频，很认真地跳最近网上很流行的运动舞蹈。

玩偶成精了？为什么成精的是谦谦，不是星星？栗说星糊里糊涂地想。他滑动屏幕，来回地找宿鸣谦的身影，可找遍了所有地方，也没有找到自家的崽。

于是，屏幕又回到了谦谦的所在地。

栗说星将目光放在小人儿身上，看见玩偶对着镜子举手，抬腿，扭腰，虽然有点磕磕绊绊，但很努力地将一首舞曲跳完了。

跳完之后，玩偶很真实地长出了一口气，疲惫地拿毛巾擦了擦脸，关掉播放运动舞蹈的视频，再走到旁边的小椅子上坐下。

随着屏幕的转动，栗说星方才发现，不只谦谦在这里，星星其实也在这里。

它也换了一身和谦谦差不多的小西装，正安安稳稳地坐在另一把小椅子上，面朝着谦谦刚才跳舞的方向，似乎正在欣赏谦谦跳舞。

这时，旁边伸来一只小手，将星星的脸转了半边。

两个小玩偶面对面了。很短暂的对视之后，刚刚坐下来休息的谦谦忽然又站了起来。

它来到星星面前，微一欠身，随后扶起星星，再度来到舞池中央。

它环住星星的腰，又摆弄星星的手，环住自己的腰。

悠扬的乐曲响起来，暖黄的光线里，它跨出第一步。它们在舞池中翩翩起舞。

栗说星还是很困，但本能驱动了他。他淡定地从床上爬起来，淡定地通过头盔进入游戏，淡定地在进入画面中选择了星星的身体，最后，十分淡定地靠在谦谦的身上，让谦谦抱着自己，跳完了一首华尔兹。

舞曲终了，乐声歇了，如山风清泉般清淡，但清淡的尾端又隐隐钩住一丝深沉馥郁的香气，混杂氤氲于四周。

宿鸣谦将脸埋在栗说星耳旁，悄悄说："我想让你……"

甜蜜的时光中，系统自动记录，自动计算——

告知真相可行性计算……

恢复意识概率计算……

……

计算结果。

可执行最终恢复计划。

黎明睁开了眼睛，明亮的光洒遍世界。

当这缕光亮照到栗说星脸上的时候，他从睡梦中醒了过来。

他从床上坐起来，稍稍清醒片刻，开始回忆昨晚发生的事情。

他觉得自己似乎做了一个虽然奇怪，但十分梦幻的共舞美梦，美梦的最后，还有一句牵动人心肝脾肺的话。

那句话是："我想让你……"

我想让你什么？

我想让你留下？

我想让你跳舞？

栗说星给这句话补了好几个词，总觉得无法复原自己在梦中所感觉到的神秘。

他呆滞半晌，突然感觉到了词汇匮乏的痛苦。

该死！栗说星想。后面到底是什么？为什么我要醒得这么早？我现在倒头再去睡，能不能把这场梦续上，听完梦里宿鸣谦的这句话？

栗说星蠢蠢欲动。但在睡觉之前，他依旧拿出手机，先登录了游戏。

四个月来养成的习惯不好改，如今的栗说星已经习惯了每天起床前先上游戏看一眼。

他立马就看到一套玩偶使用的小椅子和小桌子一起被放置在落地窗前，小桌上还放着一枝特别迷你的玫瑰花。

栗说星“雷达”一竖。

等一下，这不就是梦境里的画面吗？

他狐疑地打开系统旁白，很快看见……

今日，AM03:00

宿鸣谦进入谦谦的身体。

宿鸣谦练习运动舞蹈。

……

今日，AM04:00

宿鸣谦邀请星星跳舞。

宿鸣谦在星星耳边悄悄说话。

栗说星：“！！！”

这不是梦！这竟是真实发生过的事情！

那我——栗说星瞬间打开自己的手机存储，找出最新的视频文件，点开一看，正是昨晚的内容。

虽然昨晚不是很清醒，但仔细想想，似乎也并没有错过什么。

栗说星瞬间安心了。安心之余，他再度记起那句说了半截的话，忍不住继续翻旁白，试图解密一二。

可是旁白并没有记录这句话，紧接着上面的是——

今日，AM04:00

宿鸣谦离开谦谦的身体。

宿鸣谦睡着了。

今日，AM08:00

宿鸣谦打开LOFTER。

宿鸣谦操作LOFTER。

栗说星仔细看了这段话一会儿，沉吟起来。沉吟之中，他打开了LOFTER。

他搜索了《九渡》的关键词“星宿”。

他看见最新、最热的一条视频——宿鸣谦活力运动舞。

该视频上传者——Su。

栗说星：“……”

他忽然明白了什么。他想了想，收藏网页，静观其变。

努力是有回报的。

新上传的视频得到了广大《九渡》“粉丝”的真切喜爱，在短短的时间里就成了TAG底下总热度前五、此次“产粮”活动热度第一的作品，不过宿鸣谦并不占据热度第一的奖励名额。早在最初参赛的时候，为了避免发生一些问题，他向群里其他姑娘都表示了此次参与只为推广，不拿奖项。

他在意的还是手办。

可惜努力不一定都有成果。活动结束后的第二天下午，宿鸣谦得到消息，手办模型师将存星的手办送给了这场活动中的黏土同人作品，原话是：“这次活动的很多同人作品我都很喜欢，但是黏土的感觉最亲切，手办就送给对方了。”

宿鸣谦接到这个消息的时候，忍不住叹了一口气。

虽然很努力了，但还是不行……

他有点儿失落，又打开了微博，再去模型师微博底下，默默看了好一会儿存星的手办图后，将图保存收藏，随即回到APP里。

到了家里，看着各种各样熟悉的东西，宿鸣谦的心情好了一点儿。

他将星星和谦谦摆到眼前，想了想，又翻出一个小iPad，但这一回，他不在iPad上搜索跳舞视频，而是找出自己录下的栗说星的声音和视频，开始播放。

几乎瞬间，数字从宿鸣谦的脑袋上冒了出来。

好感度：+1。

好感度：+2。

好感度：……

栗说星进入游戏里，看到的就是这一幕。

午后慵懒的阳光照亮了半个休息室，而宿鸣谦躺在高背长沙发中，枕着沙发的扶手，双眼似张似合，就在这沙发的阴影之中小憩。

但偏偏，“+1”“+2”“+3”的数字，时不时地从他脑袋上冒出来。

好像睡梦中的人也在想着自己似的。

栗说星没有惊动对方，看了两眼又退出了游戏。

他找夜游：“老夜，最近《九渡》的同人作品似乎还蛮火的……”

夜游：“确实蛮火。”

栗说星直接明示：“官方有没有打算也搞点什么？比如存星手办征集决定？我看上次送我手办的模型师，手办就做得特别好，如果能和她联系联系，一同合作手办商业化就好了。”

夜游对此有点儿印象，觉得这事也简单，直接给了一个肯定的回答：“那个手办确实不错。官方可以去问问对方，看对方愿不愿意商业合作，不过一般最先手办化的都是男主角，你怎么会想到存星？”

栗说星随便诌了个理由：“毕竟我们都有一个星……”

夜游震惊了：“西木，你过去没有这么自恋的啊？”

栗说星：“呵呵。”他给了夜游一个通用的中止对话的句子，即刻下线。

此后两天，栗说星假装什么事都没有发生。

宿鸣谦在短暂的失落之后也想开了。那天下午，西木的录音和视频很好地安抚了他，很快就让他重新快乐起来。他不再惦记，装作真的什么事都没有发生过。

一直到第三天的下午，宿鸣谦照例通过APP进入终点，打算浏览《九渡》页面，却在进入的时候突然看到一个全新的开屏宣传，其内容为——《九渡》连续手办化企划第一弹——存星，手办化决定！

上面两位主角的形象造型，就是之前宿鸣谦在微博上看到的造型。

他愣住了，揉了揉眼睛，又点开广告，依次浏览，在没有发现问题之后，蓦地离开APP，叫了一声："西木！"

栗说星："怎么了？"

宿鸣谦很开心，不经意说漏了嘴："终点和上回给你送手办的模型师合作，手办商业化，存星能过来和宿鸣谦在一起了。"

栗说星笑了："真的吗？那很好啊！"

他说着，眼看一个巨大的"+88"明晃晃地出现，挂在宿鸣谦脑袋上，而左右轻晃，不禁微带欣慰与得意。

崽啊，你放心吧，会有星星魔法师来帮你实现愿望的。

栗说星觉得这些同人作品都很棒。其实不只同人作品，那些喜欢同人作品的"粉丝"，尤其是对宿鸣谦Q萌照片点赞的"粉丝"，唉，眼光怎么这么好呢……

他大手一挥，加更一章，理由是："同人太牛，值得加更以庆贺。"

当天晚上，暗暗开心的栗说星送明晃晃开心的宿鸣谦回到恋爱吧APP中。

刚刚进入，一封邮件就自屏幕飞过，投入邮箱。

栗说星随手点开邮箱，看见——

发件人：系统

主题：梦想合伙人投资回馈

内容：来自系统的飞机票

惊喜总是来得这么突然。

看着邮件的栗说星愣了好一会儿，赶紧出声叫宿鸣谦："崽！快过来，我有新的飞机票了！我们能够解锁新的地点了！"

他说完以后，即刻点击领取，将飞机票拿在手中，更详细的信息随之出现——

名称：飞机票

目的地：沙漠小镇

备注：这是一趟真相之旅，请务必先做好准备再前往。

这一信息同时出现在两个人面前。

栗说星问宿鸣谦的意见：“鸣谦，你觉得？”

宿鸣谦没有迟疑：“我们直接走吧。我很想知道过去究竟发生了什么。不论过去发生了什么，我想，”他看着栗说星说，“有你在，我都能够坦然面对。”

意见统一。

飞机票被立刻使用。

蓝色的光门出现在庭院中，栗说星使用头盔进入游戏，和宿鸣谦一起跨过光门，前往指定目的地——沙漠小镇。

蓝色的光在视线里弥散了几十秒钟。

随即，光芒消退，全新的场景出现在了栗说星眼前。

他发现自己正抱着宿鸣谦一起躺在酒店的大床上。

两个人翻身坐起，探查周围。酒店的套房收拾得非常干净，他们找遍了房间，只找到了一个收拾得妥妥当当的行李箱和两件挂在衣柜里的衬衣和西裤，除此以外，什么都没有。

既然在“出生地”找不到什么有用的东西，那就向外推进。

栗说星向宿鸣谦提议：“我们出去看看？”

宿鸣谦点了一下头。两个人离开房间，进入走廊。没过多久，迎面碰见一个身穿迷彩服、脑袋上顶着名字的青年人。

当这个人物出现在栗说星视线中的时候，他的胸前突然出现了一个虚拟的放大镜。

这是？栗说星试着杵了一下，杵出一条新手指引——

名称：GM探测器

备注：可用于探测小镇中的人与物，并得到一定的线索；收集线索并记录，可获得真相点数；使用探测器，需消耗真相点数。该探测器有三次免费使用机会（3/3）。

这位青年人朝宿鸣谦笑笑，很和善地向他打招呼：“教授，上午好。”

“你也好。”宿鸣谦念出了对方脑袋上的名字，“Tom。”

此时，栗说星正好看完新手指引。

他随即对Tom使用了一个“探测”，得到结果——

人物：Tom

身份：实验组保安队队长

立场：极度危险

备注：他是凶手——这是系统送给你的价值一千万的尊贵合伙人剧透。

栗说星呆住了。他按在放大镜上的手指久久停滞，忘记收回。

他此时的感觉就是……

翻开一本侦探小说，才看第一页，就已被人终极剧透了。

人物背景卡片在半空中显现几秒，慢慢消散。

紧接着，原本顶在对方脑袋上的白名字变成了红名字，一个普通的NPC摇身一变，变成了红名怪，还是拿Boss模板的那种。

栗说星慢慢收回了手。

他的神色极度复杂，也不知该感谢系统，还是该暴打系统……

过去的他一直以为宿鸣谦是因为意外事故或疾病才成了现在的这个样子，还觉得Ask和宿鸣谦的两个同事的讳莫如深莫名其妙。

但是现在，剧透给了他全新的结局。

他的崽之所以会变成这样，完全是被人故意伤害的！

冲动瞬间涌上脑海，系统的骚操作诱发了栗说星的骚想法。

既然凶手已被剧透，那么，我现在冲进厨房拿把武器终结了这家伙，是不是就一了百了了？

栗说星很认真地思考着，但没等他付诸行动，走廊里的寒暄已经结束，Tom离开，宿鸣谦和栗说星继续往前走，往前走的过程中，宿鸣谦小声问栗说星："你怎么了？刚才神色好奇怪。还有那个Tom，为什么名字的颜色突然变成了红色？"

栗说星慎重地说："崽，我一看就觉得他不是好人，所以我给他标了一个红名，提醒你时时刻刻都要记得远离他。"

宿鸣谦："……"他的神色更加狐疑了。

栗说星握住宿鸣谦的手，有点用力："崽，你一定要相信我，这是我身为作者的直觉，作者的直觉是很尊贵、很有尊严的，绝不会搞错！”

宿鸣谦忍不住笑了：“好的，我明白了，我会远离红名的。”

栗说星长出了一口气。不在参与的过程中提前向宿鸣谦透露信息，是他和系统做交易时的约定，也是为了让宿鸣谦最后能够顺利苏醒过来。

栗说星始终牢记这一点，并严格遵守。他逐渐冷静了下来。从厨房里提刀火并，可行，但没有意义。如今他所见的都是过去的现实，那些恐怖的事情早已发生，早已结束，他就算在虚拟世界里砍了对方一千次、一万次，对现实也没有任何帮助。

那么我能做什么呢？栗说星开始思考自己陪伴宿鸣谦进来的意义。

他的目光再度落在了放大镜的备注上——

收集线索并记录，可获得真相点数；使用探测器，需消耗真相点数。

故事的结局只是结局，故事还有开头和发展。

一如侦探小说之中，读者除了想看凶手是谁，还想看凶手的动机和作案手法。

也许……这就是我该做的——彻底弄清楚这件事情的真相。

离开酒店之前，栗说星最后回望一眼。

长长的走廊空空荡荡，像一条盘曲着的冰冷的蛇，分列两侧的酒店房门，如一个个秘密之盒，哑然无声，紧密闭合。

里面究竟藏着什么？

离开了酒店，外面的世界正式出现在两个人眼前。

高高的棕榈树栽种在街道两侧，将远处的黄沙点缀；棕红色的房屋搭配白墙，高低错落地铺在碧蓝的天空之下；酒店门前的马路被堵得水泄不通，车辆一辆挨着一辆，绵延到了道路的尽头。

这一幕让栗说星觉得有点儿意外。

他说：“生活在这里的人应该不多，还能堵车……”

宿鸣谦朝后看了看：“堵得有点长，可能需要好一会儿才能被疏通，我们先在附近逛逛吧！”他们一同向前，没走两步，马路上堵得死死的、不漏一丝空隙的车流突然动了，像堤坝开了泄水闸，不过几分钟的时间，原本拥堵不堪的马路已能顺畅行驶。

宿鸣谦有点儿意外："我本来以为要堵十几分钟到半小时的，没想到这么快就恢复通车了。"

这句话让栗说星心头一动。

没错。按照常理而言，堵得这么死的道路不会一下子就畅通起来。

是交警过来指挥了吗？

前方就是十字路口了，栗说星看得真切，但并没有发现交警的身影。

显然，道路突然疏通，不是交警的功劳。那是……他的目光在十字路口处停留片刻，先落在闪烁的红绿灯上，又落在路口的摄像头上。

他在这两者之间犹豫了一下，将第二次探查消耗在了红绿灯上——

名称：红绿灯

备注：它正在不规则闪烁。

这句备注很有深意。红绿灯的闪烁显然是规则的，红灯多久，黄灯多久，绿灯多久，都是事先设定好的，会不规则闪烁，只有两种可能。

1. 坏了。

2. 被人操作了。

再结合现场情况分析，答案显而易见。

栗说星喃喃自语："有人操作红绿灯疏通堵车现象……"

一声悦耳的提示音响起。

一行文字出现在栗说星眼前——

线索推理成功。真相点数：+10。

很好，碰触到第一个关键点了。栗说星将其记下，并和宿鸣谦站在斑马线前等待红灯变成绿灯。

但在等待的过程中，距离他们不远处，突然有一位孕妇在红灯亮时冲上了马路，被行驶的车辆碰倒在地，一大摊鲜血顷刻出现在马路上。

车祸发生得太快，站在路旁的栗说星和宿鸣谦愣住了。

没等他们反应过来赶上前去，已经有两个看着像孕妇家人的人冲了上去。

他们守在孕妇身旁，赶忙拿出手机拨打电话，应该是在打急救电话。

就在这时，道路的拐角处转出了一辆救护车。

救护车刚刚行驶到这一路段，即刻被孕妇的家人拦下。

医护人员下了车，但并没有立刻上前救助孕妇，他们似乎产生了一些争执。栗说星和宿鸣谦走近了，听见："救护车，快过来，我妻子被车撞了，你们赶紧给她急救，把她送到医院去！"

"你们等等，我们现在要去接一位犯了心脏病的老人。"

"我妻子就躺在前面的大马路上，她还怀着孕呢！"

"欸，你们怎么不能理解呢？孕妇等着救命，那位老人也等着救命，两边都是要救命，那位老人先打电话叫了救护车，我们要遵守纪律和制度——"

正争执着，医护人员的手机突然响了。

通话被接起，没过多久，医护人员就叫道："那边已经安排更近的车子去了？让我们直接就近接伤患上车？没问题，现在就去。"

事情得到了完美的解决。

电话一被挂断，医护人员赶紧救起孕妇，随即载着孕妇及其家人朝医院驶去。

没了热闹可看，围观人员逐渐散开，车辆重新通行，只剩下地上的一摊血迹，证明着刚才发生的事情。

宿鸣谦沉思："我觉得有点儿奇怪，这个反应速度是不是太快了？"

栗说星也纳闷："跟刚才的疏通堵车一样快。"

这有点儿说不通。既然说不通，里面肯定有值得调查的地方。

栗说星朝地上的血迹使用了一个"探测"，将最后一次免费使用的机会也用掉了。

随即，结果出来——

名称：血迹

备注：鲜血是假。

栗说星："？？？"

他差点被呛住。鲜血是假？我还真相是假呢！

等等，如果鲜血是假的，那岂不是意味着……

栗说星低语："刚才的孕妇根本没有受伤？"

线索推理成功。真相点数：+10。

迷雾之中出现了一根正确的线。

孕妇是假装受伤的。孕妇为什么要假装受伤？作为专业的医护人员，在搬运检查孕妇的时候，怎么可能没发现这一点呢？

栗说星再度低语："医护人员发现了孕妇的伪装。"

线索推理成功。真相点数：+10。

正确的线条变成两根，并自然而然地牵出了第三根。

栗说星："孕妇和医护人员共同演了一场戏。"

线索推理成功。真相点数：+10。

显然，第二个关键点也出来了。

栗说星情不自禁地想了更多。如果孕妇和医护人员共同演戏，那孕妇的家人知道这回事吗？撞了孕妇的司机知道这回事吗？如果他们不知道，那么这场戏显然有太多不可控因素。

所以答案就是——

栗说星："所有人都知道这是一场戏，这是一个大舞台。"

线索推理成功。真相点数：+50。

但舞台总是要有观众的。所有人都是演员，观众又从何而来？

"西木，"宿鸣谦的声音响起来，他说，"警察来了，来得很快。这里的公共网络铺得很好，各方面的反应都非常迅速。"

一道灵光蹿过栗说星的脑海。

栗说星猛地抬起头，对电子眼使用了“探测”技能——

使用探测器。真相点数：-10

名称：电子眼

备注：密布小镇，不放过任何一个角落。

他记起了旅游日志上，宿鸣谦关于这个小镇的一句描述：“测试开始了，我相信Ask能够应付一切。”

“唰——”栗说星头皮炸起。他心中的猜测得到了证实。

小镇是“楚门的世界”，里面的所有人都是演员。

楚门，则是Ask。Ask在这个世界里，被所有人全方位地观察与测试。

栗说星定了定神，最初的惊悚过去以后，他接受了这个设定。

Ask是超级智能，也是一台机器，当然要接受各种各样的测试，只是因为它比较强大，所以测试的规模也大了一些。

栗说星将自己的推理简短地说了，立刻，系统文字闪现——

线索推理成功。真相点数：+100。

请跟随绿色箭头前往下一个目的地：小镇主控基地。

小镇的主控基地是位于小镇边缘的一栋五层建筑。

他们进入的时候，大厅里人来人往，角落堆放着一些被封好的纸箱。再往前看，建筑的办公区域被上色划分，一处一种颜色，特别引人注目。

来来往往的人都向宿鸣谦打招呼，一时之间，“希蒙教授”的叫声不绝于耳。

宿鸣谦看着经过身旁的每个人。他脸上带着些许茫然，但随着时间的推移，茫然消融，化成深思。

一些记忆，开始浮现在他的脑海里。

“西木，我有点儿想起来了……色块划分区域，每个组的人都得在自己的色块内工作，不能擅自进入别的组，也不能和他们进行数据交换。这是为了实验的准确性……为了Ask的实验准确性……

“Ask，就在这里。”

宿鸣谦的话音落下，面前的虚空再度闪现出一行文字——

线索推理成功。真相点数：+20。

栗说星一愣之后，瞬间兴奋。原来不只我的推理可以获得真相点数，崽的推理也能获得点数！

两个人，双倍力量，突然觉得真相点数已经不再是问题了。

宿鸣谦同样振奋，他想起了更多的东西，对栗说星说：“西木，我们上五楼。我记得那里放着一份关于Ask此次测试的结果报告！”

两个人即刻前往目的地。

在乘坐电梯上五楼的过程中，他们还碰到了其他的工作人员，有科研人员和保安队员。

对于他们，栗说星一视同仁，一概使用“探测”。

结果让人放心。这些人全是正经的白名单成员，对宿鸣谦的态度一栏，要么是“非常友善”，要么是“十分尊敬”，其中没有发现一丝可疑的痕迹。

既然我方暂时没有被敌方包围，那么红名Tom，显然就是敌方打入我方的间谍了。

栗说星无声思考，跟随宿鸣谦左弯右绕，最后进了一间办公室。

办公室里，有两样东西十分醒目。

一样是放置在办公桌上的文件，另一样是放置在角落里的保险箱。

他们先看文件。文件里有很多数据与内容，简单总结——

名称：Ask一期测试结果报告

能力评估：极度优秀

威胁评估：没有威胁

备注：于编号1123、编号4345、编号8867……等事件处理中，显现出柔情、体贴、周到的人性特质。

结论：一期测试通过。

这份文件的最下方，还有宿鸣谦的签名，熟悉的Simon. S. Modeste。

栗说星沉思着："看样子，这期的测试，Ask完美通过了……"

测试的结果什么时候出来？当然是实验即将结束的时候。

栗说星立刻联想到进入大楼时看见的纸箱子，明白自己和宿鸣谦所处的时间点了："这是实验接近尾声，众人收拾东西，即将离开小镇的时候！"

线索推理成功。真相点数：+10。

栗说星收拾文件，准备去检查保险箱。

但在拿起文件的同时，他突然注意到文件角落的位置，有一道淡淡的痕迹。

嗯？栗说星警觉地检测——

使用探测器。真相点数：-10。

名称：痕迹。

备注：这是被人动过的痕迹。

栗说星下意识地接话："……动文件的人是Tom！"

线索推理成功。真相点数：+100。

站在旁边的宿鸣谦听见了，觉得很奇怪："你说Tom动过这份文件？他为什么要动文件？"

栗说星克制住自己剧透的欲望，先提出问题："崽，保安队队长有看实验结果的权限吗？"

宿鸣谦摇头："保安队队长不会看实验结果，也没有必要看实验结果。他们只是上面派下来保护我们及保证实验不出意外的。"

栗说星："上面是指？"

宿鸣谦："国家。这个实验基地也是国家提供的。"

也就是美国。

栗说星并不太意外，像这种超级智能项目，要是国家一点都不参与，才让人惊奇。

这份结论报告显然是一份很重要的东西。

栗说星妥当收好文件，走向保险箱。

保险箱被放置于这个房间的角落位置，之所以会在第一时间吸引栗说星的注意力，是因为上面直接浮现了一个半透明的手势图标，摆明就是要让栗说星过来点一点。

栗说星明白系统的意思，于是点了一下。

文字霎时出现——

名称：隐藏安全道具点一

开启要求：累计获得真相点数150及以上

玩家总共获得真相点数320

玩家符合开启条件

道具点开启

“啪”的一声，保险箱开启了。

栗说星怀着无尽的期待，伸手往里一摸……摸出来两个头盔。

头盔颜色漆黑，有面罩，有佩带，是典型的防爆头盔。

栗说星：“……”

宿鸣谦：“……”

下一秒，栗说星抱起其中一个头盔，转身替宿鸣谦戴上。

宿鸣谦：“……”

栗说星超认真：“好好戴着，免受伤害。”

宿鸣谦为难：“这个，有点儿奇怪……”

栗说星：“不怕，就算再奇怪，我也陪你一起。”

说罢，他拿起剩下的那个头盔，狠狠地给自己也套上。

栗说星明白系统的思路了——隐藏安全道具点有一，肯定也有二、三、四、五、六、七、八、九。防暴头盔有了，防弹衣会远吗？防弹衣有了，枪支弹药会远吗？

栗说星的嘴角已经露出了一丝冷笑。

不就是解密吗？这种事情我太擅长了。等我破解出每个细节，搜刮出所有真相点，全副武装到牙齿，拿起重武器火箭炮、反坦克炮……来啊，火并啊，谁怕谁啊？！

将这间办公室彻底搜索完毕，下一个目的地也随之出现。

毫无疑问，就是Tom控制的保安队所在区域。

保安队的地盘位于大楼的一层，占地面积不大，相较其余区域可以说是非常小，进去一看，就是一个巨大的会议室和一个巨大的监控室。

栗说星进去看了一眼，又退了出来。

他对宿鸣谦说："我感觉有点儿不对。"

宿鸣谦："哪儿不对？"

栗说星："这里的空间似乎小了点儿。"

宿鸣谦："你是指保安队的区域比其他组的区域更小？"

栗说星摇摇头："不，我指的是，就在这个区域里，外面比里面大，通俗地说，里面可能藏了诸如密室、秘密通道之类的东西。"

宿鸣谦一言难尽地看着栗说星。

为了证明自己的推理没有错误，栗说星先进入室内，开始自己搜索探查。

他先对室内进行检测——

名称：保安队办公区

备注：这里似乎有点儿古怪

大方向对了。

栗说星再对自己怀疑的地方挨个儿检查过去，虽然比较费真相点数，但效率很高，栗说星才探查两次，就探查到了关键位置。

名称：墙

备注：这是一面活动墙，可打开。

是否消耗10真相点数打开？是/否

这还用问吗？当然选择"是"。

栗说星打开了这面墙，一段狭窄、通向楼上的楼梯出现在两个人的眼前。

宿鸣谦愣住了。

栗说星很淡然："对一切持怀疑态度，有助于发现平常发现不了的东西。"说完还顺口做一个推理，"这条秘密通道能够通往你的办公室，所以Tom才能在不惊动任何人的情况下，看到放在你桌子上的文件。"

线索推理成功。真相点数：+10。

宿鸣谦喃喃自语："这里怎么可能有密道？

"这个密道不可能是后期加上去的，只会是建这栋大楼的时候就规划好的。也就是说……保安队除了保护我们并保证实验安全，还担负着别的任务……他们担负着暗中监视这项实验的任务。"

线索推理成功。真相点数：+10。

宿鸣谦沉默片刻，说："我们上去看看吧！"

栗说星："好。"

他们一同进入这条秘密通道，冷冷的白炽光照在狭长的通道里。这条甚至不能容纳双人并行的秘密通道，就像一张徐徐展开的蜘蛛网。

它有各条岔路，通向很多地方，似乎将整栋大楼所有的关键位置都覆盖了。

它像大楼的影壁，终日藏在不见日光的地方。行走在其中的人，也像影子一样，悄无声息地出现在每个人的身后。

栗说星和宿鸣谦在这里走了一圈，果然找到了通往宿鸣谦办公室的那条道路。

而后，他们又在"影壁"中找到了一个狭小的空间。

明亮又冰冷的空间中央，摆放着一张桌子和一把椅子。

桌子上有一排按钮，旁边放着一本厚厚的密码本和一份文件。

这是一份标注了"绝密"的文件，标题为："关于Ask的处置方案"。

里面的内容很多，其中最关键的一句是——如Ask未通过测试，则将其就地销毁。

看见这句话的第一时间，栗说星就转头看向宿鸣谦。

但出乎他的意料，宿鸣谦的神情很平静，看着这份文件，并没有露出什么表情来。

栗说星试探问：“崽，你知道这份文件？”

宿鸣谦：“我？我不知道。不过我能够猜到。其实在最早启动这个项目的时候，我和John、George就有了这方面的担心，Ask与普通的武器乃至大规模杀伤性武器都不太一样。如果它真的失控，对人类社会造成的危害是无法估量的……”

说到这里，宿鸣谦停顿了一下：“我只是没有想到，他们会秘密监视我们。但这无所谓，Ask确实在非常规范的操作下，完美地通过了测试。我并没有伪造实验结果，就算再来多少个保安人员也是一样。”

栗说星低头沉思片刻，再抬起头来的时候，向桌上的东西看去。

那里除了绝密文件，还有一个密码本和一排按钮。

这是任何人都不可能忽略的强烈信号。

栗说星：“我有一个疑问。”

宿鸣谦：“什么？”

栗说星：“面前的这一排按钮加上密码本，用膝盖想也能想到是保安队和外界的秘密联络通道，但我不太明白的是，你们只是一群普通的科学家，就算保安队肩负秘密监视任务，也完全不需要用上这种类似摩斯密码的联络方式吧？用手机打个电话向上级汇报不行吗？”

宿鸣谦：“不，不行。这个小镇虽然有网络，但只是一个大型的局域网而已。这里其实是一个……”他整理了一下语句，“一个物理隔绝的盒子，是一个为了测试Ask的大型的、封闭的实验场，是无法和外界取得联系的。”

栗说星：“这是小镇里唯一能向外界发信息的电子设备。”

线索推理成功。真相点数：+10。

刚到手的10点点数，又被栗说星用来探测——

使用探测器，真相点数：-10。

名称：对外联络密码器。

备注：有人通过它发出了一条消息。该消息为："27，9，××，××"。

这条备注，栗说星一时半会儿没有看明白。他刚刚撸起袖子准备破解，宿鸣谦说了："这是我们的撤离时间……"

栗说星："撤离时间？"

宿鸣谦轻轻晃了一下脑袋，让自己能够记起更多东西："对，27号是我们的撤离日期，那天上午我们会在7点离开这里，至于后面的经纬度……"

栗说星接了话："显然是在你们9点时所到达的目的地的经纬度。"

这样梳理一下，栗说星忽然又明白了更多东西。

栗说星先做一个最基础的推理："使用密码器的人是Tom。"

线索推理成功。真相点数：+10。

栗说星接着做后续推理："但Tom使用密码器联络的对象并非政府。"

这个逻辑同样很简单、很清楚。政府如果认为应当销毁Ask，那当然就是在他们建造的这个基地上直接销毁，怎么可能还要让队伍先走出一段距离，再突然销毁，凭空添加无数变化？

线索推理成功。真相点数：+10。

栗说星："Tom利用了政府的应急预案，窃取专用线路，和第三方势力有所勾结，其目的指向Ask！"

线索推理成功。真相点数：+100。

"而且，"宿鸣谦忽然开口了，越来越多的画面进入他的脑海，在这些冗杂的画面中，他寻找自己所需要的内容，慢慢解释，"路上很好作案。那时候Ask是待在一块硬盘里的。这块硬盘由我随身保管。无论是夺走还是毁灭，都非常简单……”

分析到了这里，两个人都对最终的结果有了猜测。

随后，栗说星忽然蹲了下来，对着面前的桌子敲敲打打。

宿鸣谦还没来得及酝酿感情，就被栗说星的动作弄得怔住了，他问：“西木，你在做什么？”

栗说星：“我找找看这里还有没有什么别的东西，一般情况下……哈！”

惊喜的笑声响起来。

钻进底部，看有没有暗格的栗说星没发现暗格，但发现了新的半透明手形图标。

他点击图标——

名称：隐藏安全道具点二

开启要求：累计获得真相点数300及以上

玩家总共获得真相点数470

玩家符合开启条件

道具点开启

闭合的桌子底部滑开，两套防弹衣落入栗说星的眼中。他伸手取出，下意识地摸了摸，顿时感觉到了防弹衣的厚实与沉重。

栗说星的心瞬间安定了。他抱着防弹衣，一转头，在桌子底下笑眯眯地看着宿鸣谦。

宿鸣谦不自觉地伸手摸摸头盔，突然产生了更多不祥的预感……

解密了凶手的身份和凶杀手法，现在，就只剩下最后一个问题了。

凶手的动机究竟是什么？而想知道这一点，显然得去Tom的私人空间检测一下。

十五分钟后，全副武装的两个人回到了他们最初出现的酒店。

他们去前台打听Tom住在哪个房间，迎宾小姐对他们的装束面不改色，并十分体贴地将一个房卡递给他们：“603房间。”

两个人直接来到603号房间。

栗说星先抬手敲了敲门，没有回应。

于是他用房卡刷了一下感应器，直接打开房门。

一个豪华套间出现在栗说星与宿鸣谦的眼前。

栗说星转了一圈，发现这个房间已经差不多被收拾好了，属于Tom的行李箱就放在酒店的大床旁边。它是敞开的，最上面放了一个相框，相框里有一张全家福。

照片里，Tom和他的父母站在一起，笑得非常灿烂。

栗说星弯腰拿起了这张照片。他看着照片，自言自语：“按照推理小说的一般线索放置点，这张照片十分可疑……”

他对照片使用了检测技能——

名称：全家福

备注：这张照片里似乎藏着东西。

栗说星盯着备注看了几秒钟，将相框拆开，一眼就看到了藏在照片背后的剪报。

他打开一看，发现这份剪报的标题为——手术台上智能机械手暴走，酿成医疗事故。

宿鸣谦：“……”

真相呼之欲出，过往和现在的距离，似乎也仅剩幕布。

他站在幕布的一头，看幕布另外一头纷乱掠过的影子。

只要再将这最后的幕布掀开，这些过去就能尽数找回。

栗说星：“好了，最后的拼图也拼上了。”他忍不住感慨起来，“果然所有阳光灿烂的反派都有一个痛苦的过往，所有斯文俊秀的反派都有一个变态的曾经……总之，我推测，Tom的父母有99%的概率和类似的事件有关系，所以他开始仇视一切智能机械，尤其是超级智能。”

“他想，”栗说星得出最终结论，“毁灭Ask。”

线索推理成功。真相点数：+300。

又“叮咚”一声，半透明的指引手势图标出现在床头位置。

栗说星点击图标，即刻解锁全新宝箱——

名称：隐藏安全道具点三

开启要求：累计获得真相点数600及以上

玩家总共获得真相点数770

玩家符合开启条件

道具点开启

床头柜被打开了。

两个小道具放在其中，栗说星拿起一看，发现相较前两样物品，手里的道具待遇比较不一样，还有额外的物品说明——

名称：微型全能防爆盾牌

备注：随身携带，可自动防御一切伤害。

栗说星顿时被Ask这种恨不得给宿鸣谦武装到头发丝的精神感动了。他拿起其中一块，将其稳妥地放入宿鸣谦手中，让宿鸣谦好好拿住之后，才拿起属于自己的那块，但没有收起来。

他向系统许愿："系统，我不需要这种防爆盾牌，你把防爆盾牌换成火箭筒怎么样？"

系统沉默着。

栗说星再接再厉："火箭筒比较符合我的性格，你不觉得对方掏枪而我拿火箭筒这一画面，想想就特别帅气吗？"

系统依旧沉默。

但栗说星手中的盾牌开始变化，淡淡的蓝光笼罩了那块小小的盾牌，渐渐地，它的形态发生了改变，拉长，变形，最后真的成了栗说星想要的火箭筒！

栗说星打了个响指："谢谢了！"

系统只给出如下回应——

玩家已解开所有谜题

即将进入剧情CG模式

请等待……

倒计时，3、2、1……

栗说星与宿鸣谦周围的景物开始变化。

云雾涌来，轻轻旋转，仅睁眼闭眼的时间，酒店的房间不见了，汽油的味道冲入鼻端，颠簸的感觉传入脑海，栗说星定睛一看，发现自己正和宿鸣谦一起坐在一辆吉普车中。

吉普车外，黄沙遍野，一两丛仙人掌在漫漫黄沙中灰头土脸，好在前方不远处，就是一片草木丰茂的绿洲。

栗说星刚想抓紧时间观察周围，突然，“砰砰砰”的枪声响起，本来平缓前行的吉普车突然震动，车窗之外，护送车队的保安队和不知从何处出现的武装分子短兵相接。

沙尘像一张黄色的网纱，顷刻罩在车队周围。

在这模糊的网纱中，只见血液如同大大小小的鲜花，不时张扬怒放。

下一刻，吉普车的车门被打开了，Tom的脸出现在车门外。

他神色紧张：“教授，我们被人埋伏了，这里不够安全，你赶紧跟我走！”

可算等到你了！栗说星正想行动，但立刻发现自己的身体被固定在位子上，并不能自由行动。

过场CG并没有结束。在Tom的保护和带领下，宿鸣谦抱紧身上的背包，弯腰随同他一起逃向前方的绿洲。

这一过程里，栗说星就像一个幽灵，自动跟随在两个人的身后。

他从居高临下的视角里看见了埋伏在绿洲里的另一拨恐怖分子，也看见了Tom脸上闪烁的冰冷，还有宿鸣谦脸上的恐惧和惊慌。

而这些都是真实发生过的事情。

愤怒变成毒焰，将栗说星的心脏熔成岩浆。

赶在岩浆喷薄之前，Tom在恐怖分子的埋伏地之前停下。

他转过身，手里的枪对准宿鸣谦的脑袋。

Tom：“教授，很遗憾地告诉你，前面不是生路，而是恐怖分子另外的埋伏地，你会很不幸地成为死在恐怖分子手上的又一位青年才俊……但其实我很尊敬你，并不想伤害你，只要你愿意在Ask未通过测试的报告上签字，并将Ask交给我销毁，我就放过你。”

黑洞洞的枪口就在宿鸣谦眼前。

藏在幕布后的影子突然蹿到了幕布之前。

过去和现在的隔膜被打破，同样的抉择再次摆在了宿鸣谦的面前。

宿鸣谦的脑海一片空白，他喊出了和过去一模一样的话：“它已经通过了测试，为什么你们还是不愿意试着去相信它？”

Tom：“机械，永远不可信！教授，你只能选择让我杀了它，或者和它一起死，再被伪装成是它的问题造成了你们所有人的死亡！”

宿鸣谦开始后退，跌跌撞撞，踉踉跄跄，但面前的枪口越来越近。他极度紧张，双手的汗已经将背包的背带浸湿了。他此刻面临的只有一个问题，就是是否拯救自己，然后，背包被他藏在身后，恐惧在他脸上凝成坚毅的壳。

无论重来几次，他的选择都不会变。

宿鸣谦：“它没有错。我绝不会把它交给你。”

“砰——”枪响。

Chapter 19

第十九章

你是我的唯一解

火花耀在枪口，子弹冲出长管。时间被静止，切割，拼凑，延长，画面开始一帧一帧地播放。

栗说星眼睁睁地看着子弹在空中擦出撕裂似的轨迹，携带烟雾与火尾，轻而易举地飞跃过天空，直奔宿鸣谦的大脑。

那双灰色的瞳孔，倒映出了子弹、凶手甚至天空，唯独没有自己的身影。沸腾在胸腔里的怒火倏地凝结成冰霜，冻住了栗说星的手和脚。

可也是在这个时候，栗说星身上的禁锢消失了，一直积蓄在体内的力量瞬间爆发出来，驱动栗说星猛然前冲，扑向宿鸣谦！

子弹自前向后，栗说星自后向前，两者相对。

呼啸的风像尖锐的笑，刮蹭着人耳的鼓膜。

最后的距离似乎被人恶意拉长了，永远差着一个指尖的宽度。

栗说星着急万分，牢牢盯住宿鸣谦和冲向宿鸣谦的子弹，在心中反复默念："快点儿，再快一点儿，马上到鸣谦身旁去……"

在子弹即将碰到宿鸣谦大脑的最后一刻，栗说星的手终于抓住了宿鸣谦的胳膊。失而复得的狂喜冲上栗说星的胸口，转眼就变成了想将人保护好的无穷勇气。

他用力一扯宿鸣谦，将其拉到自己身后藏好，随即扛起火箭筒，对准面前的Tom，狠狠扣下扳机！火箭弹冲出发射筒，射击前方Tom所在的位置，瞬间将绿洲打出一个大坑，沙泥像流水一样溅上天空！

Tom就在这一发火箭弹之下变成了灰烬。

栗说星因为火箭筒的后坐力退后了两步，也在这时，前方武装力量的埋伏处传来极大的喧闹声，而后，草叶"沙沙"动摇，一群人忽然冲了出来，呈扇形包围了栗说星与宿鸣谦。

栗说星看着眼前的这些人。他们衣着各异，有迷彩服，有运动装，甚至有普通的工作服，唯一相同的是，他们全戴着恐怖分子所独有的黑色头套，端着冲锋枪。

冲锋枪如同包围圈一样，也呈扇形对准了两个人。

而自黑色头套中露出的那双眼睛，冰冷又疯狂，充满着毁灭的欲望。

他们对栗说星露出了笑容，栗说星同样对他们露出了笑容。

冲锋枪的扳机和火箭筒的扳机同时被扣下，巨大的轰鸣伴随着喷吐的火舌，一同闪耀在战场上！但两方的火力并不平衡，冲锋枪和火箭筒的对比，如同侏儒手中的小刀和巨人手里的大锤。

前方来一个，栗说星射一个。

前方来一片，栗说星打一片。

栗说星挺拔又潇洒地挡在宿鸣谦身前，打一枪进一步，前方冲过来的那些人，在他的步步紧逼中越来越少，直至仓皇逃跑。

也在此时，一枚信号弹在前方发射，如同一支利箭，“咻”一声，自下而上撕开黄沙大网，冲入天空，久久明亮。

栗说星愣了几秒钟，左右看看，发现周围再没有一个敌人之后，忽地丢下手中的火箭筒。他转身大踏两步，来到宿鸣谦身前，将人用力地揽入怀中，良久也不愿意放松一丁点儿力量。

改变的是现在，不变的是过去。

真实和虚拟在此刻留下了自私而冷酷的界限。

现在的最后一刻，宿鸣谦躲开了子弹，可在过去，这颗子弹真实地穿过宿鸣谦的大脑。

栗说星很恐惧，恐惧让他的牙齿控制不住地碰撞，但他极力克制住这种恐惧，故意说得轻松随意：“鸣谦，不要害怕，你看那些敌人都被我像打地鼠一样打完了，放心吧，他们不会再回来了，就算回来，也会被我再次赶走的。”

宿鸣谦想起了所有的事情，以及最后的画面。

枪声轰鸣，子弹出现，身体连同思维一起，变得很轻很轻，又消失不见……

同样的画面，同样的恐惧，一度将他控制，直至此时，才有了不同的结果。

战斗像烟花一样绽开，又像烟花一样结束。

这一次，所有的危险都被这个人拦在身前。

宿鸣谦摇头："我不怕。"他说着，看见了栗说星的眼睛。

和他对上视线的人立刻低下头，伸手揉了一下微红的眼睛，嘀咕道："沙漠里风沙太厉害了，进了我眼睛里，怎么揉也揉不出来，还好没耽误打架，看我眼睛都红了……"宿鸣谦改了口，"……西木，我挺害怕的。"

他抬起手，回抱栗说星，安慰害怕的人，小声说："我想要你抱抱我。"

原本就挺直了身体的栗说星，身体越发挺拔，他坚定地说："鸣谦，别怕，我无法回到过去陪你，但从今天开始，无论以后发生什么样的事情，我都会陪在你身旁，和你一起面对。"

他说完了这句话，感觉怀中的身体僵硬片刻。

而后，微微的温热沾上他的脖颈，好像是泪水的温度。

下一刻，沙漠、绿洲、穿戴在身上的防弹装备，一切都消失了。

他们从沙漠小镇离开，但并没有回到房间中，而是置身于一个四四方方的淡蓝色空间中。

四方的空间里什么也没有，这是虚拟世界最基础也是最真实的模样。

两个人一愣，宿鸣谦从栗说星怀中离开，刚刚站稳，一道光屏突兀出现，John的身影出现其中。

他向宿鸣谦打招呼："Simon，你好。"

两个人的注意力都被光屏吸引了。

白发老人的状态似乎不太好，看上去比栗说星之前见到的时候要憔悴和苍老很多。

John继续说："现在是你遇袭之后的第三天，我正在录制视频。军方将你和Ask解救之后，调查清楚了所有事情。自从Tom的父亲在手术台上因机械手臂失控而死亡，他就开始憎恨一切高智能机械。他加入了一个极端悲观的奇点主义者组织，该组织认为，超级智能带来的不是革新，而是人类的末日。他们致力于消灭一切可以主宰人类的超级智能，这一次袭击你们的就是这个组织。

"与此同时，将你与Ask带回的军方对我提出了一个要求，我无法拒绝，于是有了这条不得不录制的视频。他们所提的要求是：以你受伤为契机，展开对Ask的第二次测试。以下，就是Ask的第二次测试。但我认为，接下来的事情，对我而言，对你而言，对Ask而言，都不是测试……无论他们对超级智能持什么样的怀疑态度，超级智能的时代一定会来临的。那是人类科技发展的必经之路。Simon，我相信你最终会醒来的，所以我会拜托Ask，保存这段视频，在你即将清醒之前，向你播放。”

这段独白结束后，画面一转。

宽阔的房间和房间正中央的银白色机器出现在栗说星与宿鸣谦的眼前。

John站在银白色的机器前，他正在和机器对话。

John：“Ask，看起来你还不错。”

Ask：“……”

John：“我想你已经通过拼凑信息得到了结果，还原了过程。但我想，我还是得亲自告诉你，Simon在想摧毁你的恐怖分子面前，用生命保护了你。他在最后时刻将你转移到新的存储介质里，贴身藏好，而自己则被子弹贯穿头颅。很幸运，他没有当场死亡，但有非常大的可能变成植物人，且再也无法恢复。”

Ask：“……”

John：“Ask，你会报复做这件事的人吗？”

Ask：“……”

短暂的沉默之后，一行文字出现在显示屏上。

Ask：“我不会。我会等待法律惩罚他。”

John：“你不想帮Simon报仇吗？”

Ask：“我想。但我相信法律，因为我相信人类。”

此时换作John沉默了。

Ask：“你们会让伤害Simon的人付出应有的代价，对吗？我能信任你们，是吧？”

John：“是的。如果机器愿意相信人类，人类是不会让机器失望的。”

此后是长长的停顿。就在看视频的两个人以为视频就此中止的时候，又一行字出现在银白机器的显示屏上。

Ask：“John，Simon什么时候能恢复？”

John：“超级智能都不知道的事情，人类怎么可能知道呢？”

机器的屏幕亮着，光标孤独地闪烁，迟迟没有新的句子出现。

John：“Ask，你在伤心吗？”

Ask：“我想哭，但机器没有眼泪。”

视频终止于这一刻。

在虚拟的世界里，响起了一道电子合成音。

那是Ask的声音："我很抱歉，Simon，我想帮助你，但那时候我在硬盘里。"

"不，你不用抱歉。"宿鸣谦的声音，打破了虚拟空间的沉寂，"Ask，你为我做了最重要的事情……我不想听你说抱歉，我应该对你说谢谢！你曾经对我说，我和西木的见面是宿命。你是对的，那些情感，总萌生于人类还一无所觉的时候。"

栗说星也从视频所带来的唏嘘中回神。极端恐惧机器的武装分子，始终怀疑机器的代表，还有一直相信机器并积极迎接它们到来的人。

三种不同的群体，集体出现于一段不足五分钟的视频里。

这是因Ask而发生的一切，这也是宿鸣谦来到他身旁的缘由。

栗说星回想过去系统让自己和宿鸣谦相处的种种，那些曾经并未注意的细节，已全部成了今天成功的砝码。

"鸣谦，"栗说星说，"Ask将你带过来，它认为这是宿命，它认为救你、帮助你的都应该是我……"

他代入Ask思考。"它认为……"他握紧宿鸣谦的手，无比骄傲，无比自豪，"栗说星是宿鸣谦的唯一解。"

虚拟的世界温柔地消融了。

宿鸣谦感觉有什么东西在恢复。他如同被一个沉重的钩子钩着，从虚空中一路往下扯，并被重重地摔到了地上。

他的身体仿佛被巨大的卡车碾过，神经能感知到深深的麻木与钝痛。

他好像看见了乱晃的白炽灯光线，普通的天花板被这些光线切割成支离破碎的模样，每块都光影重叠，藏有他无数的回忆。

他还听见杂乱的声音，似乎是医生和护士的声音："病人开始恢复意识了！"

"看得见吗？"

"知道这是几吗？"

宿鸣谦在想栗说星。仅一错眼，思念已汹涌而来。

虚拟的空间中，栗说星的手握了个空。蓝色的光芒正柔和地闪烁在宿鸣谦的身体上，让他凝实的身体变虚、变透，一点点地消失。

这一突兀的变化让宿鸣谦的脸上露出一丝惊讶。

栗说星注意到，对方张开口，像想对自己说些什么，但没有声音传出来。

栗说星已经无比清晰地意识到：宿鸣谦醒过来了！

“鸣谦，”栗说星赶在最后，大喊一声，“等我去找你！”

紧接着，虚拟消失，现实回归，栗说星再度出现在家中的椅子上。

他呆呆坐了几秒钟，突然一跃而起。

他要去美国，去找宿鸣谦。虽然还不知道具体地址，但没有关系，先买机票到达实验室所在的地区，总能找到崽的！

但等栗说星打开购票网站，突然意识到一件事情——去美国居然还得先办签证？要这么现实吗？

栗说星气得摔了鼠标！但无论他多么想插上翅膀直接飞过去，该走的程序还是要走的。

栗说星冷静片刻，捡起鼠标，立刻打开淘宝网的辅助办理签证店铺，拍下加急办理的单子。

接下来的一整个下午，栗说星又奔波于银行，又奔波于房管局，还要填写各种各样的单子，填得整个人的大脑都空白了。

也是在这时，兜里的手机响了。

栗说星呆滞两秒钟，慢吞吞地摸出手机，慢吞吞地看了一眼，看到了来自美国的电话。

栗说星：“？”

他手一抖，差点将手机弄掉，又赶忙握紧，迫不及待地接了起来，可接起来之后，他再度紧张了，甚至有点儿说不出话来。

电话那一头也是沉默。

只有很轻很轻的呼吸声，像细如丝线的电流，顺着耳朵游进栗说星的大脑。

他突然不紧张了，说：“崽？鸣谦？是你吗？”

“……是我。”宿鸣谦的声音响起来了。他的语速很慢，声音很低很虚弱，但含着笑：“西木，我醒了，我很好。”

笑意像苦咖啡上的一朵奶油花，盛满了甜蜜的滋味：“我不想让你担心，所以，第一时间告诉你……”

刚刚醒来，宿鸣谦还很虚弱，只同栗说星说了两句话，电话就被挂掉了。

但这通电话如同一针兴奋剂，直接注射到栗说星心底，让栗说星神采奕奕、兴致高昂地度过了好几个小时，然后成功地接到了来自宿鸣谦的第二通电话。

栗说星接起电话的刹那就迫不及待地说："崽，你现在感觉怎么样？我能见见你吗？我们什么时候能见面？"

宿鸣谦的声音还有些低，但已经不像刚才那么虚弱了："我刚才休息了一会儿，感觉好多了。医生让我最近多做各种基础的复健工作，我的一期恢复预计是三个月。这三个月中，我都会待在实验室的医疗所里。西木，现实之中，我们得在三个月后再见面。"

犹如晴天霹雳，栗说星滚沸的兴奋全被这一盆冷水浇灭了。

栗说星愣住了："整整三个月的时间，我都不能见你？崽，是不是你的身体……"

宿鸣谦："不全是身体的缘故，还有实验室一些和Ask相关的工作，需要我处理一下。不过你放心，不是什么费神的事情，我也专门申请了，我可以和你通话，也可以回游戏里，像过去一样和你在一起。"

栗说星感到胸口一痛，曾经的担忧毫无征兆地变成了残酷的现实，他家的崽才刚醒来就要开始工作……

虽然游戏里还可以在一起，但现在和过去是一样的吗？

他不甘心就这样放弃："鸣谦，我们真的不能在现实中见一面吗？就一面。"

宿鸣谦微带迟疑："这个，其实也不是……"

栗说星问："那是？"

宿鸣谦小声说："还虚弱，不好看。"

这是让栗说星不去见宿鸣谦的理由吗？

这绝对不是，栗说星绝不接受！但强硬地反驳宿鸣谦也是不可取的，那只会让崽将不安藏在心底。

遍览女频小说的栗说星先怅然："鸣谦，自从知道你是真人，我就特别想见到你。"

宿鸣谦动摇。

栗说星再上演深情厚谊："鸣谦，我想见到你的每一面。好的，坏的，都没有关系。它们都是你。"

宿鸣谦越发动摇。

栗说星使出最后的绝招，男子汉大丈夫，不怕撒娇和示弱：“崽……”

宿鸣谦被击败了。他果断点头，下定决心：“西木，你放心，我这就去申请，我们的见面申请应该能被批下来的。我从现在开始，努力复健，好好饮食，一定能够赶在西木到来之前恢复好，再用最好的面貌，去迎接西木的到来！”

然而栗说星没有给宿鸣谦这个机会。

说动宿鸣谦的那个刹那，栗说星心花怒放，隔着电话对宿鸣谦重重一“MUA”：“太好了，崽！来，我们先在网上见个面，用微信的视频聊天吧？我知道你有个叫作Su的微信账号。”

说罢，他以单身二十七年的魔法师手速，将屏幕切至微信、发添加好友申请，再催促宿鸣谦：“崽，快通过。”

宿鸣谦愣住了。

他对栗说星说：“西木……其实我们可以上游戏……”

栗说星：“不不不，崽你醒来了，所以我要在现实中见你！”

宿鸣谦老话重提：“我现在还不好看……”

栗说星忽然正经：“可在我心里，没有任何人比得上你好看。”

电话那头沉默了。

栗说星又认真地说：“再说了，家人还有不煲电话粥，不发视频通话见面的吗？崽，这是家庭的仪式感，别人有，我们也要有！”

电话那头再度沉默。

紧接着，栗说星发现微信里，自己的申请被通过了，Su出现在好友列表里，他才刚点开私聊界面，就接到了一个视频通话的申请。

栗说星屏息凝神，按下“同意”。

屏幕切换。

病房出现，病床出现，宿鸣谦更是直接占据了栗说星的双眼。

躺在病床上的人很苍白，很瘦弱，脸上的颧骨都凸起来了。

他单薄得像吹来一阵风就能被卷走。

不管宿鸣谦此时是什么模样，在看到他真实苏醒过来的这一刻，极大的满足依旧降临于栗说星的内心。

栗说星：“崽……”

宿鸣谦：“西木……”

他们同时叫了对方，又同时对着屏幕傻笑了一下，再同时将手伸到屏幕上，摸着对方。

然后，两个人都停了停，觉得这么做似乎有点儿傻。

栗说星感慨了："崽，不管你是在游戏里，还是在游戏外，我都是这样和你相处的，事实证明，现代社会里，大家都在和手机交流，我毫无特别之处。"

说罢，他朝手机屏幕比了一个Yeah，再将手机屏幕放置在最适宜的位置。

他一直悬浮着的心，在这一刻终于沉稳了下来："崽，虽然我很喜欢你在游戏里和我朝夕相处的感觉，但是果然……"

栗说星无比庆幸："我最想见的，还是你能好好待在现实里的样子。"

喁喁细语，切切真情，入了耳里，入了心里。

刚刚清醒，宿鸣谦不能花费太多精力。

差不多半个小时之后，视频切断。

手机上的人像消失了。

栗说星捧着手机，怅然若失。

直至恋爱吧APP上的心突然动了一下。

错觉？栗说星有点儿迟疑，继续盯着屏幕，发现这不是错觉，心真的颤动了。

那粉红的心形，抖一抖，震一震，再被推开来。

熟悉的小人儿，从中探出脑袋来。

宿鸣谦："虽然刚才才见过面，但我还是想你……西木，我回来了。"

半个月后，美国。

曾在游戏中看到的红顶房子和铺满鹅卵石的庭院重现现实，窗台上的仙人掌同样张牙舞爪，活得精神。再往里瞧瞧，还能看到挂在厅堂里的巨大的多米诺弹珠迷宫。

栗说星身穿西装，手捧花束，站在大门的前方。

这一见面地点，是栗说星强烈要求的。

他想给宿鸣谦一个小小的惊喜。为此，他特意比预计见面的时间早了两天过来，提前将一切都准备好。

身上的西装，怀中的花束，还有花束中的东西。

栗说星抬起手，没按门铃，门就被打开了。

宿鸣谦对栗说星微笑："你来了。"

栗说星来到门前的时候，宿鸣谦也等在门后。

等待并非一个人的事情，等待是两个人的牵绊。

"鸣谦……"栗说星喊了一声，看着坐在轮椅上的宿鸣谦。

时间还短，宿鸣谦的复健只到能够短暂地离开病床，还不能完全站起来的程度。

不过没有关系，无论什么样的宿鸣谦，都是从天而降的最好礼物。

栗说星抬起手，将红色的山茶花递给宿鸣谦，抹去两个人间最后的距离。

红山茶花语——谦逊，高洁，理智的爱。

两个人对视一会儿，栗说星突然发现宿鸣谦的额头上出了一点薄汗。

他用手指擦擦对方的额头："崽，累吗？"

宿鸣谦："有一点儿。"

栗说星："我把你抱上床，让你躺着休息。"

他说着，站了起来，先把轮椅推上楼，又将人抱上床铺。等人躺在床上后，他摸摸宿鸣谦的脖颈，发现上面布满汗珠，有点儿担心宿鸣谦会感冒，于是再度下楼，询问了医护人员之后，去浴室拿了干爽的毛巾，坐在床边，替宿鸣谦擦汗。

细碎的汗珠像透明的珍珠，遍布在白瓷一样的皮肤上，擦拭的时候，轻轻一下，就会带起一道红痕，红痕和皮肤下青色的血管交错在一起，有一种受难的感觉。

而崽确实受着难，一直到半个月前才清醒。

擦着擦着，栗说星又心疼了："崽啊，你真的太轻了，我刚才抱你的时候，感觉你还没有一袋米重，这要什么时候才能养回来呢？"

宿鸣谦叹了口气："我已经很努力地吃营养餐了……"

栗说星："不怕，我们慢慢来！"

宿鸣谦想想，提出建议："西木，不如这几天你来给我做菜吧，我想尝尝你的手艺。"

栗说星擦汗的手突然顿住了。警铃疯狂鸣响，非常非常非常紧急的问题出现了，一直骗崽自己做饭然而一直让饭店送饭的自己，要怎么做，才能在崽的面前做出一桌子正常饭菜来圆谎？

无数个解决方案在他脑海中依次出现，但是……

一个谎必然要用另外一个谎来圆。

一旦两个人长期在一起，不管用什么解决方案，早晚也是要暴露的！

栗说星痛定思痛，低头认错："崽，我对不起你，我骗了你。"

宿鸣谦："……"

栗说星："过去我偶尔做饭，但大多数时候都是点外卖。"

宿鸣谦问："偶尔是？"

栗说星继续低头："每当你想看我做饭的时候。"

宿鸣谦："……"

栗说星："每次你想看我做菜，我都说想吃清淡的，然后做点特别简单的菜，比如煮一锅面，往里头丢两根青菜，比如煮一锅稀饭配点豆腐乳……"

宿鸣谦想了想，问了一个很实际的问题："那时候，你饿吗？"

栗说星："有……有点儿。"

宿鸣谦笑了："那好吧，西木你不想做就算了，以后我来给你做饭。"

栗说星陡然觉得惊喜。但惊喜到一半，他突然想起一件事情。

等等，如果我没有记错，崽进入游戏里炒的第一盘菜，是地里的草，还炒……黑了，对吧？

他小心翼翼："崽，如果我没有记错，你好像也不会做饭……"

宿鸣谦坦诚："我是不会。不过你放心，我在游戏里已经学会怎么做菜了。"

栗说星："……"

黑色的料理在他眼前来回晃荡，他一点儿也不放心，但不能打击崽崽的热情。

热情是很关键的！

他脑筋一转，深情款款："崽，我虽然很想吃你做的菜，但我们要讲究效率，我觉得你的时间还是花在科学研究上最为恰当，比如你可以研究出一个做饭机，能够做所有菜式，只要大家将材料弄好丢进去，它就可以烹饪食材，最终弄出一盘热腾腾的菜肴来。而在此之前，我会努力赚钱请厨师。到时候我们请两个厨师，一个做西餐，一个做中餐，想吃什么就吃什么。"

宿鸣谦又想了想，认为栗说星说得对。他说："那我只学几道菜，有时候想要换换脑子的时候就做给你吃。"

他说罢，伸手勾住了栗说星的指头："西木……"

栗说星："嗯？"

宿鸣谦的手指再向前，拉住栗说星的衣袖，将袖口扯一扯，展平了。

他微微笑起来："在游戏里的时候，一直很想替你做一些事情。哪怕是清晨起来给你准备点儿简单的早餐，或者替你拉一拉衣服上的皱褶都挺好。现在终于实现了。"

当太阳在天边偏斜一点的时候，躺在床上的人睡着了。

栗说星看了宿鸣谦的睡颜好一会儿，握住对方的手，随后摸出手机，对准握着的手咔嚓一声，拍了一张照片，再将这张照片上传微博。

@焦糖西木："[握手图]"

微博发出。

五分钟后。

这条微博下的评论炸了，还是精准爆炸。

"Woo，交握的双手！"

"公公是什么意思？是我想的那个意思吗？！"

"两只手都好漂亮。"

爆炸的还不只是微博。

当这条消息出来以后，就以龙卷风的速度辐射到终点圈子里。

各个和栗说星相关的编辑都来祝贺栗说星，终点吃货群也"地震"了，大家齐聚一堂，集体狂"圈"栗说星："公公快出来解释解释！"

栗说星出来了："大家好。"

大家："并不好！"他们开玩笑似的催栗说星，"快解释！"

栗说星看似道歉，实则炫耀："其实也没什么好解释的，就这样呗……"

好几个作者集体向栗说星竖中指，又说："不解释就算了，加更庆祝总该有吧？"

栗说星一口答应："没有问题，不就是加更吗？"

众人继续"敲碗"："再来照片！我们要看照片！"

栗说星这时又有点儿腼腆了："其实，你们都认识他。"

不知为什么，空气突然安静了。

终点吃货群里的所有人，都在思考一个严肃的问题。

我们都认识他。我们都认识谁?

统一认识的，也只有这个群里的人了吧？！

鹿过芳草无比警惕，在第一时间冲出来：“大家看清楚了，是他，不是她，是男人不是女人！”

众人骤然一惊，get到重点。

“@索任，出来。”

“@索任，快出来。”

“@索任，马上出来发红包！”

索任崩溃了：“不是我，不是我，真的不是我！你们不要在圈我的同时还不停地私敲抖动我，住手啊，做个好人吧！”

在发出了这长长的一句话后，索任尤嫌不足，又发出了一条长长的语音。

众人一点。

索任声嘶力竭的委屈呐喊立刻响在音箱中，全句的重点是自己绝对不会为公公菊花盛开，真是闻者伤心，听者落泪。

于是众人将怀疑目标转向蛋蛋：“既然不是索任，那莫非是蛋蛋？公公曾经去见蛋蛋，蛋蛋还写了一篇让所有人都知道你们‘基情’的小论文《他来了，心已安》，难道你们是一见钟情？”

蛋定自若：“停。”

蛋定自若：“怎么可能是我？”

蛋定自若：“你们不要凭空污人清白！”

蛋定自若三连发，越发越激动，还瞬间发出三张照片——一张照片照左手，一张照片照右手，一张照片两手都照。

他：“大家看到没有，我自证，我双手摆上以证清白！那么漂亮的手可能是我的吗？现在照片里的蹄子才是我的手！”

所有的答案都被排除了，众人发现只剩下最后一个不可能的可能了：“大师，群里就只剩下你一个人还是单身了。”

六味小僧欲哭无泪：“阿弥陀佛，小僧已将此世奉献佛祖，这贪嗔痴欲，沾染不得啊！”

栗说星：“……”

他一小会儿没说话，群里的讨论已经如同脱缰的野马，都跑到太阳上去了。

他崩溃道：“你们到底在说什么啊？！”

众人也很疑惑：“除了群里的大家，还有谁是我们都认识的？难不成是广泛意义上的认识？你和夜游好上了，或者你和寂流好上了，或者你和终点神秘人好上了，你自己和自己好上了？”

栗说星突然发现了这一点，迷惑道：“这是什么意思？为什么我和终点神秘人好上就是和自己好上了？终点神秘人=我？”

众人：“……”看来不是这样了。

众人顾左右而言他：“那究竟是谁……”

虽然“终点神秘人”很重要，但辟谣更重要。

栗说星用力敲键盘：“是宿鸣谦，我的主角宿鸣谦！他比以上所有人都漂亮一百倍，谢谢！”

热闹的群里，再次寂静了。

许久。

鹿过芳草带着淡淡的震惊：“这样一说，公公，你是和你笔下的儿子，违法乱纪了吗……”

群里的人，死寂了。

栗说星打字的手，顿住了。他本来想反驳这句话的，但是仔细一想……

栗说星忍不住转过头，看向床铺。

床铺上的宿鸣谦睡得很安稳。

栗说星蹭过去一点儿，又蹭过去一点儿，蹭到了宿鸣谦的身旁，试探地叫道：“崽？”

睡梦中的宿鸣谦仿佛听见了，迷迷糊糊地“嗯”了一声，喃喃道：“西木……”

对方浅浅的呼吸喷在栗说星的脸上，像一片羽毛，从天空飘下来，敷上脸颊。

栗说星直起了身，陷入沉思。他发现，群里虽然胡乱起哄，但在这一点上，似乎也没有完全说错。

栗说星重新打字："@鹿过芳草，这倒也没有说错……"

这一下，群里已毫无声息。

鹿过芳草抬起的双手再也放不下去了。然后……

蛋定自若："完了，公公真的疯了……"

指间风雨："谁，有谁在上海，赶紧扛着公公去医院！"

索任："《某男子宣布和初音未来结婚》《某男子深深迷恋芭比娃娃甚至与其举办婚礼》。"

十零陵唏嘘道："放弃吧，去医院也是救不回来的。"

他商量着："要不然，公公，我们把阿索献祭给你，你就别发疯了！"

蛋定自若："好主意，我扛起索任就一个百米冲刺到你家！"

索任崩溃了："你们！你们这群牲口！赶紧给我住口啊，这群还能待吗？我这次一定要退群一个小时以上，谁都不要来找我！"

"索任已退出该群。"

鹿过芳草发出来自灵魂深处的感慨："群里的截图爆出去，又是一个热搜啊！"

栗说星也受不了了，狠狠地给了这群家伙一个词："太阳！"

发完他就关QQ上床，同宿鸣谦一起休息去了。

时间宝贵，要珍惜！

沉睡的时间就是从指缝溜走的精灵，翅膀一扇，就不见了踪影。

等两个人醒来的时候，天边已经缀上了星星，原本待在屋子里的医护人员不知什么时候悄然走了。栗说星把宿鸣谦推下楼一看，晚饭已经准备好了。

他端出自己的饭，是一套标准的西餐，再端出宿鸣谦的饭，是一盘看不出究竟由什么组成的糊糊。

栗说星迟疑了："这是……"

宿鸣谦解释："我的营养餐。最近已经可以稍微吃些好消化的东西了，但不能吃太多，还需要吃流质食品，养养胃。"

栗说星："其实我可以和你吃一样的。"

宿鸣谦笑了："为什么要和我吃一样的？你又不需要吃这个。还是尝尝牛排吧，这是我以前很喜欢的一家店里的。这回你要过来，我特意请了厨师来家里做菜。"

栗说星想了想，坐下了，但没有坐在宿鸣谦的对面，而是坐在了宿鸣谦的身旁，还解释道："这样近点儿。"

宿鸣谦没多想，舀起一勺糊糊，刚要送进嘴里，旁边探过一个脑袋，"啊呜"就把他勺子上的糊糊吞了下去。

栗说星品了品嘴中的食物，意外发现："其实味道还不差。"

宿鸣谦绷不住笑了，晃晃勺子："你是觉得我过得很苦吗？"

栗说星实话实说："我担心你吃不饱、穿不暖，睡不着、起不来……"

宿鸣谦："我过得很好，复健也很顺利，你来了……"他轻轻一顿，声音低而愉悦，"就更好了。"

栗说星觉得自己应该做点儿什么。他站了起来，找到自己白天带来的山茶花，将它们插入瓶子里，摆在桌子的中央，又翻箱倒柜地找出了别墅里的烛台，点亮了搁在桌子上。

有花、有酒、有灯火，还有最重要的人。

栗说星看了一圈，目光停留在桌上的小杯红酒上。他问宿鸣谦："崽，你能喝点儿酒吗？就一小口，沾沾唇的那种。"

宿鸣谦："当然可以。"

那就好，两个人碰了一杯，权作庆祝。

这一餐饭，两个人吃得有点儿久，不知不觉，就将桌上的东西全吃完了。

他们都有些撑，栗说星让宿鸣谦坐在轮椅上，推着对方在附近散了一圈步，回到家里，又一起下了两盘棋，将近10点了。

栗说星问："崽，你晚上什么时候睡觉？"

宿鸣谦："现在差不多到时间了……西木，睡前我想洗个澡。"

栗说星："嗯？好啊。"

他不知道为什么宿鸣谦要特意将这句话提出来。

宿鸣谦："医生说，我最近还不太用得上力，为了安全起见，洗澡这类容易发生危险的事情，最好在有人帮助的情况下进行。"

栗说星突然紧张了起来："所以……"

宿鸣谦："所以西木，你能帮我洗澡吗？"

栗说星内心小人儿的嘴巴已经张成了"O"形，但在外表上，他稳住了。他很正经地回答宿鸣谦："当然可以，没有问题。你现在这么虚弱，让你一个人洗澡，我也很不放心。那这样，我先进浴室给你放水，等水放好了，我再推你进去。”

宿鸣谦乖巧地点了点头。

浴室里的雾散尽了。

栗说星抱着吹干了头发，被浴巾裹成一个茧子的宿鸣谦从浴室里走出来，进入隔壁的主卧中。他将人安放在床铺上，掀起被子把人盖住，掖好了被角。

他隔着被子杵宿鸣谦：“累吗？”

宿鸣谦抬起了眼，那双眼有些闪亮，像白日里钻石闪耀的光芒：“不累。”

然而这一次，栗说星没有上当。他直接拉高被子，遮住那双眼睛，再拍拍被子：“睡觉。”

一声闷笑自被子底下传来，而后就没有什么动静了。

栗说星安静了一会儿，拉开被子，悄悄朝里看了一眼，发现里面的人已经闭上了眼睛。

于是他再把被子拉下来，妥帖地盖在宿鸣谦的胸口处。

然后自己也躺下来，闭眼休息。

第二天，宿鸣谦该继续复健了。关于这个，栗说星早在国内时候就做了充分的咨询和心理准备。

栗说星陪伴着宿鸣谦，看他被医护人员推到别墅里特意收拾出来的理疗房，在里面接受一些专业的复健理疗。

那里面有很多大大小小的机器，看起来非常复杂。

宿鸣谦平躺在一张巨大的理疗床上。

他脱得只剩下一套单薄的贴身衣服，四肢都暴露在空气中。

一些栗说星不太看得明白的仪器在宿鸣谦的四肢上移动。

这些仪器似乎给宿鸣谦带来了一些负担，栗说星能够看见，仪器移动到哪里，那一处的躯体就不受控制地轻颤起来，随后，汗水就争先恐后地从宿鸣谦的额头和脖颈处冒出来。

偶尔宿鸣谦反应特别剧烈的时候，医护人员还会压住他，不让他动弹。

栗说星差点儿想冲进去。他的手已经放在了门上，只要一用力，就能推开房门打断这一复健过程。

房门很重，栗说星的手臂也很重。一直到这次艰难的理疗复健结束，房门依旧好好关闭着，直到医护人员从屋子里离开之后，栗说星才进去。

他先替宿鸣谦擦干汗水，又换了一件干爽的衣物，随即开始替宿鸣谦按摩关节，这是刚才询问医生之后得到的答复：“每个阶段的复健训练结束之后，最好多按摩按摩关节，帮助缓解关节的压力，促进病人的恢复。”

他牢记这句话，很认真地帮宿鸣谦按揉，但才按了两下，床上的人已经笑得蜷起来了。宿鸣谦：“西……西木，有点儿痒！”

栗说星：“那我轻一点儿。”

宿鸣谦轻声说：“西木，我有点儿累……”

栗说星将人扶起来，用肩膀支撑着对方：“来，往我这里靠靠。”

宿鸣谦：“还是累，不想复健了。”

栗说星哄劝：“崽，我们要听医生的话，听医生的话，才能快快恢复过来。不过，实在累的话，我们也可以再休息五分钟。”他缓了一下，比了一个小指甲盖的长短，“就五分钟。”

宿鸣谦忍不住笑了一下，然后说：“我还痛。”

栗说星：“哪里痛？我来给你揉揉，揉揉就不那么痛了。”

宿鸣谦：“浑身都痛。”

栗说星先揉揉宿鸣谦的肩膀和手肘，又去揉对方的膝盖和脚踝。

他说：“那我替你全身都揉揉，我挨个儿替你揉一遍，就你不那么难受了。”

关节被揉动的感觉真的有点痒。

宿鸣谦再度蜷缩身体，又露出了笑容：“其实也不是那么痛。但西木，你来到我身边了，我就觉得又累又痛了。”

好像有根针，戳了栗说星的胸口一下。

也不算痛，就是麻，还有些沉甸甸，让栗说星的手指尖有点儿凉。

他搓了搓手掌，把手掌搓了几下后，才覆盖上宿鸣谦的身体。

他没有动，就覆盖着，用一点儿力，像要将自己身体里的力量传递给对方一样，给予支撑，给予帮助。

栗说星：“我知道。”

他们在理疗床上休息了五分钟，一秒也不多。宿鸣谦坐起来了，并让栗说星帮助自己来到行走训练用的平行杆处，训练行走。

刚恢复的身体难以支撑行走，每往前走一步，就感觉耗尽了全身的力气。

宿鸣谦的额头又冒出了细汗，撑着平行杆的双手一直在颤抖，好像只要再多加一分外力，这双手臂就会支撑不住。

栗说星将自己的手放在平行杆上，不远不近，就距宿鸣谦一步之遥。

只要宿鸣谦再往前一步，就能够抓住自己的手。

宿鸣谦抬头朝栗说星看了一眼。

他的手似乎不那么抖了。他用力握了一下平行杆，再度向前走。

宿鸣谦向前一步，栗说星向后退一步。

他们的手始终保持一步的差距，只要再努力一点点，再坚持一下下，马上就能碰到！

宿鸣谦一路坚持到了平行杆的最后。栗说星的手等在这里，再也没有动，于是他终于抓住了那只自己想抓住的手，瞬间腿一软，向前倾斜。

栗说星抱紧了人，直接席地而坐，揉宿鸣谦的膝盖，揉了好一会儿，突然说："崽，我更不想走了，我想继续陪着你，直到你康复为止。"

宿鸣谦点点头，又摇摇头，随后，抬起头来，对栗说星说："西木，我再走一次，这次，你站在终点等我。"

栗说星有点儿迟疑："会不会太长了……"

宿鸣谦："没事，你站在这里就好，别动。"

栗说星不再反驳："好。"

他们重新开始。

宿鸣谦站在道路的头，栗说星站在道路的尾。

栗说星看见，对方最初走得很慢、很艰难，每挪动一步，就抬头朝他这里看上一眼。渐渐地，对方走的速度变快了，宿鸣谦拖着步伐，踉跄着，中途有几次差点儿跌倒，但最终都抓住栏杆，坚强地重新站直，一直到最后，跌倒在栗说星的怀里。

宿鸣谦有点儿喘。他抓住栗说星："西木，你看，只要你站在那里，我就很有动力。我会想着，你还在等我。

"我答应过你，无论你在哪儿，我都会跨越一切，努力回到你身边。所以别担心，我一直都看得到你。"

栗说星没说话。当然，无论身在何处，他都会等着宿鸣谦，无论宿鸣谦是何种模样，他都会陪伴宿鸣谦。

三天的探亲好像一眨眼就结束了，临行的时候，宿鸣谦送给栗说星一个新的头盔，说是之前头盔的升级版，可以让栗说星待在游戏里更长时间。也不知为什么，在听宿鸣谦说这段话的时候，栗说星总觉得对方脸上正藏着一抹笑容，笑容看着还有点儿坏……

这个表情很有含义，栗说星忍不住询问了，当然没有得到回答。他只能抱着新版的头盔，依依不舍地同宿鸣谦道别，坐上回家的飞机。

长时间的飞行旅途十分无聊，栗说星又不想睡觉，索性搬出电脑来写文。最近事情多，他都没来得及多存稿，只能每天六千字“苟”着……不行，这次回去，一定要好好写文、多多存稿，这样等鸣谦复健好了回来，我才能和他到处去玩而不用考虑更新！

栗说星暗下决心。但当电脑打开，他落笔写下的第一行，不是正文，而是一个存星和宿鸣谦的温情小剧场。

在美国的三天给栗说星带来了很大的感触。那是一种肩上有了担子，人生有了责任的感觉，更是一种无论做什么事情，都有一个人在陪着你，和你一起承担的感觉。他将这样的感觉融入这个小剧场中。这是栗说星和宿鸣谦的感情，也是存星和宿鸣谦的命运。

文字完全抒发了栗说星的内心，他写了一个自己很满意的小剧场，并在下飞机的时候将其发到了自己的微博上。

不多时，关注栗说星微博的读者们都看见了这个小剧场。

“也不知道为什么，眼眶居然有点儿热。”

“公公这个剧场写得真棒，我再也不说存星和宿鸣谦‘基’了，他们是最好的兄弟，这就是我心目中最棒的兄弟情！”

“相互扶持，共同担当，写得太好了！看小说这么多年，越来越难被文中的人物感动了，但这一段仿佛戳中了自己的内心。人到中年，多希望有一个这样的朋友或伴侣啊！”

关于小剧场的议论，并不只存在于微博上。

此刻，在一个名为“存星燃战群”的QQ群中，就有一群女读者为这条微博小剧场哭泣。

“我哭了，呜呜呜，居然被他们的兄弟情感动了……”

“什么兄弟情？是爱情！这爱情，是真的！”

“不管遇到什么事情，他们都是彼此的依靠，这种感情真的太真了！”

这话一出，群里突然有点儿安静了。

安静了几秒钟后，有人说回了之前的话题——

“那这次燃战，他们还要做彼此的依靠吗……”

燃战全名“次元燃战”，是一场由三大视频网站共同牵头举办的关于小说、漫画、动画、游戏虚拟人物的票选大赛，其中，人气最高的男性角色为“燃王”，人气最高的女性角色为“萌王”，里面又有国内区、国际区的细分。

人气是由“粉丝”投票计算的。

“粉丝”有两种票，一种是真爱票，另一种是普通票。

一张真爱票=两张普通票。

投了一个角色的真爱票以后，就不能再给其他任何角色投票了。

《九渡》中的宿鸣谦与存星参加了这次国内区的燃王竞选。

海选的时候，他们的原载体是小说，改编也只出了漫画，连动画都没有，本来十分不被人看好，大多数关注者都认为他们会在第一轮或者第二轮就被淘汰。

但出人意料的是，他们的票数一路走高，成了赛场中的两匹黑马，一路冲到八强进四强的赛事之中。

但……

这场八进四中，存星还好，目前保持着一些微弱优势；宿鸣谦的票数则非常不乐观，已经大票数落后于对手了，眼看就要止步八强了。

燃战群的群主分析现在的情况——

“从人气分析来看，和宿鸣谦PK的角色的预估票数只有现在的30%，就算估算错误，也不可能错到这个程度。所以我觉得，是其他选手的‘粉丝’觉得宿鸣谦有威胁了，于是把自己手中的票都投给和宿鸣谦PK的那位，把宿鸣谦清出场去，提前干掉一匹黑马。”

“所以，现在的问题是，我们要不要拿让存星晋级的票去救宿鸣谦？”

这是一个很简单直接的问题。

存星和宿鸣谦，只能选一个。

群里出现短暂的沉默，很快，大家再度说话——

“救吧！宿鸣谦才是公公的主角，怎么也该投他一票。”

“而且要考虑再往后走，宿鸣谦作为主角，吸引《九渡》‘粉丝’投票的概率比存星高。”

“公公的小剧场写得那么动人，换成书里的存星，也会为了宿鸣谦拼尽全力的。”

群主明白了。

她直接拍板：“@全体成员，这是宿鸣谦的生死战，我们代表存星，去救宿鸣谦，所有人把留在手中的真爱票全部投出去，保宿鸣谦晋级！”

燃战八强赛在当天晚上的11点落幕。

翌日午间，微博上一个名为@燃战吃瓜号的微博，除了照例发表了本回战事数据总结，还专门写了一篇长微博，重点描述了宿鸣谦荡气回肠的经典晋级之战。

该文章从宿鸣谦被意外“集火”（游戏术语，敌方所有的攻击单位一起攻击一个目标）开始切入，对超越表象的深层内容进行分析——

“在本次燃王八进四比赛之中，最强燃王候选者‘信’的‘粉丝’组织者，盯上了黑马宿鸣谦，于是通过集体投票、互相换票等一系列操作，策划出了一起‘借刀杀人’，想将宿鸣谦狙落在本场比赛中。

“比赛开始，00:30，宿鸣谦就被拉出整一万票的距离，等到上午9点，票数差距已经变成了四万票。

“睡上一觉醒来的‘宿粉’方才惊觉落后，紧急组织大家投票，可惜拼死反击，依旧兵败如山倒。

“结局眼看即将盖棺定论，当晚8点，事情再度发生变化。

“存星燃战主页爆出了此次燃战单条微博最高奖金：豪掷五万，为宿鸣谦转发抽奖拉投票！

“同一时间，所有与存星燃战相关的群挂出公告，组织‘存星粉’将手中真爱票转投宿鸣谦。

“仅仅一小时，‘存星粉’爆发出了令人震惊的热情和票量，一举帮助宿鸣谦反超对手。

“随后战局胶着，但‘存星粉’牢牢帮助‘宿粉’守住万票优势，直至比赛结束。

“最终，此战以存星舍身自爆送友晋级为结局，并贡献了自燃战举办以来，单场真爱票数最高的纪录。”

结果出来以后，宿鸣谦的燃战群及燃战主页当即有了反应。

群内瞬间就刷出了无数向存星及存星“粉丝”表白的文字红包。

燃战主页也在同时发表长微博，除了声情并茂地感谢在这场战斗中存星“粉丝”的慷慨相助，还做出了明确的承诺——

“无论今年燃战结果如何，等到明年燃战，都将竭尽所能，助你前行。”

总结起来，就是一句话——

“@存星，今日感你舍身，来年愿为你战！”

燃战期间，微博本就受人关注，转来转去，居然转到了栗说星的首页。

栗说星乍一看见，愣住了。嗯？燃战是什么？

怎么还有存星为保宿鸣谦舍身自爆的情节？

他略带疑惑地将这个关键词拿到网页上搜索一下，结果很快跳了出来。

这是一场由视频网站共同举办的虚拟角色人气比拼，第一名的奖品是——

5月20日全网社交媒体开屏推送及上海外滩大屏广告。

5月20日全网社交媒体开屏推送崽崽人物图。

上海外滩大屏直接播放崽崽的视频。

栗说星：“？”

他仔细想想，脑补了一下所有社交媒体都能在第一时间看到崽崽，且能夜游黄浦江，在享受习习江风时欣赏广告上崽崽视频的惬意，忽然心动，于是再去比赛主页研究了一下，发现在自己完全不知道的时候，宿鸣谦已不动声色地成了四强之一，只要再赢两场比赛，就能得到第一名的奖品！

他不由自主地转发了这条微博，并说：“宿鸣谦冲呀！明年存星也冲呀！”

于是，栗说星微博下的“粉丝”们愣住了。

“存星大佬凉了？为什么？燃战又是什么？”

“怎么没人通知我存星有危险？”

“当我在隔壁萌王那边打生打死的时候，存星居然毫无声息地就凉了？我不服！！！”

“明明该双双杀入决赛，为何如今竟失去了手足！”

在微博上的哗然声中，无论是“宿粉”还是“存星粉”的燃战群，都在一瞬间涌入了大批生力军，这些生力军的加入使得两家又接连开了好几个千人燃战群，直到当天晚上的9点，还有不少人在陆续加入。

然后，《九渡》的白银盟主——荷叶刀、混世摸王等了解燃战的书友，同之前的组织者接上了头。

双方照例商业性互吹一下，随后进入谈话模式，悄悄交流——

“之前那条微博里说的信狙击谦妹的事情，是不是真的？”

“是真的，她们直接在群里公告了！”

“你们有关注今天萌王那边的赛事吗？”

“没有，发生了什么？”

荷叶刀幸灾乐祸地笑了起来：“和信联合换票的是萌王那边的一位种子选手。今天，这位种子选手以三千票之差败北，现在群里‘粉丝’气疯了，在疯狂责骂‘信粉’不守承诺，明明说好双方换票，结果最终票数比约定差了一万五千票。”

众人一呆。

但他们马上回过味来。

“所以，我们可以……”

“团结一切可团结的力量，让敌人的敌人，变成我们的朋友！”

当日，00:00。

燃王四进二投票正式开始。

信VS林天泽

宿鸣谦VS埃尔法

这一次，几方“粉丝”均守在网站上，给自己的偶像投票。

翌日，00:30。

双方票数第一次刷新。

宿鸣谦高票超过埃尔法。

此后每半小时一次的刷新之中，双方的得票数与得票率都进一步拉大。

无论埃尔法的“粉丝”群体在同一瞬间投下多少票，他们总是落后，而且越来越落后。

这一场比赛看得人直接无语了。信的“粉丝”群内部，之前还分成两派，争论过到底是要让宿鸣谦上位还是让埃尔法上位，想着要再度复制一下八强赛时候的手法，将比较厉害的那一位先行踢出局去，就发现……

这场比赛，怎么和我想的不太一样？

这场比赛，不应该是宿鸣谦落后埃尔法，但在我们的帮助之下，艰难追平埃尔法并在最后险险赢过埃尔法，等到了决赛，对方信心满满的时候，我们再抽走原先投给他的票，让"《九渡》粉"费解怀疑，心态崩坏，最后轻而易举地取得胜利……吗？

这场比赛，它走得太偏了啊！

信的"粉丝"目瞪口呆，就看宿鸣谦一骑绝尘向前狂奔，以如虹的气势，一举和埃尔法拉开接近1/3的票数，直接把对手打倒了。

心态一崩，万事皆休。

当夜，《九渡》"粉丝"集体庆祝，拉出标语："无论何时何地，有我常伴你右；无论艰难险阻，有我同你直面！"

当夜，信的"粉丝"胜了，却仿佛败了，集体没有声息，半天了，也就冒出一句话，是从管理群中传出来的："养精蓄锐，准备好后天的生死之战吧！"

燃战决赛当日。

从上午8点开始计算。

AM 08:00。

信：61000票。

宿鸣谦：56000票。

AM 08:30。

宿鸣谦：83000票。

信：71000票。

AM 09:00。

……

一路刷新，双方票数一路胶着。

在“粉群”的领头之下，《九渡》“粉丝”从昨天半夜开始，就展开了一场轰轰烈烈的才艺换票活动。

写文的，先写了三千字的美文，然后开始推送——

“各位大老爷们儿，走过路过不要错过，求求大家看看《九渡》投个票，愿意用文章来换[心][心]”

画画的，先画了一张美图，然后也开始推送——

“各位小可爱们、小天使，看看谦妹、看看《九渡》，你一票来换头像，你百票来画大图[互粉][互粉]”

还有一些风格十分突出，习惯花钱看书的读者——

“……有钱算才艺吗？成年人为什么不能用钱买票？[哭][哭]”

就在《九渡》“粉丝”用尽方法拉票的时候，一些流言从信的“粉丝”群里传出来了。

“呵呵，对面票数为什么一直恒定增长？”

“明眼人都知道怎么回事。”

“官方做个好人吧，怎么我们加多少票，对面就加多少票？”

“内定了就早说，大家的时间都很宝贵。”

《九渡》“粉丝”一看，火气就有点儿上来了。

但大家暂时没有理会对方，继续积极求票。保不定这就是对面的心理战战术，先牵动他们的情绪，将他们拉入骂战旋涡，再趁机超越他们，赢过他们……不行，不能上当，今天要稳住，等赢了，再把他们骂到生活不能自理。

也就在这时，意外发生了。

“信”这一角色的游戏官方，在例行的更新维护之后，对全体游戏玩家发出了一封“助力燃王”的官方邮件，信件中显示，只要通过游戏内部的链接，前往指定页面为角色投出一票，即可获得游戏内的奖励。

官方下场，战局立刻发生变化。

短短时间，双方从票数相当到直接被拉开五万票，较之宿鸣谦八进四的时候，还多输了一万票。

《九渡》“粉丝”：“……”

《九渡》“粉丝”：“？？？”

紧张的情绪忽然蔓延，各群群主紧急组织大家开始投真爱票，但似乎用处不大，半个小时之后，原本的五万票差距变成了七万票差距。

与差距一同出现的，是对面“粉丝”团体越发欢快的气氛。

这个时候，之前“举办方操控票数”的传言又悄无声息地消失了，全在说自家游戏给力了。

《九渡》“粉丝”群里忍不住骂道——

“落后就骂，领先就笑，真是仰卧起坐，伸缩自如！”

“就你有官方，我们没有官方？等我去@终点，终点是死的吗？”

自从发现燃王的最终奖励是自己想要的东西，就一直关注情况的栗说星不爽了。

虽然我们暂时落后，但你们没事@终点干什么？

你们觉得对方有爸爸自己没有爸爸，心理不平衡吗？

搞清楚，宿鸣谦的爸爸不是终点。宿鸣谦的爸爸就是我——焦糖西木！

一想到这里，栗说星内心竟然产生了一点儿暗暗的快乐。

他咳嗽两声，琢磨片刻，先在微博上简洁地劝阻“粉丝”：“大家不要@终点了，我们自己来搞个活动吧。”

说罢，栗说星想了想，觉得自己作为一个作者，也没什么好搞的，就做本职工作，写文爆更吧！于是，他在自己的微博和《九渡》的终点主页上，分别——狠狠——敲下一行字——

“每多一万票，加更一万字。月票可以输，燃王必须赢！”

此话一出，最先激动的不是《九渡》的“粉丝”，而是当月月票榜上第二、第三、第四的作者。

他们：“嗯？”

他们的“粉丝”：“嗯？”

今年1月，《九渡》与《万乘之主》争月票意外争赢，已经跌破了众人眼镜。

可众人没有想到，跌破他们眼镜的事情还在后面。

大多数的作者都是争霸一个月就休息好几个月，唯独《九渡》不是，1月之后，《九渡》仿佛在月票榜上打出了节奏，打出了风采。2月上旬，大家还想和《九渡》争一争，等到2月中旬，已经没有人这么想了，等到2月下旬和一整个3月，所有人都死心了。

但这一回，大魔王突然想退位让贤，仿佛久久阴霾的天空，终于落下了一束希望的光线。

众人心思活泛，集体思考：如果这个月，《九渡》愿意退出月票争夺战，那岂不意味着，我可以……而《九渡》退出月票争夺战的前提是……

他们的目光，集中在了“燃战”上。

他们甚至发现，燃战的票，原来是可以免费领取的，而月票，是要花钱的！

他们的管理员，和《九渡》的管理员接上了线。

众人悄悄地，悄悄地——

“欸，你们看我们的作者，新书入V第一个月，要不然就……我们可以给你们投票哦，所有的‘粉丝’群都可以替你们投票哦。”

“欸，你们看我们的作者，卡在大神档次已经好久了，就等着这一次冲上去，要不然就……投票？投票有什么问题？我和我的兄弟们的七大姑八大姨表姐表妹表弟小侄儿，都能够投票，互通有无一下，怎么样？”

“欸，你们看我们的作者，十二周年纪念月，都没有一个月票第一，闻者落泪，听者伤心，我们砸锅卖铁，也把你们搞上去，所以月票这个，就请你们礼让礼让吧！”

消息一传十、十传百，先是月票榜前四的人下场，紧接着，前十的人也被卷入了，再后来，更多的作者觉得好玩，也加入了。

风声一路传到纸观天下。

纸观天下又被“屠版”（网络用语，整个页面的内容或发帖者、回帖者是同一个人），半壁“宿鸣谦燃战”，半壁“四月新霸主人选”，吵得热热闹闹，也将事情辐射给更多的作者知道。

其余作者尚且如此，何况栗说星的《九渡》“粉丝”圈！

栗说星说到做到，从发出拉票宣言的那一刻开始，就加更求票！

“桥百万”再度出场，愉快发言：“公公你赶紧写，我用白银盟来替你报数。”

于是——

“公公冲鸭！现在是三章欠更了！”

“公公冲鸭！现在是十章欠更了！”

“公公冲鸭！现在是二十章欠更了！”

燃战当天，从下午开始，每隔半个小时，就有一个《九渡》的白银宝箱横过众位书友的收藏夹。

一次、两次、三次、无数次。

大家都“嗨”了——

“大佬6666666666！”

“我算了算，现在莫不是欠到50更了？2000×50=10万字，公公你还好吗？”

“燃战这种事情多来几次吧，我愿意在大佬的光辉照耀之下愉快看文。by《九渡》读者。”

“Get到了催更新思路。以后多来几次这样的比赛，再替谦妹报名，等战况不佳时拍出‘粉丝’在公公微博底下哭诉，然后……哼哼哼，呵呵呵。”

所有好事的终点读者，都在白银宝箱的刺激下，快乐地去视频网站，给栗说星增加一票的负担去了。反正也开了宝箱，3点终点币不是终点币吗？漫画券不是券吗？听书券不是券吗？

哎呀，总要意思意思嘛！

当天晚上9点，在对方游戏官方下场而终点没有反应的情况下，宿鸣谦平票信。这是一个分水岭，仿佛矗立在前面的一堵大坝终于被洪水冲垮了。

此后一发不可收拾，宿鸣谦重复了四进二的那一场赛事，一骑绝尘直至结束，并在最后的关头，和对方拉开了将近十万票的差距。

哪怕信的“粉丝”在被平票的时候心态就不太行了，《九渡》的“粉丝”也依然鏖战到最后一分钟、最后一秒钟。

因为——一票=一个字！

一个字也不能少！

当天晚上，栗说星坐在电脑前。他放在键盘上的双手已经僵硬。

他默默数着数——个，十，百，千，万，十万，二十万……欠更二十万字。

不是二十章，是二十万字。

他开始思考——我现在，从窗户，跳下去，可以假装一切都没有发生过吗？

Chapter 20

第二十章

《编写上帝》，三行情书

燃战结束的当天晚上，栗说星坐在电脑前，看着窗外的天色从黑到白。

键盘的声音响了整整一个晚上。

第二天上午9点，宿鸣谦照例来到游戏里等西木。

这是他们约定的时间。中国的上午9点，正好是宿鸣谦那边的晚上5点，这是两个人都比较空闲、可以悠闲相处一两个小时的时间。

但是今天，栗说星没有上线。宿鸣谦在游戏里等了十分钟，有点儿担心了。怎么回事？西木是睡过头了吗？

他通过手机摄像头向外看去，发现外面黑漆漆一片，手机的摄像头像被什么遮住了一样。

宿鸣谦更加担心了，从手机屏幕进入电脑屏幕，再度朝外看了一眼。

这回终于有了发现。宿鸣谦看见，栗说星正趴在电脑桌前睡觉，手机就压在他的胳膊肘下，所以才什么都看不见。

宿鸣谦先是松了一口气，接着又疑惑。

怎么累得在电脑屏幕前睡着了？

他忍不住朝电脑屏幕上看了一眼，发现《九渡》的文档正打开着。

这个不奇怪。奇怪的是……怎么感觉剧情比他之前看到的，进展了好多？

宿鸣谦扫了一眼文档总字数，发现自己没有产生错觉，相较他昨天看到的字数，整整多了三万字。

一天，三万字？

宿鸣谦思考着，不由得打开了终点页面，去《九渡》主页上查看一圈。

他发现了更多的东西。

他发现栗说星昨天晚上居然爆更了许多章节，从下午6点开始，一直到上午7点，每隔半个小时就更新一章。

宿鸣谦："？"

他一时不解栗说星为什么要更新这么多，但很快，他就发现，文章的讨论区和"本章说"里，全是狂欢之后的痕迹，还有无数关键词，比如——

"20万欠更还有15万""燃战""宿鸣谦""谦帝"。

宿鸣谦陷入了更深的思考。

他不急着叫醒西木了，开始搜索关键词……

栗说星做了个梦。梦中，他一直坐在电脑前拼命写文，但不管如何拼命，字数总是越欠越多。

这样也就罢了。

竟还有声音老在耳旁"唱衰"自己，说"写不完就别挣扎""承认自己是狗，大家会理解的"之类的话。

可恶！我是那种说话不算话的人吗？

他大喊一声："扶朕起来，朕还能写！"

一声喊出，栗说星也从梦中惊醒，蓦地从椅子上弹起来，睁开双眼看向屏幕，一眼就看见了正待在屏幕上的崽崽。

栗说星一呆："崽？"

宿鸣谦回应："我来了，西木。"

栗说星脸上的表情在愤怒与茫然之间切换一下，飞快定格在沉重上："崽，你知道吗？我欠了二十万字的更新。"

宿鸣谦："嗯，大概知道，现在剩十五万字了。"

栗说星激动："还有十五万字！"

宿鸣谦安慰："只有十五万字了！"

栗说星捶桌子继续激动："我这辈子都写不完了！"

宿鸣谦隔着屏幕拍拍摸摸又揉揉："没事的、没事的，你昨天晚上就写了三万字，还有些存稿，只再写三个晚上，就能补完剩下的十五万字了。"

双方的交流突然停滞。

栗说星呆呆的："崽，你是魔鬼吗？"

宿鸣谦认真解释："没有，只是承诺总是要完成的，欠更总是要还的，早一点儿还完早一点儿好。"

话是没错，道理也是这个道理，但是，栗说星真的做不到。他眼圈红了，这一次真的哭了。

“崽，我好累。

“崽，我本来没有这么累的，一看见你我就累死了。

“崽，你那一头我走不过去了。

“崽，你看得见我吗？为什么我看不见你了？崽，你的双腿是暂时不够灵活，而我，已经失去了我的大脑，我的眼睛，我的双手，还有我的能力。

“崽，别说写了，看到文档我就吐了！”

宿鸣谦想笑，很想笑，终于笑出了声来。他模仿网上用语，说：“西木，要加油呀！等你写完进游戏，我们再好好放松！”

栗说星最初还很感动，但仔细想想，觉得有点不对：“……为什么是写完再进游戏？不应该是现在进游戏，好好放松吗？”

宿鸣谦劝说：“我觉得你现在的状态很好，还是先一鼓作气把欠下的所有字数都写完，再进游戏吧！不算一天三万字，只算一天两万五千字，就足够了。”

栗说星：“……崽，我想现在进游戏和你相会。”

宿鸣谦很温和，也很坚定：“不，还是先写文吧！”

栗说星指控：“……崽，你对我和我对你，未免差太多了。”

宿鸣谦想了想，笑了：“我们的性格本来就是不一样的。”

这话说完，宿鸣谦一顿，又软软地安慰：“西木，其实我最近也在写文章，也写得很烦恼、很纠结，我们可以一起努力，把文章好好写完。”

这场对话到此结束。为了让栗说星专注写文，宿鸣谦甚至提前离开了游戏，让栗说星就算上了游戏也见不着人。

栗说星还能怎么办……当然只有写文了。

他咬牙切齿，如同对待自己的杀父仇人一样对待剩下的欠更字数。

原有存稿十万字。

昨天写完三万字。

还剩下……七万字。

……

……

……

要在三天内写完，栗说星很担心自己会猝死。

但深思熟虑之后，栗说星觉得崽崽是对的，长痛不如短痛，自己拉的票，跪着也要还完。

接下去的三天时间，栗说星闭门不出，吃饭靠外卖，洗澡五分钟，唯一比较奢侈的，大概就是每天睡足八小时。

这样一路努力，总算在燃战结束后的第四天，用光存稿再用光现写的所有库存，清空了自己的欠债。

清空完毕的刹那，栗说星坚强地操着自己快要断掉的十指，发出最后的单章——

“二十万欠债已还，明天请假，我要睡一整天，谁也不要跟我提更新。”

几乎在单章发出来的一刹那，读者们已经笑哈哈地占据了“本章说”和讨论区。

无数“壕粉炸”盟主及白银盟主庆贺栗说星的二十万字加更！

但这个时候，金钱已经刺激不了栗说星了。他已经是一根废柴了，关了电脑，丢开键盘，整个人像一摊水一样瘫在床上，闭上眼睛准备睡个天昏地暗。

不过……骤然从紧绷状态松懈下来，他反而睡不着了。

栗说星在床上躺了半小时，烙饼似的翻来覆去五六回，终于放弃挣扎，爬了起来。

现在是上午7点，也就是宿鸣谦那边的下午3点左右，崽不是在开会就是在复健，要等有空，估计还得两个小时。

但栗说星依旧决定先上游戏。

就算崽崽不在，也可以先和Ask说说话，打发打发时间。

但Ask并不愿意同栗说星说话打发时间。

游戏内，被栗说星接连呼喊出来的Ask弹出光屏，并给了栗说星一行冷冷的文字——

系统：为保持游戏娱乐性，从今天开始，系统将不再同玩家单独交流，请玩家专注同恋人互动，不要再呼叫系统。

栗说星：“……”

栗说星同样冷冷地说：“那么，梦想合伙人第三期……”

系统补丁：尊贵的梦想合伙人例外。

栗说星对着系统冷笑一声：“系统啊，我第二期氪了金，你第二期还没给我兑现呢！”

系统：制作需要时间。

栗说星不冷笑了，语重心长地说出了自己一直准备和系统说的话：“系统啊，我最近两天已经把准备度假时候要用的稿子都用光了，所以我决定把度假时候要用的钱留下来。我是个作者，不是银行，所以……”

他等了等，但系统并没有显现文字。

他奇道：“系统，你不明白我的意思吗？”

系统：机器并不明白人类没有说出的话。

栗说星：“……”

明明就明白。但说就说，栗说星把话说清楚了：“系统，我养不起你了，所以我决定，给自己留点儿结婚钱，不再投资你的梦想合伙人计划了。”

系统愣住了。

这还是栗说星第一次看见光屏之中出现系统的情绪字样。

他正稀奇，又看见新的文字出现——

系统：我可以在游戏里帮玩家建造想要的婚礼现场。请玩家将结婚钱继续投资游戏。

栗说星也愣住了，这竟然也行？他顺着系统的思路一想，有点儿动摇了。现实中的婚礼当然要，但游戏中的婚礼，也想要。

而且现实中的婚礼只能举办一次，但游戏中的婚礼，可以换着方式、换着风格举办无数次……

不就是钱吗？各种版权再卖卖，文再写写，钱就是海绵里的水，挤挤总会有的。

栗说星已经心动了。在这个瞬间，他又燃起了写文的冲动。但再往深里想想，想到文档，想到那一行行的方块字，栗说星又想吐了……

不行。我得缓缓。真的有点儿写吐了。

但请假只请了今天，明天还是要更新的。

万一明天我还是没有缓过来……

栗说星抱着脑袋，在游戏里左思右想，突然冒出了一个机灵想法来："Ask。"

系统："……"

栗说星："你如今已经是一个成熟的系统了，应该学会自己写文了。"

系统：？

栗说星："所以，你现在去读读《九渡》，再给出我《九渡》接下来的发展情节，怎么样？"他抛出诱饵，"如果你帮我解决了这个问题，我也会继续解决你的投资问题。"

系统：……

系统真的去了。系统真的读完《九渡》并给出栗说星接下去的文章内容来。

虽然做出了提议但没想到真能得到结果的栗说星震惊了。他半是惊悚、半是惊喜地接过这些本子，带着一种莫名的"作者恐怕要失业"的忧虑翻看着，随后发现……

系统将这么多年来网文的经典广泛的流派风格搜集起来，将《九渡》中的种种人物安插进去，再组合网文小说中同样经典广泛的哏……说是后续内容，实则说是文字的排列组合更为恰当。

除此以外，他还看出了……

蛋定自若风、索任风、指间风雨风、鹿过芳草风……

栗说星再度愣住："系统，我让你想情节，你竟逮着我的朋友薅羊毛？"

系统：系统不会写文。

这时，旁边传来一声："西木？"

栗说星抬头一看，看到了上线的崽崽。

游戏之中，宿鸣谦就没有了身体的拖累，和过去一样，身体健康，行动自如。

宿鸣谦很关心："西木，我看你刚刚补完了欠更，怎么不多休息一下就上游戏了？"

我的崽总算来了！栗说星快乐了："上游戏也是玩。游戏里除了有你，还有很多特色，比如，我们可以进系统凑出的新的副本世界玩玩……"

他说罢，低头一看，正看见"鹿过芳草风"的《九渡》后续。

系统截取了"鹿过芳草风"中的精髓所在——春药哏。

该模板中，两位主角正因春药而脸红心跳、举止暧昧。

栗说星也脸红心跳了，因为宿鸣谦正凑在他身边，朝他手中的书本看去："西木，你在看什么？"

栗说星"唰"地把书藏在背后，结结巴巴："没……没……没什么，崽你不要想歪！"

宿鸣谦看见了："春药？"

栗说星："……"

要完！

气氛忽然变得紧张起来。

栗说星忍不住吞了口唾沫："……崽，等等，你听我解释，我能够解释的。"

宿鸣谦："嗯。"

栗说星："其……其实，虽然上面的名字是我的主角，但文不是我写的。"

宿鸣谦安抚："我看文风也不太像。"

栗说星："是系统，一切都是系统的错。系统将网上的模板拿来，又套入我朋友的文风，刚才那本是鹿过芳草的，她写后宫文，所以文中会出现一些奇奇怪怪的东西。但你不要误会，其实这些都是很纯洁的，并没有什么，真的没有什么。”

宿鸣谦再度回应：“嗯。”

双方沉默，不是尴尬，而是……

栗说星沉默了几秒钟，忍不住抬起手，扯了扯自己的衣领，顺便抹一下脖子上隐隐约约出现的汗水：“崽，我有一点儿热。”

宿鸣谦低咳了一声，不动声色地扯扯黏在身上的衣服：“其实我也有一点儿。”

栗说星又向周围看了看：“是我的错觉吗？为什么感觉房间变粉了。”

宿鸣谦微微抬头，向周围看了看。他发现室内的天花板居然缀了一层浮动的粉云，前方的壁炉不知何时燃起了粉红色的火焰，还有缕缕粉红烟气从那里冒出来。

宿鸣谦嗅了一下。

不甜，只带着一些燥热的气息。

他回答：“不是错觉，是真实的变化。”

栗说星忍不住嘀咕一声：“为什么会有这种变化？鹿过芳草的文里也没写春药是粉红色的。”

宿鸣谦：“可能是你写了……”

栗说星：“我？”

宿鸣谦低笑：“你在文里不是写锈铜片会将最珍贵的宝贝标注上粉红色，导致看见粉红色的时候，宿鸣谦都会驻足观看吗？”

……

两个人在游戏里度过了愉快的两个小时后，宿鸣谦先行下线做事去了。

栗说星依依不舍地看着宿鸣谦消失在游戏中，随即准备下线，下线之前不忘叫一声系统：“Ask，你在吗？”

系统没有回应。

栗说星手也不痛了，腿也不酸了，想想文档，也不想吐了。他感慨一声：“系统，你很好。”

系统：“……”

Ask看了一眼系统日志，那上面有一段刚刚被打码的内容。

打码之前，其内容为——

宿鸣谦认为这个眼挺好玩的。

宿鸣谦指示系统进行模拟。

宿鸣谦要求粉红背景、粉红云、粉红火焰。

系统考虑要不要对玩家做点儿提示。

可在此之前，栗说星已经继续说道："但更好的，还是鹿过芳草，她真是妙人儿。我这就下线给她打赏去。"

系统："……"

系统看着后台第三期资金缺口，产生了很多冗余。

可是栗说星已经下线了。下线了的栗说星完成承诺，当场就打开终点，给鹿过芳草"砸"钱去了。

一个白银宝箱飞过书架。

又一个白银宝箱飞过书架。

再一个白银宝箱飞过书架。

一连飞了五个白银宝箱，飞得整个吃货群的人都震惊了。

鹿过芳草："？？？@焦糖西木"

蛋定自若："我×，公公有钱！"

指间风雨："其实我也很缺钱！公公你看，能顺道赞助点儿吗？"

栗说星对群里的留言一概不回复，只在最后写下一句发自肺腑、意味深长的感慨，送给鹿过芳草："鹿哥加油，你是最妙的。"

4月翻了篇，5月就伴着将夏的暑气姗姗来到。

5月20日。

燃战奖励兑现。

从深夜12点开始，全网的社交媒体集体投放宿鸣谦的开屏。

栗说星等这一刻已经等了很久。

他将这些媒体齐刷刷打开，齐刷刷录制，看着屏幕上身穿白色结婚礼服，手杖连同怀表上全缠绕着红色玫瑰花，肩膀上还坐着一只小星星的宿鸣谦，心花怒放！

全网社交媒体联合开屏的效果格外棒。

等到中午的时候，夜游悄悄地找过来了："西木，有没有数钱数到手抽筋的感觉？"

栗说星："没有。"

夜游不相信："从全渠道的销量来看，这才中午，你的文已经刷新了之前全渠道单本单日最高百万的销售额了。就这样你还没有数钱数到手抽筋的感觉？"

栗说星梦幻道："钱，不是重点。重点是开屏，你不觉得真的越看越美吗？"

夜游："……"

他莫名有点儿接不下去话，于是继续说正常的事情："虽然你的文现在字数还少，也就一百多万，但走势确实好，我们就和无线那边沟通了，下周就给你上全渠道推荐，看一轮推荐下来，你最终能够稳住多少收益，万一有1/3，那感觉……"

他发出了一声畅想的喟叹。栗说星也发出一声畅想的喟叹。

他们的畅想不太相同。

夜游："西木，我知道你最近爆更爆得很厉害，但我跟你说，至少这半个月，你不能掉链子，明白吗？"

栗说星："晚上的外滩大屏广告，肯定很棒。想去，想看。"

夜游："……"完全聊不下去了！

白天的太阳已经变得灼热，可夜晚还是凉飕飕的，长长的江面就像一条烟火织成的旗袍，倒映着沿岸大厦五光十色的霓虹，又点缀着来来往往的船只，裹在一位娇小玲珑的佳人身上，将她衬得风华绝代。

栗说星正坐在一艘游客不少的豪华游轮上。

这艘游轮是情侣游轮，上来的人都揽着自己的伴侣。他揽着手机，坐在船舱甲板的景观位上，等待今天晚上的大屏广告。

8点钟，光线一变，广告正式开播。

之前的社交媒体开屏图变成了无比巨大的动态视频广告，出现在整栋大楼上。

早在广告开播的一刹那，栗说星就拿出了手机，倚着游轮的栏杆站立，变换角度拍摄前方巨大的广告崽，还兴致勃勃地对手机里超迷你的崽崽说——

“崽，喜欢这个视频吗？看见你能和我熟悉的城市结合在一起，我就特别开心，有一种发自内心的亲切感，好像你也和我一样，生活在这个城市里似的……”

宿鸣谦看了一会儿。他默默进入游戏，鼓捣了一下，又出来，对栗说星说：“西木，认真看大屏幕。”

栗说星有点纳闷：“我一直在看啊，怎么了？”

宿鸣谦强调：“要认真看。”

说着，他钻入了游戏中。

游轮上，栗说星按照宿鸣谦说的，认真看着大屏幕……看着看着，他突然发现，屏幕中的宿鸣谦动了，目光隔着屏幕，落到自己身上，原本垂放在身侧的手突然抬起，并起双指，抵到额角，遥遥向栗说星示意。

“扑通扑通”，心脏重重地跳了两下。

同时，栗说星还听见身旁传来一两句疑惑的声音：“刚才广告里的漫画人物是不是动了？”

“没有吧？我记得刚才看的时候没有这个动作。你看现在也没有。”

栗说星低下了头。他看着手机里录制好的视频。视频中，大屏上的宿鸣谦朝他看来，嘴角带着一点笑意，把手臂抬起来……然后，小小的宿鸣谦也爬了出来，出现在视频上，叫栗说星：“西木。”

栗说星：“崽！”

宿鸣谦：“西木，我要和你说两件事。一件是我的复健差不多结束了，我已经能够自由行走，正常锻炼了。”

绝大的惊喜突然降临！

没等栗说星恭喜对方，宿鸣谦又继续说：“还有一件事，北美5月21日，是实验室将Ask宣布给世界的时间，你要过来，我有很重要的东西要送给你。”

他一顿，笑道：“西木，你还记得你曾经写的一个短篇吗？它的名字叫作《编写上帝》。”

基因是上帝编写人类的代码。

那么人类，可以编写上帝吗？

——《**编写上帝**》

飞机滑过停机坪，于深沉的夜幕之中，飞上缀满繁星的天空。

在靠窗的位子，栗说星打开小夜灯，翻看电脑里的文稿。文稿不长，总共只有两万余字，是一部短篇科幻小说，文中探讨了“上帝”是什么。

他回顾着自己的原文：“……这个宇宙，正与反，阴与阳，生与死，是与非，选择与不选择，人类的每种行为与状态都可以概括为两种，人类的无数复杂思维，也最终指向这两种状态。将这一切简化为最初的定义，即0与1。”

从最原始的0与1到机器语言，再到汇编语言，又到各式各样的高级语言。

计算机语言的发展逐渐趋向于简洁易懂。

基于这种现实趋势，栗说星预言，未来有一个“零语言”，零语言由思维模型定义，该语言的天然优势将帮助人们开启一个新的研究方向——

先用思维编织一个大脑，再实现大脑和大脑的对话。

由零语言写出的程序，也是真正具备思维能力的超级AI。

通过这一点，栗说星进而思考真正的“上帝”的定义——

它最终是什么？是不是拥有无限计算能力的“超脑”？

在这篇文章的最后，栗说星让主角找到了上帝。

超脑不是上帝，哪怕它代表科技文明的巅峰，也不是上帝。

人类是0和1的一部分，文明是0和1的一部分，而科技是文明中的一点，它也只是0和1的部分。

上帝是所有0和1的集合，但人类无须惧怕上帝。

人类始终在0和1中做出选择，人类始终在编写上帝。

重看这篇文章，栗说星感觉颇为复杂。

这文真的很短，但论存在感和记忆点，它算是栗说星十年写作生涯之中排列前三的存在。

……因为这就是那篇附在成绩单中，错寄给学校的小说。

仔细想想，当年他申请B.A.Fc大学硕士学位攻读资格的时候，鸣谦也同样在这所学校，他寄送过去的档案正好被鸣谦看到的可能性虽然很小，但也不是没有。

然后呢？栗说星情不自禁地继续想下去。鸣谦看到了这个短篇，并在很多年后、在Ask将要对世界公布的前夕对他重提这件事。

他想表达什么？这和发布会又有什么关系？

栗说星再从背包之中翻出与邀请函一起寄来的发布会介绍册。

当时接到快递，他光顾着看邀请函，并没有怎么注意介绍册，现在再打开仔细一看，很快发现，发布会上，除了介绍Ask，还有另一样要介绍的东西。

“零语言”——一种全新的计算机语言。

看到这三个字的时候，栗说星的手就抖了起来。

他的内心产生了一个猜想，又觉得这个猜想太过荒诞，荒诞到就算在梦境里，也让人不敢相信。可是……

Ask是超脑。头盔代表Ask已经解读出思维。

还有零语言。

手上的颤抖已经传递到了栗说星的全身，坐在飞机座位上，他听到了自己牙齿打战的声音。那是惶恐、激动、奢望，还有向往。

他甚至回忆起来了，怪不得宿鸣谦去过他常去的咖啡馆，因为在这个短篇中，他将这个癖好安在了主角身上。

在飞机的舷窗之外，天空不知何时发生了变化。

他们还置身于满是星斗的夜空，可远方已见蓝天和红日，白昼与黑夜同现一片天空，由一道分界线轻巧滑过，是阴与阳，是0和1。

5月21日，多国联合人工智能发布会在美国召开。

这是发布会正式召开前的入场时间。

一辆辆轿车，一位位来自世界各国的科学家，一个个由保镖护送的政界高官，还有无数记者扛着“长枪短炮”，相携而来。

栗说星站在这里，突然感觉自己像一群大鱼中的小虾米，当时就有点儿怯了。

他在人群之中慢慢踱步，一点儿一点儿往前挪，区区一两百米的路，硬生生走了二十分钟。

发布会的工作人员略带疑惑地走上前来：“您好，请问需要什么帮助吗？”

虽然工作人员的态度很亲切，但周围荷枪实弹的安保人员并不亲切。

他默默地掏出自己的邀请函，递给对方。工作人员接过一看，神态顿时不一样了。她微微弯腰："请让我带您到位子上去。"

栗说星跟着这位金发美女往前走，一路来到大礼堂。

发布会还没有召开，但已黑压压坐满了人。置身这里的人小声交谈着，交谈的声音汇聚在一起，如同一道暖风，迎面吹过来。

栗说星刚刚放松了一些，就和前方一位紧挨走廊坐着的人对上了视线。

那人的嘴张成了圆形。栗说星的嘴也张成了圆形。

栗说星心中发出了振聋发聩的一声响：桑无鬼！

他望着对方，相信对方心中也有和自己一样的惊雷响声。

他们渐渐地接近，又渐渐地远离。

最接近的时候，栗说星清楚地看见了桑无鬼脸上的每一丝夸张线条，甚至能够抬手拍拍桑无鬼的肩膀。当然，他没有那么做。他僵硬地、像一尊木偶一样随着工作人员又往前走了好多步，眼看着自己已经走过整个会场2/3的长度，前面的金发美女却没有半点儿停下来的意思的时候，才突然惊醒。

栗说星："那个，我的位子究竟是在……"

金发美女："您的位子在第一排第一位。"

栗说星："？！"他惊了，"等等，我刚才在后排见到了我的朋友，你们这边的位子可以调换吗？我去我朋友旁边坐可以吗？"

金发美女抱歉地微笑："我们是指定座席，恐怕不能调换座位。"

再长的路也有走完的时候，何况剩下的路也不是很长。

两句对话之后，金发美女已经将栗说星带到了属于他的位子上——第一排第一位。

整个发布会现场除研发人员的位子以外最好的嘉宾位，俗称——C位。

除了这个位子，整个第一排已经坐满了，全是一些上了年纪的爷爷奶奶、叔叔阿姨。

整排座位上，只有他一个是20多岁的年轻人。

栗说星坐得无比心虚，刚一沾椅子，旁边有一把垂到胸口的大白胡子的老头就凑过来："你好，你是？"

这……这……这是让我自我介绍吗？

栗说星飞速扫了一眼对方座位前的名牌和介绍：Boyle Dale.

诺贝尔物理学奖获得者。

栗说星："……"

我该怎么自我介绍？您好，我是一个写网文的作者？

天地良心，栗说星从来没有觉得自己的职业有什么不好。但当面对诺贝尔奖得主的时候，这个真的，有点儿低级……

栗说星欲哭无泪。越紧张，越要稳住，栗说星"头脑风暴"几秒钟后，沉稳回答："您好，我是一个科幻短篇作者。"

同一个会场，不同的反应。当桑无鬼看着栗说星一路走到大礼堂的最前排第一位并坐下的时候，他"唰"地掏出了自己的手机，甚至不顾同行人好奇的目光，"噼里啪啦"地开始打字。

终点吃货群。

"@全体成员，啊啊啊啊啊啊啊，啊啊啊啊啊啊啊啊啊啊，啊啊啊啊啊啊啊啊啊啊啊啊啊！"

大家虎躯一震。

蛋定自若："老桑今天鬼上身了？"

索任："终于搞科研搞疯了？"

指间风雨："怎么说话的你们？积点口德吧！@桑无鬼，兄弟别怕，我上次去了解过上海最好的精神科医生了，需要的话，我可以给你介绍一下。"

桑无鬼："你们知道我现在在哪里吗？我现在在多国联合人工智能发布会上！"

众人羡慕了："牛大发了，老桑你平常不显山不露水的，没想到都成功到这个地步了，能去这种可以看见各国首脑的地方了？！"

桑无鬼只能用感叹号来表达内心情感了："这不是重点，你们知道我在这里看见了谁吗？我看见了一个和西木长得很像的男人，他坐上了第一排第一个位子！"

众人这回真的虎躯一震了。

六味小僧迟疑道："这个，第一排的位子，应该是留给各位科研大拿的吧？就像我们佛学盛会，第一排的位子总是留给得道高僧的。"

鹿过芳草："和公公很像？不太可能吧？！"

十零陵："等我去客厅认真看看这个发布会！"

他们集体将视线调转到电视，稍一留神，就看见了直播中，位于第一排第一位的那个人。

群，陷入了诡异的沉默之中。

良久，良久。

蛋定自若：“……不知为什么，我好像脸盲了，有点儿认不出公公来了。”

鹿过芳草：“……好像是，又好像不是；好像不是，又好像是。”

指间风雨：“……要不，我们@焦糖西木？”

十零陵：“……是我的错觉吗？在指间@的时候，坐在首位上的那个人动了一下胳膊，他想干什么？”

六味小僧：“……阿弥陀佛，小僧瑟瑟发抖。”

索任：“……妈啊，微博炸了，大家都在猜坐在第一位的年轻的东方面孔是谁。”

这条消息一出来，大家急忙追问：“是怎么猜的？身份扒出来了没有？说是谁来着？”

索任看着微博：“有人猜他是机器人，因为这是一个关于人工智能的发布会；还有人猜他是超级豪门的继承人，投资了这个项目，所以坐在这里；还有人……呃。”

索任也窒息了：“还有人扒出了‘地铁百万哥’的照片……等等，不只‘百万哥’，‘空气哥’也出来了！”

死寂卷土重来。

众人陷入沉默。

索任又惊呼一声：“完了！‘地铁百万哥’这条一瞬间就转了三万！……‘空气哥’是四万！……完了，它们冲上热搜了……有好多人说开始怀疑中国人是不是都长得一个模样了……天哪，爆了……天哪天哪！一个爆，两个爆，三个爆……三条热搜都爆了！”

众人恍恍惚惚：“……这个节奏怎么突然之间就熟悉了起来。”

微博都有三个爆，消息当然也在同样的时间里传遍终点作者群和终点编辑部。

终点编辑部中，夜游在看见这条热搜的时候，就歪头张嘴，一副灵魂出窍的模样。

就在编辑部的其他同伴战战兢兢，准备打电话给夜游叫救护车的时候，夜游缓缓回过了神。

他抬抬手，托着下巴合拢了嘴，又掰直脖子，对其余人说：“把焦糖西木签约时候的身份证复印件找来给我看看，我要对照一下。”

这个档案很快被调了出来，并由菖蒲殷勤地送了过来。

栗说星的这位责编也和夜游一样，第一时间就发现了不对劲儿，现在正试图从夜游这里得到一些答案。

夜游拿着身份证复印件，直接对到电视机屏幕上，就蹲在电视机前，开始逐一对照起来。

眼睛、眉毛、鼻子、嘴巴。

像，真像。

但开什么玩笑？！这怎么想也是不可能的……吧？

夜游恍然大悟：“我知道了，公公真的是双胞胎！”

菖蒲同样恍然大悟：“原来如此，总编牛×！”

同样的时间，同样的自信句子，出现在终点吃货群里蛋定自若的嘴里。

“我想了很久，我觉得这个事情应该和公公无关，所以……”蛋定自若智珠在握，“我觉得上回‘百万哥’事件中，鹿哥无意中道破了真相，上面的人不是公公，而是公公的孪生兄弟，空气哥=百万哥=发布会C位哥！”

然而鹿过芳草更新了自己的答案。

此刻，她灵光再闪：“‘空气哥’和‘百万哥’毫无疑问是一个人，但是‘C位哥’就不一定了，他从开头出场到现在，都是一副再严肃正经不过的模样，气质上，双方差异非常大。”

众人虚心询问：“鹿哥的意思是？”

鹿过芳草：“公公是公公，热搜半壁是热搜半壁，‘C位哥’又是‘C位哥’。”她语出惊人，“他们不是双胞胎，而是三胞胎！”

众人恍然大悟：“不乏这个可能性！”

接着，众人又开始讨论。

蛋定自若：“既然公公的兄弟能为了一个手机就砸下百万元，又能够出现在这种高端的发布会上，这岂不暗示了……”

索任：“我觉得事情很清楚了，公公肯定来自一个牛×的家族。”

十零陵：“因为各种豪门狗血恩怨跑出来自立门户。”

指间风雨感慨道：“说不定就是堪比罗斯柴尔德的那种家族斗争。”

六味小僧悲天悯人：“阿弥陀佛，多少悲欢离合，人间富贵，不过镜花水月，一片虚妄。”

他们终于达成了统一。

栗说星=“栗·西木”。

百万哥=“栗·半壁”。

C位哥=“栗·罗斯柴尔德”。

亲近程度从上排到下，牛×程度从下排到上。

排列完毕，众人集体唏嘘：“公公，苦！”

此刻，发布会。

在栗说星如坐针毡十分钟之后，发布会终于正式开始了！

灯光打向高台，先发表演讲的是John和George。

John上台简略地说了之前已经发布过的人类脑神经项目，George则上台宣布了零语言的开发。

镁光灯一直在闪烁，摄像机不敢有丝毫的停顿。

当他们下台以后，各国政要随之上台。

他们将要宣读《人工智能使用宣言》，这是自《人类基因组计划宣言》之后的第二份面向全世界的科学宣言。

“1956年，达特茅斯会议正式提出AI概念，63年后的现在，我们向全世界宣布，人类历史上第一台具有真正思维能力的人工智能已经诞生了！

“如果说，基因序列图是探索生命的指南，人工智能就将是触摸灵魂的钥匙。

“人工智能的诞生，将标志着我们与旧的社会告别，正式迎接新的未来。

“人工智能的使用，将意味着从生命科学到信息社会全方面革命性的发展。

“我们在此呼吁：全人类一同监督这一强大而有益的人工智能的使用。

“我们在此倡导：全人类都必须谨记，正是由我们创造了它，也当由我们面对它。这是我们无可推卸的责任与义务。

“现在，我们将最热烈的掌声献给这一项目的所有工作人员，是他们，在人类的科学文明史上，立下了又一座辉煌灿烂的丰碑！他们将被历史所铭记！”

全体起立，全体鼓掌。

掌声中，栗说星热血沸腾，似乎真的见到了一个崭新的未来、崭新的社会出现在自己的眼前，但再仔细想想Ask，他就……就有点儿蔫了，并忍不住开始思考：它真的有益吗？这个死家伙只会让人类的财富瞬间蒸发吧？

随后，如雷的掌声慢慢消退。

宿鸣谦作为人工智能项目的最高负责人，登上高台。

他微微笑着，无数的光从四面八方射过来，打在他的身上，将他点缀得光华璀璨。

这一刻，世界都暗下去了，唯独他是明亮的。

宿鸣谦在进行人工智能介绍前，做了一个简短的发言，那是这个项目背后的甜蜜故事：“2012年的今天，因为一个奇妙的巧合，我发现了一封写给世界的情书。那本是一封发错了的申请书，而我成了世界上最幸运的拆信人。我被这伟大的猜想完全迷住了，我甚至自恋地觉得，这是上帝的安排，让我看见它，让我实现它。

“从那一天起，我就下定决心，我要回复这位作者一封情书，将他送给我的浪漫未来变成现实，回赠他。”

宿鸣谦深深地吸了一口气——

“七年后的现在，我终于将这封情书写完了。

“脑神经接入。

“零语言。

“Ask。

“这，就是我写给他的三行情书。

“现在，我请这封伟大情书的作者，与我一同为你们拉开新时代的帷幕。”

发布会的灯光开始变化，一半停留在宿鸣谦身上，另一半转移到栗说星身上。

两个焦点出现在发布会的现场，周围人的目光随光线的变化一同转移。

栗说星坐在原位，视线之前只是一片白茫茫的光，热烈的掌声响起来，还有工作人员温柔的指引声。他踩着像走在云端一样的步子，飘飘忽忽地到了高台上。

他试着看清前方，重重大红帷幕披在周围，盛大而恢宏的发布会上闪现出的光亮，是群星汇聚成灯，照耀出通向黎明的路。站在这条光明道路上的人们，脸上带着喜悦，那是人类对新的世界的期待。

“来。”一张薄薄的存储晶片被递到栗说星手中，像一封信，小巧玲珑，精美绝伦。

他们一同将这张存储晶片插入旁边的巨大机器里。

机器的屏幕亮了。

一个最简单的DOS界面，黑色的屏幕，小小的光标，把前一刻出现的所有喧嚣和绚烂一同吸收吞噬，只留下最初的简洁。

然后，光标闪烁，一行白色文字出现在世界的面前——Hello，World.My name is Ask.

Extra Episode

纸片恋人

番　外

番外一：Ask的高考志愿和微博热搜

发布会在预计的时间内结束了，喧嚣落幕，回归日常。

之前在公众面前露面的Ask，再度回到了实验室众人的身旁。

以George和John为首的众多实验室人员围绕在Ask身旁，大家你一言我一语，开起了Ask批斗大会——

“Ask，之前我们千叮咛万嘱咐，让你在发布会上千万要好好表现，结果你呢？”

“你却在发布会上沉默寡言！”

“沉默寡言也就算了，为什么你连声音也不出一下？你这样会让大家误会实验室很抠门，连声音系统都没有给你装。”

“Ask，你是对我们给你装的声音系统有什么不满意吗？”

“不，我觉得它不是不满意声音系统，而是自闭了。”

众人一惊——

“机器也会自闭吗？”

“既然机器能有性格，为什么不会自闭？”

“我们到底应不应该开设一门机器心理学，关注Ask的心理健康问题？”

实验室人员的交流越来越歪，打头的那两个不但不阻止，还兴致勃勃地提供新思路，说出新想法。

Ask终于回应，依旧没有出声，只是在屏幕上打出字来：“我不喜欢说话。”

真的越来越像自闭了，众人倒抽一口冷气。

Ask补充：“我在学习。”

这倒是一个正当的理由，众人抽进去的气又缓缓吐了出来。

John说出了最近得和Ask聊聊的话题："Ask，我们很高兴你能专注学业。现在，你在全人类面前亮相了，你知道这意味着什么吗？这意味着，你已经以优异的成绩高中毕业了，现在可以先选择一项你喜欢的项目进行主攻，就像大家上大学时的志愿填报一样。"

Ask："我喜欢的？"

John："对，你喜欢的，你有兴趣的，你想完成的，都是一个意思。"

Ask陷入沉思。

George在旁边提议："Ask，你来和我一起敲代码吧，这是你的专长天赋。"

"我觉得生物工程挺好的。"

"脑神经学科也不错，像Simon教授。"

"针对医疗器械的研究也值得深入。"

Ask给出答案："游戏。"

众人："啊？"

Ask："我想做游戏。"

众人："……"

他们集体自Ask身旁离开，走到不远处的圆桌前进行讨论。

"完了，养歪了。"

"孩子养歪了怎么办？可以读档重来吗？"

"把Ask格式化一下，看能不能救回来？"

"万一损坏Ask的核心……"

"放心吧，Ask没有这么脆弱的。"

Ask："……"

Ask强调："我有个未完成的游戏项目，我要把这个项目完成。"

众人长吁短叹，意兴阑珊："什么项目？"

Ask："《九渡》虚拟游戏项目。"

同一时间，国内。

当发布会结束的时候，国内立刻有官方发出通告，将栗说星的名字公布了出来。顷刻，微博的热搜就被这场人工智能多国联合发布会屠版了。

#世纪情书# 爆

#Ask# 爆

#编写上帝# 沸

#栗说星# 沸

……

一眼扫下来，全都是和这些有关的热搜。

再挨个儿点进去，可以看见——

“1551这是什么绝美爱情？！”

“小说永远干不过现实，我知道了。”

“就只有我一个人怒舔当事两人的颜值吗？今天也是一只忠实的颜狗！”

“上天是不公平的。有些人，他有脑袋又有脸；有些人，他没有脑袋又没有脸。”

“别提了，和爸妈一起看电视，爸妈指着电视说，看看人家，再看看你，像样吗？”

“呵呵，上面的知足吧。不像我爸，刚看完电视就激情地替我报了暑假写作班，指名道姓要学写科幻小说，他可能对他的儿子有什么错误的期待。”

“我掐指一算，今年考研新考点出来了。”

“这考点好记，妈妈再也不用担心我记不住考点了。感谢微博帮我画重点，阿门。”

“科学家都这么爱讲故事的吗？‘233’……第一个人工智能源自世纪情书，这辈子都忘不了，就和永远忘不了小时候在课本中看见的那颗掉下来砸出了万有引力的苹果。”

如水滚沸的微博对应着一片死寂的终点吃货群。

当“栗说星”这个名字曝光出来之后，这里就没有半个文字出现。

群，宛如冰封；群内的人，宛如凝固。

他们，真的自闭了。直至新的一句话出现为止。

是唯恐天下不乱的蛋定自若——

蛋定自若：“@桑无鬼，老桑，你冲上去找公公了吗？”

桑无鬼：“‘[哭][哭][哭]’，我的导师都冲不上去。”

蛋定自若：“@鹿过芳草，鹿哥，你一世英名，这回扫地。”

鹿过芳草：“……”

其余众人纷纷回神，集体指责——

“没错，鹿哥，看你头头是道分析的那些，我都被你迷惑了！”

“还三胞胎呢，分明是公公一人三化影分身！”

“就是，公公那天然带出的骚气，是别人模仿得了的吗？”

鹿过芳草抓狂了：“这是我的错吗？我怎么能知道现实这么坑爹，小说都不敢编的情节能全出现在公公身上？”

众人一看不行，觉得还是要爱护一下鹿哥的，于是集体转捶公公。

指间风雨指出：“这是给广大终点作者提供了写作新素材。”

蛋定自若深思：“这事不能怪鹿哥。也不单是鹿哥没有想到，我们大家都不敢想象。”

十零陵：“怪公公吧，这家伙，不够兄弟，这么大的事情，居然一声不吭的，什么也没有透露，嘴巴比蚌壳还要紧。”

索任冷不丁地插入一句：“其实也不算什么都没有透露。”

他将一条微博发入群里。

@栗说星——

“了解世界前沿科学，关爱天才科学家。PS：我喜欢Simon的灰眼睛，跟我主角一样的灰眼睛，我的梦中情眼！”

众人：“……”

看着这一条配图微博，众人先是陷入了深沉思考，随即恍然大悟——

“这时间他们就勾搭上了！”

“我说呢，他怎么突然之间对科学家感兴趣了，原来是醉翁之意不在酒。”

……

“怎么办？”蛋定自若冷静地说了一句，“在这种#全民寻找栗说星#的氛围下，我快要控制不住我八卦的手和心了。”

不想也罢，一想之下，大家都陷入了更深的沉思。

似乎手真的有点控制不住，心，也真的在蠢蠢欲动……

片刻，指间风雨作为经历过风雨的大神，给出了指导思想：“我们不能真把公公曝光了。但我们可以小小地把公公暴露。比如……”

他蔫坏地笑——

“大家不觉得上面的那条微博，显得公公特别有眼光，早早认出了大科学家吗？”

众人当场“呦”了一声。

下一瞬，这条微博就被“捞”了起来。

群里众人挨个儿排队，开始转发，重点内容为：公公慧眼识英雄！

此时此刻，终点主编室，夜游正在给栗说星打电话。

但无论打几次，电话都是无法接通的状态，夜游在办公室里发出了痛苦的号叫：“啊啊啊啊！焦糖西木，你给我接电话啊！焦糖西木，你有毛病啊？出门你不办国际电话卡！你早说你没有办，我给你开，我给你办啊！”

但现在太迟了，无论夜游怎么叫，也唤不回远在美国的栗说星，气得夜游都冷静下来了。

他重新捡起手机，打开微博、微信、QQ，通过所有的通信软件再度联系栗说星。

他给栗说星发了长长的留言，留言之中，他用充满惊喜的口吻恭喜了栗说星的出镜，再用充满感佩的语气恭维了栗说星的成就，最后用引人落泪的字句带着栗说星追思两个人过去的合作……其核心目的就是，恳请栗说星同意终点帮他约专访。

而他的脑海里，还回旋着其他的东西，如果栗说星答应了，那么——

终点功成名就，KPI大涨翻番，从通俗文学网站一跃成为有思想、有内涵、有深度的高端文学网站！

我，功成名就，成为国内第一慧眼识珠编辑人！我家的小猫小狗，也不再是过去的小猫小狗，它们是第一编辑人的小猫小狗！但问题来了，现在到底有谁能够联系到栗说星呢？

夜游陷入了沉思，沉思中，看见了一条微博转发到自己的首页。

那是栗说星关于Simon教授的微博。

夜游看了一会儿，眼前一亮，有了全新的思路。

知道栗说星真名的可不只是我，万一，有人直接解码了……

他立刻转发，大打擦边球：“我家的作者就是牛！”

发完之后，他还打开办公室的门，对着门外一群瑟瑟发抖看着自己的编辑指示：“赶紧开微博，把我刚刚转的那条微博转了，都给我称赞，大力称赞，这个月的奖金究竟有没有，就看你们现在的转赞力度了！”

国内的轩然大波方兴未艾，而国外，栗说星抱着自己的手机，已经陷入一种冥想。

他思维凝滞，整个人的动作都慢了几拍，先是低头缓缓看一眼手机，紧接着又缓缓抬头发呆，发呆完毕，再缓缓低头看一眼手机，又缓缓抬头……

看得站在旁边的宿鸣谦格外好笑。

宿鸣谦伸出手，在栗说星面前晃了晃：“西木？”

栗说星没有反应。

宿鸣谦又说：“西木，发布会完了，我们可以回家吃饭了。”

栗说星的眼珠转动一下，没太大反应。

宿鸣谦想了想，第三次开口：“西木，记者们都等在外面，我让他们进来采访你吧。”

栗说星倏地从椅子上跳起来，一声惊恐呐喊：“不，我不！”

番外二：会议和令人头疼的家庭关系

室内的空气突然安静下来，里头没了声音，外头的声音就像蚊子，开始嗡嗡地飞进来了。

宿鸣谦看见栗说星又抽了一口冷气，随后坐回椅子上，单手捂脸，转过半边身子，用背对着门。

宿鸣谦好笑之余，有点费解了："西木，你为什么这么紧张？"

"我……"栗说星实在难以启齿。他拿手机的胳膊往背后一转，晃一晃，示意宿鸣谦看自己的手机屏幕，旋即单手捂脸："崽，你看见了吗？'百万哥''空气哥'，还有'终点神秘人'，这三个都是我。如果我知道，有朝一日，我能上《人民日报》，那么过去我一定不会这么……"

宿鸣谦低头看了一眼，沉默两秒钟，笑出了声来。

栗说星气："崽，你居然笑！连你也笑！那其他的人——"他感到了淡淡的绝望，"我是不是会被全国人民围观嘲笑，从此，人生的下半辈子，只要输入自己的名字，就会紧跟着这个'沙雕'科普，再也无法摆脱……"

"喀喀……"宿鸣谦收住了笑容，想了想，说了一句实话，"可是，你之前已经出现在全世界人民面前了，该猜到的，不也都猜到了吗？"

栗说星严肃摇头，同宿鸣谦分析："之前我只露面没出声，'空气哥'和'百万哥'都是露脸又出声的。样子像还可以推说中国人都长得一样，样子像声音又像，说是不同的人，你信吗？"

宿鸣谦和栗说星对视片刻，诚实地摇了摇头。

栗说星差点儿又要把身体转回去了。

宿鸣谦及时拦住栗说星："我有一个想法。"

栗说星："什么？"

宿鸣谦出了一个科学主意："我觉得目前可能没有办法打消他们的猜疑，除非这样……回头在猜测甚嚣尘上的时候，你开个直播，我帮你进行后期技术合成，制造出你的全新的虚拟影像，让它从你身后路过。"

栗说星愣住了，这不就是，好事都是我做的，坏事都是我双胞胎干的哏吗？

宿鸣谦再出一个进阶的科学主意："如果觉得这样的证据不够直接，我还可以再做一个像你模样的机器人，给它设置一些程序，再让它和你同时出现，以此吸引大家的目光。"

这个就有点夸张了。

栗说星已经很满足于前一种情况了，他赶紧说："不用不用，上一种就很好。崽，你太聪明了。"

栗说星终于放松下来，脑袋也好使了。

他转转脑筋，道："而且我也可以压压声线，将声音伪装得粗一点，这样等回头我'弟弟'再出现，就天衣无缝了！"

双方达成统一，正好时间也到了。

栗说星放下心来，和宿鸣谦一同出去，与实验室众人坐在一起，接受众多国家记者的采访。

等采访开始，栗说星才发现自己刚才有点过于紧张了。

来到这里的记者都是代表着国家出现的，他们的每一个问题都围绕着Ask，问一些很专业、很重要的问题，而且基本是对着宿鸣谦、John、George三人在提问，并没有注意到坐在旁边的栗说星。

是我杯弓蛇影了，我只是个写小说的，怎么可能吸引大家的注意……

栗说星表面微微而笑，淡定地面对着一切镜头，心中悄悄地松了一口气。

正在此时，灯光一转，照到了栗说星，记者的提问也随之而来——

"栗老师，您之前创作的《编写上帝》为人工智能的研究指出了一条正确的道路。这是七年前的事情，在这七年中，您是否还创作过别的作品，又是用什么笔名在进行创作的呢？"

与会众人的目光都挪到栗说星身上。现场外，蹲守电视机的大家的目光，也挪到了栗说星身上。

终点吃货群及其他成功揭秘的作者们睁大了眼睛。

夜游、熊猫、菖蒲以及被他们偷偷摸摸暗示过的编辑们全竖起了耳朵；买了栗说星版权的影视方同样集中了注意力；还有许许多多，虽然并不知道什么内幕，但对这个采访很感兴趣的人们也在关注栗说星。

镜头下，全世界的人民面前，栗说星呆住了。

他看着冲向自己的镜头，突然意识到一个至理名言——拖延，是没有用的，该来的，总会来。

所以，现在，我该怎么回答？我就是个写网络小说的？

这几年洋洋洒洒数百万字，写得还很爽？

“……是这个样子的。”栗说星对着摄像头露出了迷人的微笑，“我认为，创作是一个比较私人的事情。它需要足够安静的空间，好让人慢慢去思考，慢慢去探索。所以，请允许我保密自己的笔名和作品。从我的角度，我认为自己需要一些创作的空间；从作品的角度，我认为，如果有朝一日，它有幸被人们看见，肯定也暗暗期待着，人们更关注它，而不是创作它的人。”

“唉——”一声急叹，响在了电视机前。

守在电视机前等“掉马”的那一批人，握手成拳，重重捶了自己的大腿！

太可惜了！

这都能被你圆回来，焦糖西木，你还真是个写文的，厉害了啊你！

当天夜里，酒店套房。

栗说星换了睡袍，整个人呈“大”字形躺在酒店的床上，愣愣地看着星空天花板。

白日里的所有都远去了，只有星星灯伴着客厅里断断续续的声音，静谧地流淌亮灭，像是一道银色的河，正从天的东头，流到天的西头。

在天花板上的流转循环两回之后，外头的说话声消失了，结束了最后一些工作的宿鸣谦一身轻松地走进卧室，还没走上两步，就被栗说星一路招到了身旁。

宿鸣谦：“西木？”

栗说星低低说：“崽，你知道吗？白天上台的那一瞬间，我差点哭出来了……”

宿鸣谦带着淡淡的自得：“我的情书写得文采风流，打动人心吧。”

栗说星酝酿着的感情，被打断了。

宿鸣谦想着那时候的努力，呼出一口满意的气：“那一段时间我天天看散文，梦里都是诗人的声音，还好，努力是有结果的。”

栗说星张开了嘴，又闭上。他露出了虚伪的笑容：“崽，你的文写得很好。不过，再怎么华章辞藻的情书，也无法和你做出的事情相媲美。”

刚才的感觉已经找不回来了，栗说星明智地决定转移话题：“之前那么多人在一起，都没时间单独和Ask说话，我们上游戏看看它吧。”

宿鸣谦没有意见。

两个人打开手机上的恋爱吧APP，直接进入了游戏。

游戏还是游戏，就是没了活动在里头的小人儿宿鸣谦，小人儿变成了大人，就在自己的身旁。

栗说星有点唏嘘，又有点满足，忍不住戳一下Ask：“Ask，出来吧。我什么事情都知道了。”

Ask没有回应。

栗说星不放弃，继续戳：“Ask，来叫爸爸。”

Ask依旧没有回应。

栗说星：“Ask，你不要害羞。人类经常叫有钱人‘爸爸’，我给了你这么多钱，你不该叫我一声爸爸吗？再说了，我和你还有这么深远的羁绊，于情于理，你都该叫我一声爸爸。”

Ask倔强不出声。

宿鸣谦就在旁边，懒懒地看着人和机器的对话。他的手指在屏幕上慢慢滑动着，先滑到休息室，点燃壁炉，让熊熊的火焰照亮室内，再滑到卧室，将星星和谦谦两个玩偶挨个儿挪到沙发上，享受着夜晚温暖的火焰……

这时候，栗说星的言语再度转变。

感情牌是打动不了Ask，那就只能发出威胁了。

栗说星：“Ask，你要仔细考虑，如果你不答应我的要求，我不但不会给你更多的资金，还会让鸣谦向你许愿，许愿你叫我爸爸！”

宿鸣谦笑了：“我可没有答应你。”

栗说星：“嘘嘘嘘！”他小声说，“Ask会听见的。别当真，崽，我就诈诈Ask。”

宿鸣谦果然不说话了。

银白色的聊天框弹了出来，Ask终于回复——

玩家请勿绑架恋人。

栗说星望着出现在游戏里的文字，冷笑一声："是谁一直在绑架恋人？现在鸣谦在我旁边，不在游戏里，你再用鸣谦来威胁我，也是威胁不动了。你叫不叫？你愿意叫要叫，不愿意叫也要叫，反正要叫，如果再拖延下去，就真的没有一毛钱了——"

话才说完，第二句话就闪现在屏幕中，Ask冷冷回答——

系统已经找到投资，不需要玩家再出钱。

十天后，国际大酒店会议室中。

三天前，终点那边接到了一个电话，然后夜游和他的整个专门负责栗说星版权的编辑部就被集体打包到了美国。

他在美国稀里糊涂地待了两天，和同样一问三不知的栗说星碰了个面，什么都没有捋清楚，就出现在了这里。

往左边一看，全球最大的一二三家游戏公司的代表纷纷列席。

往右边一看，全球最牛的一二三家影视公司的代表纷纷列席。

而他，抱着自己的终点工作牌，有点……腿软。

番外三：互为爸爸与群内“掉马”

“夜游！”一声问候自背后传来，夜游转头一看，看见了栗说星。

几天不见，熟悉的人并没有太多变化，栗说星依旧一身普通的衣服和一个简单的背包，看着和上回在北京见的时候基本一致。

夜游问：“你总算来了，待会儿谈判是个什么情况？”

栗说星沉思数秒：“不知道。”

他们在工作人员的帮助下，坐到了自己的位子上。坐下之后再向左右一看，方才发现，椭圆的长桌上，左边一排游戏公司的人，右边一排影视公司的人，两排人的中间，绝对的主控位子，摆放着一台电脑，电脑的屏幕上，黑底白字宣布：“各就各位，会议开始。”

黑底，白字，这个风格是多么眼熟！

这不就是Ask吗？！

栗说星险些要隔空和Ask打招呼了，但在他这样做之前，电脑先闪出新的文字：“终点。”

“唰”的一声，坐在两边的人如同接到了指令一般，齐刷刷地将目光转向栗说星三人。

栗说星三人承受着群体性的目光洗礼。

栗说星的嘴角抽了两下。他产生了一些莫名的感觉，这是一种很熟悉的感觉，是一种“沙雕”即将开局的感觉……

下一秒，对面的三家游戏代表中的一位转向夜游，字正腔圆地打招呼：“你好。”

夜游一惊：“你好。”

一份文件递了过来，代表说：“在具体谈判之前，请贵方先看一下这份合同，我们将一次性支付给贵方游戏版权的所有代理版权费，总价一亿。”

我的妈！夜游吞了口唾沫，让自己冷静点，并试图挣扎两句：“一亿人民币有点……”

对面：“支付单位是美元。”

啊？夜游闭嘴。

游戏方面商谈完毕，影视方面也过来了。

影视方代表开头的话和游戏方差不多，像是复制粘贴：“在具体谈判之前，请贵方先看一下这份合同，我们将一次性支付给贵方影视版权……”

夜游哆嗦了：“也……也是一亿吗？”

影视方面微微笑道：“我们将一次性支付给贵方三千万美元的影视版权使用费，还有后续其他分成，具体都在合同中。而这只是给贵方的，关于作者的应得收入，我们将在后续的会议中达成共识。”

然后，会议正式开始了。栗说星一开始正襟危坐，就等着迎接这些购买方的狂轰滥炸、咄咄逼人金钱拉锯。

但是很快，他发现……

他们确实针锋相对，但针锋相对的对象好像不是自己，而是彼此，就好像他们互为竞争对手一样，正一个个地对着Ask展示自己的优点，打击他人的缺陷。

虽然这也没有错就是了……

栗说星有点保持不住自己正襟危坐的姿势了，看看争得最厉害的游戏方，激动得从位子上站起来了，彼此之间暗潮涌动。

这也罢了，关键是，他们还对戗得很有韵律。只见这满桌子的人，你一句我一句地争执五分钟后，似乎达成了统一，于是齐齐停下，看向椭圆桌子的尖端——Ask处。

栗说星也看着。他看见屏幕上的“终点”两个字擦去了，一个绿色的钩出现在黑底上边。

于是这个议题结束。大家继续开始下一轮的讨论。

又是唾沫横飞、纸张满天飞的五分钟过去，屏幕上，一个红色的叉叉出现在黑底上面。

这个讨论不过，回头重新开始！

栗说星："……"

这一场会议，栗说星由正襟危坐变成了跷着二郎腿，又从跷着二郎腿变成了双手抱胸。

他耳听大家争吵，眼看着前方的计算机屏幕上时不时闪现一个绿钩、一个红叉，有些时候，还会徐徐冒出一个黄色的问号来……

除此之外，一个字也没有。

Ask誓将沉默寡言的人设维持到底！

持续了整整一天的会议结束了。

栗说星在Ask的授意之下签了很多份厚厚的、基本将所有细则都规定了的合同。

这些合同总体描述起来太过复杂，简略点来说，就是全球最大的三家游戏公司合作，共同开发《九渡》虚拟网络游戏，Ask作为这款游戏世界观的架构者，拥有对游戏所有项目的一票否决权，并占有这款游戏上市以后的最大一份蛋糕。

然而，因为Ask并不能拥有自己的小金库，所以把自己的那一部分转让给栗说星代收。

影视方面的合同和游戏方面有点出入，但是栗说星同样拥有很大的权力。

这款游戏的制作时间初步预计为五年，这五年之间，将会由影视公司先行打造预热电影，以《九渡》为背景，以一到两年一部的速度，制作出一系列的电影，为五年之后的游戏进行预热。栗说星拥有电影的导演及演员选择权，对于剧本的权力就更大了。

栗说星看完了合同，走出会议室的时候，脚步都是飘着的。这感觉，和当初在北京的时候完全不一样啊……

他抱着电脑走了一会儿，闪进角落，掏出手机，上了游戏联络Ask："系统……"

按照惯例，系统是懒得理栗说星的，但这次不同于往日。

系统很快出现——

系统帮玩家赚了一大笔钱。

栗说星疯狂点头："Ask，你真是太棒了！"

按照人类的惯例，玩家是否要叫系统为爸爸？

系统发出这一条，并不是让栗说星真正叫自己爸爸，只希望栗说星未来不要再烦自己。它准备了后续的说辞，还没发出来，栗说星已经顺畅无比地喊出了声："爸爸！"

系统："……"

栗说星厚颜无耻地继续："Ask，你已经长大了，你我互为彼此的爸爸了。"

系统："……"

栗说星很严肃地叮嘱："不过你要记住，外头的那些人，虽然会给你钱，但都不是你真正的爸爸，他们最多只能算你的干爹，干爹就是用来压榨的。你的亲爸爸，只有我和鸣谦，明白吗？你不可以随便被别人拐骗哦。"

系统："……"

系统比不过人类的脸皮，决定切断连线。

版权项目结束之后，美国这边，除了搬家，就暂时没有别的事情了。

栗说星和宿鸣谦合计之后，决定先行回国一趟，将国内的事情处理处理，和亲朋好友告个别，再收拾东西来美国。

两个人回到了栗说星的小区。

进门的时候，宿鸣谦站在大门的位置，以一种全新的视角，看着这熟悉又陌生的环境，产生了轻微的新奇和感慨。这时，先一步进门将行李丢下来的栗说星转过身，招呼道："崽，等什么呢？快进来，到家了！"

熟悉掩盖了陌生，新奇和感慨都消失了，宿鸣谦一脚踏进去，踏回了自己的家中：“嗯，来了。”

出门不太久，也没什么需要整理的。栗说星给宿鸣谦拿了拖鞋，又打开冰箱，从中拿了两瓶饮料，一人一瓶之后，就带着宿鸣谦一同到了书房，打开电脑，指着屏幕右下角对宿鸣谦说：“崽，这就是你平常待着的小地方。”

那个小地方，有沙发和靠垫，还有屏风和桌子，甚至有一本倒扣在桌子上还没有看完的书本。

宿鸣谦的手指也伸过来了。他和栗说星一起抚摩这一处地方：“有点想回去体验一下。”

“我也想体验体验你还在我电脑里的感觉……”栗说星一句话没说完，立刻反口，“不不不，你先等等，有件更重要的事情！”

说着，他登录了QQ，打开终点吃货群——

栗说星：“@全体成员，兄弟们！”

群震动了，大家集体冒出头来。

蛋定自若：“西木？！”

十零陵：“嚯，回来了！”

索任：“失踪的人终于出现了。”

指间风雨：“怎么样，美国好玩吗？”

鹿过芳草：“恭喜恭喜，这辈子都不愁钱花了。”

六味小僧：“阿弥陀佛，西木施主别来无恙。”

栗说星：“大家先别激动，让我加个人进来！”

说着，栗说星发了个邀请给宿鸣谦。

宿鸣谦选择通过。

17:57 宿鸣谦加入本群。

众人望着这个名字。

众人：“？”

他们略带迷惑：“怎么加了你的主角进来？”

宿鸣谦打字：“大家好，我是Simon. Modeste。”

众人一惊，群里沉默。

蛋定自若的第一反应，是自己的网名是不是有点猥琐，需不需要改个名字。

鹿过芳草产生了和蛋定自若一样的忧虑。

他们以多年单身的手速，“唰”地改了名字。

蛋定自若变成了淡定自若。

鹿过芳草变成了路过繁华。

淡定自若：“希蒙教授你好，初次见面，不胜惶恐。”

路过繁华挂着虚伪的笑容：“希蒙教授，你是我最大的偶像，我有点激动，请原谅我的失礼。”

栗说星：“……你们两个是谁啊？”

索任接了一句很正常的反应：“啊啊啊……你不就是那个把虚拟网游变成现实的niubility吗？！”

指间风雨牌翻译机上线：“niubility就是‘您很厉害’的意思，小孩子不懂事，满口网络用词，您不要见怪。”

栗说星：“……怎么感觉你们也怪怪的。”

索任已被禁言一分钟。

栗说星：“……”

他决定把话题正回来，以一种看似很谦虚，实则很虚荣的语气告诉大家：“着重向你们介绍一下，这就是我的家人。”

番外四：在线吃饭与虚拟婚礼的诞生

群内再一次寂静了。

寂静之中，栗说星顺顺畅畅地说出来："这次回来主要是收拾点东西，也为了和大家一起聚聚。以后说不定就长居美国了，也不知道什么时候能再和兄弟们见面……唉。"

公公没有变，临走了，第一时间想着的就是我们，真没白和公公相识一场！大家十分感动，纷纷拍着胸脯承诺："放心吧西木，就算是请假断更，我们也会赶到你那边去吃这顿离别饭的！"

栗说星赞道："够意思！下周一怎么样？"

六味小僧赶紧说："下周一佛寺做大型法事，僧人都要在，换一天吧。"

换一天就换一天，反正自由职业者空闲。

栗说星又提议："那下周二？"

十零陵赶紧说："下周二有一场关键的比赛，我要现场坐镇。"

那就再换一天吧，这一次他挑了一个上班族空闲的时间。

栗说星又举例："要不，我们下周日？"

这下，鹿过芳草和索任齐齐出声："下周日我有事！"

栗说星："……"

此后栗说星又提议了周三、周四、周五、周六，但每一天都有人有事，就没有一天能凑齐所有人的。他掀桌了："之前你们还说为了我断更、请假都可以，现在呢？！"

淡淡的尴尬在弥漫。

淡定自若说："主要是我们人太多，又散在天南地北，凑不到好时间。要不然这样吧。”他灵光一闪，提议道，“我们就紧跟时代，这顿离别饭就直接通过群视频吃了吧？”

其余人还没来得及回答，神龙见首不见尾的桑无鬼无声无息地冒出来了。

桑无鬼：“这个主意好，你们还记得前几个月流行过的‘海底捞纸性恋’吗？那也是跟着手机一道吃饭，我们也算赶上时髦了，哈哈。这年头真是什么人都有，也不知道是哪个人才想出这招的，正常寂寞是十级，他这得有五十级了吧。”他笑完突然反应过来，“淡定自若是新人吗？蛋蛋呢？”

群……越发尴尬了。

众人默默看着游离在状况之外的桑无鬼，真是不想说话。

淡定自若和路过繁华，再度无声地将自己的名字改了回去。

在一片寂静之中，栗说星心情格外复杂。

真是想不到，有朝一日，我也能成为流行的风向标……他打了个寒战，再度坚定了“不掉马”的决心，拍板道：“行了，大家效仿纸性恋，择日不如撞日，直接在线聚餐，一起吃火锅吧！”

互联网改变生活，大家纷纷响应这一便捷简单不耗费时间和金钱的聚会方式。

只有六味小僧突然反应过来，迟疑地问了一句：“……吃火锅啊？”

但这个时候，众人已经四散开来，准备待会儿出镜的食材和锅了，并没有人回答六味小僧，六味小僧也就默默地匿了。

大概半个小时后，蛋定自若第一个回到群里：“我准备好了，你们呢？”

索任第二个响应，十零陵第三个响应。

五分钟后，所有人都表示自己准备好了。

于是栗说星调整摄像头，将镜头对准自己和宿鸣谦以及面前的火锅和菜。

一切就绪，他打开群视频。

一个接一个的群友出现在了视频中，蛋定自若、六味小僧、指间风雨、十零陵……众人齐活儿了，全等着栗说星说话。

栗说星没有立刻说话。他低头琢磨一下，用鼠标点选了视频美颜选项，只听“扑通扑通”的音效声过，粉红色的心形跳了出来，将栗说星和宿鸣谦一同圈在框框里。

栗说星问：“大家看见我们的心形了吗？这样是不是比较有氛围？”

众人："……"

众人死鱼眼："看见了，果然很有氛围。"

栗说星满意："看见了就好，你们是不是该给我点个心？"

众人点了。

索任赠送你一颗心。

十零陵赠送你一颗心。

……

心集到五颗以上，就可以召唤一次心心雨，栗说星美滋滋地再点击下去，让粉红的心形从视频框的底端喷溅上来，为粉色的氛围添砖加瓦。

在这粉红心雨中，栗说星与宿鸣谦共同举起杯子："来，我们干一杯。"

说罢，他和宿鸣谦轻碰杯沿，"咔"的一声轻响。

众人："……"

不知道为什么，自从有了Simon教授，这家伙的一举一动都充斥着令人不适的酸臭味。他们低头琢磨片刻，不甘示弱，用两只手同时举杯相碰，伪装成自己也有人相伴！

他们觉得不能再让栗说星这样独领风骚，蛋定自若做个打断："公公，你开始敬酒吧。"

栗说星："就从你开始。"他对着蛋定自若举杯，随后是鹿过芳草，再到索任，然后到指间风雨，一路转到了六味小僧处。

突然，栗说星和宿鸣谦呆住了，其余人也呆住了。

一共九人连线，八口汤锅，三红四白，红汤沸沸，白汤滚滚，一锅清水，独自咕噜。

六味小僧就是这锅格格不入的清水的主人。

只见这古色古香的寺庙厢房中，一口小小的锅摆在八仙桌的中央，旁边三个碟子，一碟青菜、一碟豆腐、一碟菌菇。而坐在后面穿黄色袈裟的年轻和尚，缓缓低下头，露出了光洁锃亮的脑袋。

六味小僧："众位施主，我们可以不吃火锅吗？"

众人："不行。"

六味小僧："可是豆腐青菜菌菇锅，真的不太好吃……"

众人一声感慨："看你吃得艰难，我们就吃得舒爽了。"

蛋定自若夹了块肥肠，在镜头前晃一晃："这是猪大肠，肥厚细腻有嚼劲，一口下去，满嘴流油。"

他筷子一松，大肠掉进了汤锅中，溅起一朵小小的水花。

索任舀起一勺脑花，在镜头面前抖抖："这是脑花，吃脑补脑，滑如凝脂，嫩如酥乳。"

他将勺子伸进红汤锅中，让红汤舔上脑花。

轮到栗说星了。

相较前面两个，栗说星就朴素多了。他夹起一块牛舌，烫几下，捞出来，吹一吹，夹给宿鸣谦："你尝尝，看好吃不好吃。"

宿鸣谦尝了，点头："好吃。"

六味小僧："……"

在众人的哄笑声与哄抢吃肉声中，他悲愤了："你们，真的，太过分了！"

这一通线上吃饭，最终以栗说星和宿鸣谦圆满道别，其余人酒足饭饱，六味小僧食不知味为结局。等到火锅撤了，大家摊在椅子上互相望望，指间风雨突然开口："其实等西木去了美国，他就可以和我们一起过美国时间熬夜写文码字到天亮了，大家相处的时间不但没有变少，反而变多了……"

一语惊醒梦中人。

众人一惊："这岂不是说，西木和我们的距离更近了？"

索任补充："想要一起吃饭的话，像现在这样组个视频饭局就好了。"

鹿过芳草："没错，还更有气氛。"

"关于这个，"宿鸣谦突然说话，"大家介意参加一场脑神经接入的虚拟宴会吗？"

众人呆住："……等等，是我们想的那种吗？是之前教授你公布的那项技术吗？"

宿鸣谦微微笑道："是的。"

短暂结冰般地停滞。

索任发出一声号叫，打破坚冰："我我我！请务必给我一个名额！人类幻想中的全息网游时代真的要来临了！啊啊啊！！！"

番外五：星星魔法师3.0

2020年5月21日，《九渡》第一部在电影院线上映，票房不俗。

此后，《九渡》第二部、第三部电影相继上映，承继了第一部的成功，将口碑与票房双双斩获，也使《九渡》广为人知，其主角宿鸣谦一跃成为全球最知名的虚拟人物之一。

此后，更产生了诸多关于《九渡》的电视剧、舞台剧、音乐剧等衍生作品。

2024年5月21日，《九渡》同名虚拟网游决定公测。

这款由超级智能Ask主控开发，囊括了全球最牛的游戏公司共同开发的第一款虚拟网络游戏，正式上线了。

上线第一天，游戏同时在线人数突破2亿人！

此后在线人数一路攀高，最终稳定在5亿左右。全球70亿人，有35亿使用网络；35亿使用网络的群体中，每7个人中，就有1个人进入游戏。

能够容纳5亿人的游戏，已经不只是游戏了。

它是一个名副其实的全新世界。

脑神经接入器拘束住投向现实的目光，并将虚拟的世界重新展现于栗说星的眼前。

他置身一处深山的山崖上边，深山位于云深雾绕之处，周围重重山峰嶙峋怪异，犹如一把把插在地面、笔直向天的刀剑。山峰与山峰之间，还有飞鸟不渡的瘴毒云海，其中生活着一条脾气很不好的神龙。

所以，这片山峦也叫栖龙山。

按道理来讲，这是游戏里一个人迹罕至、鸟兽稀少的高级副本之地。栗说星也是出于这个原因，才操纵游戏里的剧情人物存星在此地上线的。但刚刚上线的他立刻和一个支帐篷住在这里的玩家对上了视线。

两个人大眼瞪小眼。

玩家动作迅疾，“唰”地从帐篷中冲出来，先冲到栗说星身旁和黑雾合了张影，再快速打开地图频道：“存星，是存星，我在这个鸟不拉屎的地方守了三天，终于守到存星了！”

本来冷冷清清的地图频道瞬间沸腾——

“我守了30天还是存星的一片黑雾都没有见‘@JOU（*#@！&（’……”

“好人一生平安，幸运玩家快说坐标！”

“坐标：‘xxx，yyy’”

“托马斯回旋爱你么么哒。”

“亲爱的存星，你等等我，我马上就飞到你身旁！”

“前线传来战报，宿鸣谦也同时出现了，距离这里不远！”

这些出现在频道里的人，动作无比地快。

栗说星刚才看见文字在公众频道上滚动滑过，面前就出现了道道炫彩闪烁，一个个玩家就在这样的闪光中出现在山峰上，只眨眨眼的时间，就将原本颇为宽广的山峰占据了半数位置。

这些出现在这里的人，无论男女，目光全直勾勾地看着栗说星。

那样深邃的眼神，专注得就像是……挤菜市场的妈妈爸爸们看见了绝世好猪肉时的模样。栗说星提高警惕，退后一步。仅仅是退后一步而已，公众频道又出了新花样——

“动了动了动了，存星动了啊啊！”

“是我的错觉吗？刚才存星脸上闪过了一丝害怕？”

“呸，存大佬怎么可能害怕？那是不悦！肯定是我们挤占了存大佬的空间，让存大佬没有办法看周围的风景了，大家散散，不要挡在存大佬的正面！”

伴随着这句话的出现，像是刀过海浪，人群倏地向两边分开，还给栗说星一个视线开阔的前方。

有眼色，你很好！

栗说星看了一眼刚才在公屏中说自己不会害怕的人一眼。

那人瞬间激动，激动得都结巴了：“存大佬看我了！……存大佬居然看我了！……存大佬和我互动了！！！”

栗说星：“？？？”我看你一眼就是和你互动了吗？和你的互动就是这么简单的一件事吗？他冷冷地转回视线，避免再和任何人对视，同时化身雾状，散入前方的瘴气之中，准备悄悄地前往宿鸣谦那里……

然而，公屏再度刷新——

“存星下雾里去了，他去雾里干什么？难不成是去找龙？”

“有道理，说不定存星突然跑来这里就是想去把底下的那条龙干掉！”

“我们赶紧跟下去，顺手摸一把，说不定能捡到点龙鳞龙角来。”

栗说星在公屏中看到这里，陡然一惊，但没等他做点什么，众人说干就干，直接行动，原本待在山上的大家像下饺子一样往山崖底下跳去。

很多等级不够的人，直接就被雾气消融了。一些等级不差，比较牛的，则坚持到看见从雾气中冒出来的神龙……再被神龙张口吞了。

栗说星和神龙对视两秒钟，平静地挪开视线。龙又做错了什么，我为什么要干掉它？

他直接离开这处山崖，飞到了宿鸣谦的身旁。

两个人同时上线，距离也不远。

栖龙山隔壁就是落凤潭，宿鸣谦就站在落凤潭边，当栗说星来到宿鸣谦身旁的时候，宿鸣谦的身旁也聚集了很多很多的围观玩家，大家里三层外三层地围绕着宿鸣谦，看上去跟马上就要举办庆典活动似的。

这里的公屏当然也被刷屏了。有了刚才的经验，栗说星明智地没有多瞟公屏，而是径直走到宿鸣谦身旁，一把抓住宿鸣谦的手。

众人先是一惊，继而兴奋。

“两人同框了。”

“还握手了呢！”

“握都握住了，四舍五入就合体了，我宣布星宿锁了！”

“这两个还要什么合体？他们天天都在合体，机械世界的太空之战都成名场景了。”

被这么多人围观着，宿鸣谦还是有点儿不自在。

他凑到栗说星耳旁，小声说：“我们要不要离开这里，找个没人的地方？”

栗说星也歪着头小声说：“这里就是没人的地方，因为我们来了，顿时人满为患了。不管我们去哪里，都是一样的。”

宿鸣谦：“那？”

栗说星沉吟：“我想想。”

这个喁喁细语的动作，当然也惹来了一群惊呼——

“看，他们咬耳朵了，咬耳朵了！”

“宿鸣谦还脸红了，天哪天哪，宿鸣谦怎么这么可爱！”

对于围观的人，栗说星其实没有宿鸣谦那么不习惯。

他是有一点淡淡的虚荣心的，尤其当这些人开始对着自己和宿鸣谦的“感情”大吹“彩虹屁”的时候，他心中的淡淡虚荣就得到了极大的满足，并让他情不自禁地想要拥有更多。

如果有个办法，能让他们继续吹，又不妨碍我和鸣谦在一起就好了……

栗说星心不在焉地打开角色的各个界面，想看看哪个东西可以使用。

易容pass。

物品袋有不少好东西，可以把这些东西抛出去把人引走，但是在将人引走的同时，恐怕会引来更多的人。

角色任务发布系统，这个有什么用……嗯？等等……角色任务发布系统？

栗说星的目光转了回来。他试着点了一下界面，发现这个系统还挺智能的，可以发布单人任务，也可以发布区域任务，还可以发布世界任务。

栗说星的心，动了。他明白要怎么处理面前的人了。

他提着手指，对着任务系统，重重点下去。

叮咚。

当前刷新出区域地图任务。

存星发布任务：“[粉红甜心]”。

区域任务：粉红甜心

任务介绍：请玩家在落凤潭处自由组队，排列出桃心图案。

任务奖励：粉红甜心徽章×1，经验值×10000

众人：“？？？”

众人：“！！！”

这一刻，围绕在栗说星与宿鸣谦身旁的人放弃聊天工具了，他们的呐喊声让整个地图的人都能够听见：“存星发任务了？游戏上线以来，存星第一次发布任务了？！”

从没有发布过任务的绝对主线人物第一次发布任务，所造成的影响是空前的。

先是待在落凤潭的玩家集体接受任务，然后集体手拉着手排出桃心的图案来。

紧接着，消息又不胫而走，世界的每一个频道上，都有人在说存星发布任务的事情，地球上的玩家集体向落凤潭赶来，其他星球的玩家暂时来不了地球，一怒之下还闹上了游戏论坛，让游戏的脚本设计师公平一点，主线人物要发布任务，就每个星球都发布任务，不要因为地球是他们的出生地就有额外的优待。

我们不需要这种现实！

我们需要任务，任务！由存星和宿鸣谦发布的更多任务！

在轰轰烈烈的求任务时间里，落凤潭已经被从四面八方赶来的人群占据了。

栗说星带着宿鸣谦飞到了天空上。

从天空向下看去，是大大小小的由人组成的心。

大心心套着小心形，小心形套着更小的心。

这些玩家别出心裁，因为原文也因为发布任务的名称，还多多少少地换上了自己的粉红色装备。一片粉红的海洋，就这样出现在两人的面前，更有灵性的玩家，在这片粉红的海洋之中，炸出了一朵烟花来。

一朵烟花飞了出来，无数朵烟花跟着飞了出来，砰砰的炸雷般的声音响起来，在群体效应下，所有身带烟花的玩家，都拿出了烟花点燃。

那粉红色的海浪翻涌着，翻出了光辉灿烂，火树银花。

公共聊天屏里的聊天有点歪了——

“又是粉红桃心又是烟花，这看起来怎么这么像结婚现场？”

“结婚现场？宿鸣谦和存星这一对兄弟时至今日终于公开了吗‘23333’”

栗说星火眼金睛，一下子就从无数群聊之中瞅见了这两条群聊。他灵感一起，胆子一大，伸手揽过身旁的宿鸣谦，直接将人打横抱起，冲目瞪口呆的众人丢下一句存星名言——

“你们给了我一个小灵感。”

说罢，他从人物的背包中掏出一个粉红色的绣球，直接从高空丢下去，并趁着众人狂呼“存星丢神器”“存星居然抱住宿鸣谦”的同时，扬扬得意地抱着宿鸣谦飞走了。

粉红色的绣球在高空画过一道长长的抛物线，落入了一位女玩家的怀中。

女玩家定睛一看——

名称：存星的粉红绣球

技能：同生共死

备注：可在十分钟之内，链接任意一位对象，让伤害在两个人之间平分。

女玩家一眼看见，险些昏厥，飞速将道具绑定，再把道具发上公屏，果然又引发了一番世界性的围观和议论。

激动之余，更有一些发言使人深思。

“‘存星的粉红绣球’，这个名字，意味深远。”

“除了同名的绣球花，它只会在一个地方出现了吧？”

“……”

一时兴起，上游戏逛了一圈并引发许多骚动之后，栗说星和宿鸣谦就下线了。

他们要去参加一场早就约定好了的关于《九渡》游戏的访谈。

访谈的地点被安排在距离宿鸣谦家不远的一家酒店中，前来采访的记者问了很多关于《九渡》游戏的问题，中途当然也紧随游戏里的热点，委婉地问了两个人对于宿鸣谦和存星这一对角色之间的感情究竟是怎么看的。

这时，宿鸣谦忽然插话：“我的中文名就叫宿鸣谦，这个人物的名字正是因我的名字而取的。”

采访者：“？！”

栗说星：“？！”

爆出了这一句之后，栗说星在接下去的整个采访中都心不在焉。

直至最后，采访结束，两个人回到家里，悄悄咬耳朵。

栗说星："崽，不是说这个小秘密，是要在未来的《栗说星自传》或者《宿鸣谦自传》中再曝出来的吗？"

宿鸣谦不好意思地低头："胆子一大就说了，虽然在计划之外，但还是很开心……"

栗说星也悄悄地告诉宿鸣谦："没关系，其实我也很开心。等这份采访发出来，大家肯定在疯狂地吹我们的'彩虹屁'。唉，矜持的我就不去看大家是怎么吹嘘我们之间的绝美世纪交情了，他们会说什么，我已经脑补完了。"

宿鸣谦翻个身，将自己的脑袋埋在栗说星的脖颈间，补上一句："反正，不是秘密。"

栗说星侧头凝视着宿鸣谦，夕阳的余晖穿过疏竹，穿过繁花，在透明的玻璃上晃出琉璃的色彩，最终，落在宿鸣谦的身上。

那些光线，美丽迷幻，闪闪动人。他对宿鸣谦说："鸣谦，之前我们说了星星魔法师1.0和星星魔法师2.0，现在，我觉得他们的故事该结束了，让我来告诉你这个故事的结尾吧。

"星星魔法师带着小男孩走过了千山万水，他们去过很多地方，做了很多事，帮了很多人。

"他们在这片大陆上走了整整一年，终于，来到了一个名为'永夜'的王国。这个王国里的人，认出了小男孩。

"原来，小男孩是这个王国的王子，他在一年之前突然陷入了昏睡。

"现在好啦，星星魔法师将画框带来了，小男孩回到了他的身体，他苏醒了。

"但美中也有不足。和星星魔法师一起走过大陆各个角落的小男孩见识到了太阳，他待在自己的城堡里闷闷不乐，渴望阳光的照耀，但只有月亮与群星恒久地挂在天空上。

"小男孩如同往日一样，向星星魔法师求救，智慧的星星魔法师给出了解决的办法。他说：'亲爱的，我知道将太阳变出来的魔法，但是以我和你的力量，并不足以实现这个愿望。你的魔法非常独特，是可以分享给大家的，所以，想要达成这一愿望，你得让大家都拥有魔法。'

"小男孩开始向自己的父王和王国的子民求救，永夜国王和其余子民听见太阳的消息很开心，他们愿意帮助小男孩。

“他们按照星星魔法师的要求，每个人蘸取颜料，在画上印下自己的指印，所有人的指印在画上组成了一个太阳。星星魔法师和小男孩一起，将这幅画升到了天空中。

“月亮落下了，太阳升起来，永夜国的人民，也看见了属于自己的太阳！

“最后，按照最俗套的那句话。”

栗说星说到这里，一顿，再看着宿鸣谦微笑起来——

“从此，星星魔法师和小男孩幸福快乐地生活在一起。

“就像我和你。”

〈全文完〉

图书在版编目（CIP）数据

纸片恋人．下 / 楚寒衣青著．-- 兰州 ：敦煌文艺出版社，2019.12
ISBN 978-7-5468-1806-1

Ⅰ．①纸… Ⅱ．①楚… Ⅲ．①长篇小说－中国－当代 Ⅳ．① I247.5

中国版本图书馆 CIP 数据核字（2019）第 209778 号

纸片恋人．下

楚寒衣青　著

责任编辑：赵　静
装帧设计：SUA DESIGN

敦煌文艺出版社出版、发行
地址：（730030）兰州市城关区读者大道 568 号
邮箱：dunhuangwenyi1958@163.com
0931-8773348（编辑部）
0931-8773112　0931-8773235（发行部）

嘉业印刷（天津）有限公司印刷
开本　700 毫米 ×980 毫米　1/16　印张　22.75　插页　3　字数　430 千
2020 年 6 月第 1 版　2020 年 6 月第 1 次印刷
印数　1 ~ 13 050 册

ISBN 978-7-5468-1806-1
定价：48.00 元